風雪邊關

唐隱 著

楔子

聖曆二年臘月二十六日的寒夜，註定是個多事之秋。

後半夜起，剛剛停了一天的雪，又開始紛紛揚揚地飄了起來。位於洛水南岸，天津橋西側的天覺寺，是洛陽城內最大的一座寺院。一共六進的深深院落，頃刻間便被完全籠罩在輕盈飛舞的雪花之下，院內貫通前後的小徑上，僧人們白天才將積雪掃到旁邊的空地上，現時又被鋪上了一層新的銀裝，倒將整座寺院襯得比往常在暗夜中更要明亮些。

寺院最裡頭的小院正中，佇立著一座磚砌的六層寶塔，名喚天音塔。連著半個月的大雪，將這座天音塔從頭到底都覆上厚厚的積雪。此刻，朔風捲起斗拱、飛簷上的積雪，與四周紛飛的雪花匯成一片，通體銀白的寶塔彷彿在漆黑的夜幕下妖異地舞動著。突然，一點微弱的紅光從寶塔底層圓拱形的窗洞裡飄出，忽隱忽現，忽明忽暗，搖曳不定。

倏忽間，這點紅光消失了。過了一會兒，紅光又從二層樓的圓拱窗內射出，然後，是三層、四層、五層，最終那一點隨時可以熄滅的紅光停在了塔的最高層。塔中央的圓形桌案上，一支白色的蠟燭被點亮了，

慘澹的光暈映出一張蒼白猥瑣的臉，暗影中土黃色的僧衣包裹著一具肥大的身軀。

這僧人借著蠟燭閃爍的微光，從懷裡摸出一個薄薄的帳冊樣的本子來，手沾唾沫，一頁頁翻動著，充斥貪婪的雙眼緊盯著黃色的紙頁，嘴裡還唸唸有詞地低聲嘟囔著什麼。也不知道看了

多久，他忽然被身後發出的響聲驚動，急忙警惕地回頭張望，黑暗中什麼都看不見。他又側耳傾聽，只有呼嘯的風聲，僧人稍稍鎮定了下心神，正抖索著想把手中的簿冊收起來，燭光下突然出現一片大大的陰影。

「圓覺……」

僧人乍聽到這聲呼喚，連連倒退了好幾步，驚恐地直瞪著眼前那個黑影。這黑影向他越靠越近，嘶啞的聲音繼續沒有高低起伏地呼喚著：「圓覺，圓覺，圓覺……」

「不，不！你，你，你想幹什麼？你別過來，別過來！」圓覺臉色慘白，他已經退到了牆邊，脊背靠上了拱形窗楣，打著旋兒的雪花撲上他光禿的頭頂，寒氣剎那間侵入五臟六腑，宛如死亡的氣息，冰冷森嚴。

那黑影顯然沒有把圓覺絕望的呼喊當回事，繼續一步步向他靠近，就在他來到圓覺近前的一尺之遙，圓覺猛一轉身，抬腿踏上窗楣，嘴裡發出一聲絕望的狂呼，便縱身而下。暗夜中土黃色的僧袍被風雪激起，像一雙張開的羽翼，帶著圓覺的身軀飄飄蕩蕩，砸落在天音塔旁的雪地上時，竟只發出一聲低沉的悶響，立即就被狂風驟捲而去，就連前院值夜的僧人都未曾有絲毫察覺。

直到第二天清晨，圓覺的屍體才被早課的僧人們發現，已然凍得僵硬如石，連血跡都凝結成了深紅色的冰柱。他的身邊散落著幾頁黃色的破紙片，模模糊糊地可以分辨出些字跡，似乎是用小篆反覆書寫的「生」和「死」這兩個字。

當然，對絕大多數正縱情於歲末狂歡中的人們來說，「死」這個字離得實在太遠了，遠到似乎永遠也不會到來，根本不值得去考慮。他們只想盡情享受「生」的歡樂，並妄圖將這生之樂趣延長到無限，伸展至永恆……

第一章 寒夜

大周聖曆二年，歲末，除夕將至。

神都洛陽連日來陰霾不散，漫天風雪不分晝夜地呼嘯翻捲，洛陽城的百姓挨過整整十五個黯淡肅殺的冬日，終於在除夕前兩天盼來了久違的陽光。可惜這嚴冬中的陽光是如此衰弱而勉強，竟無法帶來一絲暖意。但無論如何，辭舊迎新的時刻還是不可阻擋地到來了。

太初宮前，則天門巍峨的飛簷上狂風捲起積雪，把陽光反射成跳躍的點點亮金，晃得人睜不開眼睛。重重宮牆之間肅穆寥落，殿宇樓閣中不見半縷生氣，若不是偶爾有一隊神色緊張的宮娥內侍匆匆而過，這個地方已然安靜得彷彿被所有的人拋棄，更別想感受到一點點節日的氣氛。

則天女皇的內寢——長生院內，齊刷刷跪著一批御醫，個個在寒風中哆嗦成一團，雖然眼前那扇緊閉的宮門內無聲無息，但這些人卻不敢有絲毫動彈，只是深深地埋著頭。

長生殿內，繡金蟠龍的厚重垂簾自頂而下，嫋嫋的煙霧在垂簾兩側盤旋，清冽的藥香和淡雅的沉香糅雜，依然掩蓋不住一股令人不快的衰敗之氣，這是垂垂老人身上才有的特殊氣味，在病重的老者身上更顯濃重，誰都知道，這氣味正是來自於那不可阻擋地迫近的彼處。

無聲無息中，垂簾被輕輕掀起。在外殿中坐了一上午的幾個人齊齊抬起頭來，垂簾內走出的那人立時被幾束目光牢牢盯死。目光中有期待、有疑問、有諂媚、有怨憤、有鄙視、有冷漠，還有憎恨，不一而足。

張易之施施然端立在眾人之前，臉上露出如釋重負的表情：「太子殿下、相王、梁王、公主殿下，聖上好多了。」說完這句話，他也不待回答，便款款落座，鎮定自若地環視周圍。

幾個人不約而同地長吁口氣，梁王武三思搶先開口感慨：「天佑吾皇，天佑吾皇啊！」接著，他略顯誇張地朝張易之拱了拱手，「五郎、六郎這些天來衣不解帶，在聖上身邊盡心侍奉，殫精竭慮，總算令聖上轉危為安，真是勞苦功高啊。」

張易之含笑點頭，卻聽一旁端坐的太平公主輕哼一聲：「五郎、六郎侍奉得越好，我們這些做兒女的心中越發惶恐。母親病了這些天，我們竟連面都見不著，更別說親自侍奉了！這若是讓天下百姓知道，只怕二位哥哥和我，都要被人唾罵。」

李顯瞥了瞥太平，朝張易之略一頷首，道：「五郎、六郎辛苦了。聖上既有好轉，不知道此刻是否可以面聖問安？」

張易之輕輕欠了欠身，微笑道：「聖上已睡熟了。請太子和殿下們放寬心，快回去休息吧。」

李氏三兄妹相互看了一眼，李旦沉穩地說：「既然聖上已經睡熟，我們便先回去了。只是眼前有件要事，還請五郎待聖上醒來後請示聖上：今天已經是臘月二十六，兩日後即是除夕，按例宮中有守歲和朝賀之禮，正旦更要宴請四夷使節，以示我天朝恢宏之氣，然以現時聖上的龍體，恐怕……」

張易之含笑點頭，道：「這事我記得。聖上病體虛弱，恐怕近幾日裡都不能勞累。不過新年朝賀也是件大事，還是應該鄭重對待。」

武三思接過話頭：「這事兒還是請聖上來決定吧，聖上雖染微恙，但畢竟是九五之尊，天佑之地仰之，除夕守歲和新年朝賀，聖駕親臨，方能給我大周帶來新一年的吉瑞祥和。更何況我大周如今四海昇平、國力強盛，威儀達於天下，各國競相依附，使臣紛至沓來，那些番邦夷狄對聖上景仰已久，都等著借新年朝賀之機一睹聖顏哪。」

李顯連連點頭：「梁王所言甚是。」

太平公主輕笑一聲：「話雖如此說，母親畢竟年事已高，又兼大病初癒，不宜過度勞累。我倒覺得，此次新年大典，如由太子代替聖上主持，既能替母親分憂，又能令太子在百官和各國面前立威，不失為一件一舉兩得的好事。」

武三思聽著太平的話，面色一變，想要開口，卻又忍住了，只是冷冷地掃了李顯一眼，隨後便盯牢張易之的臉。

張易之倒是泰然自若，臉上依然堆滿了笑容，慢慢環顧一圈眾人後，方才說道：「待聖上醒來，易之一定請聖上示下，你我只需耐心等待便是。再說，新年朝賀的一概禮儀慶典，鴻臚寺已經準備了兩個月，聖上此前就交予太子殿下督管的，想必定是萬事妥帖。」

李顯道：「周梁昆任鴻臚寺卿已有多年，他辦事還是很可靠的。昨日我還與他一起審閱了慶典和朝賀的安排，端的是一應周全。」

李旦仔細聽著他的話，不由笑道：「聖上既然將禮儀慶典都交由太子殿下主理，可見對這新年朝賀的事情已經有了打算。我們還是先回去吧，等待旨意便是了。」

武三思率先離開，李氏兄妹隨後也出了長生殿。來到長生院前，李旦看著那一群在寒風中已經跪了整整一個上午的御醫們，皺起眉頭，湊在李顯跟前耳語了幾句。

李顯猶豫了下，提高聲音問了句：「這些人是怎麼回事？」

一旁的內侍趕忙回道：「昨晚聖上發病，他們就在這裡候著了，一直到現在。」

李顯搖搖頭，吩咐道：「聖上已然安寢，留二人在此待命，其餘人等都先散了吧。」

太平公主朝他點點頭：「顯哥哥，你剛才戰戰兢兢地回張易之的話，我都快看不下去了。這些人可都是張易之叫來的，你此刻倒把他們遣散了，就不怕張易之——」

「太平！」李旦輕叱一聲，李顯卻已經面紅耳赤，囁嚅道：「我怕他？我不過給他們兄弟二人一個面子罷了。」

太平公主輕笑：「顯哥哥到底是個知恩圖報的好人啊。」

李旦忙道：「好了，好了。太子，我看這回母親病得不輕，主持新年慶典的事情應該會落在你的頭上，你還是要慎重對待啊。梁王心中肯定不痛快，說不定會給你設些麻煩。」

李顯忙問：「啊，他會設什麼麻煩？」

李旦道：「我也說不好。只是給你提個醒。那個周梁昆是效忠聖上的人，我看他倒一直很謹慎，在我們和梁王、魏王之間也從未顯露出任何親疏向背。我想，太子只需多多依賴他便是。」他停了停，又道：「另外，太子也可以從狄國老那裡討些建議。」

李顯輕輕歎了口氣，道：「狄國老倒是忠心可表，可惜自從并州致仕回來，我看他的精神大不如前，并州的案子似乎對他打擊很大。至於那個周梁昆嘛，為人確實謹慎可靠，但也深不可測，這些年來他一直都是聖上最信任的臣子之一，在鴻臚寺卿這個位置上做了不少年，論起禮儀外事，他是大周朝第一人，這些天對我也是恭謹有加。可是他的心思傾向，卻難以捉摸。」

太平公主道：「這也可以理解。如今聖體不寧，朝局紛亂，像周梁昆這樣的老臣重臣，一定還在審時度勢，待價而沽吧。」

一陣寒風吹來，她微微打了個冷顫，笑道：「二位哥哥，咱們就別站在這裡吹冷風了。快過年了，都有一大堆的事情，咱們還是忙各自的去吧。」看到李顯一副困惑憂慮的樣子，她又柔聲道：「顯哥哥，如今你是大周朝的太子，母親這兩年對李姓宗嗣改變了態度，局面比前些年要好得多，朝中還有像狄仁傑這樣一心維護李唐的忠臣，你大可不必太過擔心，倒反而束縛了手腳。」

李顯苦笑了下，點點頭不再說話。兄妹三人緩緩步出長生院，沉默地沿著宮中的甬道向外走去。頭頂上，久違的陽光再度被厚重的陰雲遮蔽，身上雖然穿著最昂貴考究的裘服錦袍，嚴寒依然侵入骨髓，這真是個令人心悸的冬天。

長生殿內，張易之躡手躡腳地回到垂簾後面，儘量不發出一點聲響，寬大的龍床上，武則天還是輕輕「哼」了一聲。張易之趕緊湊上去，半跪在床邊，輕輕握住武皇伸出的手，低聲道：「陛下，您醒了。」

「嗯，醒了一會兒了。你們在外頭說的那些話，朕都聽見了。」武則天虛弱地半閉著眼睛，慢悠悠說道。

張易之輕笑道：「真是什麼都逃不過陛下的眼睛和耳朵啊。」一邊說著，他一邊仔細端詳著掌心裡那隻微微顫抖的手，手背上暴露的青筋和深褐色的老年斑，令女皇的衰老一覽無餘。

武則天輕輕歎息了一聲：「這次新年儀式，看來朕是不能主持了。」

張易之仍然輕笑道：「陛下不想主持就不主持，誰還敢說什麼？」

武則天睜開眼睛看他，搖搖頭道：「你啊，就是個鬼精明。六郎就比你單純得多。」

張易之朝龍床的另一側看去，只見張昌宗蜷縮成一團，緊閉著眼睛睡得很熟，不由會心一笑：「陛下，五郎知道您更疼六郎，您又何必老把這掛在嘴邊上。您就是我二人的天，就算我顯得精明些，那也是為了討陛下您開心。」

武則天捏了捏他的臉，佯作慍怒道：「好大的膽子，朕真是把你們倆給寵得不像話了。」停了停，又正色道：「五郎，傳朕的旨意，今年的辭舊守歲和百官朝賀典禮，均由太子主持。並命鴻臚寺卿周梁昆即刻為太子安排一切禮儀所需，務必確保萬無一失。」

「遵旨。」張易之畢恭畢敬地答應道。

武則天又合上眼睛，朝他擺了擺手：「你去吧，朕要睡了。」

張易之弓著身子退出垂簾，匆匆往長生殿外走去。剛一邁出殿門，他便深深地吸了口室外凜冽清爽的空氣，耳邊傳來幾聲聒噪，舉目眺望，一群烏鴉高高盤旋著，朝著萬象神宮的方向飛去。三天後的正旦，太子就要在那裡接受百官朝賀和各國使節的新年上貢了。

大周鴻臚寺的官署坐落在皇城的東南角，北接重光門，東臨賓耀門，距皇太子的東宮僅一步之遙。因鴻臚寺承擔著朝會、賓客、吉凶禮儀等涉及帝國體面的重要事項，故此官邸建造得氣派恢宏、華美莊嚴，竟比中書省的宰相衙門還顯得堂皇富麗。年關將至，作為各國使節朝拜天朝的第一個集散點，這座兩層樓的衙所更是錦幡飄揚、燈彩煥然，佈置得既絢美又莊嚴，官衙前各色官吏和外吏番使人來人往，從早到晚忙碌異常。

不知不覺，冬夜已至。暮鼓剛剛鳴響，往日這個時候，整座皇城都會陷入寂靜。但是這些天情況卻不一樣，天津橋前的端門雖已關閉，兩旁的左右掖門依然敞開著，為了新年典禮做準備的車馬人員川流不息地出入皇城，鴻臚寺官衙內仍是燈火輝煌，一干官員僕役還在精神十足地為這一年一度的慶典忙碌奔波。

鴻臚寺正堂上，鴻臚卿周梁昆端坐在案前，正在聽鴻臚少卿劉奕飛陳報公務。周梁昆年逾六十，中等身材，瘦長乾癟的臉上蓄著一部山羊鬍鬚，黑灰色的鬍鬚中夾雜著幾縷花白。而少卿劉奕飛則是個三十出頭的年輕人，貌不出眾但卻有一雙炯炯有神的眼睛。

「除夕守歲的宴饗、禮樂均已準備停當；正旦百官朝賀的朝儀順序、典禮和鼓樂的安排今天下午太子殿下都審核過了。四夷覲見的名單也請太子殿下過了目，禮賓院今天分別知會了突厥、回鶻、吐蕃、龜茲、大食、于闐、天竺、波斯、昭武康等國來使……」劉奕飛手捧一部記事簿冊，一邊朗朗地誦報，一邊小心地端詳著周梁昆的神情，心中隱隱泛起了憂慮。

劉奕飛在鴻臚寺任職五年有餘，對這個頂頭上司的精明強幹十分瞭解，深知其精力充沛意志堅強，越是事務繁雜越興奮投入，常常幾天幾夜不眠不休地工作也絲毫不露疲態。但此刻的周梁昆卻顯得很異常，臉色灰白，眼神渙散，完全是一副心不在焉的模樣。

「周大人，周大人。」劉奕飛結束了彙報，輕輕掩起手中的簿冊，看周梁昆沒有絲毫反應，不得不提高嗓音喚了兩聲。

「啊？好，很好。」周梁昆如夢方醒，朝劉奕飛揮了揮手，「你去吧，今晚好好休息，明天開始恐怕連睡覺的時間都沒有了。」

「是。」劉奕飛作了個揖，正要轉身離去，突然想起了什麼，低聲道：「周大人，還有件小事。今天禮賓院來報，說兩日前走失了一名突厥語翻譯，叫做烏克杜哈。」

「哦，烏克杜哈？」周梁昆皺起眉頭，眼神閃爍不定，「此人我記得，是七年前突厥犯邊時被俘獲的。因他漢語十分流利，也很守規矩，便徵入鴻臚寺任譯員，這些年來幹得一直不錯，怎麼突然走失了？」

劉奕飛接口道：「是啊。卑職下去詢問了一下，說這個烏克杜哈算得上咱們這裡數一數二的突厥語譯者了，頗受重用。聖上、太子，乃至各位王爺，日常接見突厥重要來使，都是讓他做的翻譯。他為人也一直很安穩，從來沒有生過任何事端。兩日前突然離開館舍，不知去向，禮賓院還派人出去找了找，卻是一無所獲。」

「嗯。」周梁昆沉吟著點了點頭，問：「那這次典禮的突厥語翻譯安排好了嗎？」

「請周大人放心，已經另外安排了妥當的人選，不會對新年典儀有影響的。」

「好吧。這兩日太忙，此事先擱一擱，待新年朝賀過後，如果他還不回來，再報京兆府吧。」

劉奕飛看周梁昆又陷入沉默，便低著頭輕輕朝外退去，走到門口，卻聽周梁昆叫道：「奕飛啊，你先別走。我剛想起來，今晚上還要去東宮向太子殿下彙報典禮的準備情況。我今天的精神不太好，你陪我一起過去吧。」

劉奕飛連忙拱手稱是。周梁昆站起身來，領頭往堂外便走。一出門，凌厲的寒風撲面而來，兩個人都忍不住打了個哆嗦。因鴻臚寺官衙離東宮非常近，故而便沒有叫車輦，只是並肩匆匆而行。天氣太過寒冷，兩人都沒心思開口說話，腳底下不約而同地加快了步子，從鴻臚寺出門往北，沿著皇城東側的牆邊甬道經過賓耀門，往左一拐，再走上一小段，就是東宮的宮門了。

因為剛才從燈火耀眼的官衙中出來，城牆下的這條小徑越發顯得昏暗，周梁昆低頭努力辨別著腳下的路徑，不知道為何心中感到莫名的恐懼。天太黑了，沒有一絲月光，如果不是西北方向宮城裡的點點燈火，這個地方簡直可以用伸手不見五指來形容。好在東宮離得實在很近，馬上就要到了……

突然，周梁昆聽到身邊一記悶響，劉奕飛似乎輕哼了一聲。周梁昆笑道：「奕飛啊，是不是天太黑，踢到什麼東西了？」

沒有回答。周梁昆不由自主地一回頭，正對上劉奕飛扭曲變形的臉，這張臉緊貼在周梁昆的眼前，趁著突然間大放光明的月色，周梁昆只看見一雙血紅失神的眼睛，直勾勾地瞪著自己。這已經是一雙死人的眼睛了。

周梁昆將劉奕飛朝自己栽倒的身體推開，手裡頓時感覺熱呼呼的黏濕，他哆嗦著伸手到眼前，殷紅的血滴滴答答地往下淌。

「啊！」周梁昆終於忍不住從喉間發出一聲嘶喊，跌跌撞撞地沿著牆根往前狂奔，他能清晰地感到身後有什麼東西在追趕著自己，不緊不慢，不遠不近。

守衛東宮宮門和賓耀門的羽林軍聞聲趕來時，正好看見胸前沾滿血跡的周梁昆大人從黑暗的甬道中疾奔而來，一瞧見打著燈球火把的衛隊，周梁昆張大嘴，掙扎半晌，才吐出三個字「生死簿」，隨後便癱倒在地上昏了過去。

洛陽城南的尚賢坊中，狄府內已經一片寂靜。三更天時，狄仁傑突然從噩夢中驚醒。他自榻上撐起身來，抬手抹去額頭上的冷汗，感覺心臟還在因為夢境而激烈地跳動著。書房中漆黑一片，只有一抹微弱的月光透過窗紙照進屋來，隱約映出榻前的一塊方磚。狄仁傑呆呆地在榻邊坐了好大一會兒，才摸索著點亮榻邊的銀燈，閃閃的燭光在眼前跳動起來，榻前的火盆已經熄滅很久了，屋子裡冰寒刺骨。

「睡不了了。」狄仁傑輕輕嘟囔著，緩緩從榻上移下沉重的身軀。他感到雙腿很麻很脹，腰背一陣陣痠痛，衰老似乎是一夜之間就來到了他的身上。不久之前，他還是大周朝最受皇帝信賴、手握最多實權的宰相大人，年事雖高卻精神矍鑠，一人之下萬人之上，但是這一切突然改變了，是由於發生在并州的那樁案子嗎？也許吧，然而他狄仁傑一生經歷過無數的風雨，面對過幾沉幾浮，這麼一次挫折就會把他打垮嗎？何況他最終還是力挽狂瀾，讓事情得到了最好的結局。

「哼。」想到這裡，狄仁傑對自己嘲諷地一笑，「是啊，在這種情況下最好的結局。」

從表面上看，他的地位沒有動搖，他的睿智又一次得到了印證，只有他自己知道，人老多情，離別和思念，終於讓他感受到刻骨銘心的創痛，並且還有無邊無際的孤獨每每在深夜向他襲來，讓他更加預感到自己正在走向垂暮。

「大人。」門被輕輕地敲擊了三下，有人在門外小心翼翼地輕聲問詢。

「啊，是沈將軍。」狄仁傑招呼著，披上棉袍，緩步走到門前，拉開了房門。新任衛士長沈槐站在門前，雖是深夜，但他依然裝束齊整，站姿筆挺，手裡端著個茶盤。

「哎呀，沈將軍，看來我又把你吵醒了。」狄仁傑笑容可掬，趕忙示意沈槐進屋。

沈槐略一猶豫，便邁步進了狄仁傑的書房，一邊回答道：「大人，您沒有把我吵醒，我還沒有睡。」說著，順手把茶盤擱到桌上，將茶杯端到狄仁傑的面前，「大人，您喝茶。」

狄仁傑接過茶杯，微笑著喝了一口，注意到沈槐還站在桌邊，便道：「沈將軍，請坐啊。」

「這……卑職還是站著吧。」沈槐靦腆一笑，沒有動。

狄仁傑聞言一愣，不動聲色地打量著沈槐，笑道：「坐吧，坐吧。不要見外，你這樣子，我都不自在。」

沈槐聽他這麼說，方才在桌邊畢恭畢敬地坐下。

狄仁傑又喝了口茶，將茶杯放回桌上，微笑道：「你住在我書房的隔壁，就會被我打擾到。我一個老年人，睡覺不沉，你們年輕，可不要跟著我熬，萬一熬出病來，倒是我的罪過。」

沈槐忙道：「大人，您這麼說卑職可擔當不起，卑職只是在做分內之事。大人，您……剛才是在做噩夢嗎？」

「也沒什麼，夢到了一些往事。」狄仁傑點頭道，「沈將軍啊，我當真是年老昏聵了，一時竟想不起來你是什麼時候到我身邊的？是……臘月幾號？今天是臘月二十五了吧？」

「大人，今天是臘月二十六，沈槐擔任您的衛士長，到今天剛好滿一個月。」

狄仁傑連連搖頭：「人還真是不能不服老啊，眼面前這麼點事情都記不清楚，唉。偏偏一些過去的事情，倒是想忘都忘不掉啊！」他又上下端詳著沈槐，語帶讚賞道：「不過，你這一個月來做得很不錯，我很滿意。」

「大人！」沈槐欠身欲起，被狄仁傑按住肩膀，狄仁傑仍然微笑著道：「沈將軍，你這個衛隊長確實當得非常好啊，細心、穩妥、照顧周到。要知道，人和人是不一樣的，情形和情形也有區別。你能到我身邊，就說明你我有緣，來日方長嘛。」

沈槐點點頭，避開了狄仁傑的目光。沉默半晌，又道：「大人，沈槐有個請求。」

「什麼請求？」

「還請大人今後就直呼卑職的名字吧。」

「哦？這樣也好。」

「謝過大人。」

「今年的冬天特別寒冷啊。」狄仁傑攏了攏披在肩頭的棉袍，「沈將軍，哦，沈槐啊，兩日後便是除夕，到時候你要隨我去宮中守歲，不能和家裡人一起過年了。你和家裡打過招呼了沒有？」

「大人，卑職的家人均不在神都，不用關照。」

狄仁傑一愣，略帶歉意道：「哦？是我疏忽了。你來了這一個月，我還沒有問過你家裡的情況。那你的家人都在哪裡？是不是要接過來？」

沈槐搖搖頭，苦笑道：「稟報大人，卑職自小便父母雙亡，是由叔父撫養成人的。現家中只有一個叔父和堂妹，居住在蘭州附近，金城關外的鄉野中。叔父身體不好，不能長途旅行，堂妹一直在他身邊照料，故而不便接來。卑職只要每年去看望他們一次便可。」

狄仁傑微微頷首：「原來如此。這樣也好，今年老夫便與你一起過年了。」望了望窗外，狄仁傑又道：「夜很深了，沈槐啊，快去睡吧。」

「是。」

回到自己的房前，沈槐看著隔壁狄仁傑書房裡熄了燈，方才推門進屋。一個月來，他常常為自己一時衝動選擇了這間屋子而感到後悔。人和人是不一樣的……沈槐坐在榻上，不知不覺地握緊了拳頭，知難而退可不是他沈槐的個性，來日方長，來日方長。

洛陽城內從來不缺少尋歡作樂的場所，特別是南市旁的溫柔坊，聚集著神都乃至整個大周最奢侈豪華的酒肆和妓院。這一個月來，整座街坊內，圍爐飲宴，歌舞昇平，猜拳行令，男歡女愛，家家的生意都特別興隆。神都的宵禁制越發助長了徹夜狂歡的氣氛，既然出不了街坊回不了家，那麼就乾脆把這裡當作臨時的家吧！

吏部侍郎傅敏和幾名同僚的夜宴，從臘月二十六一直持續到了臘月二十七的凌晨，吃喝了整整一個晚上。幾個人或躺或臥，神志都有些模糊了，仍然沒有人願意提出散席。醉了便睡上半個時辰，睏了便和身邊的酒妓玩鬧一回，既然東方尚未發白，戶外還是淒雪苦寒，這個暖爐生煙、酒香撲鼻、滿桌佳饗、美女環繞的地方就是天堂了。

傅敏就著身旁美姬的手，又乾掉一杯佳釀，斜睇著眼，口齒不清地道：「你們這些女人，越發的不像話了。說是圍的肉障，我怎麼一點兒暖氣都不覺得呢？呃，你說！」

他身邊的那名美姬胡女打扮，生得妖豔異常，聽他這麼說，便伸手去扯胸前的蔥綠抹胸，一邊叱道：「呸，你個濫淫色鬼！我們怎麼不像話了？從昨晚上伺候幾位到現在，我們哪裡不湊趣哪點不盡心？你不覺得暖？這滿頭的汗哪裡來的？你要暖不是嗎，好啊，把手伸過來，這裡夠暖！」說著就把傅敏的手往自己的懷裡扯，那傅敏便借著酒勁直倒在她的身上，兩人即刻黏在一處，醜態百出。

廝鬧了一陣子，傅敏推開美姬，探身去拉左右兩邊呼嚕打得正酣的同僚：「起來，起來！天還沒亮呢，睡什麼睡？這麼點酒就倒了？不像話！」

那兩人被他吵醒，搖頭晃腦地挺起身來，各自又倒了幾杯酒下肚，迷迷糊糊地問：「呼盧射覆❶，俗的雅的都玩膩了，還有啥可玩的？再不來點兒提神的，咱們可實在撐不下去了。」

那胡妝美姬輕攏散落額頭的秀髮，嬌笑道：「要不咱們玩藏鉤吧？」

傅敏連連搖頭：「女人的玩意兒，無趣！無趣！」

那美姬嗔道：「雖說是女人的玩意兒，若藏的是件要緊東西，玩起來還是很有趣的。」說著，她纖手一揚，手中亮閃閃一粒明珠，晃得幾個人情不自禁瞇起眼睛。

「不好！」傅敏低呼一聲，劈手去搶。

那美姬倒也身手矯健，一扭腰藏到金漆牡丹屏風後面，嘴裡說著：「這東西很要緊吧？是不是你那夫人給你的信物啊？知道你娶的是梁王爺的妹妹，身分高貴著呢，脾氣也大得很吧？你回去要讓她發現沒了這物事，傅老爺就有河東獅吼聽了！」

「不要臉的小娼婦！」傅敏笑罵，「我會怕她？老爺我最不怕的就是女人！尤其是姓武的女人！」

「喲！傅老爺可不能這麼說話的，您不要命，咱們還想多活幾年呢！怎麼，這藏鉤你倒是玩不玩啊？要不玩，這珠子可就算賞我了。」

「玩，玩！」傅敏忙道，「我的親親，你說，怎麼玩法？」

「這個嘛，好辦。如今就咱們大夥兒一起藏，你一個人來猜。先把燈熄了，待我們藏好了珠子，你等亮起燈來猜。」

「行！」

屋子裡的燈燭瞬間滅了，傅敏聽到身旁窸窸窣窣的一陣亂響，心中只覺好笑，等了一會兒，聲音停止了，死一般的寂靜突然籠罩在頭頂，傅敏隱隱感到一絲不安，忙問道：「藏好了沒？藏好了就亮燈啊。」

沒有回答，仍然是一片令人恐懼的安靜。但是，又似乎有沉重的呼吸聲緊貼在耳朵旁邊響起來。

傅敏的背上開始冒汗了，他強作鎮定，提高聲音再喊了句：「煙兒，好煙兒，別胡鬧了！快點燈啊。」

屋子裡還是毫無動靜，依然是漆黑一片。傅敏顫著手去摸蠟燭，卻碰到了一只溫軟的拳頭，

❶ 呼盧和射覆，兩種在唐代流行的遊戲。

傅敏笑了：「小賤人！你嚇不倒老爺我，快把手張開，讓我摸摸珠子在不在裡面？」

拳頭慢慢張開了，傅敏摩挲著，臉上不覺掛起淫褻的笑容，正摸著，猛然覺得掌心一記刺痛，他剛想開口罵人，冰冷的麻痺感就席捲了全身。

燈亮起來了，屋內只有傅敏一人，如泥雕石塑般端坐在正中，臉上依然掛著那副令人作嘔的笑，眼珠泛出慘白。他面前的地上，一顆明珠下壓著幾片碎紙，閃著耀眼光芒的明珠照亮碎紙上依稀可辨的幾個字：「生」「死」。

臘月二十七日晨，洛陽城門剛剛開啟，新任大理寺卿宋乾大人的馬車就飛駛而入。他匆匆在吏部報了到，便馬不停蹄地往城南尚賢坊內的狄府趕去。馬車沿著冰封的洛水一路疾馳，宋乾探出頭去張望，卻見洛水的兩岸都堆著厚厚的積雪，熙熙攘攘的人群在幾座橋上往來穿梭，畢竟是過年的大節期，嚴寒也凍不住人們辭舊迎新的熱情，枯黃的樹枝上也都掛上了大紅色的條幡，給肅殺的冬景平添了幾分喜氣。

鑾鈴聲動，馬車掉頭跑入里坊。只見街道兩側的家家戶戶都將門面修葺一新，掛上了桃符辟邪，考究些的還飾以大紅布簾，在一片銀裝素裹中猶如跳動的火焰，傳遞著喜悅、滿足和期待。

宋乾正在饒有興致地欣賞神都的迎新街景，馬車突然一個驟停。宋乾給晃得重重倒在車廂後壁上，他趕忙撐起身，一邊問著怎麼回事，一邊撩起車簾。趕車的家人沒好氣地回頭道：「老爺！您看看，快過年了，這些小孩子都沒人管了，四處亂跑！要不是我轡繩勒得快，差點兒就撞上！」

宋乾順著家人的手往前看去，果然是一幫七八歲的小孩，傻乎乎地站在馬車跟前，顯然給嚇得不輕。宋乾笑道：「噯，小孩子們貪玩嘛。沒撞上就好，走吧。」

一個稍大點的男孩領著其餘的孩子讓到路邊，家人抖了抖韁繩，馬車徐徐前行。只聽得身後那群孩子咯咯笑著，清脆的童音唱起了歌謠：

生死簿，定生死。
黃泉路，躲不得。
紅黃忠，黑紫奸。
入鬼籍，住陰司。
生死牌，招魂魄。
閻羅殿，判善惡。
枉死怨，無土恨。
地獄變，難超生。

宋乾聽著聽著，眉頭不由越皺越緊，童謠的聲音漸漸遠去，車前的家人大聲嚷道：「老爺，這神都孩子都唱的什麼歌子啊，聽著多忧人。大過年的，怎麼這麼不吉利！」

宋乾沉思著，沒有回答。

馬車停在狄府門前，宋乾剛一下車，大管家狄忠便笑容滿面地迎上來：「宋大人，咱家老爺一大早就等著您呢。他說，您今天一進洛陽城，就得過來！這不，午飯都給您預備好了。」

宋乾急忙往裡走，一邊也笑道：「真是什麼都不出恩師所料啊！狄忠啊，恩師這一向可好啊？」

「老爺挺好的。」狄忠回答道，「聖上吩咐非軍國大事不可麻煩國老，並准咱老爺十天才上一次朝，所以這陣子也不像過去那麼忙了。」

「如此甚好。恩師年事已高，本來就不宜過度操勞，也該養著些了。」說著兩人已來到狄仁傑的書房前。看到狄仁傑站在書房外的台階上含笑等待，宋乾頓時激動得眼含熱淚，喊了聲「恩師」，緊趕幾步上前，納頭便拜。

狄仁傑雙手將他扶起，笑道：「宋乾啊，讓你一個三品大員跪我，老夫實不敢當啊。」

「恩師您這麼說可就折殺學生了，一日為師，終身為父。學生這一拜，恩師受不起可就沒人受得起咯！」

說笑間，狄仁傑偕著宋乾往書房裡進，看到門邊站著的沈槐，便介紹道：「宋乾啊，這就是沈槐將軍，我的新任衛士長。」

「啊，原來這就是沈將軍，幸會，幸會！」

「宋大人，久仰。」

宋乾上下打量著沈槐，轉頭對狄仁傑道：「我看這位沈將軍，還真和從英有些神似。」

狄仁傑笑了笑，道：「是啊，說起來，沈槐其實還是從英給我安排的。」

「哦？」宋乾一愣，便問，「學生從涼州進京的路上，才聽說并州的事情。真沒想到，從英就這麼走了，還有恩師的三公子……」

狄仁傑的臉色略微變了變，沉聲道：「此事說來話長，待有時間再慢慢說給你聽吧。」

宋乾連忙點頭稱是。

進到書房，狄仁傑在榻上坐下，讓宋乾坐到自己的下首，沈槐也落了座，狄仁傑方才仔細打量宋乾，含笑道：「宋乾啊，俗話說人逢喜事精神爽，老夫看你今天這氣宇軒昂、躊躇滿志的樣子，倒真是個三品大員的氣派了。」

「恩師這麼說就折殺學生了，宋乾能有今天，全賴恩師提拔。」

「噯，老夫已經年紀大了，今後就看你們的了。」狄仁傑沉吟著又道，「光陰似箭啊，這幾日老夫頻頻回顧當年做大理寺丞的時候，一切都歷歷在目宛如昨日，可今天已經是我的學生來做這個職位了。大理寺卿是朝廷掌理刑獄司法的最高長官，你的責任重大啊。」

宋乾拱手道：「學生自從接此任命，日日夜夜誠惶誠恐寢食難安，既擔心自己才疏學淺難堪重任，更怕自己處事不周給恩師蒙羞。想要事事向恩師請教吧，又恐怕煩擾了恩師，真是左右為難啊。」

狄仁傑擺擺手：「噯，宋乾你的能力我心裡清楚，對你我有信心。至於說請教嘛，你既然稱我為師，有需要的時候我自會全力支持，你只管放手大膽地做事情便是了。」

宋乾大喜：「多謝恩師，恩師這話就是給學生吃了定心丸了。」

狄仁傑微笑搖頭，又道：「宋乾啊，你是一個半月前從涼州出發的吧？這一路上可好走？」

「回恩師的話，路上不太好走，今年的冬天比往年更為嚴寒，一路上到處都是霜雪冰凍，學生雖配有最好的車駕，也不得不走走停停，所以在路上比平常多耽擱了半個月。」

「哦。」狄仁傑沉思起來，宋乾正覺納悶，狄忠進書房報稱：「老爺，御史中臣林如平大人和左羽林衛裴岩大將軍來給您送年貼。」

狄仁傑皺眉道：「又來了。沈槐啊，你去替我接待吧。」

「是。」

宋乾看著沈槐的背影，笑道：「您就這麼打發林大人和裴將軍？」

狄仁傑也笑了：「臘八以後每天都要來十幾撥，我一概都不見。狄忠給我擋一部分，剩下的就讓沈槐來對付。他原來是羽林衛的，所以今天就讓他去和裴將軍寒暄幾句吧。沈槐不錯，這類事情處理得很妥當。」

宋乾點頭：「是啊，我看這位沈槐將軍十分沉穩持重，似乎比從英還要……」說到這裡，他突然住了口，狄仁傑也不追問，卻自言自語道：「今年的路這麼難走，也不知道景暉和從英他們走到哪裡了。」

宋乾這才明白狄仁傑剛才問話的意思，忙道：「怎麼？三公子和從英他們沒有書信過來？」

狄仁傑搖頭：「一個月前出發的，到現在是音訊皆無。」他無奈地笑了笑，又道，「我那個小兒子，一貫是沒心沒肺的。只是從英，如今也弄得像匹脫了韁的野馬，全沒有了過去的那般謹細周到。」

宋乾哼哈一聲，卻聽旁邊的狄忠嘟囔道：「袁將軍過去也這樣的，出去查案子，一走三個月，杳無音信，老爺您也沒說過他啊。」

狄仁傑嗔道：「要你多嘴！還不去看看午宴準備好了沒有？等沈將軍送了客，咱們就可以入席了。」

狄忠剛要出門，正撞上一頭衝進來的沈槐，沈槐壓低聲音急促地對狄仁傑道：「大人，太子殿下來了！」說著，他往旁邊一讓，李顯一臉焦慮地出現在書房門前。

狄仁傑和宋乾大驚，一齊從榻上跳了起來。

狄仁傑緊走幾步來到李顯身前躬身施禮道：「太子殿下怎麼突然駕臨？有事讓老臣過去便是……」

李顯略顯煩躁地搖頭道：「狄國老，事發緊急，顧不得許多了。」他扭過頭，看到宋乾正對自己一揖到地，愣了愣，「宋乾，你怎麼在這裡？哦，我想起來了，你來接任大理寺卿。」

宋乾道：「太子殿下，宋乾今晨剛到的神都。您和恩師有要事要談，宋乾這就迴避。」

李顯一擺手：「不必，你在正好。這事和你也有關係。」

狄仁傑將李顯讓上主座，自己才在下垂首坐下，宋乾和沈槐一旁侍立。狄忠悄悄退出書房，關上了房門。

書房中一時間寂靜無聲，李顯沉默了半晌，才長歎一聲道：「狄國老，孤的運氣真是糟糕得很啊。」

狄仁傑鎮定地道：「太子殿下，您先別著急，究竟發生了什麼事？」

「唉！」

李顯雙眉緊鎖道：「狄國老一定知道，聖上因龍體欠安，不能主持今歲的年末守歲和新年朝賀大典，昨日已頒下旨意，由孤來代為主持所有的慶典活動。」

「這個老臣聽說了。聖上能下此旨意，充分說明了她對太子殿下的信任和期待，主持新年慶典也是太子在百官、四夷乃至全天下百姓面前樹立威儀的大好時機，老臣以為，此乃太子之大幸啊。」

李顯苦笑道：「話雖如此，可主持新年大典事關重大，出不得半點紕漏。孤這幾天為了大典事無巨細，悉心準備，只想把事情辦好。可誰知道，昨晚上卻出了樁始料未及的大變故！如今孤著實不知所措了，想來想去，只好來向閣老請教。」

「不知太子殿下所說的大變故是什麼？」

「昨晚鴻臚寺卿和少卿在賓耀門附近遭襲，少卿劉奕飛身亡，正卿周梁昆驚嚇過度，至今神志昏亂，不省人事！」

「居然會有這樣的事？」狄仁傑緊蹙雙眉道，「鴻臚寺的正卿和少卿同時遭襲？那新年慶典的準備豈不是要大受影響？」

李顯歎道：「新年慶典其實已經準備得差不多了。但問題是，鴻臚寺承擔著慶典禮賓的一切事宜，如今正卿不能理事，少卿身亡，群龍無首，這新年慶典根本就無法舉行了啊！」

狄仁傑注視著李顯道：「太子殿下，新年慶典無論如何都要舉行。既然準備工作已經就緒，只要有合適的人選臨時掌管鴻臚寺，組織一切相關事宜，確保慶典萬無一失即可。」他微笑著，繼續道，「太子殿下心中是否已經有了打算？」

李顯站起身來，向狄仁傑深深作了個揖，道：「還請狄國老再施援手，助孤度此難關。」

狄仁傑扶住李顯，誠懇說道：「老臣為李唐萬死不辭，太子不必多禮。」

李顯感佩萬分地連連點頭，狄仁傑接著道：「今天已經是二十七日了，明天就是除夕，時間已然不多，我們必須立即開始行動。」

李顯點頭道：「是。孤立即進宮去向聖上請旨，聖上雖已授予我全權，但還是應該讓她老人家知曉。」

狄仁傑道：「好，這樣很妥當。我這就去周梁昆的府上，看看他的情況到底如何。假使他清醒過來，至少我可以知道他對慶典的安排。」他又看了看宋乾，道：「宋乾，你也隨我一同過去吧。鴻臚寺正卿和少卿同時在皇城內遭襲擊，這可是個大案，早晚要落到大理寺的頭上，你不如從現在就開始調查吧。」

狄仁傑帶著宋乾和沈槐到達周梁昆的府邸時，周府上下仍然雞飛狗跳地忙亂著。周府管家周榮一邊把三人往後堂引，一邊回答著狄仁傑的問話，一邊還要不時應付穿梭往來向他請示的僕人們，倒是三頭六面，眼明嘴快，果然大戶人家的總管風範。

就這樣還未到周梁昆的臥房前，狄仁傑便已經瞭解到：周梁昆是昨天夜間三更時被羽林軍送回府裡的。當時這位周大人滿身血污、滿嘴胡話，夫人王氏一見之下還以為沒救了，頓時也暈了過去。周大人並無子嗣，只有一位未出閣的掌上明珠靖媛小姐在家，這周小姐卻頗有膽識，立即命人將老爺太太分別抬回了臥房，給老爺換下血衣，並馬上派人去請來郎中給老爺診脈，說是驚嚇過度，兼這些日子太過疲勞，失心瘋了，於是開了安神的藥，灌下去後老爺便昏昏睡去了。王夫人本來就沒啥事，過一會兒自己就悠悠醒轉了，也服了參湯臥床靜養。

「哦？」狄仁傑沒有停下腳步，繼續問道，「既然如此，怎麼府中還是一片忙亂的樣子？」

周榮搖頭道：「狄大人有所不知，咱老爺服的安神藥今天一早就過了勁，醒來之後便狂喊亂叫手舞足蹈，幾個壯漢都按不住他。再要想給他服藥吧，他根本就不肯聽從，藥碗砸了十來個，藥湯潑得滿榻都是，卻一滴都沒灌下去。咱小姐把洛陽城最好的郎中也請來了，可是老爺他不肯服藥，郎中也沒轍啊。」

狄仁傑點頭：「這我就明白了。還有，方才我來時，家人通報了好久你才迎出來，又是為何？」

周榮略顯尷尬道：「請狄大人見諒，今天上午到現在，鴻臚寺裡的各級官員走馬燈似的來咱們府上，說是老爺和少卿劉大人都不在，許多事情等著做決定，他們都不知道如何是好，無奈就直接找到咱府上了。可是老爺現在這樣子哪裡能理事啊，所以小姐吩咐一概擋駕。不過小姐剛聽說是狄大人來，就讓小的立即來迎接您了。」

說話間一行人已經來到後院，就聽得臥室裡面傳來乒乒的聲響，其間夾雜著一個略顯蒼老嘶啞的聲音，嗚嗚啞啞，不知道在喊些什麼。周榮推開屋門，領著狄仁傑三人剛踏過門檻，只聽

「嘩啦」一聲，一個藥碗正好砸在他們的腳下，藥湯四濺，狄仁傑的袍服下襬頓時染上深褐色的污跡。緊接著，守在榻前的粉衫女子被周梁昆猛地往外一推，向後踉蹌好幾步，直朝狄仁傑的身上倒來。

幸虧沈槐身手敏捷，一個箭步擋到狄仁傑跟前，那女子剛好摔在沈槐的懷中。沈槐輕輕將她的身子扶正，卻見她姣好的鵝蛋臉上飛起紅暈，不知道是因為驚嚇還是羞澀。周榮趕緊上前稟報道：「小姐，狄仁傑大人來了。」

年輕女子匆忙整整稍顯凌亂的衣衫，也不看沈槐，只是面對狄仁傑端端正正地道了個萬福：「小女子周靖媛見過狄大人。」

狄仁傑含笑頷首道：「周小姐不必多禮，還是讓老夫先看看周大人吧。」

周靖媛點頭稱是，一邊示意周榮端了把椅子過來，親自攙著狄仁傑的胳膊，請他坐下，一邊道：「狄大人，我父親已經鬧了兩個多時辰了，再這樣下去，我擔心父親他難以支撐。」

因為徹夜不眠，周靖媛的眼圈泛黑嘴唇發白，卻仍然能看出是個姿容超群的嬌媚女子。

狄仁傑伸手去把周梁昆的脈。這周梁昆也頗為奇怪，狄仁傑沒進門前還鬧得天翻地覆，此刻卻突然安靜了下來，只是仰面靠在枕上，直勾勾地瞪著雙無神的眼睛，嘴裡念念有詞的，聽不清楚在嘟囔什麼。

狄仁傑凝神診脈，半晌，長吁口氣道：「周大人脈象紊亂，確是驚嚇過度兼思慮傷神，但似乎情況還不算太嚴重。這樣吧，我來給他扎幾針。」

狄仁傑從懷中掏出裝著銀針的布包，朝沈槐使了個眼色，沈槐會意，上前扶起周梁昆，讓他靠在自己的身上。為了防止周梁昆掙扎，周靖媛命幾個家人將他的手腳按住。狄仁傑定了定神，把銀針刺入周梁昆的幾處大穴，片刻之後拔出銀針，沈槐將他輕輕放倒在榻上，周梁昆合起眼睛，不一會兒便發出了鼾聲。

周靖媛看到父親總算安靜了下來，欣喜地對狄仁傑道：「狄大人，您真是大周的國手啊，針到病除。只是……不知道爹爹他稍後醒來，還會不會鬧？」

狄仁傑道：「令尊這一覺應該會睡到夜間，老夫到那時候再來看他便是。」

「太好了，多謝狄大人。」

宋乾一直默默地在旁觀察著，此時湊到狄仁傑跟前道：「恩師啊，周大人這一睡，新年慶典怎麼辦？鴻臚寺的事務又該如何處理？」

周靖媛不樂意了，稍稍提高聲調道：「我爹都病成這樣了，就算不讓他睡，他也處理不了公務！」

狄仁傑笑道：「人比事情要緊啊，有人在就不怕。既然周大人已經安寢，我們就不再打擾了。太子殿下命我代理鴻臚寺裡的一干事務，千頭萬緒的，老夫得趕緊去處理。」說著就要起身。

周靖媛抿了抿嘴唇，看看狄仁傑道：「狄大人，我父親昨天被送回家時，懷裡揣著本簿冊，似乎記載著許多新年慶典的事務，要不您拿去看看有沒有用？」說著，她去旁邊桌上取來個簿子，雙手呈給狄仁傑。

狄仁傑翻看了幾頁，喜道：「這是鴻臚少卿劉奕飛對慶典禮儀安排的紀錄，連每個事項的負責人，進展情況都有詳細記載。太好了，有了這個老夫對整個典禮就胸有成竹了。」他微笑著對周靖媛道：「周小姐，你可幫了老夫的大忙。」

周靖媛對狄仁傑款款一拜，從容回道：「請狄大人直呼靖媛的名字便可。狄大人太客氣了，是您幫了我爹爹和靖媛的忙，靖媛感激萬分。」

狄仁傑告辭出門，走到門邊時又問：「靖媛啊，聽說周大人自昨天回府後一直在叫嚷，不知道靖媛可曾聽出他說的是什麼？」

周靖媛想了想，道：「聽不太清楚，只彷彿聽到什麼『生死簿』？」

「哦。」狄仁傑點頭，宋乾面露狐疑之色，忍著沒開口。

周靖媛一直將三人送到內院外，目送他們離開後，方才轉身回去。

周府門外，狄仁傑對宋乾道：「宋乾啊，如此我便和沈槐去鴻臚寺了，你去大理寺忙你的吧，劉奕飛的死狀要嚴加查察，那些昨晚上發現周大人的羽林衛也要仔細盤問，不要放過任何蛛絲馬跡。如果有什麼疑難之處，你可以隨時來找我。」

「是。」宋乾猶豫了下，道，「恩師，您聽說過生死簿的事情嗎？」

狄仁傑搖頭，問：「怎麼？你知道些什麼？」

宋乾皺眉道：「也沒什麼，就是今早一路上聽到孩子們唱歌，好像唱的是生死簿什麼的，聽得令人十分不快。」

狄仁傑沉吟著點點頭，便上了自己的馬車，沈槐騎馬相隨，向鴻臚寺而去。

就在狄仁傑等人為新年慶典忙碌的時候，離開神都千里之遙的蘭州城外，距離黃河岸最近的一座皋河驛站內，客人已十分稀落。畢竟是年關，這個時節還在路上的，恐怕都是些無家可歸或者有家難回的可憐人吧。

此地已接近塞外，皋河驛站雖然面積闊大，陳設卻比關內的驛站要簡陋很多。面寬三丈的大堂裡，原木的桌椅隨意散放在泥地上，一色泥刷的牆壁，到處都是黃乎乎灰撲撲的，看不到半點鮮亮的顏色。驛站老闆為了節省開銷，只在大堂正中點了個火盆，剛夠溫暖火盆周圍的一小圈地方，剩下的地方便是滴水成冰，堪比寒風呼嘯的戶外。

人數不多的幾夥旅客，三三兩兩圍坐在火盆旁的幾副桌椅上，百無聊賴地打發著時間。他們絕大部分都是打算渡過黃河去關外的，可是自從來到這裡後就碰上大雪封河，根本找不到渡船，於是只好留在驛站裡面乾等，一耗就是好多天。

一人推門快步走進大堂，雖然他立即扭身關上了門，但呼嘯的狂風還是捲著寒氣隨他湧入戶內。正蹲在火盆旁邊玩著炭灰的小男孩立即跳起來，大聲喊著「哥哥」，撲到他的身前。

袁從英輕輕攬著韓斌的小肩膀，先平穩了呼吸，才低頭問道：「又在玩炭灰了？臉上全是黑的。」

韓斌衝他仰起一道黑一道白的小臉，吐了吐舌頭，伸手就去扯他的衣襟，一邊問：「哥哥，有好吃的嗎？」

袁從英把他的手拉開，無奈地看了看胸前的黑色手印，把左手裡的幾個紙包提到韓斌面前。韓斌歡呼了一聲搶過紙包，袁從英道：「這裡頭有藥！先拿回屋裡去。」

「哦！」韓斌捧著紙包就跑，袁從英緊跟在他身後走進大堂後面的一間客房。

這客房和大堂一樣，也是泥灰的牆壁泥灰的地，牆根下的土炕上躺著個人，不停地咳嗽著。狄景暉坐在門邊的一把椅子上，看到袁從英和韓斌走進門來，便起身迎了過去。

袁從英朝狄景暉點了點頭，問道：「怎麼樣？他好點沒有？」說著，來到炕前俯身看了看那人。

那人抬了抬身子，邊咳嗽邊道：「袁校尉，我好些了。給大家添麻煩了。」

狄景暉拿過韓斌手裡的藥包看了看，問：「這藥很難買嗎？去了一天。」

袁從英在榻邊坐下，點頭道：「從這裡到蘭州城，打個來回就要兩個時辰，風雪太大，馬幾乎都走不動。又快過年了，城裡的許多店鋪都已經關門歇業，我找了很久才找到個藥鋪。請郎中更是不可能，我問了好幾個，都不肯出城。」

狄景暉道：「老孫的病其實不太重，我這點三腳貓的本事也足夠了。不過這病需要靜養，不能受累更不能受凍。看樣子老孫是不能再和我們一起往前走了。」

老孫聞言急道：「我沒事，我能走！」說著又是一陣猛咳。

狄景暉朝袁從英撇撇嘴，一臉不屑道：「老孫，我看你也不用著急。反正咱們一時半會也走不了。」

袁從英看韓斌打開另一個紙包，正口水連連地從裡面抓出孜然羊肉往嘴裡塞，便拍了拍他的後背道：「去給張義叔送點羊肉去，他在後面刷馬。再去把藥煎了。」

韓斌答應一聲跑了出去。袁從英轉身對狄景暉道：「我今天又去黃河岸邊看了看，我想，咱們明天就可以走了。」

狄景暉一驚，忙問：「不是說找不到渡船嗎？怎麼又能走了？」

袁從英點點頭，微笑著道：「不用渡船，我看過了，這段黃河已經全部冰封，我試了試，凍得挺結實，咱們可以走到對岸去。」

「走到對岸去？」狄景暉先一愣，隨即朗聲笑起來，「很好，我還從來沒走過冰河，這回倒要試個新鮮的！」

袁從英回頭對老孫道：「老孫，你和張義就留在這裡。我把馬也留給你們，再多留點錢，你們就乾脆等過了新年，天氣轉暖以後直接回洛陽吧。」

老孫咳著說：「這，這怎麼使得？」

袁從英搖頭道：「不用多說了，我們也不能再耽擱，就這麼定了。我寫封書信給你的長官，是我沒照顧好你們，不會讓你們交不了差。」

簡單地吃過了湯餅泡羊肉，袁從英在櫃檯上借了紙筆，開始寫信，韓斌跪在他身邊的椅子上看著，還沒寫幾個字，突然一陣喧譁，是狄景暉和一夥胡人吵鬧了起來。

只聽狄景暉大聲嚷著：「總共就一個火盆，放在中間大家都有份。你們這夥人，每天都把靠火盆最近的桌椅佔著不說，現在乾脆把火盆挪到你們那裡，別人怎麼辦？」

胡人中帶頭的那個操著生硬的漢語道：「你想怎麼樣？別以為我們看不出來，你就是個犯人，居然還想烤火？凍死你也活該！」

一夥人哈哈大笑，狄景暉大怒：「我就是個犯人，不像你們，也不知道是狼種還是犬類！」

那胡人倒也不著急，抬高嗓門道：「漢人就是會說話啊，可惜都只會耍詭計，全是些卑鄙小人！不像咱們突厥漢子，就是做狼做犬，也做得正大光明！」

狄景暉把桌子拍得山響：「你把話說明白，誰是卑鄙小人？誰耍陰謀詭計？」

那突厥人咬牙切齒地回罵：「說的就是你們這些見不得人的漢人！」

狄景暉捏起拳頭就要往前衝，被人一把推到了旁邊，再一看，袁從英皺著眉擋在了那個突厥漢子面前，沉聲道：「出門在外，惹出事端來誰都不好過，算了吧。」

那突厥人不依不饒道：「算了？沒那麼容易！老子我受夠了你們漢人的氣，今天還就要理論一回！」

狄景暉大笑：「原來是懷恨在心借機報復啊，你們這幾天在一堆嘀嘀咕咕我都聽到了，是和人賭博輸大發了吧？難怪捉襟見肘的，花錢這麼不爽利，我說呢，要暖和讓老闆多點個火盆嘛，何必和我們搶！」

那突厥人氣得跺著腳嚷：「你們這些漢人專會騙人！連賭錢也要耍詭計，把老子的錢騙去了一多半，今天我就打你們這幾個漢人出出氣！」說著，他一揮手，十來個突厥大漢吹鬍子瞪眼地圍將上來，正要動手，突然又都愣住了。

袁從英神態自若地站在他們面前，左手中不知何時出現了把黑漆長弓，這弓比一般普通的長弓還要長出半尺有餘，看上去頗有些分量，亮黑色的弓身最上端還雕著個威風凜凜的狼頭。這幫突厥人一看見這長弓，頓時面面相覷，領頭的大漢劈手過來就要搶，卻被袁從英抓住胳膊往旁一摔，那大漢歪斜著好不容易站直，兀自急得大喊：「你，你！還我們王子的神弓！」

袁從英聽他這話，不由笑了笑，瞧瞧手裡的弓，道：「看你們這班人天天護著這把弓當寶貝，原來是王子的。哪來的王子？」

大漢怒道：「這和你沒關係！快把弓還給我們，要不然我們就血洗了這皋河客棧！」

袁從英搖頭道：「我沒打算要你們王子的東西，只是看著有趣，借來玩玩。」說著，他一運氣，穩穩地將弓拉滿，過了片刻才慢慢將弓放回到突厥人面前的桌子上。

這夥突厥人一看此情景，頓時鴉雀無聲。領頭的大漢右手按住胸口，朝袁從英恭恭敬敬地鞠了個躬，從桌上拿起弓，領著其餘人悄無聲息地退出了大堂。

狄景暉走近笑道：「噯，你可真厲害。這幫突厥人氣焰太囂張，我看著不爽好幾天了，正想找個機會教訓教訓他們，沒想到你一下子就把他們給嚇倒了。」

袁從英瞪了他一眼，沒好氣地說道：「你教訓他們？你這純粹是在給我找麻煩。」

狄景暉道：「怕什麼？我知道你打架行嘛！」

袁從英搖頭苦笑了笑，坐回到桌邊，匆匆把剛開頭的信寫完。他將筆一擱，看了看狄景暉，道：「狄景暉，你以後要是再想教訓什麼人，請你先和我打聲招呼。」

狄景暉眉毛一挑：「你不會是真的害怕了吧？」

袁從英壓低聲音道：「剛才的局面其實很危險。你不知道，那些突厥人個個都身懷絕技，真要動起手來，我雖有把握保你們安全，但卻避免不了對方的傷亡。以你我現在的身分處境，惹出人命官司來會很難辦的。」

狄景暉滿不在乎地道：「也沒什麼大不了的。到時候你把所有的事情往我頭上一推，我呢，也好就此浪跡天涯當逃犯去，不用再去那個什麼杳無人煙的地方受罪！」

袁從英輕哼了一聲，不屑地道：「你倒盤算得好，大人怎麼辦？」

狄景暉眨了眨眼睛，狡黠一笑道：「就知道你會這麼說。你放寬心，我狄景暉還有點自知之明，浪跡天涯當逃犯？我沒這能耐！」狄景暉等了一會兒，見袁從英不理他，又道：「唉，誰知道這些突厥人那麼厲害？我看他們傻頭傻腦的，也就是個頭大些，全是些莽夫。你說，他們會不會記仇，明天隨我們一起過河，再伺機害我們？」

「那倒不會。」袁從英答道，「其實我剛來就注意到他們這夥人，早去驛站老闆那裡打聽過了。這些突厥人是半個多月前，黃河上還有渡船時從對岸過來的。來了以後就天天在這個驛站裡廝混，並不急著趕路，似乎是在等人。」

狄景暉眼睛一亮：「會不會就是在等那個什麼王子？」

「很有可能。」袁從英點頭道，「如果那把弓真是這個王子常用的，他一定是個臂力驚人的人。我剛才拉他那把弓用了全力，他的氣力應該比我大不少。」

狄景暉愣了愣，隨即笑道：「氣力再大也沒關係，總之我們明天一早就走了。惹不起咱躲得起嘛。」

袁從英也笑了，扭頭看見韓斌正捏著支筆在紙上塗寫，便問：「斌兒，你在瞎畫什麼？」

韓斌衝他一翻白眼，道：「你才瞎畫呢！我在給大人爺爺寫信。」

「寫信？你不是不會寫字嗎？寫什麼信？」

「誰說我不會寫字！你瞎說！」韓斌氣呼呼地嚷著，見袁從英探過頭來，立即俯身護在紙上不讓他看。

袁從英笑著說：「明明不會寫字，否則為什麼怕我看？」

韓斌漲紅了臉，想想，拿過一張紙來，在上面端端正正地寫了三個字，往袁從英的鼻子底下一送：「你看，我會的！」

袁從英一瞧，寫的正是自己的名字「袁從英」，不覺驚喜道：「你還真會寫字？」

狄景暉也湊過來瞧了瞧，笑道：「你真讓這個小傢伙給騙慘了，他怎麼不會寫字？嫣然一直教他，我無聊的時候還給他講過《論語》呢。喂，小子，你還記不記得，我教過你的，君子欲訥於言而敏於行……」

韓斌朝他扮了個鬼臉。袁從英笑著直搖頭，摸了摸韓斌的腦袋，問：「你還騙了我些什麼？一塊兒都說出來吧。」

韓斌一本正經地回答道：「沒有了，沒有再騙你的了！我要接著寫信了，哥哥你不許偷看。」

看著韓斌埋頭寫信，袁從英對狄景暉道：「我們出來一個月了，是不是也該給大人去封信？」

狄景暉道：「要寫你寫，我沒什麼話對他說。」

袁從英道：「我也不知道寫什麼。」

狄景暉朝韓斌努努嘴：「他不正在寫嘛，你我就不用費勁了吧。」

「也好。」

韓斌總算把信寫完了，剛要交給袁從英，又猶豫起來。

袁從英知道他的心思，便道：「斌兒，你把信交給老孫叔，讓他回洛陽的時候帶給大人。我這封信你也一起交給老孫吧。」

韓斌這才鬆了口氣，跳跳蹦蹦地跑去老孫和老張的客房。袁從英和狄景暉也各自回房整理行李去了。

夥計過來熄了炭火，只點了一支蠟燭在櫃上，便也離開了。大堂裡面空無一人，頓時變得陰暗冰冷。過了許久，那領頭的突厥大漢走進來，看看堂裡沒人便轉身欲走，突然發現了桌上的紙，他拿起來，對著「袁從英」這三個字端詳了好一會兒，將紙折起揣進懷裡，便躡手躡腳地退了出去。

戶外，冬夜濃重如蓋般地闔下來，遠處高低起伏的群山昏黃一片，極目所到之處盡是曠野連綿，看不到一星半點的生機，只有白雪皚皚和黃土漫漫交匯穿插，說不出的肅殺淒涼。風，再度狂嘯翻捲，夾帶著雪和沙，彷彿要把整個天地都刮散了。

遠處，一條蜿蜒曲折的長河在夜色中靜靜伸展開來，沒有波瀾起伏，也沒有浪濤洶湧，只有凌厲淒清的微光從河面上悠悠泛起，那是冰的光芒。

第二章　冰河

自離開周梁昆的府邸，狄仁傑便在鴻臚寺的正堂上從正午一直忙到華燈高上，連口茶都沒來得及喝。任命狄仁傑臨時主理鴻臚寺一切事務的聖旨正午前就到了。那一干群龍無首，整個上午都如沒頭蒼蠅般亂撞的鴻臚寺官員們總算找到了方向，忙不迭地排隊彙報各項事務。

狄仁傑手邊雖有少卿劉奕飛的事務紀要，但畢竟隔行如隔山，這鴻臚寺的禮賓事宜紛繁複雜又事關君國尊嚴，一點兒馬虎不得，因而也不得不打足了精神應對。好在狄仁傑一向就是迎難而上的個性，又多次參加過歷年朝廷的新年慶典，正所謂觸類旁通，只見這古稀老人神采奕奕精力旺盛地指揮若定、揮灑自如，著實令人既欽佩又感歎。

剛到鴻臚寺正堂時，雖然堂外等待拜見的官員們已經排起了隊，狄仁傑依然頗有心情地細細觀察了一下正堂的佈置。鴻臚寺雖是朝廷最重要的外務機構，但一般的官員平時並沒有機會來到這裡，反倒是各夷狄番蠻的使節，到達神都後的第一件事情便是來鴻臚寺登記入冊，上呈貢禮。不過哪裡都免不了分個三六九等，但凡大國使節才有機會在正堂上得到鴻臚寺卿的正式接待，而那些無名小國或者部落的來使往往被分管地區事務的官員直接送入驛館，只能在這座宏偉壯麗的正堂之外張望一番了。

見到狄仁傑站在正堂前悠然四顧，鴻臚寺列於正卿和少卿之後的第三把手、鴻臚寺丞尉遲劍趕緊上前施禮，這是個四十來歲的黑臉壯漢，一舉一動卻十分斯文，顯得與他的外貌有些不太相稱。

狄仁傑向他頷首回禮後，便笑道：「尉遲大人是于闐人吧？不知道是否和尉遲敬德將軍有些淵源？」

尉遲劍恭謹地回答道：「狄大人，尉遲敬德將軍正是下官的族祖父。」

「哦？原來是開國元勳之後，失敬。」

「下官慚愧，無德無能，只求不給先祖蒙羞。」

狄仁傑微笑搖頭道：「尉遲大人，鴻臚寺一夜之間折損正、少二卿，如今這副擔子便要落到你的頭上了。」

「有狄大人在此，下官便有了主心骨。狄大人儘管吩咐，下官一定竭盡全力。」

「嗯，倒也不急在這一時，尉遲大人，本官見這鴻臚寺正堂的佈置十分新鮮，倒有些興趣，尉遲大人是否可以給本官介紹一番？」

「下官樂意之至。」尉遲劍領頭，帶著狄仁傑和沈槐在鴻臚寺正堂裡面繞起圈子來。這座正堂從格局上來講，和其他的朝廷官署並無不同，所特殊的是其間置放的陳設，可謂千奇百怪雜樣紛呈。最引人矚目的便是位於正堂中央的一幅絢彩奪目的波斯織錦地毯。

尉遲劍引狄沈二人來到這幅地毯前，頗為自豪地介紹道：「狄大人，這幅地毯是太宗朝時波斯國進貢來的，在整個大周找不出第二幅來。其色澤絢爛樣式奇異還是其次，最奇妙之處是隨著人的走動和光線的變化，看出來的花紋和光澤都是不同的。」

狄仁傑細細觀賞了一番，果然如尉遲劍所說，不由歎道：「這還真是件稀罕的寶物。」

尉遲劍笑道：「狄大人，咱鴻臚寺正堂上的寶物可不只這一件。」

「哦？還有什麼？」

尉遲劍將手一揚，道：「狄大人請看，這座石雕蓮花是婆羅門的禮品；這尊銅獅頭來自昭武康國；這幅掛毯是吐火羅進貢的，全部用鴕鳥毛編成；這具象牙由林邑進貢而來；這座碾玉仕女像是新羅當初為我皇登基的賀禮；還有這副純金鎧甲則來自吐蕃——」

他還要繼續滔滔不絕，狄仁傑笑道：「好了，好了，尉遲大人，本官今天真是見識了這鴻臚寺的四方寶物，時間不早了，你要是再這麼介紹下去，新年慶典便可休矣。」

尉遲劍也忙笑著拱手道：「狄大人請見諒，下官看到狄大人有興致，不由得也囉唆起來。您知道，這些寶物樁樁件件都是咱大周泱泱大國威達四海的見證，實在令人自豪啊。」

「嗯，」狄仁傑點頭道，「尉遲大人的心情本官感同身受。不過，本官聽到現在，倒有一個疑問。」

「狄大人請問。」

狄仁傑輕撚鬍鬚道：「據本官所知，四夷歷來朝賀進貢之物，具其數報四方館，引見以進。其中珍異新奇之物或被聖上留在宮中，或賞賜給大臣，其餘的在四方館造冊收存，怎麼這鴻臚寺正堂上會有這些貢品？」

尉遲劍道：「狄大人有所不知。四夷貢品除了您所說的這幾種去向之外，太宗皇帝還為鴻臚寺立下一個特別的規矩，鴻臚寺每年可以從四方館選取數件珍貴貢品，作為這正堂上的陳設。這樣做，一來可以讓所有來我大周的蠻夷，在剛踏入鴻臚寺的時候就見識到我朝四海歸附的威嚴，二來也可以讓這些世間奇珍有機會展露在世人面前，免得長年存放於庫房中不見天日。」

狄仁傑點頭道：「聖意果然英明，那麼這些寶物是每年一換嗎？什麼時候更換？」

「回狄大人，是每年一換，就是在新年前夕。」

「哦？那現在的這批寶物是新換的嗎？」

「就是在三天前剛剛換上的。不過唯有這波斯地毯是太宗皇帝特許鴻臚寺常年置放的，故而從不曾換下。」

狄仁傑聽著尉遲劍的答話，默然沉思了半晌，又問：「據本官所知，四方館及庫房也由鴻臚寺統一管理，是嗎？」

尉遲劍道：「閣老所言極是。少卿劉奕飛大人一直都主管四方館的事物，每年的貢物更換也由他主理。」

狄仁傑點頭道：「劉奕飛大人已在昨天晚上遇害了。」

尉遲劍的臉色一暗，道：「真是慘禍啊。狄大人，每年辭舊迎新之際都是鴻臚寺最繁忙的時段，大家都全力以赴意圖大展身手，誰想到今年竟出了這樣的事情……」

狄仁傑問道：「劉奕飛大人最近可有什麼異常？」

尉遲劍聲音微微抖動地道：「在下官看來並無異常。昨天下午，劉大人為了確定元正日太子接見四夷使節朝拜的次序，與下官在禮賓部直忙到戌時，才回鴻臚寺向周大人彙報，哪想到那竟是下官最後一次見到劉大人。」說著，眼中閃過點點淚光。

狄仁傑撫慰道：「尉遲大人不必太過悲傷，劉大人的案子大理寺一定會查個水落石出，而今咱們還是把新年慶典應對過去。哦，尉遲大人，待有閒時你將四方館歷年所收貢物的造冊整理一下。待正旦之後，還煩勞親自去庫房清點一番，我要知道結果。」

「下官明白。」

狄仁傑道：「那麼我們現在便開始整理新年慶典事宜吧。」

「請狄大人上座。」尉遲劍將狄仁傑讓上鴻臚寺卿案，便躬身退到案前。

狄仁傑將劉奕飛的簿冊攤開在面前，邊流覽邊道：「就先從除夕百官入宮守歲開始吧。今年的守歲筵席仍然像往年那樣，擺在集賢殿吧？」

「大人所言極是。」

狄仁傑側過頭去對沈槐解釋道：「除夕之夜，聖上和百官共同守歲，算是咱們大周朝廷的內宴，故而並不擺在萬象神宮，而選址集賢殿。另外，從集賢殿可以俯瞰御花園的勝景。除夕夜，御花園中張燈結綵，樂舞不斷，那真正是君臣同樂，共度良宵。」

沈槐微微欠身道：「大人，沈槐曾任羽林衛對正，擔當過除夕守歲的護衛，所以知道這些規矩。」

狄仁傑愣了愣，笑道：「倒是我多此一舉了。沈槐啊，你知道得不少啊。好啊，真是太好了。」

狄仁傑微掩起手中的簿冊，抬頭對尉遲劍道：「條條細看太花時間，本官還是想請尉遲大人將除夕守歲的準備情況介紹一下。你揀要緊的說，有麻煩的說，其他的便可略過。」

尉遲劍答應一聲，不慌不忙地講解起來。原來這除夕守歲雖說是百官同慶，但實際上真正能夠受邀的也就是在朝中任職五品以上的文武官員和各親王侯爵。名單通常都是由皇帝親自擬定的，今年武皇早在一月前便將名單下發，如今太子也只是奉旨行事。筵宴和樂舞由禮部具體操辦，鴻臚寺在除夕守歲中擔當的主要是統籌協調的任務。

狄仁傑聽尉遲劍敘述得頭頭是道，有條不紊，不由頻頻點頭，聽罷歎道：「尉遲大人，本官聽你剛才的敘述，這除夕守歲已經安排得十分妥當，本官便放心了。」

尉遲劍道：「承蒙大人誇獎，其實這些準備工作都是周大人和劉大人此前已經安排好的，到現在該做的也都已經做完，只需按一應程序監督執行便是。」

接著再看元正四夷朝賀，這倒是鴻臚寺主持的正事，狄仁傑於是和尉遲劍逐項查兌，從使臣覲見的名單和次序、新年賀禮和上貢的清單、朝賀的過程、太子的致辭及回贈之禮等等，事無巨細，每樣每件都過問得一清二楚。

待所有事項整理清楚，一抬頭，已過酉時。

尉遲劍感歎道：「狄大人的嚴謹盡職，睿智周到，下官今天算是見識了。」

狄仁傑以手撐案，緩緩站起，搖頭道：「坐了一下午，腿倒麻了。老了，老了。」

沈槐上前輕輕攙住他的手臂：「大人，卑職扶您走動走動。」

狄仁傑點點頭，由沈槐攙扶著在堂前緩緩踱了幾步，停下來對尉遲劍道：「如此看來，各項事宜基本上都準備好了。四夷使節中除了一個西突厥別部的……」

尉遲劍提醒道：「突騎施。」

「對，突騎施的烏質勒王子因暴風雪，渡不過黃河，無法及時趕到之外，其他諸番使節都已經確認到賀。」

尉遲劍道：「突騎施只是個西域的小部落，隸屬西突厥，到不了也無甚大礙。」

狄仁傑沉吟著繼續道：「最後一項要事便是慶典樂舞，今年仍然是秦王破陣舞吧？」

尉遲劍答道：「是的，只是本次樂舞人數增加到九百人，氣勢恢宏，規模空前。禮部正在夜以繼日地排演呢。」

狄仁傑問：「鴻臚寺需要去檢視排演的情形嗎？」

尉遲劍回道：「通常周大人或者劉大人會在最後兩天去看一看。只是今年還沒來得及去。狄大人如果要看，也就是今晚了。」

狄仁傑搖頭道：「本官答應了周大人的千金小姐，今晚還要去看望周大人呢。」他想了想，突然微笑地看著沈槐道，「沈槐啊，要不然你就代我走一趟，去看看那個樂舞排演得如何？」

沈槐一驚，忙道：「大人！卑職哪懂什麼樂舞啊？去了也是白去，您沒空去，就請尉遲大人去吧？」

狄仁傑瞇縫著眼睛道：「不行，尉遲大人還要整理四方館的帳冊。沈槐啊，這秦王破陣舞想必你也看過，其實和行兵操練頗為相仿，人一多，就更像了。我看你去正合適！」

沈槐還想爭辯，再看狄仁傑的神情和尉遲劍滿臉的笑容，便也只好不作聲了。

狄仁傑離開鴻臚寺，上馬車要前往周府。沈槐將他攙上馬車，放下車簾，狄仁傑剛剛坐定，便聽到車外沈槐輕聲囑咐狄忠：「大人忙了一個下午，還沒用晚飯。去周府的路上經過東市，務必請大人吃點東西。」

馬車騰騰起步，狄仁傑方才覺得全身痠痛，頭腦發脹，頗有些昏昏沉沉的感覺。同時，他發現心中竟隱現一絲歉疚，是因為自己總是不由自主地想要支開沈槐？也許吧，其實沈槐很盡職，甚至有些地方表現得很像袁從英，太像了，像到令他時常有些莫名的心悸。他知道自己對沈槐並不公平，但是卻無力也無心去改變。也許，時間最終會改變一切的，只是沈槐還會有十年的時間嗎？狄仁傑按按腫脹的額頭，心裡默默地想：我自己又會有多少時間呢？只不過短短的一個月，便已經不堪重負。以前竟從不知道，孤獨，可以把人變得如此脆弱。

再次來到周府，家人一見是狄仁傑來，便立即將他請入內堂。周榮忙不迭地跑來迎接，神色比上午要自如了很多。狄仁傑一看便知周梁昆的情況一定大有好轉，腳步也輕鬆了不少。

來到臥房，周梁昆斜靠在榻上，周靖媛坐在他的身邊，正端上一碗參湯，見狄仁傑走進屋來，周靖媛連忙把湯碗交到身旁的丫鬟手中，站起身對著狄仁傑款款一拜，道：「靖媛見過狄大人。」

狄仁傑還未及開口，榻上的周梁昆連稱「狄大人」，掙扎欲起。狄仁傑忙將他按住，自己便坐在榻邊。

細細觀察下周梁昆，狄仁傑發現他的氣色好了不少，面容仍顯得有些虛弱，只是眼神閃爍不定，似乎有種無法言傳的憂懼和惶恐。狄仁傑微笑道：「周大人，可好些了？」

周梁昆忙道：「多謝狄大人，我好多了，好多了……」一句話未完，竟自哽咽起來。

狄仁傑拍拍他的手，安撫道：「周大人不必太過憂煩，身體要緊啊。」

周梁昆點頭道：「我已經聽小女說，太子殿下命狄大人代理鴻臚寺新年慶典的一切事宜。這千頭萬緒的，狄大人臨危受命，梁昆卻兀自不起，幫不上半點忙，梁昆真是無地自容啊。」

狄仁傑微笑搖頭道：「你我同朝為官，多年來各忙各的，沒想到今次卻有這樣的機緣合作。世上之事，本就是禍福相依，周大人還是想開些。本官對禮賓外事是外行，只打算勉強應付完新年慶典的差事，待元旦節期一過，鴻臚寺還是要交還到周大人手裡的。」

周梁昆連聲稱是，狄仁傑便將下午在鴻臚寺的情況簡約描述了一遍，二人都覺放心不少。見兩人談得差不多，周靖媛端著碗蓮子羹過來，輕聲道：「狄大人，您談了這麼久，累了吧。喝碗蓮子羹，休息片刻吧。這是靖媛親手為您煮的。」

狄仁傑一愣，看面前這位千金小姐早已一掃上午的凌亂和憔悴，嬌豔的鵝蛋臉上赤朱點唇，一雙靈動的杏眼顧盼生輝，紫色的織錦長裙上繡著朵朵淡粉的荷花，外披藕荷色的輕紗，一身盛裝不像家居，倒彷彿是要去赴什麼重要的儀式。狄仁傑心中掠過一絲詫異，臉上卻不露半點聲色，只是打趣道：「靖媛啊，我看你不是怕我累，是怕我拖累了你的爹爹吧。」

周靖媛明眸一閃，微帶嬌憨說道：「狄大人，靖媛看您的歲數可比我爹爹要大不少，要累也該是您先累。」

周梁昆忙道：「靖媛！怎的如此沒大沒小。」

狄仁傑笑道：「噯，靖媛說的倒是實在話。那好，老夫便歇一歇，嚐嚐周小姐煮的蓮子羹。」

他接過蓮子羹，喝了幾口，讚道：「味道很不錯。」

就聽周梁昆歎道：「唉，梁昆命中無子，年過四十只得這麼個女兒，愛如掌上明珠，平日便嬌慣多了些，讓狄閣老見笑了。」

狄仁傑看了看周靖媛，點頭道：「今晨本官看靖媛小姐遇事毫不慌亂，處理有度，倒有一派女中豪傑的氣質。」

周靖媛聽狄仁傑誇她，臉蛋微微泛紅，更顯得明豔如花。周梁昆看著女兒，眼中不自覺地慈愛滿盈，原來的惶恐之色一掃而光。狄仁傑冷眼旁觀，突然心生感觸，亦苦亦澀，竟一時無語。

周梁昆察覺到狄仁傑的神色有異，忙問：「狄大人，梁昆聽小女說，今晨同來的還有兩位大人，不知道是……」

「哦，一位是新任大理寺卿宋乾大人，另一位是千牛衛中郎將沈槐，我的衛士長。」

周梁昆的神情一下子又變得惶惑起來，忙問：「大理寺？這麼快就來查問劉大人的案子了？」

狄仁傑道：「倒也不是。那宋乾是本官的學生，恰好碰上了，就一起過來看看。畢竟劉大人的案子是大案，左右還是要大理寺來審的。」

「原來是這樣。」周梁昆恍然。

周靖媛突然插嘴道：「那個宋大人很不體諒人，只顧著公事，不管人的死活。」

周梁昆喝道：「靖媛！越來越沒有規矩！我們這裡說正事，你先出去吧。」

周靖媛氣呼呼地起身便走，狄仁傑打量著她的背影，心中暗覺好笑，果然是個尖刻的千金小姐，不過倒也有她的道理。收回思緒，狄仁傑正色向周梁昆問道：「周大人，昨晚上究竟發生了什麼事情？」

周梁昆長歎一聲：「狄大人……說起來，那竟像是一場噩夢。」他的眼睛流露出深深的恐懼，顫抖著聲音將昨晚發生的事情複述了一遍。

說到最後，他喃喃著道：「當時我推開劉大人的身體，往前一路狂奔時，只聽到身後有聲音緊緊跟隨，耳邊還彷彿有人在一遍遍地叫著『生死簿』『生死簿』，我只當是在劫難逃了，待看到前頭有光亮，便昏了過去。」

「生死簿？」狄仁傑緊鎖雙眉，沉吟道，「周大人，以你所見，這『生死簿』指什麼？」

周梁昆頓時驚恐萬狀地道：「狄大人，那便是陰司索命的簿子啊！但凡人的陽壽將盡，或犯了什麼該死的罪行，在閻羅面前被告了陰狀，陰司便會派出黑白無常來將生人縛去，這一去便是陰陽兩隔啊！」

狄仁傑越聽越不耐煩，厲聲道：「周大人！你身為朝廷命官，怎麼也信這等邪慝荒謬之說！」

周梁昆一聲冷笑，苦澀地道：「狄大人，梁昆本來也不信這些。可經歷了昨晚上的事情，便不得不信了！」

狄仁傑思索著道：「那麼說來，周大人並未看清楚劉大人是怎麼死的？」

「當時光線昏暗，什麼都看不清楚。」

狄仁傑點頭，又道：「周大人與劉大人共事幾年？劉大人一向的表現如何？」

「梁昆與奕飛共事已有三四年，一向合作甚歡，從無嫌隙。劉大人懂幾方夷狄的語言，辦事十分幹練，是鴻臚寺不可多得的人才。」

「可否出過差錯？」

「從不曾出過差錯。」

「嗯。」狄仁傑聽得外頭傳來更漏之聲，便道，「不知不覺竟已三更，本官就不妨礙周大人休息了，否則靖媛小姐又要埋怨老夫了。」

周梁昆忙道：「哪裡，梁昆身上乏力，不能送狄閣老了。」

「不必。」

走出周梁昆的臥房，周靖媛竟還在外屋候著，看狄仁傑要走，便親自送他到內堂外。

狄仁傑道：「靖媛就送到這裡吧，老夫自己出去便是。」

周靖媛猶豫了一下，問道：「狄大人，您下回還來嗎？」

「哦？應該還會來吧。」

周靖媛站在廊下，目送狄仁傑離去。她明亮的雙眸映著廊間的燈光，灼灼閃動，似期盼似好奇又似羞怯，真是個美麗動人的少女。

同樣的夜晚，不同的處境，同樣的親情，不同的愁緒。千里之外的金城關外，一座簡陋的宅院內，一個年輕人正在拜別他的母親。

昏黃的燭火剛夠照亮桌前小小的一方面積，灰泥的地面刷得勉強還算平整，這年輕人就筆挺地跪在泥地上，抬頭定定地望著面前坐著的老婦人，殷切地喚道：「娘，兒子這就要走了。」

年輕人的臉龐大半被陰影籠罩，但仍然可以分辨出清秀的五官，和稍顯柔弱的眼神。他穿一襲藍色的粗布長袍，身形修長，十足的書生樣貌。那明淨的額頭和筆挺的鼻梁，與他對面的婦人是如此相似，一望而知便是對母子。

對面的老婦人雖上了年紀，但姿容仍然端正，身上的衣衫粗陋卻十分乾淨齊整，只是望向兒子的眼中充滿了慈愛和擔憂，滿臉是揮不去的愁容。她伸出微微顫抖的手，輕搭在兒子的肩上，這副肩膀是多麼瘦削，她能清楚地感覺到兒子的身體在不停地抖動。老婦人輕歎一聲：「我的兒啊，這麼久都不見你回來，娘想你啊。」

年輕人渾身戰慄一下，咬了咬牙，強作鎮定地回答道：「娘，兒子不是和您說過，兒子一直在城外的青廬書院，和大家一起溫習功課。」

老婦人的眼中閃動著淚光，她仔細打量著兒子的臉，良久，才擠出一句：「霖兒，娘去那裡找過你，他們說你很久沒去過了……」

楊霖又一哆嗦，沉默了半晌，才抬頭對母親露出個比哭還難看的笑容：「娘，兒子囑咐過您好多次，不要去找不要去找，您就是不聽。」

老婦人盯牢兒子的臉：「霖兒，這些天你到底去了哪裡？說給娘聽。」

楊霖自唇邊泛起一抹淡淡的苦笑，略有所思地道：「娘，兒子確實一直在溫習功課，只是住在城外的朋友家中，並未在書院。書院裡人太雜，不能靜下心而已。」

老婦人緩緩點頭，恍恍惚惚地道：「這樣也好。霖兒，可你為什麼又急著要走了呢？」

楊霖伸出手去，輕輕握住母親那雙蒼老的手，將它們擱回到母親的膝上，就那麼緊緊握著，輕聲道：「娘，兒子終於學成，終於有信心去趕考了。您不是一直都等著這一天嗎？等兒子考得功名回來，您就再也不用這樣日夜勞作，趕那些永遠沒完的繡活。」

老婦人抬起右手，輕輕撫摸兒子的面頰，柔聲道：「霖兒，為了你，娘就是繡上一輩子，做死累死，那也是心甘情願的。只要你有出息，娘便滿足了。」

楊霖將母親的手重新握住，搖頭道：「娘雖如此，做兒子的卻不能安心。娘，兒子要走了，您等著兒子的好消息吧。」

楊霖作勢要起身，老婦人突然探身出去，一把將他緊緊摟住，聲淚俱下道：「霖兒，霖兒，趕考也不用急著半夜出發吧？在家住到明日，娘給你收拾好行裝再走啊。」

楊霖也不由緊緊抱住母親的身體，半晌，方才輕聲道：「娘，兒子和朋友們約好了一起出發，需得現在就去他們那裡會合，明天一早方可按時啟程。」

「可是，可是這冰天雪地的，你們如何渡過黃河？」老婦人急迫地追問。

楊霖冷笑道：「娘，黃河已經封凍了，從上面走過去便是。」

老婦人驚道：「霖兒，這怎麼可以？你可知道那河封凍不勻，每年從那上面行人，都有踩破冰面落水而亡的。霖兒，你，你萬萬不可去冒這個險。」

楊霖掙開母親的懷抱，咬牙切齒地道：「娘！兒子今天是走定了。走冰渡河雖然有危險，卻是目前唯一的方法，兒子會小心的。您儘管放心，每年雖有落水者，但來來往往成功渡河的也不計其數，沒事的。」

老婦人頻頻點頭，眼淚止不住地淌下來。楊霖看得心酸，伸手去替母親拭淚，卻被母親一把攥住手，死命地捏住。

楊霖硬下心腸來，猛地甩開母親的手，只聽母親哽咽著又問出一句：「霖兒，科考在十一月，你現在走，究竟是要去幹什麼？」

楊霖的臉色登時變得慘白，額頭上的青筋根根暴起，緊咬牙關，他終於下定了決心，仰起臉，再次露出個慘痛的笑容，回答道：「娘，十一月的是常科。我那時恰恰生病，才誤了今年的。可明年二月有制科開考，現在出發去洛陽，還能在那裡住下溫習，我一天都不想耽擱了！」

老婦人聞聽此言，方才面露欣慰之色，道：「這樣娘便知曉了，霖兒，你再稍待片刻，娘給你收拾些東西。」

「娘，不必了。兒子的東西都擱在朋友處，早就收拾好了。」

老婦人點頭，從懷中摸出個絲絹裹著的小包，塞到楊霖的手裡：「霖兒，娘這裡還有些銀兩，你拿去用吧。」

楊霖的手抖得厲害，幾乎捧不住小包，淚水終於湧出眼眶，他重重地向老婦人磕了三個頭，站起來便跑出了門。

老婦人木呆呆地坐在原處許久，突然大喊了聲：「霖兒！」搖晃著跑到門前，猛地大開房門，呼嘯的狂風夾著飛雪頓時迎面撲來，將她瞬間便染上一身雪白。

老婦人在風雪中猶如雕塑般站定，一動不動。

黎明時分，天地間依然寂寥。

韓斌被搖醒了，他不情願地幾乎要哭出來了，死死地拉住被角，不想離開溫暖的被窩。但是沒有辦法，他怎麼掙得過哥哥呢？袁從英迅速地幫韓斌穿好衣服，看他還在那裡垂頭晃腦地沒有醒來，便將他一把拎下炕，扔到地上。

韓斌咕咚一聲摔在地上，這才清醒了過來。他一骨碌爬起身，看到袁從英將最後幾件衣物收進行囊，他走過去，輕輕拉拉哥哥的衣角。袁從英拍了拍他的肩膀，低聲道：「斌兒，我們要出發了。」

兩人走到門外，狄景暉也已經收拾妥當，在那裡等著了。三人並肩穿過陰冷的大堂，打開房門，刮了一夜的風居然停了。在清晨的微光中，厚厚的積雪看上去灰乎乎的，冰凌從枯樹幹上掛下來，天空中看不到一顆星星，嚴寒彷彿將空氣都凝凍了。

韓斌不由自主地縮了縮脖子，狄景暉輕聲道：「真冷！咱們等太陽出來再走不行嗎？」

袁從英斬釘截鐵地答道：「不行。」他看了看狄景暉，嘲諷地說：「據我所知，你恐怕是這世上最舒服的流放犯了，怎麼，起早趕路，不習慣了？」

狄景暉面色一變，氣憤地邁開步子就走，走了幾步，突然停下來，扭頭看著依然留在原地的袁從英，道：「袁校尉，我倒忘記了，還要勞您大駕綁縛我的雙手呢！」說著，他把雙手往袁從英的面前伸去。袁從英微微一笑，將背上的行囊卸下，遞到狄景暉的手中。

狄景暉一愣：「這是……」

「我不綁你。沒有馬，你就受累揹行李吧。」

狄景暉樂了，奮力將行李搭上肩膀，笑道：「很好，我狄景暉這些天做的新鮮事比前半輩子做的都多。袁從英，你倒會偷懶！」

袁從英也不理會，牽過韓斌的手：「斌兒，你不是想要我揹你嗎？來！」他一用力便將韓斌提了起來，韓斌大叫著「哥哥、哥哥」，已經被袁從英拉上了背，他狠狠地摟住袁從英的脖子，興奮得簡直不知所以了。

他們沿著鋪滿了積雪的曲折小道往前走去，誰都不再說話。天色依然昏暗，只能看清前方不遠的道路。腳踏在雪上，發出清脆的聲響，除此之外，便只有細小的冰凌從樹枝上斷裂的微聲，周圍是那麼的靜。

韓斌牢牢地貼在袁從英的後背上，有點騰雲駕霧般的恍惚，好像又要進入夢境了。他當時還不知道，這個早晨的印象是如此的深刻，以至於直到很多年以後，他都能夠無比清晰地回憶起此情此景，並再一次真切地感受到這份令他終生難忘的溫暖、堅定和力量。

天越走越亮了，但是面前又升起了淡淡的霧氣，且白茫茫的霧越變越濃，剛剛能看得遠一些的道路，很快又被籠上了厚重的白紗，前路依然茫茫。因為腳下的積雪很深，他們走得十分吃力，深一腳淺一腳，雖然天氣冰寒刺骨，一個多時辰走下來，袁從英和狄景暉都已經汗流浹背，呼出的水汽混入霧氣之中，眼前越發是模糊一片。

「噯，還要多久才能到黃河岸啊？」狄景暉終於忍不住開口問道，「離黃河岸有那麼遠嗎？我們沒走錯路吧？」

袁從英搖搖頭道：「太陽在我們的後面，方向肯定是對的。只是雪地難走，我們走了這麼久，其實沒走出去太遠。大概還要走兩個多時辰才能到。」

「啊？」狄景暉叫道，「還有那麼遠！歇一歇，我要歇一歇。」

他把行李咚地一聲扔在地上。袁從英也停下腳步，把韓斌放了下來，道：「歇一會兒可以，但是你我渾身是汗，歇下來反而會冷。」他打開行囊，取出幾個凍得硬邦邦的胡餅來，遞給狄景暉和韓斌，「吃早飯吧。」

大家的肚子都餓了，可是這胡餅又乾又硬，實在難以下嚥。狄景暉皺著眉頭咬了幾口，把手裡的胡餅一扔，抱怨道：「在驛站吃過早飯再走多好，這東西能吃嗎？簡直是活受罪。」

袁從英冷冷地道：「再往前走，只怕連這樣的東西都不容易吃到了。」

狄景暉道：「怎麼可能？你別嚇唬我，山珍海味我是不想了，這麼粗陋的果腹之食，還怕沒有。」

袁從英不作聲，看了看韓斌，發現他也嚥得很吃力，便走到路邊的一棵大松樹前，從樹枝上抓了把雪在手中，遞給韓斌：「斌兒，沒有吃過雪吧？試試看。」

「啊？」韓斌好奇地接過雪團，捧到嘴邊舔了舔，涼涼的，沒什麼特別的味道，便張開嘴大咬了一口，立即叫起來，「好涼，好凍！哥哥，我的肚子都凍住了！」

袁從英笑了，輕聲道：「我喜歡雪的味道，小時候在西北，冬天我很少喝水，只吃雪。」

狄景暉聽著也去樹枝上抓了把雪，送入嘴裡，果然有股植物的清香，和著冰脆的雪沫，嚼起來十分爽口。狄景暉連著吃了兩口，才興致勃勃地道：「我倒是聽說過有些風雅人士，專門積攢松枝梅花上的雪水，用來煎茶泡茶，據說氣味清雅淡遠，特別能陪襯茶香。」

袁從英瞥了他一眼道：「西北乾旱，冬天吃雪是為了解渴，沒你說的那麼風雅。」

狄景暉笑著點頭：「袁從英，你小時候在西北過得挺滋潤嘛。什麼時候和我說說，你家裡是幹什麼的？怎麼養出你這麼個奇怪的人物來？後來又怎麼和我爹混到一處去的？」

袁從英皺了皺眉，低聲道：「沒什麼可說的。」他拍了拍韓斌的肩膀，「吃飽了沒有，吃飽了就繼續趕路吧。」

又走了很久，霧氣終於慢慢散去。天空雖然還是陰沉沉的，但周圍已經十分明亮，遠方的群山也清晰可辨，黑黃的山脊上點綴著一塊又一塊灰灰白白的積雪和霜凍，顯得既肅殺又淒涼。面前的道路高低起伏，仍然看不到盡頭。

袁從英停下腳步，讓韓斌替自己擦了擦額頭上滴下的汗珠，四下眺望了一番，自言自語道：「應該就快到了。」

狄景暉也抹了把汗，道：「咱們都走三個時辰了吧，已經過正午了。」

袁從英點頭：「是，所以我才要那麼早出發。在黃河上還要走兩個多時辰。不抓緊的話，還沒過到對岸，天就該黑了。」他想了想，又道：「我估計翻過前面那道山坡，就能看見黃河了。斌兒，你想不想第一個看見？」

「想！」韓斌大叫起來，袁從英探手到頸後，抓著韓斌的兩個胳膊往上一提，韓斌順勢便騎到了袁從英的肩上。

袁從英大聲道：「斌兒，你仔細看，一看見黃河就告訴我們。」

「好！」

於是袁從英和狄景暉加快腳步，奮力攀上面前的山崗。韓斌拚命睜大眼睛，努力往前方搜索，就在登上山崗最高處的時候，突然一條蜿蜒的「大道」在群山中出現，宛如刀劈斧鑿般地將周圍的山勢猛然隔開，烏雲密佈的天空整個地覆蓋在群山之上，黯淡荒涼的天地間只有這條宏偉的「大道」閃耀著深邃森嚴的銀光！

韓斌愣了愣，隨即大叫起來：「哥哥！我看見了，看見了一條大路！閃光的！」

袁從英笑著回答：「小傻瓜！什麼閃光的大路，那就是黃河！」

「啊？」韓斌拚命往前伸著脖子，終於看明白，黃河就在眼前了，但是此刻的黃河沒有夾雜著泥沙的黃色波濤，也沒有洶湧的浪聲，只有平淨而寬闊的冰面在天空之下靜靜地鋪開。

沿著山坡疾行而下，沒有多久，他們就來到了岸邊。從近旁看，冰面並不如遠觀那麼平整，反而隱現波濤起伏的紋理，岸邊的冰凌冰柱更是重重疊疊，犬牙交錯，形狀十分猙獰。這裡的溫度似乎比別處更低，周遭不見半點人跡，目力所及的整個岸邊便只有他們這三個人，彷彿被整個世界遺棄在此。

狄景暉左顧右盼了一番，笑道：「這裡可真夠清靜的。怎麼就咱們三個渡河？」

袁從英淡淡地回答：「今天是除夕。」

狄景暉一愣：「哦，我倒忘記了。明天就是聖曆三年的元正了。也是，除了我這等流放犯被逼無奈，今天這種日子還有什麼人會跑來渡河？不過也好，逢此佳節，能親近這曠世絕倫之冰河勝景，倒是難得得很。」

袁從英抬頭看了看天，皺眉道：「天氣不好，似乎要有風雪。」他想了想，接著說：「抓緊時間吧，我估計風雪沒有那麼快來。咱們只要趕在傍晚之前過到對岸就行了。」

從行囊中取出乾硬的胡餅，三人就著雪水吃了個飽。袁從英又從行李中抽出幾根早就準備好的布條，遞給狄景暉：「把這布條綁在靴子上，走在冰上就不容易滑倒。」

狄景暉驚喜道：「你常走冰嗎？這麼有經驗。」

袁從英蹲下身，一邊給韓斌的鞋上綁布條，一邊回答：「在塞外從軍，什麼情形沒遇到過。」最後，他也給自己的靴子綁好布條。大家站起來，在路邊的凍冰處試了試，果然穩得多了，走動的時候也基本不打滑。

韓斌興奮地又跳又蹦，一不小心還是仰面摔了個大跟斗。一旁袁從英從行李裡拿出盤長長的麻繩，然後開始麻利地重新打行李。他將錢、文牒和食物裝成一個小包，其餘的都打在一起。袁從英將那小包行李遞給狄景暉，狄景暉一挑眉毛道：「怎麼？看不起我，給我揹小包袱？」

袁從英若無其事地回答：「你比我重，就揹輕點的，免得分量太沉把冰踩碎。」

狄景暉微笑著接過小包。

袁從英又把那盤麻繩解開，他深深地喘了口氣，道：「這冰面雖然看上去很厚，但黃河流水湍急，處處漩渦，所以各個地方的凍結程度都不同，咱們一定要小心。從現在開始，我走最前面，斌兒走在中間，你斷後。每個人之間隔開三十步的距離，相互間用這條繩子牽著，這樣即使有人不慎踩碎冰面，另外兩人聯合也能將他救起。要保持遠近，繩子不能拉太緊，不鬆不緊的最好。」

來到岸邊，袁從英率先縱身一躍，便輕輕地落在了冰面上。他回身剛把韓斌抱下，狄景暉也順著斜坡連爬帶滑地下來了。三人並肩站在這遼闊的冰面之上，極目遠眺，對岸的山峰在嚴冬的霧氣中若隱若現，絲絲涼意從腳底上升，轉眼便侵入骨髓，全身的血液似乎都被凍得不能流動了。袁從英再次抬頭望向遠方的天空，只見天際黑雲密佈，陰霾重重，這是暴風雪即將到來的徵兆。他扭頭看了看韓斌，微笑著問：「斌兒，怕不怕？」

韓斌眨了眨明亮的眼睛：「哥哥，我不怕！」

「好孩子。」袁從英將繩索在韓斌的腰上繞了兩圈，輕聲道，「那我們就出發了，你先站著，等我叫你，再走。」說完，便領頭朝著河對岸走去。

走了剛好三十步，袁從英轉身朝著韓斌喊：「斌兒，開始走。」

「噢！」韓斌大聲答應著，也邁開步子朝前走起來。等他也走了一段，袁從英又叫狄景暉跟上，這小小的三人縱隊便在銀盆似的河面上向前緩緩移動起來。遼闊的蒼穹之下，橫亙的冰河之上，他們三個簡直就像三隻小小的螞蟻，脆弱渺小得彷彿一陣疾風就能刮倒吹散，卻又偏偏走得堅定而豪邁，還帶著股天真的勇氣。

冰面確實很難走，比之走了整個上午的雪路，腳下要使出更多的力氣，方能一步步踏實地向前。稍不留神就會滑倒，走了不一會兒，韓斌就摔了好幾跤，狄景暉也不能倖免，只有袁從英還穩穩地在前面帶著路。好在兩人摔得都不重，而且很快便積累了經驗，逐漸也不再摔跤了。只是走得實在不輕鬆，每個人都聽到自己沉重的呼吸，越來越響，越來越急促。

走了大概半個多時辰，回頭望望，他們出發的彼岸已經隱入濃重的霧中。袁從英大聲喊道：「狄景暉，你不是懂詩嗎？有說黃河的嗎？唸幾句給我們聽聽吧。」

狄景暉也嚷道：「是啊，這麼悶頭趕路我都要睡著了，你等我想想……」

過了沒多久，就聽他高聲吟誦起來：「覽百川之宏壯兮，莫尚美於黃河！潛崑崙之峻極兮，出積石之嵯峨……思先哲之攸歎，何水德之難量！」

只聽得詩句嫋嫋不絕，滌蕩在群山之間。一隻蒼鷹彷彿被這昂揚的詩句吸引而來，在頭頂盤旋良久，繼而展翅飛向天穹的盡頭。

時間一點點地過去，他們已經走過了冰河的最中心。黑雲越來越濃密地壓下，風開始刮起來，袁從英緊鎖雙眉，舉目遠眺，對岸黑乎乎的一片，根本無法辨別，但是感覺上已經離得不太遠了。他咬了咬牙，回頭朝身後的兩個人大聲喊道：「暴風雪快來了。我們要加快些走，離對岸不是很遠了，快！」

聽到身後的兩聲回答，他便立即加快了腳步。冰面上的風越來越大了，很快就席捲著雪珠朝他們襲來，打在臉上生疼，眼睛也被風刮得幾乎要睜不開。

袁從英現在幾乎已經跑起來了，韓斌和狄景暉也竭盡全力跟著他飛快地往前趕。此刻三人心裡都很明白，必須要趁著真正的暴風雪到來之前上岸，否則一切就很難說了。好在對岸已經近在眼前，腳下的冰面也變得粗糙起來，還夾雜著被風刮來的泥沙和灰石，反而比河中央要好走很多。他們在狂風中奮力向前，終於來到了一處怪石嶙峋猶如灘塗般的地方，只要穿過這片冰沙石泥混雜的地方，就是陡峭的河岸了。

袁從英在這片灘塗前停住了腳步，很快，韓斌和狄景暉氣喘吁吁地趕過來。三人終於再次回合，袁從英先把在暴風中搖搖晃晃的韓斌護到懷裡，看著喘著粗氣的狄景暉，大聲道：「就剩最後一個難關了。這河岸太陡，而且很滑，必須我先上去，再拉你和斌兒上去！」

「好，我們等你！」狄景暉也高聲回答。袁從英將韓斌送到狄景暉身前，又把那條長繩重新盤好，往肩上一揹，便在怪石中疾步奔跑起來。此刻，天地間已經黑暗得猶如夜幕降臨，風雪狂暴地呼嘯著，袁從英的身形快如閃電，幾個跨步便已躍上兩三丈高的陡崖，他緊緊攀住河岸邊波濤狀的冰柱，奮力縱身，翻上了河岸。

站在怪石灘上的狄景暉瞇著眼睛，竭力望向河岸上，終於看到袁從英又探出頭來，心中頓時狂喜。袁從英拋下長繩，狄景暉將繩子繫牢在韓斌的腰間，看著袁從英將韓斌幾下便提了上去。緊接著，長繩再次垂下，狄景暉把自己綁好，朝上喊道：「喂，我可比較沉，你用點力拉！」

袁從英低頭將繩子在自己的腰間也繞了幾圈，深吸口氣，牢牢捏緊繩索，雙臂猛振，便穩穩地將狄景暉也提到了岸邊，隨後伸手一握狄景暉的手，狄景暉順勢翻過岸沿。

仰倒在岸邊的雪地上，狄景暉拚命喘了幾口氣，迎著狂風高聲大笑：「真痛快，這輩子過得最痛快的除夕日，就是今朝！」他看袁從英也坐在一邊急促地喘息著，便拍了拍他的背，笑道：「累壞了吧。總算過來了，還是你厲害啊！」頓了頓，又道：「可歎我這些日子都讓你這小氣的校尉管著，沒好吃沒好喝，瘦了不少，是不是你早就盤算到了有今天！」

袁從英也笑著，卻不說話，只是把韓斌摟到身邊，替他擋住狂風，等呼吸稍稍平穩了些，才道：「還沒完呢，得趕緊找個地方住下，這場暴風雪一定非常厲害，我們若待在野外，一夜間就凍死無疑。」

狄景暉從地上一躍而起，揚手道：「說走就走！一鼓作氣才好，此刻我若是歇下，大概就再爬不起來了。我可不願意凍死，我還盼著看西域的大漠烽煙呢。」

袁從英也站起身來，重新把韓斌揹在身上，狄景暉左右開弓，提起兩個包袱開步就走。袁從英朝他叫：「還有繩子，也帶上吧。」

狄景暉不耐煩地道：「都過來了，要那個作甚？」頭也不回地繼續朝前走。袁從英撿起繩索，抬手遞給韓斌，讓他幫著掛在自己的肩上。

狂風此時已漸成摧枯拉朽之勢，他們便索性順著風向，沿河岸的西側往前。眼前全都是飛沙走石夾著雪粒冰珠，幾乎什麼都看不清楚，只能憑著感覺前行。才走了一小段，袁從英突然停下腳步，問狄景暉：「你可聽到什麼聲響？」

狄景暉皺眉道：「似乎是有什麼聲音，從風裡傳……」他一句話還沒說完，被袁從英狠狠瞪了一眼，趕緊閉嘴。二人同時側耳傾聽，只聽得一聲淒厲的嘶叫混雜在凜冽的風聲中，聽得不太清晰，但又令人悚然。緊接著，又是一聲，隨後便一聲接一聲，慘絕悲亢。

狄景暉不由驚呼：「這，這到底是什麼聲音？這不是人聲啊！」

袁從英沉聲道：「不是人，是馬！」

「馬？馬怎麼會發出這樣的叫聲？」

袁從英緊鎖雙眉道：「是馬，而且是非常稀有的突厥良馬敕烏駒。」

狄景暉詫異道：「你怎麼知道？」

袁從英回答：「我在西域從軍時見識過這種馬，外形與一般的馬並無不同，但是奔跑速度奇快而且耐力驚人，是不可多得的神駒。這種馬要價達千金，可又不容易識別，所以很少有機會看到。而牠最大的特徵就是在遇到急難時，會發出慘烈無比的叫聲！」說著，袁從英朝黃河岸轉過身去，喃喃道：「這叫聲似乎是來自河上……」

狄景暉也努力辨別著，點頭道：「對，是順風刮過來的。應該在咱們上岸那個地方的北側。」

袁從英抿了抿雙唇，沉聲道：「這種神駒絕不會獨自出行，一定有主人。而牠這樣嘶喊，必定是遇到了極大的危險！不行，我得去看看！」

狄景暉大驚：「你？這……」他一時都不知道該說什麼了，只是瞪著袁從英發呆。

看到狄景暉的神情，袁從英淡淡一笑：「要不你帶著斌兒先留在此地等我？」

韓斌大聲喊起來：「我不！哥哥，我要和你在一起！」

狄景暉「咳」了一聲，道：「袁從英，我發現我自從遇見你就開始倒楣！算了，要去一起去，我今天就豁出去了！」

袁從英點點頭，轉身迎著狂風就走，韓斌在他的背上，被風吹得直晃，只得用盡全身力氣抱緊他的脖子，把腦袋深深地埋在他的頸窩裡。

在狂風中掙扎著、搏鬥著，他們極艱難地再次靠近河岸，並朝北而去，馬的嘶叫聲聽得越來越清晰了。再往前走，此地河岸的形狀和他們剛剛上岸的地方也有了很大的不同。陡峭的岸壁慢慢變得平緩，逐步形成一大片光滑如鏡的斜坡，從堆滿積雪的泥地開始一直延伸至廣闊的河面。

袁從英和狄景暉盡力靠著泥地的邊小心前行，否則一旦踏上斜坡，必然會直接滑上黃河的冰面，而要再沿著這個大滑坡爬上岸，幾乎是不可能的事情。

突然，袁從英猛地一扯身邊的狄景暉，狄景暉順著他的手指方向看去，就在斜坡最下端的冰面上，果然有一匹通體黑色的高頭大馬，橫躺在冰面之上，牠一邊輪番踏著四蹄，顯然在竭盡全力想要站起身來，一邊不時地仰天長嘯，發出幾近絕望的嘶吼。

狄景暉低語道：「果然有馬！」

話音未落，他倒吸一口冷氣，因為他隨後便看到，在離開那馬百來步遠的冰面上，破開一個大大的冰窟窿，冰窟窿裡面分明有人在不停地掙扎沉浮。

袁從英和狄景暉互相看了一眼，面色都很陰沉，此刻他們都能判斷出這個局面的危險，但是既然來了，救人便再容不得半點遲疑。

狄景暉輕聲問道：「怎麼辦？」

袁從英緊鎖雙眉，默默地思考了片刻，低聲道：「你管好斌兒。我過去看看。」他又看了看手中的長繩，目測了下到冰窟窿的距離，將繩子的一頭交到狄景暉手中，囑咐道：「你找個結實的地方把它繫好。」

「放心吧！」狄景暉轉身找了塊大石頭繫繩子，這邊袁從英輕點足尖，跳下斜坡，斜坡的面積很大，他幾個騰躍，才落到了斜坡的最底端，雖然算是控制住了身體，沒有一溜而下，但落地的一剎那，還是在平坦的冰面上滑出去不少距離。岸邊的狄景暉和韓斌看得心都快從嘴裡蹦出來了，剛要驚呼，袁從英已經穩住了身形，並且立刻從冰面上站立起來，但站得非常小心，因為他馬上就發現，此處的冰面又薄又脆，以前方不遠處的冰窟窿為中心，破碎出了若干條曲折的裂紋。很明顯，只要稍有大意，這每條裂紋都可能立即破成大塊的碎冰！

袁從英提著氣，一步一步慢慢地向冰窟窿靠近，走了沒幾步，那冰窟窿裡翻騰的人已經發現了他，張開嘴喊著什麼，但舌頭根本不聽使喚，說不出成句的話，只聽到斷斷續續的聲音：「快，先，救……」一邊叫著，一邊艱難地轉動著身體，似乎在拖動著冰水裡的什麼東西。袁從英離冰窟窿越來越近了，一眼掃到那人拖動的東西，猛地吃了一驚，原來那又是一個人，只是其軀體僵硬，完全沒有絲毫動作。

終於挪到了冰窟窿旁邊，袁從英朝水中之人伸出手，大聲喊道：「抓住我！」

誰知那人猛烈地搖著頭，一邊笨拙地划動手臂，努力向袁從英靠近，一隻手裡依然拖著那個一動不動的人。袁從英驟然明白了，原來這人是想先救出手裡拖著的這個已然昏迷的人。想必該人先落水，或者是不識水性，所以已經昏迷，故而更加危險，必須先行搭救。想到這裡，袁從英跪在冰窟窿旁，此人也已艱難地划水過來，口裡依然斷斷續續地在叫：「救、救、她。」

「你再靠近些，我來拉！」袁從英伸雙手出去，一把抓住了那個已凍僵了的人的兩隻肩膀，用足力氣將這人的身體提出冰水，水中的人也賣力地幫忙托著，眼看著就要將人帶出了水面，可就在袁從英把那人放上冰面的一剎那，一大塊冰承受不了新增的重量，在那人的身下猛地破裂開來，袁從英剛剛來得及往旁邊一滾，才救上來的人再度沒入到增大了不少的冰窟窿裡。

袁從英骨碌碌滾出去丈把遠，才又穩住了身體。他再次從冰面上站起身來，急促地喘息著，牙關咬得咯咯響。他竭力冷靜下頭腦，飛快地思索著對策：確實太難了，面前的冰面又滑又脆，根本沒有可著力之處，即使是他，也無法在這樣的地方騰空而起，更別說再帶上一個全身泡滿冰水幾近僵硬的人。

冰水裡的兩個人還在載沉載浮，仍能動彈的那人嗚嗚啊啊地叫著，只是口齒越來越不清楚，已經完全聽不出來在說什麼了。手臂雖然還在水面上擺動，但力量和速度也在減緩，他的頭上、眉毛上早就結滿了冰霜，根本看不出本來的面貌。很明顯，如果再不能把這兩人迅速地救上岸來，恐怕無一能夠倖免，他們即使不被淹死，也很快就會被凍死的。

袁從英決定再試一試。他試探著再次移動到靠近冰窟窿的地方，對水中之人拋出繞在手臂上的繩索，大聲喊道：「你先想辦法用繩索繞住她，我再拉她！」

水中的人衝袁從英大喊了一聲，似乎明白了對方的意思。他接過袁從英拋來的繩索，幾下就繞在那昏迷的人腰間，然後緩緩地將她的身體推向冰窟窿的一側，接著小心翼翼地將昏迷之人的上半身托上冰面。袁從英看得真切，就在那昏迷之人的身體觸上冰面的瞬間，他已經收緊了繩索，隨著那個身體浮上冰面的速度，不急不慢地牽引著繩子，儘量讓那個身體以最和緩的力度接觸到冰面。

眼看著那個硬邦邦的人體慢慢平放在了冰面上，袁從英屏住呼吸，輕輕扯動繩索，人體被緩緩地拉離了冰窟窿，可誰知剛剛離開了半個身體的距離，一陣狂風捲來，晃動繩索，冰面上突然又是一聲悶響，嘩啦，冰面再度破裂，那個身體又一次沒入冰水中。原來這冰面不僅支撐不住兩個人的重量，即使是一個人也能將其壓碎。

河岸邊，狄景暉和韓斌看得都渾身冒出汗來，他們已經完全忘記了劇烈的風雪，只眼睜睜地看著冰面上發生的一切，都快要絕望了。袁從英站在原地，死死地盯著冰水，眼裡幾乎要冒出火來，終於，他下定了決心。轉過身，對著狄景暉高聲喊道：「狄景暉，你抓緊繩子，準備把我們全都拉上去！」

狄景暉大聲答應著，用盡全力拉住繩索，但一時還不明白袁從英的話究竟是什麼意思。正在疑惑之際，就見袁從英突然猛踏冰面，朝岸邊的斜坡疾步奔跑而來，冰面隨著他的腳步大塊大塊地裂開，就在他跑到斜坡邊的一剎那，身後的冰已然全部碎開，袁從英也撲通一聲沒入冰河。

狄景暉和韓斌一齊大叫起來，狄景暉剛想拉繩索將袁從英拖上來，猛然看到袁從英已從水中冒出頭來，奮力朝那兩個落水之人游去。狄景暉一下愣在原地，韓斌在一邊急得直跳，哭著扯住狄景暉的衣服嚷：「快救我哥哥，快救我哥哥！」

狄景暉將他的手甩開，喝道：「別瞎叫，我知道了！」現在他才完全明白了袁從英的意圖：既然從冰面上無法救人，那麼就直接從水裡救！冰窟窿其實離開岸邊的斜坡並不太遠，所以他便乾脆將那些脆弱的冰面踩碎，如此就可以直接從水裡游到岸邊了！

果然，袁從英剛開始往那兩人的身邊游，那個尚能活動的人便也立即明白了他的想法，拖著昏迷之人的身體便朝袁從英游過來，兩人匯合在一處，一齊推動昏迷的人往岸邊拚命游過來，很快便靠近了斜坡。袁從英從水中朝狄景暉使勁揮手，狄景暉心領神會，馬上用力扯動繩索，繩索的一頭本已繫在昏迷之人的腰間，狄景暉這邊猛力扯動，袁從英和另一人一起往上托舉，昏迷之人就被拉上了斜坡。在光滑的斜坡上拉起個人倒是不用費太大力氣，狄景暉三下五下便將那昏迷之人扯上了斜坡的頂端，韓斌幫著他一塊兒將其拖上了泥地。

狄景暉手忙腳亂地從那個昏迷的人腰間解開繩索，突然一愣，原來這個昏迷的人竟是個老婦人。冰水之中，袁從英剛剛鬆了口氣，就見狄景暉朝自己揮手，將繩索甩了下來，袁從英才探身準備去拉，卻見斜坡頂上，韓斌腳下一滑，從上面直摔了下來。原來這小子一直伸著脖子拚命朝下看，稍不留神，一腳踩上光滑如鏡的斜坡，直直地就朝水面上滑過來。

從一早折騰到現在，袁從英幾乎已經精疲力盡了。可此刻看到韓斌就要摔入冰水中，他也不知道哪裡來的一股力量，從水中一躍而出，一手抓住狄景暉甩過來的繩索，另一隻手剛好擋住滑下來的韓斌，朝上大吼：「快拉！」

狄景暉使出全身的力氣往後拉，竟將袁從英和韓斌一起拉上了斜坡。快到坡頂時，袁從英翻身躍上泥地，懷裡仍然死死地抱著韓斌。

狄景暉忙過來查看，袁從英已經從地上一骨碌爬了起來，兇神惡煞般地朝狄景暉大吼道：「你滾開！」

狄景暉被他吼得愣了愣神，袁從英猛地將他往後一推，狄景暉險些摔倒在地，還是丈二和尚摸不著頭腦，不知道自己哪裡惹到了他。袁從英也不管他，再次向冰水甩出繩索，水中那人緊緊攀住繩子底端，袁從英狠命地往上拉扯，幾下便將那人拉上坡頂。

水中那人一滾上泥地，立即騰身而起。卻原來是個身材魁偉的壯漢，站直了竟比袁從英和狄景暉還要高半個頭。此人端的是體力驚人，剛才還在冰水中掙扎求生，這會兒雖滿臉凍霜，渾身上下冰水直淌，卻毫不在意。他衝袁從英和狄景暉一抱拳，高聲道：「多謝二位救命之恩！」舌頭仍打著結，一句話說得含混不清。

袁從英蹲在那昏迷的老婦人身邊查看，探了探鼻息，氣若游絲，捏住手腕探脈，手腕凍得像冰柱，根本摸不出脈搏。他急了，朝站在旁邊發呆的狄景暉又是一聲吼：「呆站著幹什麼？你快過來看看！」

狄景暉真不幹了，俯過身來的同時，以牙還牙地猛推袁從英，嚷道：「你幹什麼？不會好好說話啊？吼什麼吼！」他探手到那老婦人的脖頸之後試了試，衝袁從英瞪著眼睛叫，「幫我把她翻過來！」

兩人一起將那老婦人的身體翻轉，狄景暉猛擊她的背部，老婦人吐出幾口水來，依然昏迷不醒，氣息奄奄。

狄景暉咒罵道：「見鬼！看來要死人！」

那壯漢過來拽袁從英，高聲道：「快！再幫個忙，我去取燒酒來！」說著，將繩索再次交到袁從英手中，並指了指那匹仍然在冰面上翻滾嘶喊的駿馬。

袁從英探頭一看，那馬周圍散落著不少行李物品，知道了壯漢的意思，點頭道：「好！你小心，我拉著！」

那壯漢呼嚕一下便盪下斜坡。袁從英用盡全力拖住繩索，雙臂卻在不停地顫抖，胸口憋悶地喘不上氣來，他知道自己體力幾乎耗盡，只得又衝狄景暉大叫：「混蛋，快來幫忙啊！」

狄景暉臉色鐵青地衝過來，一把攥住繩索，一邊叫：「你才混蛋！此刻我不和你計較，咱們沒完！」

此二人還在沒完沒了，冰面上壯漢已經連滾帶爬地衝到了馬的近旁，他從散落一地的行李中拎過兩個羊皮囊，又勾住個大包袱，轉身便往回跑，袁從英和狄景暉看得真切，他一來到斜坡底端，兩人便同時用力拖動繩索，終於將那壯漢再度拉上坡頂。

壯漢未待站穩，便提著個羊皮囊衝到老婦人身旁，拔出塞子，他先自己猛灌了一口，緊接著抬起老婦人的頭便往她嘴裡灌，一股濃烈的酒氣散發出來。老婦人被灌得猛烈地咳嗽幾聲，雖然還是沒有清醒，但胸口劇烈起伏，呼吸恢復了。壯漢長舒口氣，又給自己灌了好幾口，朝袁從英和狄景暉扔過去另一個羊皮囊，嘴裡含混地喊：「燒酒，熱！熱！」他一指袁從英，「你快喝！」

袁從英到此時方才意識到自己全身都浸透了冰水，剛才的一番忙亂後，身上已經結起了一層薄冰，徹骨的寒冷深入五臟六腑，心臟似乎都被凍得跳不動了。他接住羊皮囊，猛喝了好幾口，燒酒劇烈的刺激總算幫他恢復了點知覺。他拽過韓斌，不由分說地也往小孩的嘴裡灌了一口，韓斌臉漲得通紅，差點咳出眼淚。壯漢將手中的羊皮囊又遞給狄景暉，讓他也喝幾口，自己便開始三下五除二地脫衣服，很快就在狂風暴雪中扒光了上衣，他從剛拉上來的大包袱中取出件整塊羊皮的大袍子，裹在身上。

壯漢從包袱裡又取出件羊皮大袍子，往袁從英的手裡塞，示意他也像自己那樣把冰水浸泡的衣服換下。袁從英抓過羊皮袍，卻轉身去裹那個凍僵的老婦人。

狄景暉急忙道：「光這樣沒用，得趕緊給她把衣服換下，再想法子暖身體，否則她堅持不了多久。就是活過來，手腳也要凍成殘疾。」

壯漢搶過來道：「二位，我知道個住家，離這裡不遠，咱們現在就把這婦人送過去！天已經黑了，大家先安頓下再說！」話音剛落，他從地上掀起那老婦人就扛到了肩上。袁從英和狄景暉也不遲疑，一個揹起韓斌，另一個撿起行李，跟上壯漢就走。

沒走幾步，風中傳來淒厲的嘶吼，壯漢不由得腳步驟停，回首瞭望。袁從英也回頭道：「剛才就是這馬的叫聲把我們引來的。」

壯漢緊咬牙關，沉聲道：「救人要緊，暫且顧不上牠了。但願牠能熬過今晚，明天我必來救牠！」他一扭頭，邁開大步飛快地往前走去。

天色已經徹底黑下來。狂風暴雪撲面而來，袁從英劃了幾次火摺子，根本就沒可能點著，便乾脆放棄了。那壯漢揹著老婦人，一聲不吭地在前面領路。幾個人就憑著聽覺，亦步亦趨地相互緊隨。此處簡直是赤地千里，茫茫原野之上連棵枯樹枝都沒有，只有層層疊疊蓋得足足尺把深的積雪。根本就看不出道路的痕跡，也不知道這個壯漢憑著什麼識別方向，只管大步流星地一直向前。

韓斌伏在袁從英的背上，又累又餓，又睏又凍，眼皮一合就睡了過去。不知道睡了多久，感覺袁從英突然停下了腳步，韓斌睜眼一瞧，驚喜地看到眼前居然冒出了個大大的宅院。周圍仍然像一路過來那樣的荒無人煙，就只有面前這個頗具規模的宅院，高高的院牆在風雪中聳立，烏黑的大門緊閉，沒有半點光亮自院內漏出，實在是夠陰森可怖的，活脫脫就像個鬼宅。

但是此刻，對於這幾個狼狽不堪已近絕境的人來說，哪怕面前真的是個鬼宅，也顯得分外親切，他們確實已無力再繼續走下去了，只求一個地方能夠歇腳，躲避風雪。壯漢跑上台階猛力砸門，嘴裡連聲大喊著：「阿珺姑娘，阿珺姑娘，是我啊，梅迎春，快開門啊！」

等不多久，門縫裡露出一絲微光，大門隨即敞開。一個柔潤的女聲鑽入門外幾人的耳窩：「梅先生，怎麼是你？你又回來了？」

這個梅先生嚷道：「哎呀，說來話長！阿珺姑娘，快讓我們進去，要趕緊救人！」說著，他率先跨進門內，袁從英和狄景暉隨後跟入。門內這叫「阿珺」的姑娘趕緊讓到旁邊，她的手中擎著盞風燈，搖搖曳曳的微光在狂風中若隱若現，根本就看不清各自的面貌，只不過聊勝於無。

那壯漢倒是諳熟得很，一進門就朝亮著燈的堂屋直衝，嘴裡繼續叫著：「阿珺，這個老婦人是我們從冰河裡救出來的，快不行了，得趕緊讓她暖和過來！」

幾個人奔進堂屋，眼前突然變得光亮，大家都是一陣眼花繚亂。屋子中央點著個大火盆，已經凍到麻木的身體一下子適應不了這突然升高的溫度，又都是一陣頭暈目眩。袁從英再也支撐不住了，身體晃了晃，「咚」的一聲就把韓斌放了下來。那梅姓壯漢搶步上前，將老婦人的身體平放到火盆近旁。阿珺關上大門也緊跟了進來，她瞧瞧地上奄奄一息的老婦人，滿頭滿臉都是白霜的梅先生，兩個同樣滿頭滿臉白霜的陌生男人，外加一個搖搖欲墜的小男孩，一下子呆住了。

第三章　亂局

在告別母親的兩個多時辰之後，楊霖再一次陷入了巨大的絕望之中。這絕望就像越抽越緊的繩圈，將他的脖頸死死纏繞，令他感到難以形容的窒息，和無法擺脫的幻滅。

金城關與蘭州城隔黃河相望，但與蘭州城的繁榮喧鬧相比，金城關要荒僻冷清許多。而這裡，又是金城關外最荒蕪的地區，就在高聳的城牆之下，到處都是荒草和碎石，多年沒有人跡。就在這個荒僻地區的中央，有一大片孤墳林立的亂葬崗。據說南北亂世之時，就在這個地方，曾經發生過血腥的大屠殺。數不清的老幼婦孺被殘暴的匪徒所殺，殘缺不全的屍體扔得遍地都是，血腥之氣歷經數月不散。因為都是闔家大小被滅門，所以過去很多時間，都沒有人來收屍，給這些慘遭橫禍的可憐人一個入土為安的機會，直到幾載風吹雨打以後，所有的屍體均化成森森白骨，或隱或現在亂草叢中。

沒有人敢靠近這個地方，每到夜幕降臨，即使是離開幾里外，都能聽到猶如嗚咽般的聲音在此地上空迴盪，經久徘徊，陰慘不絕。也曾有過一群大膽的僧人，在荒地中央修起一座簡陋的寺廟，把那些白骨撿起來埋葬，還為蒙冤而死的亡魂做道場超度，說是要以絕大的善念來平復鬱積的怨恨。但他們也沒能成功，隨著寺內住持和方丈相繼離奇死亡，小和尚們在恐懼之下紛紛逃離，各奔東西而去。剛剛有了些香火的寺廟被遺棄，而這個地方除了多出些沒有名姓的亂墳之外，便是空餘一座清冷破敗的寺廟，徒增更多的恐怖氣息而已。

對金城關外的普通百姓來說，這片城牆根下的亂墳坡，就是個避之唯恐不及的地方，哪怕官府也從不在此涉足。但也就是這個地方，就是這座被遺棄的寺廟，在過去的一年多裡面，卻是楊霖到的最多的地方。只要有可能，他都會乘著夜深人靜的時候來到這裡，在這裡流連一個通宵，再趕在黎明之前離去。而實際上，他並不是唯一一個這樣做的人。

但是今晚，在這座殘破寺廟的大雄寶殿中，坐著的倒確實只有他一個人，哦，不，不是一個，而是兩個人。在楊霖的對面，坐著另外一個人。那人的臉埋藏在燭光的黑影之中，根本無法看清面容，只有一雙灼灼有神的眼睛，將內心的殘忍和惡毒毫不掩飾地暴露出來，欣賞獵物似的死死盯著對面的楊霖。

這夜，真冷啊，怎麼形容都不會過分的冷。但是楊霖的額頭早已汗水淋漓，他全神貫注地盯著面前的那五枚骰子，其中的三枚已經躺倒，全都是黑色，另兩枚還在賣力地旋轉著，楊霖的雙手痙攣地抓住桌沿，似乎想要伸過去幫個忙，讓那兩枚骰子能夠聽話地躺在自己想要的那面，但又被恐懼所震懾，不敢有半分動作。他的手指是白的，嘴唇是白的，臉頰也是白的。

對面之人的眼神越發冷酷：這樣的情景他看得太多太熟悉了。每當此時，他便清楚地知道，又一個人將要陷入到萬劫不復的深淵之中。幸運？哼，他們太愚蠢了。這個世上即使有幸運，也永遠不會屬於他們。當然，有時候他也會捫心自問，是否做得太過狠辣，但是，每次他發現自己找到的答案都是一樣的。不，不是他將這些人帶入地獄，是他們自己，自作孽不可活，他，只不過是一個具體的操辦者而已。或者，僅僅是一名領路人。

多少次，面對和楊霖此刻極其相似的情形，他甚至會有種衝動，想要大喝一聲，提醒對方懸崖勒馬，幡然悔悟。但事實上，每一次他都做出恰恰相反的舉動，就像現在他馬上要做的那樣。

又一枚骰子躺倒了，仍然是黑的。楊霖已經汗如雨下了，嘴角不自覺地劇烈抽動，唇邊甚至泛出了幾點白沫，對面之人不由自主地在心中歎息了一聲，「吧嗒」，最後一枚骰子倒下了，沒有絲毫懸念地露出白色的那一面。楊霖猛地往後一仰，嘴裡發出呻吟不像呻吟，歎息不像歎息的聲音，但是對面之人聽得很清楚，很享受，他聽到楊霖說的是：「我輸了！」

大雄寶殿裡死一般的寂靜，楊霖仰面靠在椅背上，兩眼直勾勾地瞪著房樑，許久沒有絲毫動作。對面之人很有耐心地等待著，同樣紋絲不動，他知道，要給自己的犧牲品一點兒時間，讓他們能夠適應並最終接受命運的安排。

不知道過了多長時間，楊霖彷彿大夢初醒，從椅上站起身來，眼神空洞地四下看了看，便搖搖晃晃地朝門外走去。就當他要跨出殿門的那一剎那，一個暗啞破損的聲音自他身後傳來：「怎麼？這就打算離開？」

楊霖被臨頭一擊似的猛然晃動著身體，頹然地倚靠在殿門邊，終於支撐不住，滑倒於地，他垂著腦袋坐在地上，好像失去了知覺。

身後那人從桌邊站起來，緩緩來到楊霖的身後，繼續用他那副嘶啞破碎的嗓音說著：「想走也可以，把你欠的那些錢還了，但走無妨。」

楊霖依然委頓在地上，但全身都開始劇烈顫抖起來，他慢慢轉過身，還是低垂著頭，有氣無力地道：「我沒有錢，真的沒有錢……所有的錢，所有的錢，都輸給你了。」

那人慢慢蹲下身子，將臉湊到楊霖的面前，道：「哦，原來你沒有錢。那麼，你就不能這麼輕易地走了。」

楊霖終於抬起頭，臉上已然淚水縱橫，他瞪著對面的人，哆哆嗦嗦地道：「我、我不是已經把那樣東西給了你。那、那是我母親從皇宮裡帶出來的寶貝，值很多很多錢，你知道的……」

「哦？值很多錢嗎，值多少錢？我可不知道。就憑你一張嘴這麼說，我怎麼知道會不會上當？再說，我似乎記得，那樣東西也早讓你抵了五萬錢給我。而這五萬錢，你十天前便已經又都輸給了我。那件東西，就算它真的值錢，此刻也已經屬於我了，你，還得另籌錢款，還你的賭債！」這人的嗓音猶如利器在鑄鐵上劃過，每一聲都是既刺耳又嘶啞，聽著簡直令人難以忍受。

楊霖不由得抬手去擋自己的耳朵，此時此刻，這聲音更是帶給他如刀剜心般的銳痛。不！刻骨的絕望令他瘋狂地搖起頭來，難道一切真的到了山窮水盡的地步？難道他楊霖真的要完了嗎？最可怕的是，也許還要拖累他可憐的母親。

「娘……」楊霖淚如雨下。

對面之人嘖嘖歎息著搖頭道：「看你也是三十多歲的人了，就知道喊娘，有個屁用！行了，今天可是除夕，我已經花了太多時間陪你，不想再繼續和你耗個沒完沒了。你說吧，到底打算怎麼辦？」

「你要我怎麼辦？」

「不是已經和你說得很清楚了，兩條路你選擇。一、你把這一年多來欠的賭資全部還清，咱們立即井水不犯河水，各走各路；二、若是不打算還錢，那麼就按我吩咐你的，去做那件事情。只要你做成功了，到時候自然會有享不盡的榮華富貴，我這裡的賭債也給你一併勾銷！」

楊霖哀歎道：「你知道我選不了第一條，我、我已經身無分文了。連我娘剛給我的那些銀兩，也、也都輸給你了。」

那人輕鬆地道：「那麼就選第二條咯。早和你說了，這才是最明智的選擇。」

楊霖面露恐懼道：「可是，可是我就是弄不明白，你為什麼要我那樣去做？這樣做你究竟可以得到什麼好處？」

那人一聲冷笑：「你想的還真多！到底是讀書人。可惜，最該想的你不想，光想些沒有用的！我能得到什麼好處你不用管，你也管不著。如今你若是沒有其他選擇，便老老實實地按我說的去做。其他的不用你操心！」

楊霖不吭聲了，他低著頭，牙齒咬得咯咯直響。許久，他終於下定了決心，抬頭道：「好，我可以去做那件事情。但是，我有一個條件。」

「什麼條件？」

楊霖瞪著雙迷茫的眼睛，一字一句地道：「我可以按你說的去做。但是你必須將那件東西還給我。我母親到現在還沒發現我偷走了它，我只要將它拿回家中，就立刻動身去神都。你放心，我會一切都照你吩咐去做的！」說完，他凝神閉氣，等待判決似的眼巴巴地等待著對方的回答。

對面之人沉默了一會兒，饒有興味地端詳著楊霖走投無路的神情，突然噗哧一樂，道：「自己已經山窮水盡了，居然還想到要和我談條件，真是好笑至極啊。你娘含辛茹苦養大你這麼個兒子，我都替她不值！」

「你！」楊霖臉色大變，拳頭越捏越緊，眼睛裡的迷茫已經被刻骨的仇恨所取代，聲嘶力竭地叫道：「你這個惡魔！是你引誘我走上這條路的，也是你一步步設局讓我深陷博戲無法自拔。別以為我不知道，你這個賭窩害了多少人，你若是逼人太甚，我、我就去官府告發你！」

那人連連搖頭道：「那樣你就不怕你的老母親傷心欲絕嗎？她可還一心盼望著她的兒子蟾宮折桂，金榜題名，有朝一日幫她光宗耀祖呢。」

楊霖咬牙切齒地道：「我會向我娘坦白的。我也會向她老人家發誓，從此洗心革面重新做人。她會相信我的，她會原諒我的！」

那人又是一樂，語氣輕鬆地道：「可惜啊，到時候我只要把那件東西往外一交，官府知道這是你娘從皇宮裡搞出來的，你娘當時便會被殺頭的。她就是想原諒你，也沒有機會咯。」

這話終於令楊霖徹底崩潰了。他雙膝跪倒在對方的面前，顫抖著手去抓對方的袍袖，一邊語無倫次地哀求道：「不不不不，你、你絕對不可以把那東西交出去，那會害死我娘的，會害死她的啊！好，好，我答應你，我什麼都答應你，一切都照你吩咐的去做，一切！」他嘶喊著，埋頭痛哭起來。

對面那人厭惡地將楊霖的手從自己的身上扯落，罵道：「哭吧，你就是哭死了，這個地方也不會有人來救你！要讓你明白點道理，怎麼這麼費勁！我且告訴你，那樣東西半個月前我已派人送往京城，你如果真的想要回來，只有立刻動身去洛陽，然後按我說的去做。要想救你和你的老娘，這就是你唯一的機會！」

楊霖繼續趴在地上哭泣著，那人從袖中取出張字條，扔到楊霖的面前，冷冷地道：「就是這個地址，你到了洛陽去找他便是。他會告訴你接下去該怎麼做。總之，不要心存僥倖，這是你唯一的生路！」說完，他起身拂袖而去。

楊霖在地上又趴了一會兒，等到那人的腳步聲消失，他突然跳起身來，將面前的紙條撿起來揣入懷中，急急忙忙地四下望了望，伸手抹去眼淚，便飛快地跑出了大雄寶殿。戶外風雪交加，荒草早已被層層疊疊的積雪覆蓋，楊霖彎下腰，竭力辨別著雪上的足跡。很快，他找準了方向，便沿著一條新鮮的足跡跟蹤而下。

集賢殿中的百官守歲大宴就要開始了。整個大殿早已張燈結綵，花團錦簇，佈置得華彩奪目富麗絢爛。為了創造節慶溫馨的氣氛，太子特意頒旨，讓百官不必像平時上朝那樣，在明福門前列隊站班，在寒風中凍得瑟瑟發抖地等待宣召，而是直接到集賢門外會合，再依序進殿入席。像狄仁傑這樣備受尊重的老臣，或者王公侯爵，則更是被讓到離集賢殿不遠的集賢書院，薰香品茗，議書閒談，既能享風雅之趣又可敘同僚之情，也算是他們一年到頭難得的輕鬆一刻。

狄仁傑沒有去集賢書院和大家共同候宴，而是獨自一人帶著沈槐，坐在冷冷清清的中書省裡。他作為宰相，歷年在守歲宴中與人周旋應酬是當作件公務來處理的，從來沒有喜歡過，但也從來沒有逃避過。可是今年，他卻突然有了一個理由，可以避開所有那些或諂媚或狡詐或陰險或倨傲的面孔，以筵席組織者的身分，躲在這個突然顯得特別僻靜的地方，說是在處理宴會的各項事務，其實也是在獨享一份意外的寧靜吧。

當然，因兼著整個新年慶典的主持，即使躲在這裡，狄仁傑也並不能感到輕鬆。和明天元正日的新年朝賀不同，宮中守歲的過程沒有正式的禮儀程序，說穿了就是君臣聚在一處吃吃喝喝，賞樂觀舞，但畢竟是皇宮裡的節慶，一招一式仍來不得半點馬虎。光參加宴會的官員和王侯的名單就是皇帝欽定的，整個宴會的座次擺放也因此而來，容不得一點兒差錯。

集賢殿內空間有限，各位大人之間又必須保持一定的距離，不可以讓他們摩肩接踵有失體面，滿打滿算也就擺放了九九八十一張席位。剩下那些輪不到進殿的官員、學士、高僧等就只能在集賢殿外的廣場上列席。如此寒冷的冬夜，要在室外待一整個晚上，可不是件輕鬆的事情。當然，和能夠與皇帝共迎新年的無尚榮耀相比，挨點兒凍實在算不得什麼，絕不會有人因為這個放棄進宮守歲的機會，所以每年都有年老體弱不自量力的傢伙，經過這個守歲之夜便受寒病倒。

為了安排這些殿內殿外的座席，禮部可謂是動足了腦筋，既要考慮到尊卑高低，也要照顧到親疏遠近。所以一旦有人因為任何原因缺席，座次的編排就要相應做出調整。顯然，除了皇帝本人之外，也就是經她授予全權的人可以決定座次的變化，其他人即便是借他們一百個膽子，也絕對不敢造次的。此刻狄仁傑坐在中書省裡，倒是沒有其他的事情要忙，所需操心的也就是最終赴宴的人是否有變化，如果有，那麼座次應該如何相應地變化。

酉時剛過，尉遲劍從集賢門匆匆趕來，手裡拿著最終到席的名單。沈槐迎上前，從尉遲劍手中接過名單，轉身呈給狄仁傑。

狄仁傑慢慢品完嘴裡的一口茶，方才將名單展開，細細地看了一遍，臉上露出微笑。沈槐和尉遲劍不由相互看了看，再看狄仁傑，他又將名單看了一遍，方才放下，歎了口氣道：「怪事年年有，今年特別多啊。」

沈槐跨前一步道：「大人，您……」

狄仁傑搖搖頭，提起筆來，在名單上圈圈畫畫，片刻便將那份名單重新折好，遞還給尉遲劍，微笑道：「尉遲大人，辛苦你了。」

尉遲劍雙手接過名單，作了個揖便快步離開了。

狄仁傑又端起茶杯，飲了一口，方才對滿臉狐疑的沈槐道：「沈槐啊，你想不想知道，今年有多少官員缺席今日的筵席？」

沈槐沒有回答，只是沉靜地看著狄仁傑。

狄仁傑冷笑一聲，道：「你說說，不過一份二百人的名單，缺席的竟有三十七人之多，難道不是怪事嗎？看來不少人對這新年守歲宴，並非趨之若鶩，反倒是避之不及啊。」

沈槐驚問：「怎麼會這樣？這，這可是榮耀非凡的事情啊，怎麼會避之不及？」

狄仁傑朝他瞥了一眼，淡然問道：「你說呢？」

沈槐遲疑著問：「難道，難道是因為太子……」

狄仁傑冷哼一聲道：「張氏兄弟藉口要陪伴聖上，不出席今晚的守歲宴，實際上就是表明他們不把太子放在眼裡的態度。他們認為迎歸廬陵王是他們的功勞，太子理應對其感恩頌德，而他們自己則全然不必對太子表示尊重。」

沈槐又問：「那麼其他那些人……」

「其他的人我看了，絕大多數本來就是張氏的黨羽，全靠著奉迎張氏兄弟一路升官，自然對他們馬首是瞻。哦，另外還有一件怪事，吏部侍郎傅敏昨日夜間猝亡，他是梁王的妹夫，故而梁王也以此為由推辭了今夜的宴會。」

這下沈槐更是大吃一驚，大聲道：「傅大人死了？太突然了，死因是什麼？」

狄仁傑搖頭道：「不清楚。我也是剛從這份缺席名單上才得知這個消息的。這個傅敏本來只不過是個不學無術的富商之子，仗著大筆的家財居然和梁王攀上了親，兩年不到就升遷到了吏部侍郎這樣的高位，實在是令人齒冷！」

沈槐猶豫著道：「不過，傅敏既然是朝廷命官，他突然死亡，還是應該查問下原因吧。」

狄仁傑微微一笑：「這事梁王自會追究，他總得給自己的妹妹一個交代，不必你我操心。不過傅敏的死給了梁王一個不參加守歲宴的藉口，倒頗為古怪。」

沈槐皺起眉來思考著：「梁王不來，是不是帶動了一批武派官員也不來？」

狄仁傑讚許地點頭道：「沈槐，你很是老練啊。你說得很對，要不然也不會少了那麼多人嘛。」稍停了停，他又接著道：「此外，還有兩名缺席的，便是咱們都知道的鴻臚寺周大人和劉大人了。」

沈槐默默頷首。

狄仁傑沉吟片刻，突然笑道：「如此也好，少了許多麻煩，不用和那些人應酬，今年的這個守歲宴我倒有心情參加了。」

集賢殿內外，酒過三輪，宴入佳境，歌舞昇平，君臣同歡，好一副其樂融融的盛世佳節之景。狄仁傑一邊頻頻把酒言歡，一邊仔細觀察著席內官員們的神情。表面的喜氣洋洋之下，的確能感覺到明顯的不安和惶恐。狄仁傑心裡很清楚，他們在擔心什麼，害怕什麼，又在期待著什麼。人聲喧譁之中，他突然感到強烈的緊迫感，這感覺壓得他透不過氣來，抬頭望向正前方，那個身穿明黃團龍袍的人，正臉漲得通紅，侷促而慌亂地履行著他的職責，舉動間都是不自然、不自信。狄仁傑在心中深深歎息著，這個人，太子，他真的能夠擔起江山社稷的重任嗎？他真的能夠成為釐清眼前亂局，並最終撥雲見日的那位真龍天子嗎？狄仁傑將杯中的酒一飲而盡，感到胸口隱隱作痛，他告誡自己必須要再多做一些，更多一些，越多越好。

沈槐無聲無息地來到他的身後，輕聲道：「大人，您的臉色不太好。沒事吧？」

狄仁傑點點頭：「沈槐啊，老夫不勝酒力，你替我擋擋，我出去走走。」

「是。」

狄仁傑又敷衍了幾句，便轉身悄悄退出了集賢殿。

站在殿外廊簷下的陰影裡，冷風拂面，狄仁傑感到頭腦清醒了不少。殿外的筵席因不在太子跟前，各人更加放鬆，也鬧得更歡，一時竟沒有人發現狄仁傑。狄仁傑沿著廊下的陰影慢慢走開，再次感到強烈的孤獨，這個除夕之夜，他即便是再努力，也終於無法抗拒自心底最深處湧起的思念。是的，他想念他們，那兩個已經遠在幾千里之外的孩子。他以為把他們兩個放在一起想會感覺好受些，但此刻他才意識到這只不過是自欺欺人。最可怕的是，他們離開的時間越長，他就越是會一遍遍地質疑自己，當初的決定究竟是對，還是錯。

狄仁傑回頭望向殿內，沈槐正在和幾位大人推杯換盞，十分融洽。袁從英就從來不肯幫他做這類事情。狄仁傑記起曾經試過讓他替自己應酬，結果這個傢伙硬是陰沉著一張臉自始至終誰都不理，活活把狄仁傑氣了個半死，從此後便斷了這種念頭。旁人都以為袁從英對狄仁傑言聽計從，只有狄仁傑自己心中清楚，袁從英只做他願意做的事情，「一切都聽大人的吩咐」。

狄仁傑對自己苦澀一笑，這小子終於聽話聽到了離我而去。真是個傻小子，不，真是兩個傻小子啊。

已經一個月餘一天了，這兩個傻小子至今沒有給過他一個字。年輕人終究是心腸硬啊，狄仁傑很想當面訓斥他們一頓。狄忠說得很對，袁從英一向就是這個作風。出去辦事的時候，不論是走一個月、兩個月還是三個月，除了遞送最緊急的案件線索，從來不給他寫封報平安的信件。

很久以前，狄仁傑也曾頗為正式地向袁從英指出過這個問題，當時這傢伙無奈地笑著，強詞奪理地回答道：「大人，您就別為難卑職了。我實在不知道給您寫什麼，再說，我總覺得我自己比那些信走得快。等我都回來了，您再收到我寫的信，我會覺得很尷尬。」

這算是什麼道理？然而，狄仁傑接受了袁從英的理由，就像接受並且縱容袁從英的其他很多行為一樣。在宦海沉浮一生，狄仁傑見識了太多虛偽的情誼，和言不由衷的表白，所以才更明白那些質樸言行之後的赤子之心。很多時候，狄仁傑會情不自禁地想要好好保護這份難能可貴的真誠，但卻總有太多的牽絆、太多的需要、太多的顧慮，使這種保護變得無力，最終化為虛無。

今天，在這盛大的皇家夜宴之前，狄仁傑又一次默唸：是我太自私了。可是，再換個角度想，又覺得似乎自私得還不夠吧！紛亂的朝政，難測的亂局，靠一己之力終究太辛苦太為難，狄仁傑從來沒有像這一個月那樣，體會到自己對袁從英的需要，可是袁從英已經走了，走得那麼堅決，為了離開，情願付出最沉重的代價。

當阿珺姑娘站在明亮溫暖的堂屋前愣神的時候，她可無論如何都想像不到，這兩個狼狽不堪猶如從天而降的陌生男人，竟會與大周朝最高級別的權力和地位有密切的關聯，此時此刻還讓大周宰相在皇宮的守歲宴上牽腸掛肚，思緒萬千。

正在她發愣的當兒，躺在地上的那個老婦人發出微微的呻吟，一下子把所有人的注意都吸引了過去。因屋子裡暖和，這老婦人又被那梅姓壯漢放到了火盆近旁，只一會兒的工夫，那老婦人身上凍結的冰霜，和著她全身上下的冰水，流得遍地都是。這老婦人眼看著就是躺在一個小水泊之中了。梅姓壯漢有些為難地看著阿珺：「阿珺，這個老婦人，你看……」

話音未落，阿珺已經快步來到老婦人跟前，蹲下身瞧了瞧，又伸出手去摸摸那老婦人的濕衣，便回頭對梅姓壯漢道：「梅先生，你快把這大娘扛到我屋裡去，我先替她把衣服換了。」

「好。」梅先生駕輕就熟地將那老婦人往肩上一扛，便隨阿珺出了堂屋。

狄景暉這三人被扔在堂屋裡頭，一時無所適從，主人不在，他們也不好隨意走動。袁從英在冰河裡泡了一回，身上本已濕透了，又加一路上的冰雪，熱氣一熏，現在也是從頭到腳地往下淌水。狄景暉看著他的樣子，惡聲惡氣地嘟囔了句：「快把這身衣服換了吧，你總不會想把人家姑娘的屋子搞成澡堂子吧？」

袁從英不吱聲，從行李包袱裡取出乾淨衣服，走到一邊脫去上衣，還沒來得及換上，門被「啪」地推開，梅先生大步流星地踏入屋內，恰恰看到袁從英背上密佈的傷痕，不由自主地倒吸了口涼氣。狄景暉也是第一次看到這些，頓時驚得目瞪口呆。

好在那梅先生頗有涵養，見袁從英換好衣服回過身來，便立即遮掩起訝異的表情，態度自然地向二人微笑著施禮：「真是慚愧，梅某蒙二位的救命之恩，這一路慌亂，竟還不曾問得二位恩公的姓名。小可梅迎春，不知道二位是……」

他的話音剛落，袁從英便抱拳答道：「在下袁從英。區區之勞，何足掛齒。梅兄不必客氣。」

緊接著，他又問了句：「閣下不是中原人士？」

狄景暉一聽這話，猛然發現方才光顧著救人，竟未注意到這位梅先生原來是位高鼻深眉，碧眼棕髮的胡人，看年紀和他二人相仿，也是三十來歲，生得人高馬大，威武雄壯，方才冰河遇險救人時很有些江湖豪俠的風采，但此刻的言談舉止卻又彬彬有禮，儒雅生動，十分有教養。

梅先生聽袁從英指出自己並非漢人，灑脫地一笑。他瞥了眼狄景暉，又問：「那麼這位兄台是……」

狄景暉隨口應道：「在下狄景暉。」

「哦，原來是狄兄。」

二人正兒八經地見了禮，狄景暉笑道：「怪不得我一直覺得你說話有些含混不清，本來還以為是舌頭給凍僵了，原來你本就不是漢人。」

梅先生連連點頭：「狄兄說得對，梅某本來就不是漢人，這口漢話是後來學的，雖然花了梅某許多的功夫，卻始終不能學出原汁原味來。」

狄景暉也爽朗地笑了：「哎呀，你這口漢話已經足夠好了，除了調裡頭還有點兒胡腔，彷彿是舌頭打了個結，別的竟比普通的漢人百姓都要說得好，還頗有些文縐縐的儒生味道。」

梅先生一拱手：「狄兄過獎。」

狄景暉忍不住打趣道：「這口漢話也就罷了。只是不知道梅兄的這套繁文縟節又是從哪裡學來的？」

梅先生大笑：「狄兄見笑了。在下雖出生蠻夷，卻向來最仰慕中原人士的禮儀規矩，你們的先賢孔子不是說『道德仁義，非禮不成』嗎？」

狄景暉大為感歎道：「梅兄，看來你還真是精通漢學啊，令人心生敬佩！」

袁從英微微皺眉，聽著梅狄二人你一言我一語地對答，突然插話道：「梅先生，那位大娘怎麼樣了？」

梅先生眉峰輕蹙，眼中閃過不易察覺的嘉許之色，答道：「阿珺已給這位大娘換下了濕衣，安頓在她自己的床上暖著，這位大娘凍得不輕，如今仍然神志昏迷，估計需要些時間才能緩過來。」

袁從英聽了這話，轉過頭去，板著臉對狄景暉道：「狄景暉，你要不要去給她看看。」

狄景暉鼻中出氣，低聲嘟囔：「我？我個階下囚憑什麼去給她看？我自己還要看別人的臉色過日子！」

袁從英沒好氣地道：「你胡說什麼，不就是讓你去給人看看病。」

狄景暉衝他一瞪眼：「那你不會好好說？」

「我哪裡不好好說話了？」

「就憑你這一臉的陰沉，也能算好好說話？」

梅先生在一邊笑起來，朗聲道：「二位兄台，二位兄台，你們先別急。聽梅某說一句，梅某方才看了，那位大娘已無大礙，又有阿珺姑娘在旁邊照料，暫且不去看也可。」說著，他輕輕揚手做了個「請」的手勢，道：「我看咱們也別都站著了，今天累得夠嗆，不如先坐下敘談。」

大家看了看，屋內有一張圓桌、幾張椅子，也確實都累得不行，便各自落了座。韓斌早睏得東倒西歪，一直耷拉著腦袋靠在袁從英的身上。袁從英便搬了把椅子在自己旁邊，韓斌趴到椅子上，腦袋枕著袁從英的雙腿，立即呼呼大睡。這梅先生倒有趣，彷彿自己是此地的主人，端起桌上的茶壺倒了幾杯茶，遞給袁從英和狄景暉，自己仰脖連喝兩杯，方道：「今天在黃河裡喝了一肚子冰水，都不覺得渴了。」

他朝二人端了端茶杯，接著又笑道：「二位兄台如不介意，可否告訴梅某你們是做何許營生的？怎麼會在這種日子裡頭跑到那黃河岸邊上去？」

袁從英喝了口茶，低著頭不說話。

狄景暉輕哼一聲，大剌剌地道：「梅兄，我看你像是個見過世面的人，恐怕心裡對我二人的身分已有些揣度？不妨說來聽聽，我看看你猜得準不準。」

梅先生也不尷尬，泰然自若地回答：「梅某的確不敢隨便猜測二位的身分來歷，不過從二位的言行氣度來看，絕不是普通的人。」

狄景暉朝袁從英橫了一眼，語帶譏諷：「呵，普通人怎麼會在除夕的時候徘徊在冰河岸邊？我倒是想做普通人，哪怕過一天的安生日子也好。可惜啊，身邊總有人時時刻刻地盯著，絕不會讓我忘記自己的身分！」

梅先生笑問：「哦，身分？什麼身分？」

狄景暉正要張嘴，想想又把話嚥了回去，悶頭喝茶。梅先生也不追問，只是含笑看著狄袁二人。屋子裡突然安靜了下來，三人面面相覷，竟自無言。

「梅先生，梅先生。」

門外有人在喊，梅先生跳起來：「是阿珺！」

連忙去開門，寒風捲著飛雪撲入屋內，阿珺端著個大大的食盤走進來，梅先生忙伸手接過放在桌上，嘴裡連聲道：「阿珺姑娘，這麼重的盤子，你該叫我幫忙的。」

阿珺道：「沒事，我端得動。你們幾個都餓了吧，我方才去廚房找了找，暫且只有這些涼粥和小菜，就都拿來了。還沒來得及熱，那位大娘沒醒，我也不敢離開太久。梅先生，勞你再去廚房提個小爐子來，你們就自己在這裡把粥熱了吃吧。」

這姑娘的容貌溫婉清秀，一副嗓音卻宛轉柔媚，直入人心，平平常常的幾句話讓她說來，充滿了溫柔親切的情意，竟彷彿有種磁力，把幾個男人聽得都有些發呆。看到大家沒有反應，她的臉上微微泛起紅暈，指著食盤裡的酒斛，微笑著說：「梅先生，還有你上回買來喝剩的酒，都在這裡，你們也先熱了再喝，別喝涼的。」

「好，好。」梅先生如夢方醒，連聲答應著，出門去廚房取爐子。

阿珺一眼瞧見睡得爛熟的韓斌，輕聲道：「這孩子這麼睡要著涼的。」她眨眨眼睛，抬頭看了看袁從英，「讓他到我屋裡來睡吧，我那裡暖些。」

袁從英猶豫了下，便點頭道：「好，多謝姑娘。」他拍了拍韓斌，「斌兒，醒醒。」

韓斌毫無動靜。

阿珺輕輕地笑起來：「睡得真熟。不要叫醒他，你抱他來吧。我的屋子就在對面，沒幾步路。」

袁從英抱起韓斌，跟著阿珺穿過堂屋前的小院子，來到東廂房前。阿珺打開房門，側身將袁從英讓進去，直接領他進了裡屋。裡屋的床上，那位大娘還昏沉沉地躺著，袁從英抱著韓斌來到床前，詢問地看著阿珺。阿珺指了指床的外側：「就讓他睡這兒吧。」

袁從英把韓斌放到床上，阿珺展開被子將他蓋了個嚴嚴實實，這才回首對袁從英微笑：「這下不會著涼了。」

袁從英欠身道謝：「多謝姑娘，可是……你今晚不能睡了。」

阿珺低聲道：「沒關係，今晚是除夕，本來就要守歲的。再說，我爹爹還沒回家，我要等他。」

袁從英忙問：「令尊這個時候還在外辦事？怎麼還沒回家？需不需要我們去找找？」

阿珺的臉上掠過一抹憂慮的神情，她微微搖了搖頭：「不用，爹爹就快回來了，我等著便是了。」

袁從英看看她，遲疑了一下，還是點點頭，又道了聲謝，就離開了阿珺的閨房。

袁從英回到堂屋，梅先生已經取來了小爐子，正熱著酒。狄景暉看到有酒喝，情緒頓時又振作了不少。堂屋裡添了個爐子，又新增幾分暖意，淡淡的酒香漸漸飄出，幾個時辰前的生死危機，突然變得那麼不真實，猶如一個遠去的夢境。

梅先生提起溫熱的酒斛，滿滿地斟了三杯酒，正對狄、袁二人，高高端起自己面前的那杯：「二位兄台，今日是除夕，你我三人能相逢在這裡即是有緣，梅某先敬二位一杯。」說完，將手中的酒一飲而盡。

袁從英和狄景暉也各自乾杯。滾燙的酒液流入腹中，緩緩逼出滿身的寒氣，胸中的鬱結似有鬆動，額頭漸漸冒出汗珠來，眼睛深處不期之間蘊出點點濕意。

狄景暉長歎一聲：「馬上就要新年了。這個除夕會如此度過，我過去即便是想破腦袋，也無論如何都想不到啊。」

梅先生微笑點頭，袁從英也端起酒杯：「梅兄，我二人不透露身分來歷，實在是有難言之隱，希望梅兄不要介意。在下自飲一杯，向梅兄賠罪。」

梅先生忙道：「袁兄過慮了。出門在外，有些不方便的地方也很自然。所謂相逢不必相識，只要是意氣相投，便做得朋友！」

三人又乾了一杯，狄景暉笑道：「梅兄，也別光說我們兩個，其實我看你也神秘得很啊。你的身分來歷一定也很不簡單。」

梅先生朗聲大笑：「狄兄真是心直口快。不錯，不錯，咱們其實是彼此彼此。」

狄景暉轉了轉眼珠，狡黠地問：「梅兄，既然彼此彼此，我們就都不追問對方的來歷。可是，你的漢名實在有趣，這個名字的來歷是不是可以告訴我們？」

梅先生又是一陣爽朗的大笑，半天才止住笑聲，答道：「我也知道這個名字頗為古怪。其實這名字是我的頭一個漢學老師給起的。他不僅精通漢學，還擅長占卜算卦等等異術，是個有道行的奇人。據他說，給我取個像女人的名字，是為了遏制我命中的殺氣。」

狄景暉好奇地問：「哦？那為什麼要姓梅呢？」

梅先生道：「這只是個巧合，他問了我的生辰八字，說我命中缺木，最好在姓名中帶個木字，恰好我那位老師自己姓梅，便就給我用了這個姓。而我又生在冬季，老師便給我起了迎春這兩個字。那時候我還不通漢學，也不知道這名字是什麼意思，就認了下來。等後來常常被漢人笑話，才知道這個名字實在女氣得很。」

狄景暉點頭笑道：「倒也還好，冬梅迎春，占盡先機，意思很不錯。只是和你的樣子太不配，所以才會讓人覺得好笑。」

梅迎春大為贊同：「是啊，意思好就行了。名字嘛，不過是用來識人的手段。我的本名不便讓人知曉，遊歷中原的時候一直就用梅迎春這個名字，如今倒也習慣了，居然還越來越喜歡。」

狄景暉舉杯：「嗯，自己喜歡才最重要，管別人笑不笑！梅兄，為了你這精采的名字，來，咱們再乾一杯！」

梅迎春和狄景暉碰了碰杯，仰脖乾了杯中之酒，看袁從英沒有喝，便朝他舉了舉杯子，問：「袁兄，怎麼？這酒不對胃口？」

袁從英微笑著搖頭：「不是，我只是不常喝酒，有點兒不勝酒力，請梅兄見諒。」

梅迎春聞言仔細端詳了下袁從英，微微皺眉道：「袁兄的臉色是不太好，怎麼才喝了這點酒就……」

狄景暉也瞥了袁從英一眼，隨口道：「沒事，他平常也不喝酒的。」

袁從英站起身來，對二人抱了抱拳：「抱歉，我覺得有些悶，想出去透透氣，二位請自便。」隨後便打開房門走了出去。

屋內，梅迎春詫異地問狄景暉：「袁兄怎麼了？」

狄景暉搖頭道：「我也不知道，本來一直好好的，把你們救起來以後突然就發起脾氣來，他平時倒從來不這樣。」

梅迎春朝門口張望著，有些擔心地道：「我看袁兄的臉色很不好，會不會那時為救我們落入冰水，受了凍身體不適？而且方才我看到他的背上，怎麼有那麼多傷？」

狄景暉盯著手中的酒杯，有些鬱悶地回答：「坦白對你說，我也是頭一回看到那些。梅兄你要是想知道原委，恐怕還得問袁從英自己。不過按我對他的瞭解，這人硬氣得很，受點凍不會怎麼樣的。」

梅迎春低頭想了想，對狄景暉道：「我出去看看他。」

狄景暉示意他隨便，繼續自斟自飲。梅迎春起身出門，一眼便看到袁從英的身影，獨自站在堂屋前的廊下。

梅迎春走到袁從英的身邊，發現他正注視著漫天飛舞的大雪，便默不作聲地站在他的身邊，一樣靜靜地凝望漆黑夜空中如粉如霧的白色雪花。半晌，袁從英收回目光，才發現身邊站著的梅先生，驚訝地問：「梅兄，怎麼不在屋中喝酒？」

梅迎春淡然一笑：「袁兄在此賞雪，可比我們這些酒徒要風雅很多。」

袁從英苦笑著搖搖頭：「讓梅兄見笑了，我從來不是風雅之士，只是心中突然有些感觸，也不懂如何排遣，便覺憋悶得很。」

梅迎春連連搖頭：「噯，你們漢人的一代梟雄曹操不是有名句『對酒當歌，人生幾何。何以解憂，唯有杜康』嗎？我看狄兄就很得這詩中的精髓。梅某雖不知道二位的心事，但袁兄既然和狄兄是同路人，也應該學學他嘛。」

袁從英笑了笑，沒有說話。梅迎春上前輕輕拍了拍他的肩：「回屋去吧，今晚我們喝個一醉方休如何？」

「好。」袁從英點頭，從地上抓起一大把雪，用力地擦了擦臉，振作起精神，隨梅迎春一起回去堂屋。

狄景暉看見二人回來，也不多說話，站起身來便給二人把面前的酒杯斟滿，三人舉杯便飲，如此這般，沉默著連乾三杯，狄景暉輕輕一拍桌子，歎道：「真痛快啊！」

三人這才圍著圓桌重新坐下。

狄景暉頗為讚賞地對梅迎春道：「梅兄，你的酒量很不錯嘛。」

梅迎春瀟灑地揮揮手：「自小便在大漠草原上生長，酒是當水來喝的。只沒想到，二位兄台也是好酒量！」

狄景暉欣然一笑，朝袁從英偏了偏頭：「哼，我與他？頭一回喝酒就差點打起來。」

「哦？」梅迎春好奇地問，「還有這樣的故事？左右無事，是不是可以說來聽聽？」

狄景暉連連擺手：「還是不要提了，我估計他到現在還懷恨在心呢。否則為什麼今天突然又對我橫眉冷目的？」

袁從英悶悶地回了句：「和那沒關係。」

狄景暉來勁了，追問道：「哦？那你今天是怎麼回事？」

袁從英低下頭不說話。

狄景暉眼睜睜地等了他好大一會兒，看他就是沒有開口的意思，才恨恨地道：「你這個人有時候就是這麼不痛快，費勁！」

梅迎春忍著笑搖頭：「你們兩個人的性情實在是天差地別，真不知道是怎麼走到一處的。」

狄景暉瞪著眼睛道：「你以為我想啊，我是沒有辦法！」

梅迎春忙舉起酒杯：「喝酒，喝酒。」

又喝了幾杯酒，袁從英朝窗外望了望，問：「也不知道現在是什麼時間了？」

狄景暉道：「我估摸快到子時了，眼看著就是新年了！」

袁從英皺起眉頭，低聲道：「這位阿珺姑娘的爹爹是幹什麼的？這種時候還不回家？」

狄景暉奇道：「她還有個爹爹？你怎麼知道的？」

「她方才自己對我說的，要等她爹爹回家來過節。」袁從英沉吟片刻，注視著梅迎春，正色道：「梅兄，到現在我們都還不知道你是怎麼掉到黃河裡的，又是怎麼遇到那位大娘的。能對我們說一說嗎？還有，梅兄怎麼和這戶人家熟識，這個宅院孤零零地坐落在如此荒僻的野外，只一個姑娘和父親居住，家裡面連個丫鬟僕役都沒有，這姑娘的爹爹除夕都深夜不歸，也實在是奇怪得很。不知道梅兄是否瞭解些其中的緣故？」

梅迎春含笑點頭：「說怪其實也不怪，待我慢慢給你們解釋。不過，首先容我猜測一下，二位是今天從黃河對岸過來的，我說得對不對？」

狄景暉不以為然地應承道：「說得不錯。要說這也不難猜，這種時候若不是為了渡河，誰沒事往黃河岸邊跑……」忽然，他的眼睛一亮，大聲道：「我知道了，你也是渡河的吧？不過我們在冰上沒瞧見有人一路，所以你應該是從此岸出發！」

梅迎春頻頻點頭：「狄兄猜得有理。」接著又追問：「那麼說，二位的確是今天從對岸過來的。難道你們真的是自冰上走過來的？」

狄景暉乾笑一聲：「你這話有趣，難道還有別的辦法不成。就是走過來的，走了一整天，累死人了。」

梅迎春鄭重地道：「走冰渡河很不容易，既要有膽量又要有辦法，你們還帶著個小孩子，在下佩服！」

袁從英本來一直聽著沒說話，這時插進來道：「梅兄，這麼說，你原來也是打算走冰渡河嗎？」

梅迎春道：「是的。哎，說來慚愧。梅某在神都有事情要辦，本來今天就該抵達洛陽的。一個多月前，梅某就到了這裡準備渡河東去，卻因故多盤桓了幾天，沒想到就碰上了大雪封河，行程受阻。好不容易等到這幾天河上冰封得結實了，才決定要在今天走冰渡河。可是待我到了黃河岸邊，才發現自己犯了個嚴重的錯誤！」

袁從英低聲道：「你不該帶著你的馬。」

梅迎春長歎一聲：「袁兄說得太對了！唉，我本來也想過，馬匹不擅走雪地冰路，帶著會多有不便，可我實在是不願意拋下我那『墨風』，牠從小就跟著我，是匹千金都難求的良馬啊。」說到這裡，他的眼中猛然閃現出點點淚光，呆呆地望向窗外，一時間神情恍惚。良久，深深地歎了口氣：「是我害了牠。」

大家都沉默了，每個人都下意識地豎起耳朵，期望能再次聽到那匹神駒淒厲的嘶叫，但實際上，除了呼嘯的風聲，他們什麼都聽不到。過了好一會兒，袁從英低聲道：「梅兄，明天一早我和你一起再去黃河岸邊找牠。」

梅迎春苦笑著點了點頭：「現在我倒是寧願明天找不到牠，如果牠不見了，就說明牠自己逃出了生天，否則……」半晌，還是梅迎春自己重整了心情，繼續往下說，「事情的經過是這樣的：今天我到了黃河岸邊打算渡河，沿岸尋找了很久合適的渡河地點。岸邊太滑，墨風一路走得十分費勁，耽誤了不少時間。我找了幾個下冰的地點，可都因為墨風下不去，只好放棄了。如此幾次三番，弄得人困馬乏，天也過了晌午。我眼看著再不出發，就不能趕在天黑前渡到對岸，便有些著急。

「恰恰那時，我找到了咱們最後上岸的那片大滑坡，便想試試看讓墨風沿那滑坡而下，可誰想墨風剛一踏到那滑坡的邊沿，就再穩不住步幅，直接就滑到了冰面上。本來我想著，就這麼滑上河面倒也未嘗不可，我自己也隨坡而下，與墨風到了一處。但緊接著，我就發現自己大錯特錯了。那墨風在冰面上根本無法行走，我費了九牛二虎之力助牠站穩，剛邁開步子，便又摔倒。這樣我真的是進退兩難了，往前走走不動，要想退回來，又想不出法子把墨風弄上岸，一直折騰到天都快黑了，河面上又起了暴風雪，我才痛下決心，打算先拋下墨風，趕回來找人去幫忙。

「那個大滑坡不好上岸，我便往旁邊走了走，這才發現自己還算十分幸運。我和墨風滑下來的冰面凍得很結實，我們在上頭折騰了半天，雖然沒能前行，但也未遇到真正的危險。可就在離我們不遠處的那些冰面，不知道為什麼卻凍得很薄，危險得很。我於是再不敢造次，還是想沿原路設法上岸。可誰知道，就在那時，河岸邊突然出現了位老婦人，慌不擇路地便往河面上跑，根本不辨方向，也不查看冰面的情況，直接就朝冰上最薄的那個地方跳。我頓時驚出一身冷汗，剛想喊，那老婦人已然踏破了冰面，墜入冰河！」

梅迎春臉色陰沉地停了下來，給自己滿斟一杯酒，仰脖就乾，半晌才道：「我見有人落河，也未曾多想，便投入那冰窟窿救人。可恨那冰窟窿周圍的冰面實在太脆，我試了幾次都沒法把老婦人送上冰面，連我自己也再無法爬上去。那情形袁兄你也很清楚，我就不用細說了。說實話，今天若不是二位搭救，我梅迎春之命休矣。你們漢人有話，大恩不言謝，梅某此刻也不多說什麼。今生今世，必有機會讓二位知道梅某的為人！」說完，他默默飲乾杯中之酒，眼中乍現銳利而深沉的光華。

集賢殿前的廣場四周，為了給參加夜宴的諸位大人們取暖，特別立起了幾十根高達丈餘的方形銅柱，柱內熊熊燃燒的烈焰，源源不斷地給整個廣場送來暖意，火勢是這樣的猛烈，靠近銅柱的地方竟讓人產生溫暖如春的錯覺。今天是節日，為了助興，每根銅柱旁還多站立了四名身披重甲、英姿勃發的千牛衛將領。這些被精心挑選出來的俊朗年輕人，負責每隔一段時間，就用鼓風的皮囊向銅柱內送入強烈的新風，火柱在風力的催動下，一齊向黑色的夜空噴出滾滾熱浪，並伴著震耳欲聾的轟響，猶如隆隆的炮聲，又像陣陣雷鳴，這是大唐的聲勢，也是大周的氣韻，何其熱烈，何其豪邁，又何其雄壯！

「恩師！」

一聲呼喚把正凝神觀賞火柱的狄仁傑驚醒，他回頭望去，宋乾身披三品重臣的紫色袍服，容光煥發地站在面前。狄仁傑滿意地上下打量著自己的這個學生，不錯，很不錯，能夠亦步亦趨地跟隨自己的安排，也能夠忠心耿耿地執行自己的指令，宋乾會有今天完全是在意料之中。不出差錯的話，他還將是自己為李唐將來所鋪設的棋局中一枚相當有力的棋子。景暉這孩子就是喜歡自作聰明，一味地鄙夷做棋子的命運。看看，宋乾就是一枚做得十分成功的棋子，而且還會繼續成功下去，和他相比，那兩個遠在天涯的傻小子，實在是幼稚得令人心痛。

狄仁傑微笑道：「宋乾啊，你怎麼找出來了？」

宋乾跨前一步，恭敬地道：「方才在殿內未尋到恩師，問了沈將軍，他說您身體不爽，出來散步了。學生牽掛得很，也就無心喝酒了，趕緊出來看看。恩師，您沒事吧？」

「沒事，沒事。我很好，很好啊。」狄仁傑再次打量了一遍宋乾，繼續笑道：「宋乾啊，你外放多年，再次入朝為官，感覺還習慣嗎？今天的守歲宴是極好的機會，可與其他的朝廷官員相互熟識熟識，你就別一味顧著老夫了。你我師生多年，虛禮可免。」

可能是喝了些酒的緣故，宋乾的臉微微泛紅，有些激動地道：「恩師，您這麼說是讓學生無地自容了──」

他還要繼續往下說，被狄仁傑打斷道：「好了，不要激動嘛。老夫只是與你開個玩笑。」

宋乾很識相地閉了嘴，陪著狄仁傑沿廣場邊的石階慢慢拾階而下，風中飄起細小的雪珠，猶如白色的小花輕舞飛揚，悠悠落上蒼松翠柏的枝葉間，銅柱中的火焰再次被風鼓起，巨大的熱浪沖天而上，在銀白的雪霧中烈焰滾滾。

狄仁傑和宋乾停住腳步，回首望向這如夢如幻的景致，陷入各自的思緒。沉默了半晌，狄仁傑突然想起了什麼，問道：「宋乾啊，關於劉奕飛大人的案子，你這一天來可查出什麼線索？」

宋乾正色道：「恩師，學生正想和您聊聊這件事。這個案子實在是蹊蹺得很啊。」

「哦？你詳細說說看。」

「是。」宋乾擰起眉頭，思索著道，「劉奕飛大人的屍體此前已經被送回家中停放。學生親自帶著仵作去劉大人家中查驗。經細查，仵作確認劉大人是被一柄匕首刺中後心而亡，因匕首直入心臟，劉大人肯定是當場斃命的。從匕首刺入屍體的位置和力度來看，行刺之人當時就站在劉大人的身後，行刺的手段既迅速又堅決，故而劉大人在毫無防備的情況下就被刺中。他隨即往前倒去，被周大人扶住，周大人的手才沾上了鮮血。」

「兇器可曾找到？」

「找到了，就在事發地點的宮牆之外。是一柄很普通的匕首，市上隨處都可以買到。」

狄仁傑點點頭，繼續問道：「事發現場都勘探過了嗎？可曾發現什麼特別的蛛絲馬跡？」

宋乾回道：「學生親自去察看過了。事發的地點是在鴻臚寺到東宮的一條巷道中間。前方不遠處就是賓耀門，巷道的一側是成行栽種的松樹，另一側就是皇城的外牆。」

狄仁傑輕捋鬍鬚道：「嗯，可曾發現什麼可疑的足跡？」

宋乾小心地回答道：「因為這些天都在下雪，足跡在雪地上倒是十分清晰。除了劉大人和周大人的足跡之外，並無第三人的足跡。」

狄仁傑猛一回頭，問道：「只有他二人的足跡？」

宋乾忙道：「哦，是學生沒有說清楚。在從鴻臚寺到事發地點的一路上，只有周劉二位大人的足跡，事發的地方足跡一片混亂，又有鮮血和劉大人倒地的壓痕，確實無法辨別清楚。但是在旁邊的皇城牆上，倒是發現了有人翻越的痕跡。」

狄仁傑微微點頭道：「原來如此。你剛才說那柄殺人的匕首，也是在皇城牆外發現的。」

「是的，就在翻越的痕跡近旁。」

「那足跡能否跟蹤呢？」

「皇城牆外不遠處就是洛水，那足跡到了洛水邊就混入其他的足跡之中，再也無法尋找了。」

「嗯。」狄仁傑凝神思索了一會兒，又問道：「據周大人說，他看到劉大人被殺以後，就瘋狂地往前奔跑，一路都聽到有人在身後跟隨，還有個聲音一直在他的耳邊說『生死簿』。那麼，自事發現場開始到周大人被人發現的地方之間，又有什麼特別的痕跡嗎？」

「這……」宋乾遲疑著說，「從事發地點到周大人被發現的地方之間，要說足跡嘛，其實就只有周大人自己奔跑的足印。但……有一件很奇怪的事情。」

「哦，什麼奇怪的事情？」

宋乾的聲音裡透出一種古怪的憂懼，他慢慢地道：「在周大人的足跡後頭，有一條血跡緊緊跟隨，不是足跡，只是一條血跡，似乎是一路滴落的。每隔一段距離，這血跡還畫出個模糊的『死』字，一直延續到周大人被發現暈倒的地方。」

狄仁傑注意地觀察著宋乾的表情，許久，才冷冷地道：「果然是夠古怪啊。那麼宋乾啊，對這件案子，你可有什麼看法？打算怎麼辦？」

宋乾思忖著道：「從皇城牆上的翻越痕跡和丟落的匕首看，劉大人應該是被一名翻越城牆進入皇城的兇手所殺。學生想來，這個兇手必定是在巷道邊等待多時，等周劉二位大人走到身邊才動的手。殺害了劉大人之後便翻牆而逃，順手丟棄了兇器。」

狄仁傑微微點頭道：「那麼，兇手的動機是什麼？他為什麼要殺害劉大人？」

宋乾略顯尷尬地道：「這個學生還未查察清楚，還，還需要些時間……」

狄仁傑輕輕拍了拍宋乾的肩膀，鼓勵地道：「宋乾啊，一天的時間對這樣一起案件來說，肯定是不夠的。老夫不是在質疑你的能力，只是想從自己的經驗來給你些幫助和啟發，你不用有顧慮。在老夫看來，你已經做得很多很好了。」

宋乾拱手道：「學生慚愧。」

狄仁傑往前走了幾步，又道：「宋乾啊，除了動機以外，還有幾個問題，你也可以想一想。一、這個兇手是如何進入皇城的？」

「會不會翻牆而入呢？」

「這當然是一個可能。但問題是城牆旁邊白天一直有守衛巡邏，根據案發的時間來看，這人在白天就翻牆而入的可能性不大。另外，他怎麼知道周劉二位大人當天晚上一定會走這條巷道，難道他天天翻牆進來等在那裡不成？所以老夫覺得，兇手趁夜色翻牆而逃的可能性較大，但卻並不是翻牆進入的。」

宋乾忙問：「那他還有什麼辦法進入皇城呢？」

狄仁傑微笑道：「辦法很多嘛。這些天為了新年的慶典，左右掖門每天都要到戌時以後才關閉，出入的人員中更有不少外來的工匠和藝人，雖然有盤查，但嚴謹不如平時。再說了，兇手會不會本來就是皇城裡面的人呢？」

宋乾想了想，道：「這……學生覺得不太可能。如果兇手本來就是皇城裡面的，殺人之後就不用翻牆而出了。」

狄仁傑輕輕點頭道：「嗯，這也算是一種解釋。」頓了頓，他又道：「那麼假如兇手是外面的人，就產生了第二個問題，兇手為什麼要在周劉二位大人路過那條巷道去東宮的時候殺人？假如他是皇城外的人，要殺劉大人的話，在皇城外殺人恐怕比在皇城內要容易得多吧？他何必要冒這麼大的風險？」

宋乾無言以對。

狄仁傑繼續道：「所以，從我們剛才的討論看，老夫認為你最應該去徹查的，仍然是動機。

劉大人為什麼會被殺？什麼人想要置他於死地？只有理清了這些，這樁案子才能找到頭緒。如果僅僅是被現場的情況牽著鼻子走，恐怕要誤入歧途。」

宋乾一驚，忙問：「恩師，您的意思是說，有人在故布疑陣？」

狄仁傑微笑道：「宋乾啊，我可什麼都沒說，你自己好好想想吧。」

宋乾連連點頭，想了想，又問：「恩師，對那行血跡和『死』字，您有什麼看法嗎？」

狄仁傑冷淡地回答道：「老夫一直認為，某樣事物越是看上去玄之又玄，本質上就越是簡單。對於這血跡和『死』字，老夫目前沒有什麼看法，但我覺得，你查案時大可不必把這放在心上。」

宋乾愣愣地看著狄仁傑，若有所悟，遲疑了半晌，又問：「恩師，您或許還不知道，前日夜間神都除了劉大人這件命案之外，還發生了兩樁暴卒的事件？並且都與這個『生死簿』有關？」

狄仁傑一驚，猛停住腳步，回頭質問宋乾：「怎麼回事？」

宋乾鄭重地道：「一是吏部侍郎傅敏大人在遇仙樓暴卒，二是天覺寺的圓覺和尚失足墜塔。」

狄仁傑死死盯著宋乾，嘴裡低聲地重複道：「傅敏？圓覺？遇仙樓？天覺寺？居然還有這樣的事情？同時發生在前日夜間的暴卒事件？」他突然提高聲音問道：「宋乾，你為什麼說這兩樁暴卒事件都和『生死簿』有關？」

宋乾誠惶誠恐地答道：「恩師，事情是這樣的。白天學生在大理寺整理公務，並檢查劉大人的案件時，聽到一些下屬談起傅敏傅大人暴卒的事情。」

狄仁傑抬手道：「嗯，其實這件事情我已經知道了，梁王就是因為妹夫傅敏的暴卒而婉辭今晚的守歲宴，但我倒不知道這件事情還和什麼『生死簿』有關？」

宋乾點頭道：「嗯，我聽說，傅大人前日夜間去遇仙樓飲酒作樂，還有兩位吏部的同僚作陪。他們通宵飲宴，一直鬧到昨日凌晨，陪宴的妓女柳煙兒提議要玩藏鉤，於是便熄滅燈火，本來說好傅大人待那柳煙兒將物什藏好以後便亮燈猜鉤，哪想到等燈火再亮之時，那傅大人已然病發身亡了。」

狄仁傑擰眉道：「病發身亡？」

「嗯，據說傅大人一向縱慾無度，不拘小節，從不注重修身養性，身患各種暗疾，尤其是有心痛的毛病，也曾數次發作，偶有凶險的狀況。所以這次在夜宴中突然身亡，也不算太意外的事情。」宋乾說到這裡，略帶嘲諷地道：「聽說梁王的妹妹知道傅敏暴亡，不但沒有絲毫的悲傷之情，反而破口大罵，說早料到他有這一天，死在花街柳巷就是活該。」

狄仁傑沉吟道：「哦，她是這麼說的？」

宋乾點頭道：「是啊。按說此類暴卒的事件，如果事主家屬不作他疑，那也無須特別的處理。但坊間都在傳說的是，傅敏大人死去的時候，周圍散落了些黃色的紙片，上書『生』『死』二字，非常怪異，鬧得人心惶惶，說什麼的都有。當然最多的說法，還是說傅大人不自檢點，欠下了太多的風流債，將陽壽一併耗盡了，所以才有陰司來提前索命。」

狄仁傑冷笑道：「你也相信這種說法？」

宋乾略有些尷尬地道：「學生只是聽到這些傳聞，並未調查過真偽，故而也不敢妄自採信。」

狄仁傑問：「梁王似乎還未對此事有什麼特別的反應？」

宋乾搖頭道：「學生未曾聽說。」

狄仁傑默默地思考著，過了一會兒，道：「那麼天覺寺圓覺和尚的死又是怎麼回事？」

宋乾答道：「恩師您想必知道，這天覺寺是朝廷指定的譯經藏經的寺院？」

狄仁傑點頭。

宋乾接著道：「就是這個原因，天覺寺倒是將圓覺和尚的死報到了大理寺。情況是這樣的：這個圓覺和尚是天覺寺的庫頭僧，前日夜間，竟從寺院後面的天音塔上失足摔下而死，直到昨晨早課的時候才被眾僧發現。」

狄仁傑疑道：「你怎麼能肯定他是失足摔下而死？」

「哦，恩師容稟。天覺寺眾僧發現圓覺死在天音塔下之後，便直接報到了大理寺。當時學生正在忙劉大人的案子，便派了少卿秦大人去天覺寺查察。據秦大人回來後報稱，在天音塔最高層的拱窗前發現了空的酒樽，而圓覺的僧衣上雖經過夜間的風雪，仍能聞出酒氣，所以初步斷定圓覺在死前喝了許多的酒。和天覺寺其他僧侶談話也瞭解到，圓覺有這個嗜酒的喜好，經常喝得酩酊大醉。所以秦大人推斷，圓覺前夜也必是躲到天音塔上去喝酒，醉酒之後不辨方位，從天音塔上的拱窗處失足跌下，才死在天音塔下。」

狄仁傑緊縮雙眉，緊接著便問：「那麼所謂的『生死簿』又是怎麼和圓覺的死聯繫起來的？」

「是這樣，在圓覺的屍體旁邊也發現了不少散落的寫有『生』『死』的紙片。所以學生才不由自主地將這兩件事情聯繫了起來。都是意外暴卒，又都是沉迷酒色貪慾，似乎，似乎……」

狄仁傑淡然一笑：「似乎什麼？不要吞吞吐吐，有話便直說。」

宋乾鼓足勇氣道：「似乎確實是冥冥之中的安排，或者也可以說是報應吧。」

又是一陣沉默，許久，狄仁傑輕輕地歎了口氣，道：「宋乾啊，我曾經說過很多次，世上一切的事情都是有因有果，而且我也相信，這些因果的關聯只在現世，無關彼界。當然，你剛才所說的這兩件事情，看上去蹊蹺詭異，有太多含混不清的因素在裡面，我不能也不願憑空就做出任何的判斷。這樣吧，讓我來給你一個建議。」

「恩師請賜教。」

「傅敏大人的事情，如果梁王或者傅敏的其他親眷沒有要求，咱們就先不去理會。但是圓覺的這樁案子，絕不能隨隨便便了結。待這個新年節慶過後，我會去天覺寺走一走，看一看，然後再說。」

宋乾大喜道：「恩師，您肯幫忙徹查圓覺的案子，學生真是求之不得啊。」

狄仁傑微微一笑：「去天覺寺倒也不單單是為了圓覺的案子。老夫在那裡有位舊友，許久不見很是想念，老夫也該去拜訪拜訪。」

宋乾好奇地問道：「哦，恩師在天覺寺還有哪位舊友？」

「嗯，一位多年的好朋友。到時候我會帶你一齊過去，你自會知道他是誰。」

正說著，突然間集賢殿前的火柱齊聲鳴響，聲聲不絕，震徹天地。狄仁傑和宋乾相顧一笑：子時馬上就要來了。二人連忙加快腳步，匆匆趕回集賢殿內，他們將在那裡與群臣一起山呼萬歲，共迎新年的到來！

第四章　凶宅

在阿珺姑娘家的堂屋裡，袁從英、狄景暉和梅迎春三個男人，推杯換盞，慢慢地酒酣耳熱，漸入佳境。屋外雖然寒風凜冽，冰天雪地，他們卻在這暖意融融的小小方寸間，將各自的心事和顧慮逐一拋開，忘卻了天涯逆旅的處境，恍然不知身是客。

等梅迎春講完白天去渡河碰上老婦人落水救人的經過，狄景暉由衷地讚歎道：「原來梅兄也是為了搭救他人，才身陷險境，果然是英雄豪傑所為。在下敬梅兄一杯！」

梅迎春道：「哪裡，在下不是什麼英雄豪傑，二位才是。」他看了眼袁從英，微笑道，「梅某冒昧，還想請袁兄說說身上那些傷痕的來歷，在下揣度，袁兄必是經歷過極大的凶險，並做過驚天動地的大事！不知道袁兄是否能讓梅某如願？」

袁從英搖了搖頭，輕聲道：「不是從英自恃清高，確實沒什麼可說的。」

狄景暉本來也眼巴巴地等著，聽袁從英這麼一說，拍了拍桌子，對梅迎春道：「梅兄，我說吧，他就這個脾氣，他不會說的，沒用！」

梅迎春笑著搖了搖頭，又端詳了一下袁從英，語帶關切地問：「袁兄的嘴唇怎麼有些發紫，你沒事吧？」

袁從英剛想回答，突然雙眉一擰，壓低聲音道：「有人來了！」

三人一齊噤聲，側耳傾聽，果然聽到院門啟合的響動，在一片暴風雪的呼嘯中，這聲音反而顯得更加尖銳，更加清晰。梅迎春朝狄袁二人使了個眼色，輕輕挪動嘴唇道：「主人回家了。」

大家放下酒杯，正襟危坐地等著，可還未等到主人進屋，卻又聽到東廂房的門「啪」地打開了，緊接著，阿珺那柔美動聽的聲音鑽入耳窩，就聽她帶著明顯的欣喜之情道：「爹爹，您總算回來了，等得我好心慌。真擔心您出什麼事情。」

「廢話，我能出什麼事情！我要真出了事情，你又幫不了我！」回答得很不耐煩，而且那聲音嘶啞蒼老，好像嗓子受過什麼傷害似的，聽上去說不出的難受。

屋內的三個男人不由自主地交換了下眼神，臉上的神色都不太愉快。接著又聽到那個破啞的聲音道：「堂屋裡面為什麼弄得這麼亮？你在自己屋裡待著，還把堂屋裡的燈燭都點著，是不是嫌我錢太多，想幫我多花掉些？」

「爹爹！」阿珺的語氣急促地道，「您別生氣，是我不好，我……」

屋內三人的臉色都愈發陰沉下來，就在此時，堂屋門被猛地推開了。

一個全身罩著黑色斗篷的人大步跨進堂屋，看到屋裡的景象，頓時愣了愣。梅迎春迎著那人站起身來，拱手道：「沈老伯，梅迎春又來叨擾了。」

桌邊，袁從英和狄景暉也站起身來。那人默不作聲地在原地站著，整張臉都隱在黑色的風帽中，只有一雙亮得嚇人的眼睛冷冷地在三人身上掃過來掃過去，過了好一會兒，他才猛地掀開風帽，露出張飽經滄桑的衰老面容。袁從英和狄景暉頭一次見到這張臉，心上都不由一顫，只見這張臉上滿是深深淺淺的疙瘩和坑疤，鼻子歪斜，眼角外翻，嘴唇上還有道深深的傷痕，很顯然，這是張被整個毀掉了的容貌。

「沈老伯，梅迎春這廂有禮了。」梅迎春再次對那人欠身行禮。

那人才對他點了點頭，算是打了招呼，一邊仍然上下打量著狄袁二人，一邊問道：「你不是去渡黃河了嗎，怎麼沒過得去又回來了？這兩個人是哪裡來的？」

梅迎春答道：「沈老伯，梅某今天確是去了黃河岸邊，可是因故未能過河，還在冰河中遇了險，幸蒙這二位朋友搭救，才算撿回了條性命。今夜暴風驟雪，實在找不到地方落腳，梅某便自作主張，將這二位朋友帶來了此處，還望沈老伯寬宥。」說完，他再度向沈老伯深深施了個禮。

這沈老伯好像沒有看見梅迎春的舉動，反而轉過頭去，對著跟在他身後進到堂屋來的阿珺厲聲道：「我關照過你多少遍，咱們家中僅你我二人，一老一婦，要多加小心、多加小心才是。你倒好，平白無故就弄了這麼幾個陌生男人來到家中，你自己不要身分臉面，我還求個性命安全！」

阿珺的臉頓時漲得通紅，輕聲道：「爹爹，我……他們是梅先生帶來的，也不算陌生人。再說，這狂風暴雪的，讓他們去哪裡？」

梅迎春的臉色已經變得十分難看，他又往前跨了一步，提高聲音道：「老伯，是我擅自將這二位朋友帶來的，不是阿珺姑娘的錯，請您不要為難她。」

沈老伯猛一回頭，對梅迎春冷笑道：「梅先生，我在同自己的女兒說話，你插什麼嘴？」

梅迎春狠狠地抿緊嘴唇，低頭不語。

那沈老伯繼續回頭對阿珺道：「就算是你要當好人做好事，給他們間柴房住下即可，憑什麼安置在這堂屋裡頭，又是火盆又是爐子。」他又一指桌子，「居然還好酒好菜地招待，你還真當你家是豪門富戶？哼，想做好事收容些要飯的也就罷了，弄來這幾個盜不盜匪不匪的，誰知道會惹出什麼麻煩來？」

狄景暉再也忍不住了，衝口嚷道：「這位老伯，您怎麼說話的，什麼叫盜不盜匪不匪，我們哪裡惹麻煩了？大過年的，您說話怎麼這麼難聽？」

阿珺輕輕扯著父親的衣角，眼淚汪汪地叫了聲「爹爹」，便說不下去了。

袁從英一直都沉默著沒說話，這時候他深深地吸了口氣，也朝前站了一步，對那沈老伯抱拳道：「老伯，看來我們確實是打擾到了您，非常抱歉。請您不要為難這位姑娘，我們走便是了。」說著，他回頭向狄景暉使了個眼色，狄景暉點頭，兩人朝門外就走。

阿珺急了，慌忙攔到二人的面前，漲紅著臉道：「不行，外面的風雪越來越大了。這裡方圓幾里都沒有人家，你們能去哪裡？」她扭過頭，對著父親哀求道：「爹爹，您剛從外頭回來，您知道外面的情形。這位，這位袁先生……」她指了指袁從英，顫聲道，「他還帶著個孩子，在我屋裡睡著呢，總不能讓那小孩子也在這個時候到外面去啊，要凍壞的。」

袁從英還未待回答，那沈老伯陰陽怪氣地道：「什麼，居然還有個小孩子？阿珺啊，雖說你為了照顧我至今待字閨中，也不至於急到如此地步，把個來歷不明的男人連孩子一起弄回家裡來！」一邊說，一邊上上下下地打量著袁從英，態度輕蔑至極。

袁從英再不遲疑，輕輕地一推阿珺，嘴裡道了聲：「阿珺姑娘，請你讓開。」邁步便出了堂屋，直接就走進東廂房，從床上一把抱起韓斌，回到院中，狄景暉也提著行李過來，兩人互相一點頭，就要往院外走。

卻聽梅迎春大叫一聲：「二位留步！」霎時已擋在兩人的面前，臉上陡然呈現出未曾有過的堅決和冷峻，他壓低聲音道：「二位，請再耐心等我片刻，梅某會給你們個交代。」

袁從英道：「梅兄，你的好意我們心領了，但我們實在不願意為難阿珺姑娘。」

梅迎春急急地道：「袁兄，你們要是走了，就真的是為難阿珺姑娘了。在下心裡有數，請再稍耐片刻，否則梅某與你們一起走。」

袁從英和狄景暉聽他這麼說，便互相看了看，停下了腳步。

梅迎春面沉似水，緩緩走回到沈老伯的面前。這沈老伯瞪著雙陰鷙的眼睛，惡狠狠地看著梅迎春，阿珺站在他的身邊，臉色由通紅轉為煞白，眼裡的淚光倒不見了，只是愣愣地看著他們。

梅迎春倒不急著說話，而是慢悠悠地繞著那沈老伯轉了一圈，最後才回到沈老伯的對面，突然笑了笑，低聲道：「沈老伯，您可真是辛苦啊。今天這除夕之夜，還要出去辦事，到了現在這半夜三更才回家來，您在忙些什麼啊？」

沈老伯的嘴角抽動了下，眼神中流露出些微慌亂，但臉上仍不露聲色，只從鼻子裡輕輕地哼了一聲。

梅迎春含著笑，微微點了點頭，仍然壓低著聲音，慢悠悠地道：「沈老伯，梅迎春在您家中盤桓了一月有餘，看您日日夜夜操勞，心中甚為不忍，便稍稍留意了一番，總算讓我看出來您都在忙些什麼！」

沈老伯臉色大變，直勾勾地瞪著梅迎春。阿珺卻全身都哆嗦起來，悄悄移步往前，極低聲地對梅迎春道：「梅先生，您答應過我的……」眼淚終於一滴一滴地落了下來。

梅迎春看著阿珺的樣子，輕輕歎了口氣，道：「阿珺，我沒有忘記答應過你的事情。但今天，」他望定沈老伯，一字一句地道，「有人也不可以欺人太甚！」

沈老伯閃避開梅迎春逼人的目光，嘴裡嘟囔道：「你到底想幹什麼？」

梅迎春冷笑：「沈老伯，梅迎春是何許人也，有什麼樣的手段，想必沈老伯心裡面是很清楚的。我之所以最後還是決定離開，說來全都是因為阿珺。可惜老天不幫忙，今天沒有能走成，梅迎春不得不還是要麻煩沈老伯幾日。梅迎春也沒有其他要求，只想與沈老伯井水不犯河水，梅迎春和朋友在此避過風雪，自會各奔前程，絕不會繼續麻煩沈老伯。所有的開銷梅某一概承擔，您看怎樣？」他看沈老伯兀自轉動著眼珠沒有回答，便又冷冷一笑，斬釘截鐵地道：「沈老伯，梅某建議您還是痛快答應了。我那位朋友為了救我，現在身體不適，卻站在風雪中好一會兒了，您最好不要再考驗我的耐心！」

沈老伯本來還想說什麼，猛然間看到梅迎春滿眼的殺氣，彷彿要把他生吞活剝了一般，頓時嚇得不敢再開口，只低低地哼了一聲，轉身便往後院而去。

阿珺看著他的背影，長長地舒了口氣，對梅迎春悽楚地一笑：「梅先生，還請你別往心裡去。我爹爹長年生病，脾氣古怪，他、他不是故意要為難你們。」

梅迎春深深地望著阿珺，長歎一聲，轉身來到院內。

袁從英和狄景暉仍然默默地等著，韓斌已經醒了，乖乖地站在袁從英的身邊。

梅迎春疾步來到他們身邊，微笑道：「沒事了，咱們接著去堂屋飲酒吧。梅某知道你們漢人新年要守歲，梅某今日便和二位兄台共同守歲，共迎新年，如何？」他轉身對著阿珺道：「阿珺姑娘，你的爹爹已回家，不用再等他了。莫不如你也來和我們一起守歲，好不好？」

阿珺的臉微微一紅，輕聲道：「我還要守著那位大娘，不便過來。不過……要徹夜飲酒，方才那些小菜不夠的，我再去給你們多做些菜餚和點心來。」

梅迎春道：「這，太麻煩阿珺姑娘了。」

阿珺溫柔一笑：「不會。」她走到韓斌身邊，輕聲問：「這孩子還要去我那裡睡嗎？」

袁從英欠身道：「不敢再麻煩姑娘，他和我在一起就好。」

阿珺去廚房做菜，梅迎春和狄袁二人帶著韓斌重新回到堂屋內坐下，因心情都有些沉重，一時間沒有人開口說話。

半晌，還是梅迎春開口問道：「袁兄，你的臉色真的很差，是不是太累了？我在這裡的一個月一直都住西廂房，要不然你先去那裡睡吧？」

袁從英搖搖頭，喘了口氣道：「我也沒什麼，就是覺得胸中憋悶。」

狄景暉皺眉道：「怎麼回事？你過去有這個毛病嗎？」

袁從英想了想道：「小時候倒曾有過，可是後來習武，長大後便好了，再沒犯過。」

狄景暉一拍桌子：「這就對了嘛。你前段時間受傷太重，未及好好調養，又急著趕路，今天再在那冰水裡面泡上一回，哼！能舒服才怪！」

梅迎春忙問：「有什麼辦法可以治嗎？」

狄景暉道：「我倒是知道些方子，但是此刻也沒地方買藥去啊。」

袁從英振作起精神，笑道：「二位兄台，區區一點兒小事而已，沒關係的。咱們還是繼續飲酒吧，不要因為我掃了大家的興。」

狄景暉和梅迎春交換了個眼神，便也端起酒杯道：「也好，咱們接著喝接著聊，今夜太難得，一定要過得痛痛快快！」

三人又喝了幾杯酒，韓斌睡了一覺，現在又活蹦亂跳了，蹲在地上，一邊看著小火爐玩兒，一邊給幾個大男人熱酒。

袁從英看了他一會兒，回過神來，對梅迎春道：「梅兄，方才你說過，會給我們解釋是如何結識這戶人家的。現在是不是可以給我們詳細說說了？那位沈老伯到底是幹什麼的？」

狄景暉狠狠地接口道：「是啊。這個沈老頭惡劣得很，實在可恨！倒是這個阿珺姑娘，看上去真可憐。梅兄，你怎麼會在這裡住了月餘？」

梅迎春沉吟半晌，道：「二位若真想知道，梅某便說一說。二位已經知道梅某不是中原人士，但梅某一向仰慕中原的各種學問，每年都會花不少時間四處遊歷，尋訪各種奇人異事。我方才說過，聖曆三年元正我在洛陽有事要辦，所以提前了兩個多月就從家鄉出發，一路上遊山玩水而來，到了這金城關後便聽說此地有個異人，名叫沈庭放，也就是你們今天看到的這個沈老伯。」

狄景暉冷笑道：「真沒想到，這沈老頭也是個異人？異在何處，是因為臉太醜還是嗓子太破？」

梅迎春擺了擺手：「哎，此人的異處不是別的，主要是他在家中藏有些記錄奇聞異志的怪書，涉及到占卜、解夢、詭幻、俠盜、天咫等各個方面。不怕二位笑話，我這人有個癖好，特別喜歡收集和研究這些東西，所以一聽說沈庭放手中有此類藏書，便千方百計打聽到了這裡。但是沈庭放長年身患惡疾，據說他的面貌和嗓音都是為惡疾所傷，才變成了現在的樣子，所以輕易不願見人，只和一個女兒，也就是阿珺離群索居在這麼個偏僻的宅院裡面。一般人根本找不到這裡，我也是先後花了不少銀錢，轉了很多個彎，才最終見到了沈庭放。」

袁從英點頭道：「難怪剛才阿珺說她爹爹長年患病，所以脾氣古怪。」

梅迎春冷笑一聲：「長年患病嘛，也許是事實。畢竟他那個樣子也不像假裝的，可他為人刻薄和惡毒，在我看來絕對不是什麼疾患引起的。沈庭放這個人，一定本來就心如蛇蠍，否則他絕不可能對一個全心侍奉他照顧他的女兒如此不近情理，簡直就沒有人之常情！」

狄景暉陰沉著臉猛點頭，想了想又問：「那你怎麼又會在這裡住了一個多月？把你去洛陽的行程都給耽誤了？」

梅迎春歎了口氣，乾巴巴地答道：「我既然費了九牛二虎之力才找到這個沈庭放，自然要纏著他給我看那些稀有的典籍。結果他倒也乾脆，明碼標價，開口閉口就是要錢。哼，我也不明白，他這麼個半死不活面目可憎的老頭子，要那麼多錢幹什麼？我也沒和他計較，他要多少錢我便給他多少錢，我只提了一個條件，要他允我隨便翻看他的藏書。他答應了。如此，我便在這裡住了下來，每天都去查閱他的那些珍藏典籍，很過了番癮頭。可惜貪心過了，總想著儘量多留些日子，多看些書，一留就留到黃河封凍，才有了今日之事的發生。」

袁從英問：「梅兒，你在這裡住了一個多月，以你所見，難道這沈庭放對自己的女兒就始終如此苛刻，不近情理？」

梅迎春咬牙切齒地道：「何止是苛刻，簡直就是虐待。你們也看到了，這個宅院的規模並不算小，他沈庭放居然不請一個丫鬟僕役，裡裡外外，上上下下，全靠阿珺一個人料理，稍有不周到的地方，還要被他訓斥。你們說說，阿珺哪怕就是個奴隸，也不該被如此對待啊，更何況還是自己的女兒！所以，有時候我都懷疑阿珺到底是不是沈庭放的親閨女。可當我婉轉地詢問阿珺時，她一口咬定父親本來對她很好，全是因病變了性情，還請我不要因此對沈庭放有不好的看法。這姑娘，唉！我在這裡住的這段時間，實在看不下去阿珺的辛苦，就自己花錢去請了個僕役來幫忙做雜活。即便如此，那沈庭放居然還責怪說我會不會引狼入室，給他們孤老寡女帶來危險，簡直是不可理喻！我方才看了，今晨我一離開，那僕役就被遣走了，所以如今這個家院，依然只有阿珺一個人照料。」

這番話說得袁從英和狄景暉無言以對，心情頗為沉重，正要繼續悶頭喝酒，堂屋門被輕輕推開了，阿珺站在門前，微笑著向梅迎春招呼道：「梅先生，阿珺給大家準備了些菜餚和點心，東西多不好拿，你隨我一起去取過來好嗎？」

梅迎春慌忙起身，袁從英也站起身來道：「我也去吧。」

阿珺眨了眨眼睛，笑道：「不用了。」

她朝韓斌招招手：「你來幫忙，好不好？」

「好！」韓斌跳起來就跑到阿珺的身邊，仰起臉親親熱熱地叫，「姐姐，我叫斌兒。」

阿珺帶著梅先生和韓斌去廚房，狄景暉看著堂屋門口，微微笑道：「我看梅兄在此地盤桓這麼久，大約不像他說的那麼簡單。」

袁從英瞥了他一眼，輕聲問：「怎麼不簡單？」

狄景暉一挑眉毛：「你沒看出來嗎？他對這位阿珺姑娘在意得很呢。」

袁從英尚未答言，梅迎春已推門而入，手裡面提著個大大的食盒，食盒四周嫋嫋地冒著熱氣，一股子香味撲鼻而來。

阿珺牽著韓斌的手隨後跟進來，韓斌興奮地滿臉通紅，嘴裡不知道在嚼著什麼東西，跑到袁從英的面前，把手在他面前攤開，叫道：「哥哥，阿珺姐姐給我的麥芽糖，真好吃，你也吃啊！」

袁從英輕輕拉開他的手：「你先坐下，我過一會兒再吃。」

梅先生這時已經和阿珺打開食盒，取出好些個杯盤碗碟來，擺放在桌上。狄景暉開心得直搓手，對阿珺道：「阿珺姑娘，你會變戲法啊？這麼點兒時間就準備了一桌子的美味佳餚。我狄景暉過去還開過飯鋪酒肆呢，沒一個大師傅能做得這麼快！」

阿珺的臉微微泛紅，低頭道：「狄先生說笑了。今天是除夕，本來備了些應節的東西，只是沒有預備有客人來，所以都是自家過節的飯食。你們是客人，用這些個東西待客已經怠慢了，狄先生、袁先生不要嫌棄粗陋就好。」

狄景暉連連搖頭：「怎麼會，我們都覺得受寵若驚了。」

梅迎春看著桌上的菜餚，好奇地問：「這些個菜餚我平常沒見到過，是你們漢人過年時才吃的嗎？」

狄景暉笑道：「這樣吧，阿珺姑娘先請坐，今天你無論如何得與我們一起喝杯酒。不過呢，在喝酒吃菜之前，我狄景暉先給梅兄這位異邦客人講講中原迎新的規矩，如何？」

阿珺倒也不扭捏，微笑著在桌邊款款坐下。梅迎春忙落座在她身邊，鄭重其事地道：「狄兄請賜教！梅某洗耳恭聽！」

「好！」狄景暉一本正經地指著桌子上的菜餚說起來，「我們漢人過年嘛，必須要飲一樣酒，吃三樣菜，最後呢，還有一樣點心，都是必不可少的。阿珺姑娘是個有心人，恰恰準備了這幾樣。所以，梅兄，你今天真的很幸運啊！」

梅迎春問：「狄兄你能不能簡短些說？我們可都餓了。」

狄景暉自己也有點兒忍俊不禁，但仍繃著臉連連擺手：「梅兄你怎麼在美味佳餚面前就失卻了耐性，請自重身分！」他指了指桌子正中的白瓷大碗道：「好吧，我就從這『交子』，也就是新舊年更替的子時要吃的點心說起。這種點心，薄麵為皮，鮮肉為餡，狀似月牙，我們叫做餃子。這餃子嘛……」他故意停了停，掃了眼圍坐的眾人，把韓斌探過來的腦袋往下一按，接著道：「麵皮和肉餡的材料對口味影響很大，但是最最出彩的，卻是湯汁。長安城裡最著名的蕭家餛飩，就號稱『灑去湯肥，可以和茗』，那湯汁既鮮美又輕薄，清香馥郁，餘味雋永，令人食之難忘。」

一席話說完，狄景暉從桌上拿起個小碗，自盛了一碗餃子，吹了吹熱氣，就要下嘴，卻被袁從英一把揪住了胳膊。

狄景暉朝他一瞪眼：「幹什麼？我嚐一嚐阿珺姑娘的餃子湯。」

袁從英道：「你先把話說完。」

狄景暉惡狠狠地放下碗，看阿珺和梅迎春都在笑，便搖頭歎息：「哎，我這一路上，被此人整得是生不如死，今天過節，居然也不放過我。」

梅迎春笑道：「狄兄就別抱怨了，你快些說完，我們也可以早點兒享口福。」

狄景暉一捋袖子：「好！你給我仔細聽著。說完了點心，便說說這三道菜。它們分別名為元陽臠、五辛盤和餃牙餳。元陽臠嘛，就是這盤子裡的肉丸子，用的是羊肉和雞肉。五辛盤就是旁邊那盤臘肉，作料以花椒、醬油為主，所以看上去顏色頗深。餃牙餳就是麥芽糖，已經讓斌兒這小子吃掉不少了！」

最後，狄景暉輕輕端起桌上的酒斛，慢慢地斟滿了四杯屠蘇酒，朗聲道：「今日，我們幾個人便在此共飲這杯屠蘇酒，共迎新年佳期的到來。」

幾個人連同阿珺都將手中的屠蘇酒一飲而盡。袁從英輕聲問：「阿珺姑娘，你在此與我們共飲，沈老伯那裡會不會……」

阿珺的臉色變了變，低頭道：「爹爹不叫我，我就不能過去。這是他的規矩，任何時候都不可以破壞。」

狄景暉皺起眉頭，衝袁從英埋怨：「你這個人，怎麼專會掃興。好好的，提那個老頭作甚！」

梅迎春道：「袁兄也是好意。沈老伯不叫阿珺更好，阿珺姑娘，你乾脆就和我們一起在這裡守歲吧，人多熱鬧。」

阿珺猶豫了一下，輕聲道：「可是那位大娘還沒醒。」

梅迎春想了想：「如果她只是昏睡，你一直守著也沒必要。這樣吧，咱們過半個時辰就輪流去看一看她。」

狄景暉也附和道：「這樣可以。如果她明日早上還不醒，我給她開個方子，咱們去蘭州城給她買點藥過來。」

阿珺噗哧笑了：「狄先生，您真是糊塗了。蘭州城在黃河對岸呢，咱們只能去金城關內的鎮上買藥。」

狄景暉也笑著捶捶腦袋：「我有些喝多了。不過還好，我總算沒有以為自己還在洛陽！」

阿珺聽到洛陽二字，眼睛一亮，好奇地問：「狄先生，你是從洛陽來的嗎？」

狄景暉點頭：「嗯，我們兩個都是從洛陽來的。」

韓斌嘟著嘴冒出一句：「還有我呢！」

「哦，對，還有這個臭小子，我們三個都是從洛陽來的，今天剛剛渡過黃河。」狄景暉答道，他看著阿珺的神情，覺得有些異樣，便隨口問道：「阿珺姑娘，怎麼？你有親友在洛陽嗎？」

阿珺的臉又是微微一紅，輕聲應道：「是的，阿珺有位堂哥在洛陽當官。」

狄景暉興興頭頭地接口：「哦？是誰？洛陽當官的人我還知道一些。說不定我也認識？」

阿珺的表情越發侷促起來，只紅著臉道：「其實他剛剛去了不久，此前一直在并州。」

「并州？」狄景暉和袁從英同時輕叫了一聲，梅迎春詫異地朝他倆直瞧。

狄景暉和袁從英互相看了一眼，狄景暉扭頭便問阿珺：「阿珺姑娘，恕我冒昧，不知道你這位堂哥姓字名誰？在下的老家便是并州，很有可能與你那位堂哥相識。」

阿珺又驚又喜，連忙回答：「狄先生，阿珺的這位堂兄名叫沈槐，狄先生你認識嗎？」

「沈槐？」狄景暉又是一聲驚呼，衝口便道，「阿珺姑娘，這、這簡直是太巧了。我們都認識他，而且，唉……」他突然看了一眼身邊的袁從英，不說話了。

阿珺有些糊塗了：「狄先生，你……你和我堂哥是？」

袁從英微笑著接過話頭來：「阿珺姑娘，我們和你的堂哥沈槐是最好的朋友。」他看了眼狄景暉，笑著問：「對不對，景暉兄？」

狄景暉一愣，馬上拚命點起頭：「對，是啊。我們是最好的朋友。」

「真的啊。這、這太好了。」阿珺滿臉的喜出望外，突然間變得容光煥發，嬌豔動人。

狄景暉回過神來，自言自語道：「難怪那老傢伙姓沈，阿珺姑娘，那你也該姓沈吧？」

阿珺靦腆地笑答：「是的，我本名叫做沈珺，只不過大家平日都叫我阿珺而已。」

狄景暉慨歎道：「這還真是一家人不認識一家人了。阿珺姑娘，你絕對想不到，我和你那堂哥在并州稱兄道弟好幾年了，他到洛陽當官，還是因為，因為……」

阿珺急切地追問：「因為什麼？」

狄景暉又朝袁從英看了一眼，歎了口氣：「說來話長，阿珺姑娘，待以後有暇，你再慢慢問沈槐吧。」

阿珺笑靨如花，瞧瞧狄景暉，又看看袁從英，低下頭想想，突然輕聲嘟囔：「我去告訴爹爹，他一定高興極了。」說著，就要起身往外走。

梅迎春忙輕輕按住她的衣袖：「阿珺，你不是說過，沒有你爹的召喚，你就不可以去找他。」

阿珺依然微笑：「不會的，他不會生氣的。他最疼愛我堂兄，只要是我堂兄的事情，他都急著要知道的。」她又瞧了瞧狄袁二人，柔聲道，「方才我爹爹對二位先生不太……不太客氣，可他要是知道二位先生是我堂兄的朋友，他一定會熱情相待的。真的，他會非常願意招待我堂兄的好友，何況今天還是新年。」

梅迎春沉默著挪開了手，阿珺站起身，先提起酒斛，給三個男人逐一斟滿面前的酒杯：「梅先生、袁先生、狄先生，你們先自飲酒吃菜，我去去就來。」這才走出了堂屋。

看著阿珺的背影，三個男人面面相覷，過了一會兒，梅迎春悶聲道：「二位兄台，這還真是巧合得很啊。」他仰脖喝完杯中之酒，淡淡一笑，「既然二位兄台和洛陽的官員熟識，梅某斗膽猜測，二位兄台莫不是也在官場走動？」

狄景暉冷哼一聲：「我不是，他嘛，似乎曾經算吧。」

梅迎春聞言，探究地盯住袁從英。袁從英低頭不語，只是一杯接一杯地飲酒。

狄景暉看得心煩，皺眉道：「你少喝點吧。」說著，瞪了眼呆站在旁邊的韓斌，沒好氣地說：「喂，我爹不是讓你管著他嗎？你怎麼不管了？」

韓斌噘起嘴嘟囔：「他一點兒都不聽話，我都懶得理他了。」一邊說，一邊輕輕地扯住袁從英的衣襟，把腦袋靠在他的臂彎裡。

堂屋的門又一次打開了，阿珺攙扶著沈庭放站在門前。梅迎春等三人放下酒杯，靜靜地注視著這對父女，誰都不說話。

還是阿珺紅著臉先開口了：「爹爹，就是這位狄先生和袁先生，他們和堂哥是好朋友。」沈庭放滿臉狐疑，一雙犀利的目光刺向狄景暉和袁從英，像在審查兩個罪犯。阿珺的臉越漲越紅，低下頭，慌亂地不敢再往前看。狄景暉還在猶豫，袁從英已站起身來，對沈庭放抱拳施禮：「沈老伯，在下袁從英，不知沈老伯是沈槐賢弟的伯父，方才多有得罪，還望老伯見諒。」

沈庭放聽到袁從英的名字，猛地一怔，神色頓時變得十分緊張，那張破損的老臉越發顯得猙獰。他甩開阿珺的手，往前走了幾步，直勾勾地盯著袁從英，看了半天，又看了看臉色發青的狄景暉，才從嘶啞的喉嚨裡擠出句話來：「原來你就是袁從英。那麼說，這個人就是當朝宰輔狄大人的三公子了！」

狄景暉乾巴巴地應道：「在下正是狄景暉。」

沈庭放點了點頭，嘲諷地道：「我還真沒看錯，盜不盜匪不匪，這不，就是個流放犯和公差嘛。」

「爹爹！」阿珺急得聲音都有些發顫。

狄景暉腦袋上青筋暴起，跨前一步就要開口，被袁從英狠狠地使了個眼色，咬著牙忍住，兀自氣得胸脯起伏不已。

袁從英的臉色越發蒼白了，但神情卻依然鎮定，他直視著沈庭放，沉穩地道：「沈老伯，看來沈槐賢弟一定給過您家書，其中講到了我和景暉兄的事情。沈老伯是自己人，我們也不願再隱瞞。您說得不錯，景暉兄因被奸人設計，陷入圈套，誤傷了些無辜之人，所以被判流刑，現就在去西北邊境服刑的途中。而在下則是去沙陀戍邊，與景暉兄正好同行。沒想到今天機緣巧合，在這裡遇上了沈老伯和阿珺姑娘。承蒙關照，從英感佩不已。」

他這番話說出，梅迎春和阿珺兩個不知情的人都大吃了一驚。沈庭放看來的確已從沈槐那裡瞭解到事情的原委，倒不顯得詫異，微微點頭道：「不錯，很不錯。袁從英，袁將軍！朝廷的正三品大將軍，狄國老的侍衛隊長，駕前紅人，確實與別人不同。只可歎怎麼如今也淪落到了這種地步？嘖，嘖，嘖。」

袁從英淡淡地笑了笑：「沈老伯很清楚，從英如今已經不是什麼朝廷的大將軍了，只是趕赴沙陀戍邊的折衝校尉。狄閣老現在的侍衛長正是沈槐賢弟，朝廷新近擢升的千牛衛中郎將。」

「嗯。」沈庭放又點了點頭，整個晚上第一回把神色略微放得和緩了些。他再次上下左右地把袁從英看了個遍，又斜著眼睛瞥了瞥狄景暉，這才倨傲地道：「我那侄兒在家書裡面倒是對袁將軍的為人大加讚賞，今日看來也不過如此。」

袁從英平靜地應道：「沈老伯，請莫再稱我為袁將軍，我如今是折衝校尉，沈老伯是長輩，稱我從英便是。」

阿珺到此時方才鬆弛下來，不像先前那麼緊張了。她輕輕地問父親：「爹爹，要不您先坐下，和堂兄的這二位朋友聊一聊？」

沈庭放點頭，阿珺扶他坐下。梅迎春陰沉著臉，朝狄袁二人使了個眼色，三人便也一齊坐了下來。

沈庭放掃了眼滿桌的飯菜，尖刻地道：「二位從神都來的貴客，都是見過大場面的，我家的這些粗鄙飯食還吃得慣吧？阿珺是個鄉下姑娘，沒什麼見識，讓二位貴客見笑了。」

狄景暉沒好氣地答道：「對流放犯來說已經夠好的了。」

沈庭放冷笑著接口：「狄公子，我侄兒信裡所說，你過去還曾經是富甲一方的商賈，如今倒也是能屈能伸啊。」

狄景暉又要發作，好不容易才按捺了下來。

梅迎春看了看眾人，個個神色抑鬱，便端起酒杯：「沈老伯，梅迎春倒沒想到，今天自黃河岸邊居然帶回來兩位沈家的朋友。新年佳節，親友相逢，無論如何也是件樂事。我看子時也已過了，梅迎春這就敬大家一杯，方才的誤會便煙消雲散。沈老伯是我們大家的長輩，這杯酒也祝沈老伯福壽安康！」說完，將杯中之酒一飲而盡。袁從英、狄景暉和阿珺也各自乾杯。

沈庭放道：「老夫有病，酒就不喝了。」說著，仍然滿臉陰鬱，反反覆覆地打量著袁從英和狄景暉。

阿珺盛了碗餃子放在沈庭放的面前，輕聲道：「爹爹，您不飲酒，就吃碗餃子吧。」

沈庭放鄙夷地斜了阿珺一眼，突然問：「袁校尉，聽說你在狄大人身邊跟隨了整整十年？」

袁從英道：「沈老伯說得沒錯，從英自載初元年起就擔任狄大人的衛士長，直到一個多月前。」

沈庭放緊接著又問：「那在此之前呢？你是幹什麼的？」

「在涼州從軍。」

「涼州？」

「正是。」

「袁校尉是涼州人？」

「從英在涼州長大。」

沈庭放微微點頭，臉上陰晴不定，不知道在想些什麼。

阿珺站起身道：「子時過了，大家吃餃子吧。」她盛了四碗餃子，逐一遞給眾人。袁從英伸手來接時，阿珺突然看到他兩手的虎口處一片青紫，煞是嚇人，不覺驚詫地問：「袁先生，你的手怎麼了？」

袁從英笑答：「沒事，不小心碰傷而已。」

韓斌此前一直都悶聲不響乖乖地坐在袁從英身邊，誰想此時卻輕聲嘟囔起來：「阿珺姐姐，我哥哥他騙人。他剛才自己悄悄按的。我都瞧見了。」

袁從英狠狠地瞪了韓斌一眼：「誰讓你胡說八道的。」

韓斌一擰眉毛，委屈地嚷：「我沒有胡說八道，我明明看見了。」

「斌兒！」

袁從英的厲聲呵斥嚇得韓斌哆嗦了一下，低頭不敢再說話。

阿珺有些生氣了，輕聲責備袁從英：「袁先生，你對小孩子怎麼這麼兇。」說著，把一碗餃子端到韓斌面前，柔聲招呼：「斌兒，好孩子，吃餃子。」

韓斌委委屈屈地拿起勺子，幾乎要掉下眼淚來。袁從英伸過手去摸了摸他的腦袋，韓斌氣呼呼地把頭掉轉開，不肯理他。

幾個人看著韓斌的樣子，一時間各懷心事，於是都低下頭去吃餃子，竟沒有人注意到坐在對過的沈庭放忽然間神色大異，本已變形的面容瞬間被巨大的恐懼覆蓋，扭曲出令人心悸的猙獰之態。此時那幾個年輕人中，如果有任何一個人抬起頭來，大約都會被他的樣子嚇一大跳的。這沈庭放就像被釘在椅子上似的，呆呆地坐了半晌，終於勉強掩蓋住了內心的動盪，低低地咳了一聲。

沈珺聞聲趕緊抬頭，沈庭放清了清嗓子，強作鎮定道：「今日巧遇侄兒的好友，老夫頗為欣喜，頗為欣喜。方才的事情都是一時誤會，還望二位世侄不要放在心上。老夫有疾，不能久坐。各位請自便吧，老夫要去睡了。」他晃悠悠地從椅子上站起來，沈珺連忙過來攙扶，三個男人也站起身來。

沈庭放被沈珺攙扶著走到堂屋門口，停下腳步道：「阿珺啊，我不用你攙。你就留在這裡陪梅先生和老夫的二位世侄多喝幾杯酒，替老夫招待好他們。」

「是的，爹爹。」

沈庭放拋下阿珺的手，匆匆而去。

望著沈庭放的背影，狄景暉大大地鬆了口氣，低聲道：「這老不死的傢伙，總算是走了。」

梅迎春也低哼一聲，看了眼阿珺，把到嘴邊的話還是嚥了下去。

阿珺站在堂屋門口，目送父親轉入後堂，方才回到桌邊，勉強笑了笑：「袁先生、狄先生，你們二位是我堂兄的好朋友，便也是阿珺的兄長。阿珺有招待不周的地方，還請二位兄長多多見諒。」

狄景暉忙道：「阿珺姑娘，你千萬不要這麼說。你招待得很好，我們感激還來不及呢。」他捅了捅袁從英，催促道：「你倒說句話啊，對不對？」

袁從英點了點頭，低聲道：「阿珺姑娘，子時已過，你要不要先回去休息？你若是累了，不必勉強陪我們在此喝酒。」

阿珺微笑道：「讓那位大娘獨自躺著終歸不妥當，我再陪梅先生和二位兄長喝幾杯就走，斌兒也隨我一起去睡。」

韓斌眨了眨眼睛問：「姐姐，你有爆竹嗎？我要放爆竹。」

阿珺甜美地笑了，將韓斌拉到身邊，柔聲道：「姐姐現在沒有，明天讓你哥哥去集市上買給你。」

阿珺果然又陪著三個男人喝了幾杯，便牽著韓斌回東廂房去了。堂屋裡又只剩下三個男人，他們互相看了看，突然都有些惆悵地笑了。狄景暉慨歎道：「梅兄，如今你已知道了我們的身分來歷，怎麼樣，作何想法？還覺得我們是英雄豪傑嗎？抑或終於發現我二人不過是一對喪家之犬罷了！」

梅迎春雙目熠熠生輝，含笑道：「英雄豪傑和喪家之犬，有時候不過是一步之遙而已。梅某只知道和二位意氣相投，相見恨晚，並沒有其他想法！」他轉頭直視著袁從英的眼睛，熱誠地道：「我方才還問起袁兄背上傷痕的來歷，袁兄不願回答。現在看來，梅某沒有猜錯，袁兄果然是建立過驚天動地的大功勳。袁兄這麼年輕，就已經是大周朝大將軍，狄大人的衛隊長，怎能不讓人敬佩，令人傾慕。」

袁從英聽他說完這熱情洋溢的一席話，十分平靜地微笑著，輕輕搖頭道：「梅兄，雖然你說的也算實情，但都已經過去了。今天我只是個折衝校尉，與景暉兄一路去往沙陀戍邊，只想著能早日平安到達，胸中並沒有什麼豪情壯志，也不值得梅兄欽佩。」

梅迎春直搖頭：「既然如此，為什麼你們今天明明已經渡河成功還會跑來救我？袁兄，我對自己識人的本事可是十分自信的！不論你怎麼說，在我梅迎春看來，你絕對不是個甘於平庸的人。」

狄景暉在旁聽著，突然衝袁從英笑道：「哎，你改口改得還真快，我一時倒挺意外的。」

袁從英輕舒口氣，有些狡黠地回答：「下不為例，你知道我為什麼要這樣。」

狄景暉叫起來：「你！好，好，我算服了你了。」無可奈何地直搖頭。

梅迎春衝二人再次端起酒杯，鄭重其事地道：「袁兄，狄兄，梅某這廂再敬二位一杯。今日得遇二位，梅迎春真是三生有幸，何其樂哉！」

三人乾杯，梅迎春擱下酒杯，感歎道：「今天這個不眠之夜，看來真是有話題可聊了。」

狄景暉問：「你想聊什麼？呵呵，可得是咱們三個都感興趣的內容。」

梅迎春熱切地看著二人，興奮地道：「聊聊狄大人如何？梅迎春在家鄉就對這個名字如雷貫耳，十分景仰這位當世的神探，大周朝的棟樑人物，可恨無緣一見。二位兄台，既然一位是狄大人的公子，一位是他的前任衛隊長，一定對他最為瞭解。能不能給梅迎春說說，這位大人到底神在何處？也聊解梅迎春的一片好奇之心。」

狄景暉的神情頓時陰沉下來，乾笑一聲：「要聊我爹啊，那還是讓他說吧。我爹神在何處，我還真不太瞭解，他瞭解。」

「哦？」梅迎春揚起眉毛，詢問似的看看袁從英，又看看狄景暉。袁從英搖了搖頭，只是沉默。梅迎春看出他二人臉色不對，自嘲地笑起來：「唉，看來我這個話題起得很糟糕。」

狄景暉搖頭道：「不是話題糟糕，是我這個兒子做得太糟糕，如今落到這個地步，不僅不能給老爹臉上增光，反讓他丟臉，實在是不好意思說啊。」

梅迎春聽他這麼講，反倒長歎一聲道：「二位，其實梅某提出這個話題，也是有感而發。」

狄景暉問：「因何有感而發？」

梅迎春沉下臉道：「二位不知道，梅某也有一個很有本領的父親，但梅某早在二十歲時便與他鬧翻了，一個人出外闖蕩了十多年，本來下定決心這一輩子都不會再與他見面……卻沒想到，一年多前，梅某的父親身患重病，遣人將梅某找回去，梅某方才醒悟到。唉，不管彼此曾經有過多麼深的芥蒂，歸根結柢他還是我的父親。原以為會持續一輩子的怨恨，早已經煙消雲散了。」

狄景暉感同身受地大聲歎道：「梅兄，你說的這些，我真是，真是……」

他說不下去了，便仰脖又飲了杯酒，方才稍稍平靜了點，好奇地追問：「梅兄，能否說一說，你當初為什麼和你的父親鬧翻？」

梅迎春皺起眉頭，盯著手中的酒杯，慢慢述說起來：「二位兄台，梅某不便暴露自己的身分，就不講那些具體的名稱了。總之，梅某出生在西域的一個部落之中，梅某的父親便是那部落的族長。起初，我們的部落人口稀少，實力衰弱，常常會受到周圍其他強大部落的欺辱。梅某的父親為人精明強悍，而且非常有野心，他自小便發誓要改變部落的這種狀況，於是勵精圖治，一邊設法與外族聯姻，結成聯盟，一邊努力學習外族狩獵和放牧的技藝。

「他在十五歲的時候娶到了旁族酋長的女兒，也就是我的母親。而我母親所屬的部落非常強大，我父親通過我母親所帶來的武器、牲口、藥材等等物品和狩獵放牧的技藝，逐步壯大了自己部落的實力，然後又借助我外祖父部落的力量，慢慢吞併了其他一些弱小的部落，終於讓我們的部落成為了當地最強盛的部落之一。可是這時候，我父親的部落和我外祖父以及舅舅的部落發生了衝突，他們都想謀求第一的位置。於是，最可怕慘烈的戰鬥發生在了曾經最親密的親屬之間。」

說到這裡，梅迎春的臉色變得十分肅然，目光中流露出令人發怵的決絕，他把牙齒咬得咯咯響，停了半晌，方才繼續說下去：「最後，我的父親把我的外祖父、三個舅舅和他們的家眷全都殺死了，還逼瘋了我的母親，把我母親部族的人口滅了十之有三，終於統一了這兩個最大的部族，並徹底攥取了部落的控制權，成了當地唯一的霸主。而我作為他的長子，也被他寄予了最大的期望，他希望我不僅能夠繼承他的事業，而且還能繼續開拓，讓我們的部落成為整個西域的統治者！」

梅迎春停下來，一連痛飲了三杯酒，才算平息起伏的心潮。他抬起頭，看了看靜靜坐著的狄袁二人，苦笑著道：「但是，梅某親眼看到自己的母親被部族的權力鬥爭所害，失去了娘家所有的親人，痛不欲生之下完全喪失了理智，成了個瘋子。也看到梅某那些從小一起遊戲長大的表親們被殘忍地殺死，這一幕一幕都令人慘不忍睹。不知道二位兄台能不能理解梅某的心情？梅迎春自認不是個冷血無情的人，實在無法接受這樣以殘酷殺戮所得到的勢力和地位，更不想以同樣的手段將這可怕的一切發揚光大，因此梅某便堅決地拒絕了父親對我的期待和安排，離開了本族也離開了父親，獨自去雲遊天下，只想求得一個平靜安心的人生。這十多年，梅迎春吃了不少苦，也找到了很多樂趣，學到了各式各樣的本領，也得到了許多歷練，日子過得不算太差。但是，隨著時間的流逝，梅某心中的鬱結在慢慢鬆動，過去那種對父親勢不兩立的敵意似乎也在減退。這十多年，梅某看過了太多的爭鬥和搏殺，開始深深地明白了勢不如人時的無奈，也懂得了被人欺凌的苦楚。我時常為此而苦惱，越來越想不明白，我父親的舉動究竟是因為鐵血無情，對權力的狂熱，還是情勢所逼、身不由己的選擇？」

狄景暉聽得入了神，不覺喃喃地問了句：「那麼，現在你想明白了嗎？」

梅迎春搖頭苦笑，答道：「還沒有等我把事情想明白，就突然接到了我父親輾轉送來的信件，說他已經病入膏肓，即將不久於人世。他希望我能夠回去，繼續他的事業，因為他其他的幾個兒子，也就是我的那些弟弟們，早就為了爭權奪利而互相殘殺，這些年竟殺得各敗其傷，甚至還有密謀刺殺我父親，想直接取而代之，我父親把他們一個個殺的殺、關的關、驅逐的驅逐，到了最後，身邊竟一個孩子都沒有留下。多麼可悲啊，彌留之際，他能夠想到的，居然只有我這一個早已與他反目，離家出走的兒子。」

梅迎春的聲音有些顫抖了，他低下頭，良久才道：「我趕回去的時候，父親已經說不出話來了。他直勾勾地盯了我很久就嚥氣，終於什麼都沒有來得及對我交代。」

狄景暉不由得長長地歎了口氣，大家都沉默不語。過了很久，狄景暉才輕聲問道：「那你最終決定繼承你父親的事業了嗎？」

梅迎春微微搖頭：「我有個堂叔，很久以來就窺伺著我父親的位置。我那些兄弟們之間的互相殘殺，其中也有不少他暗中謀劃推波助瀾的結果。我父親到臨死之前雖然看穿了他的陰謀，但已經來不及了，他手中握有的兵力和得到的支持都難以撼動，我就算要接替我父親的位置，也無法繞過這位堂叔，反而會給自己惹來殺身之禍。於是我父親便順水推舟將繼承權讓給了這位堂叔。而我呢，因為早已表示對權力不感興趣，而且多年不在部族之中，所以堂叔並不認為我是他的威脅，才算留下了我的一條性命。因部族中還有不少我父親的親信，堂叔為了穩定人心，還把我列為他的繼承人，以示對我父親的尊重和公平。哼，其實不過是司馬昭之心罷了。我現在乾脆就繼續到處雲遊，大部分的時間都在中原各地，並不回去，免得被我那堂叔當眼中釘給拔了！」

大家又沉默了一會兒，袁從英低聲問：「那梅兄現在到底是怎麼想的？是真的與世無爭，還是在韜光養晦？」

梅迎春淡淡一笑：「袁兄你看呢？」

袁從英搖頭道：「梅兄怎麼想的，從英不敢擅自揣度。不過以我想來，梅兄一定不會辜負你父親的期望。」

梅迎春眼睛一亮，情不自禁地對袁從英舉起酒杯：「袁兄，梅迎春一向自視頗高，今天得遇袁兄和狄兄，卻讓梅迎春從心中感到敬佩。難怪你們漢人常說，知音難覓非無覓。來，咱們且乾了這一杯，就算明天之後，大家天涯海角各奔東西，二位也將是我梅迎春終生的朋友！」

放下酒杯，狄景暉歎道：「我過去常常覺得自己這個兒子當得實在是累得慌，今天聽梅兄一說，呵呵，看來還有人比我當兒子當得更辛苦！」

袁從英悶聲道：「這大概就是命中註定的吧。」

梅迎春贊同道：「人生在世，可以選擇的事情有很多，偏偏這爹娘是挑不得的，從一生下來就安排好了。」

狄景暉聽了這話，鼻子裡出氣道：「是啊。咱們的事情就不說了，就說這個阿珺姑娘，也夠倒楣的，居然攤上了這麼個爹。要說沈槐賢弟和阿珺的為人都不錯，怎麼他們的長輩竟如此不堪？」

梅迎春突然目露凶光，咬牙切齒地道：「還有些內情你們不知道，阿珺求我不要往外說。可我告訴你們，在我看來，沈庭放這個人真正是惡貫滿盈，死有餘辜的！按我的性子，真想一刀結果了他的狗命，也能為阿珺求個解脫！」

狄景暉被他的神情嚇了一跳，連連搖頭道：「梅兄，你這麼做我倒不反對，阿珺肯定就要恨死你了，不可，不可，不可。」

梅迎春自己也笑了：「唉，我也只是說說狠話，所謂投鼠忌器，我現在是深刻體會到了其中的道理啊。」頓了頓，他又自嘲道：「不瞞二位，梅迎春自小被父親寄予厚望，他花了許多心血教導梅某心狠手辣的本領。梅某自五六歲時起便被父親帶去狩獵，每次都必須要親手屠殺捕捉到的野獸。梅某那時候還小，殺完野獸以後都要做很久的噩夢，恐懼異常，但漸漸地也就習慣了。到梅某十歲的時候，父親命我活生生地砍掉了一個俘虜的頭，那人的眼神我至今記憶猶新。後來我便上陣殺敵，殺人無數，再沒有一點兒心悸的感覺，絲毫不把人命放在眼中。若不是後來家族中的屠殺令梅某心生悔意，恐怕梅某就會成為一個完全殺人不眨眼的暴徒。不像今天，心中到底還會有所顧忌。」

「這是好還是不好呢？」袁從英一言不發很久了，突然冒出來一句。

梅迎春愣了愣，微笑著反問：「袁兄你認為呢？」

袁從英搖了搖頭，沒有說話。

狄景暉插嘴道：「袁大將軍，你這些年殺的人也不少吧，沒有成千也有上百了？你是怎麼開的頭一個殺戒，難道也有個梅兄他爹那樣的人來教導的你？」

「沒有！」袁從英斬釘截鐵地答道，隨後，他微微蹙起眉頭，彷彿在竭力回憶似的輕聲道：「我第一次殺人……是很久以前的事情了……」

他的語調太過悲愴，令梅迎春和狄景暉心下都是一顫，兩人互相看了看，凝神等著袁從英的下文。

袁從英卻一動不動地注視著前方，過了很久，才如夢方醒般地回過神來，抬頭道：「其實戰場上殺人，根本就沒有時間多想。我自從軍以後，便學會了只認敵友，不辨善惡……後來，碰到了大人，事情就更簡單了。由他來辨別善惡，我，只要執行命令就行了。」

狄景暉搖頭道：「唉，哪有這麼簡單的事情！真是的。我父親就能判斷出全部的是非善惡來？我可不信，他又不是神仙。不過你說的也有道理，其實這世上殺人最多的，倒不是你這種武夫，而是我父親那樣操控權力的人。哼，當然了，還有比他殺人更多的，那就是皇帝！」

梅迎春嘲諷地笑道：「說真的，如果都要根據善惡來殺人，殺起來可就太慢了。如果都要想清楚是非再打仗，那就沒仗可打了。」

袁從英也苦澀地笑起來，點頭道：「誰沒有父母妻小，誰沒有兒女情長，可是一上了戰場，就是你死我活，根本不容人想那些東西，所以我一直努力做到的只有一點，就是殺人要乾脆。讓我的敵人痛痛快快地去死，如此而已。」

梅迎春目不轉睛地注視著袁從英，追問：「殺了這麼多人，你有沒有想過自己會怎麼死？」

袁從英迎著梅迎春的目光，平靜地回答：「我每天都準備去死。我殺了那麼多人，早晚會遭到報應的。我只希望到頭來也能夠有個痛快的死，就很滿意了。」

梅迎春愣住了，半晌，才輕輕拍了拍袁從英的肩，笑道：「我們這是怎麼了？新年頭一天，天還沒亮，我們盡在這裡殺啊死的，怪我，都怪我，居然找了這麼個倒楣的話題！」

狄景暉也擺手道：「就是，說得我膽戰心驚的。不說這些了，太不吉利。」

梅迎春道：「咱們還是接著喝酒吧。」伸手去提酒斛，晃了晃，不覺皺起眉來。拿來酒杯，試著倒了倒，果然一滴都倒不出來了。

狄景暉歎口氣：「真是掃興，這天還沒亮呢，酒就喝光了。」

梅迎春笑著搖頭：「還是咱們三個太能喝了。既然如此，不如咱們乾脆去睡會兒吧，好歹休息一下，等天亮了，再去黃河岸邊找我那『墨風』。袁兄還可去集市給小孩兒買些爆竹來。」

「也好，也好，我的腦袋還真暈乎乎了。」狄景暉從桌邊撐起身來，腳步踉蹌地朝屋外走去，梅迎春拉住他道：「哎，狄兄，你這是打算去哪兒？」

「不是去睡覺嗎？」

梅迎春笑著扶住他的胳膊：「行，行，隨我來吧。西廂房有副床榻，今天咱們就在那裡湊合著睡會兒吧。」他看袁從英還坐著沒動，便招呼道：「袁兄，也一起來休息吧。你剛開始便身體不適，倒沒想到，還一直熬到現在。」

袁從英點點頭，起身跟在梅迎春後面，一起到了西廂房。

狄景暉倒在榻上便睡熟了。梅迎春看了看床榻，躊躇道：「這床榻最多睡兩個人。我的個子太大，袁兄，還是你先休息吧。」

袁從英笑著擺擺手，往旁邊的椅子上一坐：「你睡吧，我坐著也能休息。」

梅迎春看著他笑：「你這個人，還真是……坐著真的能睡？」

袁從英一本正經地點頭：「當然可以，我從小練出來的。」

梅迎春好奇地問：「從小練出來的？為什麼練這個？」

「小時候生病，躺著喘不過氣來，便只能練習坐著睡了。」

梅迎春恍然大悟道：「哦，原來如此。那你現在可覺得好些了？」

袁從英道：「我沒事，已經好多了。」他舉起手，示意梅迎春，「這也是小時候犯病時學會的招。按壓兩手的合谷穴便可緩解，還真挺管用的。」

梅迎春釋然：「斌兒說的果然是真的，你何苦冤枉這小孩兒。」

袁從英含笑不語。

梅迎春也已睏倦不支，見袁從英這樣，便不再堅持，自己在榻上躺下，很快昏然入睡。

蠟燭滅了，屋裡一片漆黑，袁從英微合起雙目，將疼痛不已的脊背靠上椅子，才發覺自己的衣服又被汗水濕透了。酒意上湧，他抬手按了按額頭，有一種熏熏然的感覺。已經疲乏到了極點，整個人都昏昏沉沉的，反倒覺得挺舒服。如果他沒有離開大人，如果他還留在洛陽，此時此刻，他應該是在宮中的守歲宴上，那是他非常討厭的場合，從來都避之唯恐不及，卻又躲無可躲。今年，今日，他終於離開那一切了，確實是從未有過的輕鬆，但也伴隨著更加強烈的思念和惆悵。已經過去的十個元旦，每當子時一過他都要首先向大人拜年，用的不是對上級，而是對長輩的方式。袁從英深深地吸了口氣，盡力讓自己的心平靜下來，還是什麼都不要去想了吧，就當那一切都不曾經歷過、擁有過。

但是，就算不去想那千里之外的洛陽，面前這所神秘的宅院，這對奇怪的父女，也讓他有種似曾相識的感覺。某些記憶的片段，從心底的最深處被激起，連同兒時的疾病，本來認為永遠都不會再犯的，竟也都一併向他襲來，令他突然間猝不及防，差點就手足無措。為什麼眼前明明就是兩個陌生人，那個叫阿珺的姑娘，竟會讓他覺得這樣親切，帶著他從來不敢奢望的家的氣息；而那個沈姓老者，又讓他從心底裡湧起刻骨的仇恨，初次見面，卻似乎已經恨了一生一世！難道……不，不可能，這不可能……

袁從英猛地睜開眼睛，額頭滲出密密麻麻的冷汗。緊接著，他聽到一聲低低的輕呼，定睛一瞧，才發現自己的手牢牢扼住了面前之人的咽喉，他抱歉地笑了笑，鬆開手。狄景暉揉著脖子，氣鼓鼓地低聲道：「閉著眼睛就能擰人脖子，你殺人還真是利索！」

袁從英也輕聲道：「誰讓你不聲不響地過來？」

狄景暉朝床榻努努嘴：「梅兒睡著呢，怎麼，你想我把所有的人都吵醒？」

袁從英又按了按額頭，皺眉道：「你不是睡了嗎，怎麼又起來了？」

「喝多了，去了趟茅廁。外面可真夠冷的，還黑咕隆咚，我好像撞到了個什麼東西，也沒看清楚，就趕緊回屋來。哼，結果就讓你掐了脖子！」

袁從英問：「怎麼，你已經出去過了？」

狄景暉沒好氣地答道：「那是自然，我總不會沒事在這個黑屋子裡轉圈玩吧？」

「哦。」袁從英點點頭，「看來我剛才是睡著了，連你出門都不知道。」

狄景暉聽他的聲音有些異樣，便問：「怎麼了？你原本不打算睡嗎？」

袁從英輕輕歎了口氣說：「不是不打算睡。但我就是睡著了，你出去我也應該知道的，可我剛才居然什麼都沒察覺……」

狄景暉頗不以為然：「莫名其妙，睡著了不就什麼都不知道了嗎？你說的什麼奇奇怪怪的話，聽都聽不懂。」

袁從英搖搖頭，輕聲道：「你繼續睡吧。」起身便走出了屋。

狄景暉想了想，也跟著他走出去，與袁從英並肩站在西廂房門口。已是黎明，東方微微發白，兩人互相看了看，在半明半暗的光線中，彼此的臉色都顯得很蒼白。

袁從英衝狄景暉微微一笑：「你不去睡覺，跟我跑出來吹冷風？」

狄景暉撇了撇嘴：「你這人說話不明不白的，鬧得我都不想睡了。」

又是沉默，也不知道過了多久，袁從英扭過頭來，輕聲對狄景暉道：「今日……哦，不，是昨日之事，我應該向你道歉。」

狄景暉一愣：「道歉？為什麼？」

袁從英收回目光，仍然面對著紛紛揚揚飄飛的雪花，語氣平淡地道：「你說得很對，我近幾年來受了很多重傷，身體已經大不如前。像昨日在冰河上救人，如果是過去，我不會需要別人幫忙。還有方才，我也不應該睡到對周圍的動靜一無所知。」他停下來，狄景暉仍然不解其意，困惑地望著他的側臉。許久，袁從英才垂下眼簾，繼續道：「抱歉，是我做得不夠好。」

狄景暉恍然大悟：「原來你是因為這個，唉……你這又是何必。」停了停，又笑道：「我看就是我那老爹，把你給搓磨成這個樣子。」他輕輕拍了拍袁從英的背，「其實昨日的事情，你要是不提，我早就忘了。行了，外頭太冷，咱們還是回屋吧。」

袁從英搖頭：「你回去吧。我不想睡，我在這院裡走走。」

狄景暉皺眉道：「噯，你還真熬出癮來了？離天亮還有段時間呢，好歹歇一歇吧。」

袁從英道：「不是，我坐得背痛，還是走走舒服。」

狄景暉無奈，只得自己回屋去了。

袁從英沿著西廂房的廊簷慢慢走過堂屋前，天漸漸亮起來了，周圍的景物已經能看得比較清晰。袁從英望了望東廂房緊閉的房門，房前昨日阿珺和斌兒的足跡已被後來落下的雪給蓋住了，看上去就像無人進出過。他靜靜地思考了一會兒，便轉了個彎，向後院折去。繞過堂屋，袁從英一眼便看見從後牆根開始的一行雜亂腳印，一直通到後堂的正房門前。他緊盯著這行足跡，觀察了片刻，臉上的神情越來越凝重。

袁從英正自思量著，突然感覺到背後有動靜。他迅速地往旁邊一閃，轉過身來正對著低頭匆匆走來的阿珺，輕聲招呼道：「阿珺姑娘，你起得真早。」

阿珺吃了一驚，旋即微笑道：「袁先生，你不是比我還早嗎？昨夜我聽你們很晚都沒去西廂房睡下，怎麼袁先生現在就起來了？」

袁從英也微笑著回答：「他們倆剛睡下，我索性就不睡了，出來走走。」

「哦。」阿珺點頭，正要往前走，又停下腳步，朝袁從英溫柔地笑著，問：「袁先生，你們不急著趕路吧？」

袁從英遲疑道：「阿珺姑娘，你的意思是……」

阿珺還是低頭微笑：「昨天聽你們說要一路西行，可你和狄先生，還有小斌兒，你們的衣服都太單薄了。行李也沒多少，想必禦寒的衣物是不夠的。我想，如果你們能多留一兩日，我便給你們做幾件夾襖，你們往西北去時，也好預備著。」

袁從英忙道：「我們在此逗留，已經很麻煩阿珺姑娘，怎麼還好意思？」

阿珺輕輕搖頭：「一點兒不麻煩。阿珺昨日說了，二位先生就是我阿珺的兄長，要是阿珺做得不夠周到，以後堂兄知道了，會怪罪我的。」

袁從英略一沉吟，小心翼翼地問：「阿珺姑娘，沈槐賢弟常和你們來往嗎？」

阿珺的臉上泛起紅暈，輕聲道：「袁先生有所不知，我的伯父伯母亡故得很早，堂兄其實是由我的爹爹撫養長大的，他從小到大都住在我家。」

「一直都在此地嗎？」

「倒也不是，爹爹為了治病四處求醫，搬了好多次家，這裡是五年前搬來的。」

袁從英微笑著問：「阿珺姑娘，如果不是因為當了狄大人的侍衛長，沈賢弟是不是也該回家來過年？」

阿珺輕歎一聲：「往年他都要回來的，可這次爹爹說他不能回家了……不過，卻來了袁先生和狄先生，堂兄的二位好友。他若是知道，一定會非常高興的。」

袁從英看了看越來越亮的天色，道：「阿珺姑娘，你先忙吧。」

阿珺點點頭，欠身從他的旁邊走過，朝正房而去。袁從英看著她的背影，眉頭越蹙越緊，趕上幾步，輕輕攔在她的面前，但仍微笑著，問道：「阿珺姑娘，你是來找你爹爹？」

阿珺愣了愣：「是啊，每天早上這個時候我都要來伺候爹爹起床。」她看著袁從英的神情，困惑地問：「袁先生，有事嗎？」

袁從英指了指地上的足跡，低聲道：「你看得出這是誰的腳印嗎？」

阿珺搖頭：「看不出……不可能是我爹爹的，他跑去後牆那裡幹什麼呀？」

袁從英道：「你隨我來。」

兩人一起走到正房門口，都一眼看見正房的門是虛掩著的。阿珺驚得輕輕捂住嘴，低呼了一聲，舉手就要推門而入，被袁從英一把握住了胳膊。她抬起眼睛詢問地看著袁從英，袁從英正色道：「阿珺，你站到我身後去。」

阿珺下意識地往後退了一步，袁從英抬高聲音叫道：「沈老伯，沈老伯。」沒有任何回音。他不再等待，一下便把門推開了。屋內桌翻椅倒，一片狼藉，一個人仰面躺倒在屋子中央。蠟燭早已熄滅了，但借著清晨的光線，仍然可以清晰地辨別出那張猙獰可怖的面孔。只是現在，這張臉比平時更加恐怖許多，兩隻血紅的眼睛瞪得溜圓，嘴角邊溢出白沫，五官全部扭曲變形，看去已經不太像一張人的臉了，而更像一個——惡魔。

即使是在離開幾步遠的門口，袁從英還是一眼就能判定：這個人已經死了。

第五章 新年

他這一生見過許多死屍，各式各樣的死狀，有無辜枉死的，有惡貫滿盈的，有慷慨就義的，有卑微怯懦的……他已經學會平靜地面對這許多死亡，就像大人所說的那樣，只將他們當作探案的線索，而不投入作為人的情感。

但是今天，不知道為什麼，當袁從英面對沈庭放的屍體時，他的心中突然湧起的，既不是驚詫也不是疑惑，而是一種令他自己也感到十分意外的快感，似乎他長久以來都在期待著看到這個人的死，死在自己的面前，死得越恥辱越可鄙越好，越能讓他從內心深處感到滿足……

身後的阿珺在急切地問：「袁先生，我、我爹爹他怎麼了？」

袁從英轉過身，沉悶地答道：「阿珺姑娘，沈老伯亡故了。」

阿珺的眼睛頓時瞪得大大的，似乎一時不能相信袁從英的話，她仔細觀察著袁從英的表情，終於明白對方是在陳述一個確切的事實，眼睛裡慢慢湧起淚水，朝前跨了一步，輕聲說：「袁先生，讓我進去看看。」

袁從英往旁邊微微挪動身體，將阿珺讓到門前。阿珺站在門口，直勾勾地瞪著父親的屍體看了半晌，沒有尖叫也沒有痛哭，只是緩緩靠到門簷上，淚水靜靜地淌下來，喃喃自語：「爹爹，爹爹，你終於還是有這一天……」她抬手拭去眼淚，舉步就要往屋裡走，卻被袁從英伸手擋住了。

袁從英輕聲道：「阿珺，如果你信任我，就留在外面。我先進去察看。」

阿珺淚水充盈的眼睛疑惑地看著袁從英的臉，終於點了點頭。

袁從英正要朝屋內邁步，前院東廂房內突然傳來一陣紛亂的響動，緊接著就聽到韓斌大叫起來：「阿珺姐姐，哥哥！老奶奶醒了，哎喲！」

「匡噹」一聲響，似乎有什麼東西撞到了地上。袁從英和阿珺不由對視一眼，又一齊緊張地朝前院望去，東廂房裡的響動越來越大，韓斌在一個勁地喊著：「哥哥，姐姐，快來呀！啊，老奶奶，你要去哪裡？」

袁從英低頭看著阿珺的臉，儘量語氣和緩地商量道：「阿珺，你去前面看看好嗎？我留在這裡。」

阿珺咬著嘴唇，臉色煞白，但還是點了點頭，極低聲地道：「好，袁先生，這裡就全交給你了。」說著，她一扭身，腳步匆匆地便往前院走去。

袁從英目送阿珺的身影轉過堂屋，方才再次回轉身，邁步走入沈庭放的房間。這套正房分三個開間，正中這間對門放著書桌和椅子，後牆下置著狹長的條案，還有兩排書櫃分別靠在左右兩側的牆上，看格局應該是沈庭放的書房。左右兩面牆上還各垂著幅藍色的麻布簾帷，是通往兩邊偏房的。

袁從英站在書房正中，環顧四周，白灰糊的牆壁上什麼都沒有，一片空白中滲出股陰森淒涼的味道。書桌上的燭燈橫躺下來，燭油流到桌面上，將桌上的幾張紙染得斑斑駁駁。除此之外，桌上的筆架、硯台、水缸等等文房用具也一概橫七豎八，幾本書籍和卷冊或胡亂地攤開，或垂落在桌側，地上更是滾散著好多書籍，被十分明顯的足跡踏得污濁不堪。

袁從英收回目光，蹲下身子，細細觀察起躺在面前的屍體。他伸出手，輕輕觸碰了下死者的面頰，還能感覺到微弱的彈性和溫度，說明死了才不久。沈庭放的整張臉都漲成黑紫色，臉上原來就密佈的疙瘩和坑疤愈加腫大，將五官都擠到了一處。他的雙眼上翻，眼白全部充血成了紅色，嘴大張著，白色的口沫從嘴角邊一直淌到顎下，灰色的鬍鬚亂七八糟地糊在嘴巴四周。袁從英愣愣地盯著這張臉看了許久，一時間竟有些神思恍惚，自己也不知道在想些什麼。只覺得頭腦昏沉沉的，胸口陣陣翻湧，噁心得幾乎就要吐出來。

門口有人在喊：「袁兄，這是怎麼回事？」

袁從英掉頭，見梅迎春大大的個子攔在門前，立時就把早晨的光線擋去了一大半。袁從英招呼道：「梅兄，你來得正好。沈庭放死了。」

梅迎春趕緊跨入房門，來到袁從英身邊，也蹲在屍體旁。

袁從英問：「梅兄，你怎麼過來的？」

梅迎春一邊上下左右地打量著沈庭放的死狀，一邊答道：「昨天咱們救下的那個大娘一早醒了，便大呼小叫地要去找什麼兒子，還拚命要下床走人。可她身體虛弱，昨天冰水泡過之後，手腳也有些凍傷，根本邁不動步子，剛下地就又摔倒了。斌兒攔不住她，在那裡又跳又叫，把我和狄兄都吵醒了。」

袁從英點頭：「我方才在這裡也聽到了，就讓阿珺姑娘先過去。」

梅迎春緊蹙雙眉道：「是啊。我和狄兄剛去東廂房安頓那位大娘，阿珺也過來了，幫著一起把那位大娘又扶上了床，還拚命安撫她，勸她先安心養病。可我就看阿珺的神色不對，問她是怎麼回事，她才告訴我說沈庭放出了事，我就趕過來了。」

袁從英點頭：「今天一早我在院中散步時碰上阿珺，她說要來伺候沈庭放起床，我們一塊兒過來，便發現沈庭放已經死了。」

梅迎春問：「袁兄，你已經在檢查屍首了？可看出什麼端倪來？」

袁從英指了指沈庭放的臉：「你看，他的臉扭曲成這個樣子，似乎是看到了什麼令他感到萬分恐懼的事情，還有這滿臉的黑紫和嘴邊的白沫，都像驚嚇過度所致。」

梅迎春緊抿著嘴唇，連連點頭。兩人又一齊往沈庭放的身上看去，只見他的兩手呈抓握狀，痙攣地僵直在身體前方，胸口和肚腹上好幾個血洞，冒出的鮮血將所穿的灰布袍衫染得猩紅片片，散發出一股令人窒息的血腥氣。

梅迎春仔細辨別著沈庭放身上的傷口，低聲道：「看樣子是被利器扎傷，是匕首嗎？」

袁從英也凝神細看傷口，思索了一會兒，才搖頭道：「我看不像匕首，像剪刀。」

「剪刀？」梅迎春詫異道。

「嗯。」袁從英指著沈庭放胸口的傷口道，「你仔細看，此處的傷口其實是兩個小傷口緊湊在一起。還有這裡，這左腹的傷口也是如此。所以我斷定，兇手應該是手持剪刀向沈庭放捅過來，但這個兇手行兇的意志和魄力似乎有限，捏剪刀的力度不夠，兩個刀鋒分開，故而形成了兩個緊連在一處的傷口。」

梅迎春聽得連連點頭，又指著沈庭放的手道：「看樣子這老頭子還想和對方搏鬥，可惜力有不及，終於還是被害了。」

袁從英也贊同地點頭，想了想，又道：「我覺得沈庭放是認識那個兇手的。」

「哦，為什麼？」

「如果這兇手只是個入室行兇的陌生人，一見之下，沈庭放的表情應該首先是驚詫。假設這個兇手二話不說就動手的話，沈庭放的臉上肯定更多的是驚慌和憤怒，而不該是如此深刻的恐懼神情。但從沈庭放現在的狀況來看，他的恐懼已經達到了一種程度，似乎光這種恐懼感就足以置他於死地。」袁從英再次將那些傷口指給梅迎春看，「而且你看這些傷口，刺殺的部位雜亂無章，傷口又淺，基本都不在致命的位置上，一望而知，這兇手是個完全沒有經驗的生手，行兇的時候慌亂非常。更重要的是，以我的經驗來看，這些傷口雖然看上去凶險，但根本不足以致命。沈庭放就這麼死了，要麼是他長期患病，身體太弱，以至於受了這些傷就難以支撐，要麼就是因為驚嚇過度而心神渙散，肝膽俱裂，所以才死得如此迅速。」

梅迎春聽得入神，半晌才讚歎道：「袁兄，看來狄仁傑大人的當世神探之稱還真不是浪得虛名，袁兄你這個侍衛長，斷起案來竟也如此胸有成竹。」

袁從英輕輕歎了口氣，低聲道：「跟在大人身邊這麼多年，哪怕就是看也該看會了。不過和大人比起來，我還差得太遠……」

兩人從屍體邊站起來，一起環顧屋子四周。梅迎春道：「我在門外看見一行足跡，通到後牆根處，應該就是兇手出入的痕跡吧。」

袁從英點頭：「目前看起來這是唯一外人侵入的痕跡。」

梅迎春想了想，突然問：「為什麼只有一行足跡？而不是一出一入兩行？」

袁從英道：「這個問題我剛才就想過了。昨晚至現在的雪一直沒停過，風也很大，雪地上的足跡沒過多久就會被後下來的雪和風刮來的雪蓋上。屋外的這行足跡還在，只能說明兇手其實剛逃走不久。」

「剛逃走不久？」

門口有人一聲驚呼。梅迎春和袁從英一起往外看去，狄景暉不知道什麼時候也來到了屋前。看見他，袁從英皺眉道：「你不在前面陪著阿珺他們，跑到這裡來幹什麼？」

狄景暉大聲說：「我來看看有沒有可以幫忙的啊！阿珺好不容易把那老大娘又哄睡著了，現在帶著斌兒給大家做早飯去了。我在前面也沒啥可幹的，就過來看看咯。」

梅迎春忙問：「阿珺還好吧？」

狄景暉歎口氣：「眼睛紅紅的，倒也忍著沒哭，她要忙的事情太多，剛才看我要過來，還說一切都託付給我們了。什麼時候我們察看完了，就叫她一聲，她來給老頭子收殮。」

袁從英若有所思地問：「她沒說要報官嗎？」

狄景暉邊往裡走邊回答道：「沒有啊。她在等我們替她做決定。」

梅迎春追問：「她是這麼說的？」

「是啊，怎麼了？」狄景暉看看梅李二人。三人頗為感慨地互相對視，心裡對阿珺的憐愛之情陡然又增加了幾分，大家都很清楚，阿珺之所以把決定權交給他們，一方面是出於信任，另一方面也是考慮到了他們幾個的特殊身分。如果把沈庭放的死提交官府查辦，梅、狄、袁三人便一個都脫不了干係，到時候免不了一番盤問審查，而這顯然是他們不希望碰到的。面對自己父親的突然死亡，還能為他們考慮得如此周到，阿珺的確是將他們當成至親好友來看待了。

收起思緒，袁從英突然想起狄景暉方才的話，便追問道：「你剛才聽我們說這兇手逃走不久，為何如此驚訝？」

狄景暉跺腳道：「哎呀，你忘記了嗎？我上完茅廁回來被你擰了脖子時，不是告訴過你，我從茅廁出來的時候曾經撞上過什麼東西。現在想來，那似乎就是個人啊。」

梅迎春驚道：「還有這等事！那麼說狄兄你很有可能和這個兇手打了照面！」

「誰說不是呢？」狄景暉嚷道，「我當時宿醉未醒，整個人都迷迷糊糊的，所以也沒看個究竟，就回西廂房去了。現在想想，還真有點兒後怕！」

袁從英按了按額頭：「是，我記得你說的話。」他看了看狄梅二人，沉聲道，「根據這些情況可以斷定，這個兇手昨晚比較早的時候就潛入沈宅，一直躲在後院的某處，但作案的時間，卻是我們三人回到西廂房休息以後，到景暉兄去茅廁回來的這段時間裡。」

梅迎春追問：「何以見得？」

袁從英朝屋門口走了兩步，呼吸了幾口新鮮空氣，方道：「首先，雪地上兇手進入的足跡已經被雪掩蓋，所以他必然是較早就潛入了後院，應該不會晚於阿珺和斌兒回東廂房的時間。其次，我們昨夜一直飲酒到凌晨，在這段時間裡，兇手行兇的動靜我們不可能聽不到。所以兇案發生只能是在我們回到西廂房以後，你們兩個先睡，我也睡著了一段時間，不知道有多久，應該時間不太長，直到景暉兄從茅廁回來撞到人，就是在這段時間裡面，兇手犯下了這樁命案。」

狄景暉聽得連連點頭：「沒錯！事情肯定是這樣的！」

袁從英喃喃道：「如果我不是睡得那麼熟，就一定能覺察出動靜來……」

狄景暉看著他的臉色，頗為無奈地道：「哎，這怎麼能怪你呢？我們兩個不也睡死了嗎？」

梅迎春在旁聽著他二人的對話，突然發出一聲冷笑：「袁兄！我看你真的不用過於自責。我昨晚上就說了，沈庭放這個人是死有餘辜的。我告訴你們，他死了，不僅可以從此少害許多人，還可以讓阿珺得到解脫。要我說，他死得還真是時候！」

聽梅迎春這麼一說，袁從英和狄景暉不由面面相覷。過了一會兒，袁從英才問：「梅兄，以你之見，兇手的動機是什麼？」

梅迎春一笑：「袁兄為什麼問我這個問題？」

袁從英道：「一般查案之道，最重要的就是尋找作案動機。而動機，必須要從熟識死者的人中去探尋。不論是謀財害命、或情殺、或仇殺，只有死者的親朋好友才有可能根據他們對死者的瞭解，推斷出其中的緣由。我們三人中，就是梅兄與沈庭放接觸最深最久，當然要問你。」

梅迎春爽朗地笑起來：「既然袁兄將球拋給我，我就班門弄斧了。不過，在我推測兇手的動機之前，我請袁兄、狄兄與我再勘查勘查現場。」

狄袁二人點頭稱是，三人重新回到沈庭放的屍體旁。袁從英從桌上拿起那幾張被燭油污濁的紙張，看了看，招呼狄景暉道：「你看，這是沈槐賢弟的家書。」

狄景暉湊過來一瞧：「是啊。這裡寫的就是你我的事情嘛。看來沈庭放見了我們之後，就回來取出這封書信來細讀。」

袁從英又俯下身，仔細察看了一番筆墨硯台，道：「沈庭放遇害前應該在書寫什麼，筆尖上和硯台裡的墨都是新的。」

狄景暉聞言，在書桌上下查找起來，找了半天，失望地道：「沒有他新寫的紙嘛。去哪裡了？」

梅迎春此時也把書桌上下散落的書籍、卷冊都收拾起來，又察看了被翻動得亂七八糟的書櫃，思索了片刻，才開口道：「沈庭放當初允我隨意翻看他書房裡的書籍卷冊，因此我對這裡的收藏都很清楚，依我看來，至少有十多本典籍被盜走了。」

袁從英追問道：「是嗎？這些典籍都是同一類的嗎？有關聯嗎？」

梅迎春微笑：「袁兄的問題真是一針見血，我方才也仔細比較過了，那些被盜走的典籍之間沒有任何關聯，看起來這個盜賊完全是隨意拿取的。」

袁從英又問：「那麼這些典籍是不是都很值錢呢？」

梅迎春搖頭道：「其實不一定，沈庭放所收藏的典籍奇在名目繁多、涉獵廣泛，對於有興趣的人來說，千金也難尋，但是對於絕大多數人來講，其實並沒有什麼價值。尤其是這間書房裡放的，只是他藏品中極少的一部分，最值錢的根本就不在這裡。」

袁從英點頭道：「那麼說，這個盜賊只是順手取走了幾本典籍而已，並不是刻意而為。」

梅迎春附和道：「一點兒沒錯，我看這個兇手的目的並不是這些典籍。」

狄景暉插嘴道：「那麼，會不會是謀財？不過，這個沈庭放實在也不像有錢的樣子。」

梅迎春搖頭道：「這也不太可能。雖然據我所知，沈庭放以卑鄙的手段斂取了很多財富，但他行事十分小心謹慎，幾乎沒有人知道他的秘密，他的這個住所更是鮮為人知。當然，確實存在一種可能，那就是有人偵得了沈庭放的居所，上門劫財，但又不知道具體的藏金地點，便妄圖逼迫沈庭放供出財物存放之處，言語不合間下了殺手。兇手看見死了人，慌忙逃跑，才順手帶走了幾本典籍。」

狄景暉好奇地問：「梅兄，沈庭放究竟在做什麼見不得人的勾當？你到底知道了他什麼秘密，能不能告訴我們？」

梅迎春拱了拱手：「二位，不是梅某刻意隱瞞，實在是對阿珺姑娘有過承諾，不便透露，請見諒。」

狄景暉追問道：「你不說就算了。可難道阿珺知道她父親的惡行，還幫忙袒護？」

梅迎春沉默不語。狄景暉想了想，陰沉著臉也不吭聲了。

就在他二人交談的時候，袁從英一邊注意傾聽著，一邊走到左右兩側的偏房前，撩起簾子看看，又回到屋子中央。

梅迎春問他：「有什麼異常？」

袁從英搖頭：「一間是臥室，一間堆放雜物。兇手的足跡根本就沒有到過這兩間屋子前，房裡的東西也很整齊，可見兇手沒來得及進去。」

梅迎春看著袁從英，沉吟著說：「如此說來，關於動機，梅某便有兩個答案。一個就是剛才的謀財說。另一個嘛，應該是仇殺。梅某說了，沈庭放暗中做了許多惡事，仇家肯定不少。雖然沈庭放刻意隱居，但總有可能被人發現蹤跡，殺上門來。」

袁從英搖頭：「如果是仇殺，何必拿那些典籍？而且還把書房翻得這麼亂，似乎在尋找什麼東西？」

梅迎春一愣：「這倒也是。如此看來，還是謀財害命的可能性更大，但這個兇手好像未能達到目的。」

袁從英突然雙眉一聳：「如果沒有達到目的？兇手會不會再來？」話音未落，他已經像箭一般躥出了房門，卻猛地看到阿珺站在面前，趕緊停下身形。

阿珺已經換上了一身白色麻衣，呆呆地站在後院正中，渾身上下落滿雪花，臉被凍得通紅，顯然站了有一會兒了。

袁從英還未及開口，阿珺先自朝他微微欠身：「袁先生，你們勘察完了嗎？我是不是可以去為我爹爹淨身換衣？」說著，兩行清淚慢慢落下。

袁從英猶豫了一下，便朝阿珺點點頭。梅迎春和狄景暉也聞聲來到門前，阿珺對三人輕聲道：「早飯已經準備好了，在堂屋裡。我……去給爹爹收拾。」

梅迎春忙問：「要幫忙嗎？」

阿珺點頭：「梅先生，請幫我將爹爹放到裡屋床上。」

梅迎春隨阿珺進了屋，袁從英朝狄景暉使了個眼色，兩人便一起沿著雪地上的足跡向後牆根搜尋而去。

繞過柴房，狄景暉指著前面叫道：「就是這裡，我撞上了那個人！」

袁從英定睛查看，地上的足跡果然由兩條匯集後雜成一片，隨後又分別向前院和後牆根而去。

袁從英凝神盯著雪地，天空中依然雪花飄飛，早晨的陽光卻十分強烈，映得雪地熠熠閃光，頗為耀眼。狄景暉也瞇起眼睛左看右看，什麼都沒發現，他揉了揉脖子正打算走人，袁從英突然往前一探身，從雪地裡拿起樣東西來。

狄景暉定睛一瞧，居然是把小刀，忙問：「咦？怎麼有把刀在這裡？難道是？」

袁從英沉吟著道：「不清楚，這刀看樣子只是普通人家廚房裡用的刀具，而且刀上乾乾淨淨的，沒有一絲血跡，不像是兇器。」

狄景暉思索道：「是啊，你方才不也說，兇器應該是把剪刀嘛，不是這種刀……難道是阿珺自己不小心掉落在這裡的？」

袁從英從懷裡掏出塊手帕，將刀裹起，站起身來道：「等會兒問問她吧。」

二人繼續循著足跡來到後牆根下，這院牆說高不高，說矮也不矮，足跡通往的牆上，積雪被扒下大片，露出黑色的泥灰，顯然有人不久前剛從此處翻越而出。

袁從英扭頭對狄景暉道：「我跟出去看看。你去找梅兄和阿珺吧，給他們幫幫忙。如果梅兄出去找『墨風』，你務必要留在院中，不能光讓阿珺、老大娘和斌兒他們幾個單獨留下，我怕不安全。」

狄景暉點頭：「你放心吧。」

袁從英縱身一躍站上牆頭。四下看看，牆外赤地茫茫，整片雪地上連條道路都找不到，唯有兩行歪歪扭扭的足跡，異常顯著地呈現在雪地之上。

袁從英自牆頭跳下，順著足跡亦步亦趨地前行。一邊走，一邊集中起全部的精神，仔細搜索著足跡周邊的雪地，試圖發現些蛛絲馬跡。走了很久，眼睛被白色的雪地晃得生疼，依然一無所獲。正在失望之際，面前突然出現了個小小的土坡，袁從英跟隨著足跡繞到小土坡後，背風之處的新雪覆蓋不多，足跡比別處越發鮮明。更令他驚喜的是，就在這足跡的四周，散落著不少書籍和卷冊，半埋半掩在新雪之下，書頁被風吹得連連掀動。

袁從英從地上撿起兩本書籍翻開，這書一看就是有年頭的，紙張發脆發黃，上面的字體更是古怪難辨，他看了半天不明所以。又接著撿起剩餘的書冊，全是差不多的古體舊書，只有少數兩本還勉強能看個似懂非懂，可以斷定，這些書籍肯定是些珍藏的古書，和他方才在沈庭放的書房中所看到的那些書籍屬於一類。

袁從英撕下衣服下襬，打成個簡單的包袱，將地上的書籍裝裹好。站在原地，他靜靜地思索了一會兒，看起來，那個兇手逃竄到此時，才想起來要檢視一番從沈庭放處順手牽羊取來的書籍，顯然這些典籍沒有令他產生絲毫興趣，只讓他倍感累贅，於是就乾脆全部丟棄在此。從兇手的這個行動來看，他去沈庭放處絕對不是為了那些收藏。那麼，他到底是想幹什麼呢？莫非真的是仇殺？可他殺人也殺得太草率太不堅決了。或者就是要找什麼東西，慌亂之下卻沒有找到……

袁從英摸了摸揣在懷中的那柄小刀。雖然還需要找阿珺確認，但他其實並不相信這柄刀具是阿珺丟棄在院落中的。最大的可能，仍然是兇手慌不擇路地逃跑時，與狄景暉撞在一處，掉落了這把他原來準備充當兇器的刀。但問題是，為什麼他沒有用這把刀殺人呢？小刀上沒有絲毫血跡，在沈庭放身上捅出若干傷口的卻是柄剪刀，難道這兇手隨身帶著兩把兇器？袁從英覺得自己的思維有些不連貫了，他努力想模仿狄仁傑的方式來做些推理，可似乎有些力不從心，更重要的是，這樁案子中的某些細節令他從內心深處感到莫名的恐懼，使他害怕去做進一步的探索，害怕發現其中的真相。

寒風拂面，袁從英努力清醒頭腦，足跡依然在向前延伸，還需要繼續追蹤。往前是些連綿的小土坡，足跡忽上忽下，忽左忽右，似乎也在尋找前進的方向。袁從英繼續以之前的方式，緊盯著足跡，微弓下腰，邊走邊搜索，可惜再沒發現任何有價值的線索。整整走了一個多時辰，翻過一個較大的山坡，繞過幾片稀稀落落的枯樹林，面前出現了條狹窄的官道，官道的另一側，便是蔓延不絕的高大山脈。

足跡進入官道後，和往來的車轍混雜在一起，再也無法辨認。袁從英挑選了近旁的一座山崗，疾步登上崗頂，從上往下眺望，遠遠地可以看出，這條官道的一端連接著黃河岸，另一頭通向一座孤零零的關隘，沿途分出岔道，通往附近的村莊。袁從英在心中默默思量，那座關隘應該就是阿珺口中的金城關了。他轉回身向自己的來路望去，白茫茫的原野上，瘡疤似的點綴著幾片樹林，高高低低的小山坡次第連接，目力所及之處，根本看不見半點人煙。沈庭放的那座宅院將蹤跡深藏在這萬里蕭瑟的荒蕪景致之中，沿官道從黃河到金城關之間往來的人們，完全不可能想像到，在原野的深處，還有一戶神秘的人家。

袁從英知道，今次的追蹤只能到此結束了。這時他才發現背痛得連腰都快直不起來了，扶著身邊的一塊山石，他決定坐下休息片刻。整理著思緒，袁從英再一次問自己，沈庭放究竟是個什麼樣的人？為什麼要選擇在這樣一個絕境隱居？他到底在幹什麼，又在害怕什麼？阿珺，這個溫柔可親的姑娘，怎麼能在如此嚴酷的環境中生活下來？現在沈庭放死了，只剩下阿珺一個人，她又該何去何從？

正在胡思亂想之際，袁從英突然聽到空中傳來一聲馬匹的嘶鳴，他從地上一躍而起，興奮地循聲望去，果然，就在山崗之下站立著一匹高頭駿馬，正輪番蹬踏著四蹄仰天長嘯。

「墨風！」袁從英喜出望外地驚呼一聲，連跑帶跳地躍下山坡，趕到墨風身前。

看見袁從英，墨風好像也認出了他，一個勁地打起響鼻。袁從英激動地上下打量著牠，卻見這駿馬在風雪中傲然挺立，威風凜凜，完全看不出曾面對過生命危險。

袁從英伸手輕捋牠黑亮的鬃毛，口中喃喃道：「真是匹神馬！你是怎麼爬上黃河岸的？好樣的！」

墨風伏下腦袋，蹭蹭他的臉頰，竟好像是在和自己的主人親熱。

袁從英的心頭一熱，想也沒想就翻身躍上馬背，揪牢韁繩，輕輕拍了拍墨風的身子：「咱們回去！」

墨風抬頭嘶鳴一聲，便在雪地上跑起來。起初似乎還對雪地心有餘悸，跑得小心翼翼，慢慢地就自信起來，越跑越快，風馳電掣般地往前飛奔，轉眼便回到了沈宅的院牆之外。

回到沈宅，袁從英卻並未見到梅迎春，他果然一早就出去尋找「墨風」了，還要去金城關內的鎮上為沈庭放訂做棺材。阿珺已經在後堂裡佈置起個簡單的靈堂，在那裡守起靈來。他們在黃河岸邊救下的大娘好了很多，已能下床，看到沈宅裡出了事，倒也不再吵著要走，主動留下幫忙，現在正在廚房裡帶著韓斌給大家準備午飯。反倒落下個狄景暉無所事事，從沈庭放的書櫃裡拿來本書胡亂看著，打發時間。

袁從英拴好墨風，看牠開始愜意地啃起草料，便往後院而來。正堂的門敞開著，書桌被移到一旁，條案的正中置放了香爐，香爐後面的一塊木牌上書「先父沈庭放之位」，算是個簡易的靈位。阿珺全身素縞，在靈位前垂頭而坐。

袁從英跨入房門，在靈位前稍停片刻，剛轉過身來，阿珺已站在他的面前。袁從英看著她哭得紅腫的眼睛，安慰道：「阿珺姑娘，人死不能復生，請節哀。」

阿珺點頭，隨之淒然一笑：「袁先生，方才狄先生說你出去追查線索了，你……找到什麼了嗎？」

袁從英示意阿珺坐下，自己也坐在她的對面。他首先讓阿珺看了那柄小刀，不出所料，阿珺肯定地說從沒見過這把刀。袁從英又打開帶回來的包袱，將書籍一本本遞給阿珺察看，確實都是沈庭放書房失落的書，而且一本不少。阿珺含淚謝過，正要將書收起來，袁從英阻止道：「阿珺，關於這些書，我還有一個問題。」

阿珺詢問地看著袁從英，袁從英輕撫其中的一本書，指著某處問阿珺：「阿珺，你看，這裡有個銅扣，你知道是做什麼用的嗎？」

阿珺低著頭回答：「這是用來鑲嵌銘牌的。」

「什麼銘牌？」

「就是藏書人家族姓氏的銘牌，用來表徵書籍的擁有者。」

袁從英問：「阿珺，為什麼沈老伯這些書上的銘牌都沒有了？是原本就如此嗎？」

「原本如此。」

袁從英想了想，又問：「阿珺姑娘，沈老伯的其他藏書在什麼地方，可以給我看看嗎？」

阿珺點頭稱是，隨即掀開左邊牆上的帷簾，將袁從英讓進去。袁從英之前看過，這間屋子的窗戶被黑色油紙封得密不透風，屋中胡亂堆放著幾個櫃子和箱籠，像是個雜物間。阿珺點亮小桌子上的蠟燭，從腰間摸出串鑰匙，打開其中的一個箱籠，掀開箱子蓋，只見裡面裝著滿滿一箱籠的書。袁從英隨便拿了本書翻翻，和書房裡陳列的那些書籍差不多，書籍的銅扣處也一律是空的，沒有銘牌。

阿珺低聲道：「這間屋子裡所存放的便是我爹爹全部的收藏。箱子裡，櫃子裡，全都是。」

袁從英點頭：「這些書梅兄都看過嗎？」

「只看過一部分。梅先生住的一個月，我爹爹把很多書都搬到書房裡給他看，但還有些依然鎖在這裡。」

雜物間裡黑魆魆的，只有蠟燭散發出微弱的光。阿珺的面容半遮在陰影之中，臉上淚痕斑駁，越發顯得悽楚無助。袁從英在心中深深地歎息著，決心把上午在山崗頂上所考慮的事情和盤托出。他低下頭，儘量語氣柔和地問：「阿珺，你有沒有想過，究竟是什麼人害死了沈老伯？」

阿珺搖搖頭，沉默不語。

袁從英又問：「你真的不打算報官？」

阿珺依舊沉默著搖了搖頭。

袁從英道：「可你已知道，我和景暉兄不能在此久留，一兩天內必須啟程。梅兄在洛陽有事要辦，也要離開。我們……大約來不及把你父親的死因調查清楚。到時候這裡只留下你一個人，我擔心你會有危險。」

阿珺終於抬起頭來，定定地注視著袁從英的眼睛，袁從英移開目光，輕聲問：「阿珺，以後你準備怎麼辦？」

阿珺木然地回答：「我……還沒來得及想。」

「嗯，我知道。」袁從英點頭，聲調變得嚴厲起來，「但是時間緊迫，你現在必須要想。」看到阿珺迷茫的神情，袁從英微微一笑，「阿珺，你說過把我和景暉兄當作兄長。此刻，我這兄長想給你提個建議。」頓了頓，他才斬釘截鐵地道：「阿珺，去洛陽吧，去找你的堂兄，我的沈槐賢弟。」

「洛陽？」阿珺喃喃重複。

袁從英觀察著她的神情：「你……願意去嗎？」

阿珺垂下頭不吱聲。

袁從英笑了：「那就好。我都想過了，梅兄也要去洛陽。乾脆你就和他一起走，一路上也有個照應。」

阿珺急切地問：「可是爹爹？」

袁從英道：「我的建議是，先在家停靈七天。我去和梅兄商量，請他再等七日。七日之後，由你來決定，是立即下葬還是扶靈東去。總之，到那時候你們就可以動身了。」

「梅先生會答應嗎？」

「黃河封凍，他還需要想出辦法過河，原也無法立即動身。」袁從英說著，看了看阿珺，溫和地說：「而且我知道，他一定會答應和你一起走。」

阿珺蒼白的臉上透出細微的紅暈，她揚起臉，誠摯地說：「袁先生，謝謝你，為我想得如此周到。」

袁從英有點兒不自在地「嗯」了一聲，四下看看，又皺起眉頭道：「只是這些收藏不太好處理。帶著太麻煩，留在此地的話，難免竊賊上門，那沈老伯的心血就無法保全了。」

阿珺咬了咬嘴唇，突然道：「袁先生，我再給你看個地方……請你去把正堂的門關上。」

袁從英依言去關上房門，回到雜物間時，見阿珺站在靠牆的一個大櫃子前面，櫃門敞開著，裡面空空如也。看他走過來，阿珺蹲下身，在櫃底的最裡面，輕輕按了個非常難以辨認的按鈕，櫃底朝上掀開，露出個洞口。阿珺低聲道：「袁先生，這下面有個地窖，是我爹爹專用來收藏秘密物品的，請隨我來。」她擎著支小蠟燭率先進入，袁從英隨後跟進，沿台階走到底，下面果然是個和上頭雜物間差不多大小的地窖，很低矮，阿珺尚能站直身子，袁從英便只好彎著腰了。

阿珺將蠟燭舉起，讓袁從英看清四周，除了角落裡模模糊糊堆著樣東西之外，整個地窖裡什麼都沒有。阿珺輕舒口氣，慢慢地解釋道：「袁先生，我們一家五年前搬到此地時，爹爹特意找了這所與世隔絕的宅院居住。為了藏書的安全，他找人修了這個地窖。」

袁從英眉頭輕蹙：「那為什麼現在這裡並沒有放置藏書？」

阿珺愣了愣，一時無言以對。袁從英沉聲道：「阿珺，我猜想這裡原先存放的並不是你父親的藏書，而是他透過某些不可告人的手段所取得的財物，我說得對嗎？」

見阿珺不回答，袁從英也不再追問，只是到角落去翻了翻那唯一的物品，卻原來是幅編織地毯，地窖裡太暗，看不出具體的樣子。

袁從英示意阿珺過來看，阿珺直搖頭：「此前從來沒有見過。」

袁從英問：「阿珺，你是想把藏書都轉移到這裡來嗎？」

阿珺反問：「李先生覺得這樣可以嗎？」

袁從英點頭：「如此甚好，我現在就把上頭的箱子搬下來。」

阿珺輕輕拉拉他的胳膊：「不要搬箱子，把書搬下來就行。」

袁從英疑惑地看著她，阿珺的臉漲紅了：「整箱書太沉，不好搬的。況且……梅先生知道這個雜物間，如果箱子突然都不見了，他會疑心的。」

袁從英恍然大悟。

因為只能一次搬運數十本書籍，袁從英花了一個多時辰才將雜物間箱籠和櫥櫃裡的書籍全部搬到了地窖裡。阿珺則去對面的臥房取來些衣物，隨意放置在搬空了的箱櫃裡。待二人將地窖門重新關好，雜物間恢復原樣，回到正堂時，午後的太陽業已西垂。

袁從英還想再囑咐阿珺幾句話，前院傳來墨風的叫聲，聲聲都是喜悅，袁從英知道一定是梅迎春回來了，便匆匆趕往前院。梅迎春果然正與墨風歡天喜地地親熱個不停。見到袁從英過來，梅迎春興奮地招呼道：「袁兄！我在黃河岸邊找了大半天，本來以為沒希望了。沒想到你倒把墨風給找到了。」

袁從英也笑道：「其實是巧遇，今早我追蹤兇手的足跡到官道旁，正好碰上了墨風，便把牠帶回來了。」

梅迎春聽著，臉色突然一變，追問道：「袁兄，你是騎著墨風回來的嗎？」

「是啊。」袁從英答道，卻見梅迎春的神色剎那間變得陰晴不定，嘴裡還喃喃著：「這怎麼會？墨風從不讓其他人騎……」

袁從英跨前一步問：「梅兄，有什麼問題嗎？」

「哦，沒有，沒有……」梅迎春慌忙掉轉目光，氣氛一時變得有些尷尬。

阿珺恰恰在此時出現，打過招呼後，她便邀請梅迎春到後堂談話去了。袁從英立刻就明白，她是與梅迎春商量同去洛陽的事情。看來，阿珺並沒打算讓袁從英代自己去和梅迎春交涉，就像只讓袁從英看到那個秘密地窖一樣，她相當自然地選擇了親疏遠近，也許是因為沈槐的關係吧。

夜幕降臨的時候，幾個人再次圍坐在了堂屋的圓桌旁。昨夜至今，他們的這個除夕和元旦過得太不平常，以至於常常有種恍然如夢的感覺，似乎下一刻就會從夢中驚醒，又似乎陷入永遠無法擺脫的夢魘，心情時時都在陰鬱和希冀中搖擺，真是倍感煎熬。

梅迎春已經和阿珺商議好，七日之後便將沈庭放暫時落葬在沈宅後面，待阿珺進京見到沈槐以後，再決定正式下葬的時間和地點。梅迎春白天去金城關時，不僅給沈庭放訂好了棺材，還找到了渡河的嚮導，據說都是些常年生活在此對黃河狀況非常瞭解的人，能夠引導渡河的人找到最輕鬆和最安全的途徑。

那位姓何的大娘也已和大家熟識了起來，原來她是金城關內的一個寡婦，靠一手精巧絕倫的繡活謀生，含辛茹苦地將唯一的兒子撫養長大。現在兒子去洛陽趕考，她不放心，打算追隨而去，慌忙趕路時才在黃河上墜入冰洞。阿珺聽了她的敘述，心念一動，便建議何大娘乾脆七日後與她和梅迎春一起進京。梅袁二人也覺得阿珺身邊有個老婦人陪伴會更妥當，於是從旁勸說，何大娘略微躊躇後，就答應了。何大娘的女紅了得，也很有經驗，這幾日正好陪著阿珺給沈庭放裁製壽衣，料理家務，收拾行裝。

新年的這第一頓晚餐大家都吃得沒什麼胃口，匆匆將要事商議停當，阿珺仍然返回正堂去守靈，何大娘作陪。梅迎春白天從鎮上給韓斌帶了些爆竹，這小孩兒便一個勁地纏著袁從英，要去放爆竹玩兒，袁從英無奈，又不能在剛死了人的沈宅裡面燃放，只好帶著他去沈宅外的原野上。梅迎春和狄景暉繼續留在堂屋裡喝酒聊天。

這夜風雪驟歇，白雪覆蓋的原野上空，穹宇蒼茫，清朗高遠。仰頭望去，只見滿天的星斗，數不清看不盡。韓斌一連放了十多個大爆竹，開心地在雪地上打起滾來，孩子畢竟是孩子，他小小人生中所有的悲苦離觴，只要幾個爆竹的脆響便可沖得煙消雲散。瘋了一陣子後，韓斌安靜下來，依偎到袁從英的身邊，兩人一齊默默無言地眺望著星空下的雪地，都不想馬上回那個既溫暖又陰森的宅院。

韓斌突然想起件事，拉了拉袁從英的衣襟，輕聲道：「哥哥，我好喜歡墨風啊，今天下午我和牠玩了好久，牠也喜歡我的。」

袁從英微笑著回答：「馬兒都喜歡小孩的。」

「真的嗎？」韓斌想了想，又問：「哥哥，我什麼時候可以學騎馬呢？等我學會騎馬了，你給我一匹墨風這樣的馬好嗎？」

「好。」

第二天一早，袁從英一行便辭別了阿珺、梅迎春和何大娘，繼續西去。臨行前，袁從英將已經偵得的案情和線索，詳詳細細地寫成信件，交給沈珺，讓她轉交沈槐。

三人已經上路，梅迎春又騎著墨風趕上來，塞給袁從英一個狼型銅面具，笑道：「袁兄，你們要去的沙陀州，離梅某的家鄉不遠，也許會碰上梅某的族人。這個狼型面具是我部族最高貴的象徵，族內之人一見便知，不論何種情況，都會給予你們協助。拿著它，以防萬一吧。」

袁從英抱拳致謝，將面具收入行囊。

每逢新年佳期，從除夕到正月十五的這段時間，遇仙樓的生意通常處於好與不好之間。原因其實很簡單，有家有口的男人，即使平時再荒淫無度，過年的這十幾天正日子裡面，無論如何也會有所收斂，裝出個正人君子的模樣，在家中履行一番為人父子夫兄的責任，因此他們是絕不會在這段時間裡面光顧遇仙樓的。但是，這世上總有些找不到家的人，在此時會比平日更需要一個溫柔鄉，來收束他們的情懷撫平他們的創傷。而神都洛陽，這類人又比其他地方更多，其中有趕考滯留的舉子、有遊歷放達的俠士、有遭貶謫的落魄官員，甚至還有隱姓埋名的逃犯。

因此遇仙樓的姑娘們是沒有新年假期的。當然，她們會比往日輕閒些，空下來也可以去逛逛集市觀觀花燈湊湊熱鬧，沒準兒還有什麼奇遇在等著她們呢。即使要如常接客，她們的心情也比往日輕鬆，因為這段時間來逛妓院的，尤其是她們這個神都第一等妓院的人，都頗不尋常，耐人尋味。

作為遇仙樓的頭牌姑娘，柳煙兒的心情卻好不起來。她自臘月二十七以後就再無人光顧，雖說是難得輕閒，可也令她感到不安，甚至焦躁。畢竟朝廷正四品的大官兒不明不白地死在她的席上，對柳煙兒來說，絕對不是個好兆頭。說不定從此以後那些怕死的男人們就要視她如瘟疫，避之唯恐不及了吧？想到此，柳煙兒俏麗的臉蛋上擠出個苦笑，男人，是多麼自私而怯懦啊。

今天是正月初三，窗外的大街上，爆竹聲依然此起彼伏。柳煙兒百無聊賴地斜倚在榻上，握著面菱形銅鏡，一遍遍地描畫著自己的那對籠煙細眉。大周流行漆黑的濃眉，可她偏不畫成那樣，她柳煙兒就愛與眾不同。

外間的門扇響，老鴇在低聲招呼：「柳煙兒在裡頭呢，要不要——」

「不用，我自己進去就是。你在外面看好，這整層樓都不許再讓人上來。」

「是，是！」

柳煙兒緩緩坐直身子，來的一定是個大人物，連見多識廣的老鴇都緊張成這個樣子。她聽見門關上了，等了片刻，卻沒人進裡屋。柳煙兒笑了，理理蔥綠的披紗，輕盈地掀起珠簾，對坐在桌邊的那個男人款款一拜：「梁王殿下，您大過年的還來看煙兒，煙兒真是受寵若驚啊。」

武三思端起茶杯，慢慢喝下口茶，方才「嗯」了一聲，他剛放下茶杯，柳煙兒順勢一倒，便坐在他的懷中。

武三思捏了捏柳煙兒的下巴：「怎麼，想我了？」

柳煙兒把頭一扭：「想又如何？殿下身分太高貴，不是我們這種人可以隨便想的。」

武三思冷笑一聲：「說得好像我是那無情無義的負心漢，這不太公平吧？」

柳煙兒的眼波一閃，趕緊換上甜蜜的笑容，柔情似水地撫弄著武三思胸前的衣襟，輕聲道：「是煙兒不會說話，梁王殿下可千萬不要生氣。煙兒怎麼會不知道殿下是什麼樣的人？只是自從仙姬姐姐進了梁府，殿下就再不來遇仙樓了，煙兒是又想殿下來又怕殿下來，把這副小心肝兒都快揉碎了啊。」

武三思捏起她的纖手看看，陰不陰陽不陽地應道：「你的小心肝兒還沒揉碎，我那妹夫的一條命倒是給你這隻纖纖玉手給撚碎了！」

柳煙兒神色大變，「噌」地從武三思懷裡跳起來，勉強定了定神，才媚笑道：「梁王殿下，您這麼說話煙兒可吃罪不起。」

武三思再次端起茶杯，慢條斯理地噓下口茶，方才嘲弄地回答：「如果你柳煙兒吃罪不起，那就讓她顧仙姬擔待下來嘛，我知道她有這個魄力。」

柳煙兒此時已然花容失色，可還是強作鎮定道：「梁王殿下說的話煙兒可越聽越聽不懂了。怎麼又扯上仙姬姐姐？仙姬姐姐不是在您的府上舒舒服服地做著五姨太嗎？我都一年多沒見著她了，又說什麼讓她來擔待？」

武三思一把揪住她的胳膊，用力一拖，柳煙兒被他拉得跌跌撞撞，只好又坐回到武三思的腿上。武三思一邊用力把柳煙兒攬在懷裡，一邊把她的臉掰過來正對著自己，惡狠狠地道：「你一年多沒見過顧仙姬了？你再說一遍！小賤人，不要以為我對你們客氣就可以為所欲為。說！顧仙姬在不在你這裡？」

柳煙兒的眼裡湧上屈辱的淚光，咬了咬牙，倔強地答道：「殿下再逼我也沒用，煙兒就是一年多沒見過仙姬姐姐了。」頓了頓，她突然譏諷地笑起來，直笑得花枝亂顫，武三思抱不住她，氣狠狠地把她一把推搡出去。

柳煙兒踉蹌幾步才站穩，抬起頭，一字一句地道：「仙姬姐姐是什麼樣的人物，殿下您也管不住她，哈哈哈，她給你戴綠帽子，哈哈哈，戴綠帽子……」

「不要臉的婊子，都是一路貨色！」武三思臉色鐵青，上前劈手就是一巴掌。

柳煙兒被打得跌坐到地上，兀自還在發出斷斷續續的笑聲，一邊還咬牙切齒地說著：「打吧，打吧。除了打我們這些孤苦無靠的女人，你們還有什麼能耐？」

武三思在屋子裡踱了兩圈，才算勉強平息了怒火，走回到柳煙兒跟前，儘量緩和語調道：「我知道傅敏有些怪癖，你的日子不好過。可他這不是死了嗎？你也算解脫了。」

柳煙兒茫然地注視著前方，喃喃道：「解脫……」

武三思喝道：「行了！傅敏的死我已經不打算追究了，否則你哪裡還能安安生生地待在這裡？」

柳煙兒從地上掙扎起來，坐到梳妝鏡前整理雲鬢，冷冷地道：「傅大人縱情酒色，不知檢點，這麼死了也是意料之中的事情，與我有什麼相干？憑什麼我就不能安生？」

武三思來到她的身後，替她將支金釵插入鬢邊，端詳了一番，滿意地點點頭，方才答道：「雖然傅敏的死沒有驚動官家來驗屍，可我手邊也有些個能人。人家瞧過了，說傅敏根本不是死於暗疾突發，而是被毒死的！」

從鏡中看到柳煙兒的臉色變得煞白，武三思微笑著點頭：「不要以為自己做得有多麼天衣無縫，今天落到我的手裡，勸你還是乖乖地聽話。否則，我隨時都可以讓你粉身碎骨！」

柳煙兒依然咬著嘴唇不說話，武三思繼續道：「我知道顧仙姬來找過你，她現在的藏身之處你也肯定清楚。你此刻不說沒關係，不過我且讓你給顧仙姬帶個話兒，你告訴她，我武三思是有情義的人，只要她肯回來，過去的一切我都可以既往不咎，如果她一味執迷不悟，那就別怪我不客氣了。」

他又欣賞了一番鏡中柳煙兒那張慘白的俏臉，接著說：「就你這麼個溫柔姣俏的小美人，膽子也就你耳朵上那粒珍珠大小。我看沒有顧仙姬慫恿幫忙，你是下不了殺手的。可我還偏偏就喜歡她那個狠勁兒。傅敏死了就死了，他早就該死。但我必須要找回顧仙姬，如若不然，所有的事情我一塊兒追究，謀殺朝廷重臣，只這一條罪就可以判你凌遲！」

武三思揚長而去，柳煙兒一整天神思恍惚，度日如年，好不容易挨到夜幕降臨，她匆匆地喬裝打扮了一番，換上身男裝，躲躲閃閃地出了遇仙樓，往城中而去。新年節期的時候，從初一直至元宵燈節，洛陽城都是不宵禁的。冬夜暗得早，百姓們在家中吃過晚飯，便都扶老攜幼地出門，趁著這一年到頭難得的機會，盡情享受夜遊的樂趣。整個洛陽城處處張燈結綵，遊人如織，摩肩接踵，柳煙兒在密集的人群中穿梭，很快就失去了蹤跡。

次日，聖曆三年的正月初四，一大早，狄仁傑帶著沈槐和宋乾來到了天覺寺。

大雪在除夕的子時停了，此後就再沒下過。元旦之後天天都是晴空萬里，正午時候的豔陽甚至令人感到了久違的溫暖，說明春天已經不遠了。天覺寺這座洛陽城內最大的寺院，每逢新年天天都是人頭攢動，鐘鼓聲聲和著鑾鈴叮咚，香煙繚繞伴隨木魚梵唱，真正是香火旺盛虔心湧湧，觀之令人動容。

出家人是勤快的，天覺寺前後六進的院落裡，積雪已經被整整齊齊地清掃到了甬道旁邊。樹枝上、房檐頂和圍牆上的雪也被拍散下來，清掃乾淨，這樣即便是突然刮來一陣狂風，寺中進香禮佛的人們也不用擔心被從天而降的積雪擊中，沒來由地破壞心中那份難得的虔敬和安寧。

狄仁傑一行三人，身穿便衣，混跡於新年進香的人群之中，優哉游哉地漫步入寺。除夕之夜，狄仁傑在皇宮內主持了百官守歲，次日又馬不停蹄地在則天門前，輔助太子謁見各國使節，總領新年朝賀的全部過程。雖然沒有了鴻臚寺正、少卿的組織，在狄仁傑的運籌帷幄之下，一切總算也是無驚無險，萬事順遂，整個過程十分圓滿。元旦之後，朝廷按例罷朝七日，一切官署衙門也都放假七天。到底是上了年紀的人，經過幾天不眠不休的忙碌和緊張，狄仁傑自元旦慶典上回來後，便感疲憊不堪，在府中靜養了整整三天，才算大致恢復了精神。年初三時，他見自己的體力逐漸好轉，便派狄忠送了封信給宋乾，約他次日一起去天覺寺踣訪。

沈槐和宋乾過去多少都在洛陽待過，因此對這座著名的寺院也不陌生，三人一路上說說笑笑，都顯出難得的愜意和輕鬆。進得寺來，滿眼的紅男綠女，人人的臉上都是喜悅和憧憬。狄仁傑也像大家一樣，帶著沈槐和宋乾在如來佛祖面前進了香，才與二人緩緩往後院而來。走到最裡頭，方形的院子乾乾淨淨，只有座六層磚塔佇立正中，這正是天覺寺的鎮寺之塔——天音塔。

奇怪的是，平日裡最吸引人們遊玩觀賞、登高抒懷的這座天音塔，今天卻冷冷清清，無人光顧，塔下的這個小院裡面，居然就只站著他們三個人，再加一個看管天音塔的小僧彌。

狄仁傑往院子中央一站，仰天望望天音塔一共六層的拱窗，掉轉頭來對宋乾和沈槐笑道：「我歷來便覺得這座塔的形態十分特殊，尤其是這拱形的窗楣，少見於中原的建築，所以天音塔才顯得尤其與眾不同，往來觀光的客人也多半是來看這拱窗的。沒想到『成也蕭何，敗也蕭何』，如今就為了這拱窗，恐怕也沒什麼人敢來嘍。」

宋乾和沈槐相視一笑，隨著狄仁傑慢慢踱到天音塔前，那個小僧彌滿臉愁容地望著這幾位來客，神情頗為沮喪。

狄仁傑走到他的跟前，笑容可掬地合掌道：「小師父，新年好啊。」

小僧彌雙手合十還禮道：「施主好。」

狄仁傑點點頭，仍然笑容滿面地問道：「小師父啊，今天這天音塔怎得如此冷清啊？我這兩位朋友初到神都，聽說天覺寺和天音塔的盛名，特來觀賞，不知道是否可以登塔一遊啊？」

小僧彌聞言大驚失色，連連擺手道：「這位施主，您難道沒聽說？」

狄仁傑追問：「聽說什麼？」

小僧彌一跺腳：「唉呀，臘月二十六日晚上這天音塔上發生人命案了。官府已經把塔給封了，我就是奉命在此看守，誰都不許上。」

「哦？」宋乾聽小僧彌這麼說，就要欺身向前，卻被狄仁傑使了個眼色阻止了。

狄仁傑故作震驚地問小僧彌：「倒是聽說天覺寺裡年前出了點事情，卻沒想到如此嚴重？卻不知道是什麼樣的人命案啊？」

小僧彌沒好氣地道：「圓覺師父從這塔上頭失足跌下，摔死了。」

「哦？如何會失足呢？」

「喝醉了唄，圓覺師父是咱這裡出了名的酒鬼，常常喝得酩酊大醉。」

「酗酒違反寺規戒律，難道方丈從不責罰他？」

小僧彌一撇嘴：「沒聽說過，圓覺師父想幹啥就幹啥，從來沒人管！」

狄仁傑和宋乾相互對視，心中暗暗納罕。

狄仁傑又和藹地問道：「小師父啊，這天音塔給封，肯定讓不少遊人香客失望了吧。」

小僧彌嘟著嘴道：「才不是呢。臘月二十七官府在咱們這裡查案，忙了一天，消息一下子就傳出去了。從那以後，所有進寺的人就都站在這院子外面對著天音塔指指點點，再沒有人敢上前來，也沒人想登塔了。師父派我在這裡站著，也就是做做樣子。像你們這樣來了就要登塔的，我還沒見過呢。」

狄仁傑點頭，正要再說什麼，突然自頭頂上傳來一個悅耳的聲音：「狄大人，您怎麼來了？」

狄仁傑等三人抬頭望去，只見從天音塔最高層的拱窗內探出個腦袋來，還朝他們揮著手呢。狄仁傑定睛一看，心下暗驚，原來此人正是周梁昆大人的千金小姐周靖媛。狄仁傑連忙招呼：「啊，是靖媛小姐啊，你怎麼上到那裡去了？小心啊。」

周靖媛發出銀鈴般的笑聲，嬌聲道：「我上來玩玩唄。狄大人，您等著，我這就下來。」她把腦袋縮了回去，估計是趕下樓來了。

狄仁傑轉過身，還未及開口，宋乾已厲聲喝問那小僧彌：「這是怎麼回事？不是說無人可以登塔嗎？」

小僧彌的臉漲得通紅，連連擺手道：「這、這位女施主央求了小僧好久，說想上去瞧瞧，小僧想也無妨，就、就……」

宋乾還要發作，狄仁傑對他搖搖頭，和顏悅色地對小僧彌道：「小師父，出家人可是不打誑語啊。你既然放了這位女施主上去，是不是也可以放我們上去啊？」

「啊？」小僧彌頓時嚇得面紅耳赤，大張著嘴說不出話來。

狄仁傑忍俊不禁，看那小僧實在嚇得不輕，方道：「小師父，我們就不上去看了，不過你可從實告訴我，除了這位女施主，還有其他人上去過嗎？」

「沒有，絕對沒有了！」小僧彌急得幾乎要哭出來了，正在此時，周靖媛從天音塔裡款款而出。

周靖媛今天穿了身大紅胡服，翻領窄袖上均繡著大朵亮金色的牡丹，碧玉腰帶束出纖細的腰身，腳蹬小巧的黑色尖勾錦靴，頭頂挽著雙鬟望仙髻，渾身上下都顯得俐落颯爽，靈動輕盈。

狄仁傑慈祥地打量著她，滿面笑容地道：「靖媛，你可真不簡單啊。我們想上這天音塔沒上成，你倒先上去了。」

周靖媛俏臉微紅，嬌憨地答道：「狄大人想幹什麼會幹不成，您就別笑話我了。」

狄仁傑連連點頭：「沒有笑話，沒有笑話，哈哈哈……靖媛啊，周大人可康復了？」

周靖媛道：「多謝狄大人費心，我爹爹已經完全好了。只等新年假期一過，便可去鴻臚寺復職了。今日爹爹還對我說起，要登門給您拜年，並感謝您臨危受命，幫我爹爹度過難關呢。」

狄仁傑擺手：「噯，身為朝廷命官，為國辦事都是分內之責，周大人何必客氣。不過關於劉奕飛大人的案子，老夫倒想和周大人再聊聊，等假期過了會個面也好。」

狄仁傑又指了指天音塔，笑道：「其實方才我看到靖媛在這天音塔之上，便料得周大人一定安好如常了，否則靖媛你這個孝順女兒也不會有心思跑到那上頭去玩吧。」

周靖媛飛紅了臉，輕聲道：「本來也沒打算一定要上塔，可那小師父不讓，我就偏要上去瞧瞧。靖媛就是這個脾氣，讓狄大人見笑了。」

「哦？」狄仁傑眼神閃爍，意味深長地端詳著周靖媛，「靖媛的這個脾氣倒是不錯，怎麼？靖媛對人命案也有興趣？」

周靖媛神態自若地答道：「靖媛每年新春都要到天覺寺來進香，今天剛來就聽說有人從天音塔上失足跌死了。因靖媛年年都要來登這座天音塔，便覺得這件事情挺古怪，好奇心大起，所以才上去瞧了一番。」

狄仁傑追問：「可看出什麼端倪來？」

周靖媛眼波流轉，煞有介事地道：「狄大人，那個園覺師父喝得爛醉居然還能爬上半丈高的拱窗，真是厲害。」

「半丈高？」狄仁傑反問。

「是啊，我剛才從那拱窗裡朝下看，只能探出個頭來，要爬上去估計挺費勁呢。」

狄仁傑點頭沉吟，繼而笑著對宋乾道：「宋乾啊，記著去查問一下園覺的身量，看看他要爬上那拱窗是否容易？」

「是，學生記下了。」

周靖媛左右瞧瞧，對狄仁傑道：「狄大人，如果沒什麼事，靖媛就先告辭了。今天一早就出府來進香，答應了爹爹要趕回家去吃午飯的。」

狄仁傑忙道：「行啊，靖媛怎麼一個人出來，身邊也不帶個丫鬟？」

周靖媛一噘嘴：「我嫌她們麻煩。」

「好。」狄仁傑正要道別，就見周靖媛站著不動，便問，「靖媛，還有什麼事嗎？」

周靖媛的臉突然微微一紅，低聲道：「現近午時，街上越發擁擠，靖媛只一個人，總有些不妥……狄大人，可以讓沈將軍送我回府嗎？」

狄仁傑一愣，馬上笑答：「行，當然行啊。沈槐啊，你就跑一趟，送周小姐回府。」

沈槐才聽到周靖媛的要求便大為訝異，見狄仁傑吩咐下來，也不好拒絕，只得口稱遵命。二人與狄仁傑和宋乾道了別，去馬廄取了各自的馬匹，回周府去。

走到半程，周靖媛噗哧一笑，嬌聲道：「喂，沈將軍，你是啞巴啊？怎麼一句話都不說？」

沈槐悶悶地道：「周小姐想說什麼？」

周靖媛眨了眨眼睛：「隨便聊聊啊，難道沈將軍不會聊天？」

沈槐道：「狄大人只讓末將護送小姐回府，沒讓末將陪小姐聊天。」

「你！」想了想，周靖媛又道：「也罷，那就我問你答，總行了吧。你可別對我說，狄大人沒讓你回答我的問題。」

「周小姐請便。」

周靖媛暗自好笑，卻裝出副一本正經的樣子，開始發問：「請問沈將軍是何方人士啊？」

「在下祖籍汴州。」

「哦？汴州，中原人士。那沈將軍又是怎麼到洛陽來當武官的？」

「沈槐此前一直在并州任果毅都尉，狄大人年前在并州致仕時與沈槐結識，後來便被朝廷任命成大人的侍衛長了。」

「原來如此，那……沈將軍的家眷可曾都接來洛陽？」

「家眷？」沈槐朝周靖媛瞥了一眼，正好她也在朝他看，兩人目光一碰，趕緊都掉過頭，心中不覺泛起細小的漣漪，頓了頓，沈槐才答道，「沈槐自小父母雙亡，是叔父將我撫養長大，如今家中只有叔父和堂妹兩個人。」

周靖媛聽到這裡，情不自禁地鬆了口氣，舉目一看，周府就在前面。她扭頭朝沈槐嫣然一笑：「我家到了，沈將軍就送到這裡，請回吧。」

「好，沈槐告辭。」

沈槐衝她抱了抱拳，掉轉馬頭正要離開，卻聽到周靖媛在身後輕聲道：「沈將軍，謝謝你陪我回家……和聊天！」

沈槐回頭再看時，周靖媛的倩影已消失在周府的黑漆大門中。

在熙熙攘攘的街道上駕馬徐行回狄府，沈槐的心情有些沉重。那對遠在金城關外的父女，他迄今為止生命中最親的兩個人，他既深深思念著，又常常刻意迴避。周靖媛的話，讓他不得不直面自己的牽掛：這個新年，不知道他們過得好不好？

沈槐和周靖媛離開後，狄仁傑便帶著宋乾出了天覺寺後院的角門，來到與天覺寺相連的院子中。這座院落規模不大，極為清靜，院中草木凋敝，屋舍陳舊，十分蕭瑟。

宋乾四下張望著，好奇地問：「恩師，這些屋舍看似是禪房，可又不在天覺寺內，到底是個什麼所在？」

狄仁傑道：「宋乾啊，你可知道天覺寺是大周朝廷特定的藏經譯經的寺院？」

「學生有所耳聞。」

狄仁傑又道：「大周藏經譯經的寺院共有十餘所，天覺寺只是其中之一。這個地方便是天覺寺藏經和譯經的地方，叫做譯經院，譯經的人中有僧人，也有些俗家子弟，所以並不設在天覺寺的院內。譯經院雖附屬天覺寺，但其實是歸鴻臚寺統一管理的。」

「原來如此，學生受教了。」

正說著，二人來到了院子中央最大的一所禪房前，禪房門前已然站立了位鬚髮皆白的僧人，雙目微瞑，兩手合十朝二人行禮道：「二位施主，老僧這廂有禮了。」

狄仁傑猛地一愣，盯著這個老僧看了半天，趕上去緊握住他的雙手，熱淚盈眶地道：「了塵，是我啊。幾年不見，你怎麼老成這個樣子了？」

那了塵也緊握狄仁傑的手，哽咽半晌，才歎口氣道：「是懷英兄啊，好久不見，好久不見啊。了塵知道你操勞國事，殫精竭慮，真是太不容易了。今天怎麼得閒過來？」

狄仁傑連連搖頭，端詳著了塵失神的眼睛，突然叫道：「了塵，你的眼睛？」

了塵慘然一笑：「已經完全看不見了。唉，看不見也好，眼不見心就更淨了。」

狄仁傑默然，站在原地發呆。還是了塵招呼道：「懷英兄，今日你不急著走吧，不急著走就請屋裡坐，咱們好好聊聊，難得啊。還有那位施主……」

狄仁傑這才想起來，忙給了塵和宋乾互相做了介紹。宋乾才知道，這位了塵大師是譯經院的掌院大師，亦是狄仁傑多年的好友，近年來狄仁傑忙於國事，很久沒有過來走動，卻不料了塵多年的眼疾惡化，已幾近失明了。

在了塵素樸的禪房內，三人枯坐良久。狄仁傑的心情異常沉重，半晌才長歎一聲，道：「了塵大師，我近來常常會憶起往事，尤其是我們幾人初次相遇時的情景。」

了塵頷首：「我也一樣，自雙目失明以來，我的眼前常常出現的，除了無止境的黑暗外，便都是三十多年前的事情，那一切竟都歷歷在目，宛如昨日。懷英兄，還記得曹丕那首感念建安諸子的〈于吳質書〉嗎？」

狄仁傑苦笑，低沉著聲音唸起來：「昔日遊處，行則同輿，止則接席，何嘗須臾相失！」

他的聲音顫抖著，唸不下去了，了塵接著吟誦：「何圖數年之間，零落略盡，言之傷心……追思昔遊，猶在心目，而此諸子化為糞壤，可復道哉！」唸到最後幾個字，他的聲音悽愴，幾近慟哭。

宋乾驚懼地發現，淚水在狄仁傑的眼中凝集閃動，只聽他喃喃道：「了塵啊，這麼多年我都不願去想的事情，最近卻老是在腦中徘徊。多少次夢裡，我又見到他們，汝成、敬芝，還有……她。」

了塵低著頭，緩緩吐出兩個字：「郁蓉。」

聽到這個名字，狄仁傑渾身一震，臉上的神情倏忽間愛恨交織，終於呈現出無限的悽愴，他重複著一遍遍地唸道：「郁蓉，郁蓉……」

往事，就這樣輕輕掀起落滿塵埃的面紗，朝他們走來，並將最終把他們拖入自己的懷抱，一起墮入到命運的無邊輪迴之中。

第六章　曇花

那是整整三十四年前，唐高宗乾封元年，仲夏。

狄仁傑時年三十六歲，在河南道汴州判佐的任上恰滿十年。顯慶元年明經中第以後，他便被派放到這個位置，成了大唐一名從七品下的地方官。初涉宦海，這個起步不高不低，但是狄仁傑很滿意，作為一個意志堅定、刻苦實幹而又野心勃勃的年輕人來說，能夠從地方的實際工作做起，積累經驗，培育耐心，都是個不錯的選擇。在汴州判司這個職位上，狄仁傑歷遷了司功、司戶、司法等各曹參軍的具體職務，最後在法曹參軍的位置上找到了最適合自己、最能發揮才能的一片天地。

仲夏之夜，暮色中總飄浮著夏堇和萱草清幽的香氣，坐在汴州刺史府的衙署中，狄仁傑習慣地翻看手中的案卷，回顧著白天所處理的全部公務。衙署中除了他已經空無一人，狄仁傑從來就是走得最晚的，倒不是為了刻意彰顯自己的勤勞公事，只是慢慢培養起來的習慣，利用這段獨處的時光，來反省自身的行為，保持頭腦的冷靜。這也漸漸成了他每天忙碌之後最大的享受。

呼吸著夏夜清新的空氣，今天狄仁傑頭腦中反覆盤旋著的，是昨天剛收到的恩師閻立本的來信。工部尚書閻立本是朝中重臣，太宗朝起就深得重用，本來是不可能和他這麼個地方小官吏扯上關係的。然世事難料，就在兩年多前，狄仁傑被本胥吏誣告，時任河南道黜陟使的閻立本考察地方吏治來到汴州，便親自處理了這起舉報事件。閻立本可謂慧眼識珠，一番詳細深入的調查之後，不僅認定舉報之事是毫無根據的誣陷，還進一步查明狄仁傑吏治清純，才幹卓著，對他可謂是大加賞識，甚至盛讚其為「海曲之明珠，東南之遺寶」。狄仁傑因禍得福，從此與閻立本結下師生之誼。對於這樣的交往，狄仁傑處理得十分低調，他絕不希望因此而落下趨炎附勢的名聲，即使閻立本對他有特別的提拔和重用之舉，那也只能緣於他自身的才幹和品行。

閻立本回朝後不遺餘力地向朝廷推薦了狄仁傑，到現在事情終於有了眉目。昨天的來信中，閻立本寫道，朝廷可能很快就會任命狄仁傑為并州都督府法曹參軍，雖然職位不變，但并州乃大都督府，其判司均領正七品上，對狄仁傑來說，也算是官升兩級了。更重要的是，并州是李唐王朝的發祥之地，稱為北都，地理位置關鍵，既是大唐面向北方的門戶，也是保護關中地區的屏障，能去并州任職，對狄仁傑來說，確實是從政路上的一大進步。

回味著閻立本信中的字字句句，狄仁傑感到隱隱的快意，從政十年的謹慎和勤懇，終於有了回報。衡量著朝廷吏部的辦事效率，狄仁傑心想，這份調令恐怕也要到年底才能送達。當然，他有足夠的耐心去面對這段等待時期，同時也會盡更大的努力做好眼前的事情。他畢竟已經三十六歲了，最小的兒子景暉剛滿周歲。大鵬的雙翼已足夠堅實，需要一片更廣大的天空去翱翔，在這半年的時間裡，他不會允許自己出一點兒差錯。

同僚徐進的招呼將狄仁傑從沉思中喚醒，他才想起今天還有個夜遊龍庭湖的約會。汴州是個風景宜人的地方，尤其是城西的龍庭湖，湖光山色，清麗婉約，帶著種江南湖泊才有的嫵媚雅趣，每到仲夏，龍庭湖便是城中的風雅人士泛舟湖面，品茗聽曲，賞景會友的最佳去處。汴州的仕人官宦也常常在夏季相約組織此類聚會，作為拉攏各方關係聯絡感情的一種方式。

狄仁傑性情嚴肅，對這類事情本不熱衷，又痛恨某些人拉幫結派結黨營私的作風，所以很少參加這種聚會。但是近段時間，由於受到了閻立本的高看，他反而更加注意和同僚們保持友善，以免給人造成攀附高枝後目中無人的感覺。今晚赴約也是出於這個考慮。

狄仁傑與徐進登上畫舫後不久，船隻駛離湖岸，輕輕飄浮在一池碧水之上，月光如洗灑向湖面，微風輕拂，歌妓的琵琶聲悠揚，還真是令人心曠神怡，為之忘情。船中大半都是狄仁傑的熟人，或坐於艙中品茗，或站在船舷敘談，個個興致勃勃，唯狄仁傑獨自一人來到船尾，默默凝望著水中月亮的倒影，全身心享受著這安寧和孤獨共存的片刻。

突然，寧靜被一陣煩人的喧鬧打斷了。狄仁傑皺眉展目，原來喧鬧聲來自於近旁的另一隻畫舫。那隻船張燈結綵，看上去比狄仁傑所乘的畫舫還要華麗富貴，船頭處聚集了一大幫人，指手畫腳地在討論著什麼，十分激動。兩船相錯，似乎彼此有不少人相互熟識，緊接著本船上也有人開始紛紛議論起來，嘈雜聲越來越大。

畫舫搖晃起來，隨後便乾脆停了下來。狄仁傑聽到船頭人聲中還夾著腳步咚咚，兩船間似乎有人走動。他不想理這些閒事，便繼續待在船尾賞景，耳邊偏偏傳來叫聲：「懷英兄，懷英兄！」

狄仁傑無奈地回身，幾個同僚興沖沖地趕過來，徐進打頭叫道：「懷英兄，隔壁船上有個案子啊，你這位法曹大人該出面了！」

「什麼案子？」狄仁傑問。

「哎呀，你去看了就知道了，快，快！」徐進不由分說，和另外幾人聯手，連推帶搡地把狄仁傑帶到了船頭。一塊踏板搭在兩船之間，還沒等狄仁傑弄清楚狀況，已經被眾人接到了對過的船上。

看到狄仁傑來，圍在一起的人們自動向兩旁閃開，只見人群正中站著兩個人。其中一人長身玉立，錦衣冠帶，風度翩翩，一望便是位出身高貴的公子爺；另一人則形容猥瑣，獐頭鼠目，似乎是個小商販。

旁邊有人在喊：「法曹大人來了！咱們且看看，法曹大人如何斷這個案子！」

人群正中的二人聞言一齊向狄仁傑望過來，那小商販率先搶步上前，撲通一聲便跪倒在地，口中連呼：「法曹大人要給小人做主啊！」

狄仁傑不露聲色地道：「什麼事情，你慢慢地說來。」

這小商販口齒倒挺俐落，很快便將事情的始末說了一遍。原來他叫孟九，是汴州城內最大的玉器鋪子「珍瓏坊」的掌櫃。大約在半個月前，同船的這位貴公子來到了「珍瓏坊」，說要送一件上好玉器給表妹過生日，孟九陪著他挑了半天，竟未選中一件成品，不是嫌玉的成色不夠好，就是雕刻工藝欠缺。最後，孟九無奈之下便建議這位李姓公子乾脆直接選一塊玉石，然後再指定樣式特別加工，便可做出件獨一無二的玉器來。李公子欣然同意，最終挑選了店中最昂貴的一塊極品和闐羊脂白玉，並指定最好的雕匠雕刻成觀音立像。李公子還要求，這尊玉觀音必須要在今天之前完成，因為他表妹的生日就在今日。當時孟九很為難，雕刻觀音立像是個精細活，最少也要十五天的時間，這樣算來，雕像完成的日子就是今天了。雙方最後商定，因李公子要陪著表妹夜遊龍庭湖過生日，孟九只要趕在遊船離岸之前，將剛剛雕刻完成的玉觀音送上船來，便可以趕上趟。李公子當下留了五千錢作定金，剩餘的二萬錢由孟九送來玉觀音後當面給付。

於是這半個月間孟九催促著雕匠日夜趕工，總算在今天上午將玉觀音完成。白天做了最後的細緻加工，並包裝妥當。趁著夜色剛剛降臨，孟九如約來到龍庭湖上的遊船，找到了李公子。李公子很高興，叫來表妹和她的女伴，三人在船頭圍坐，於月光下細細品賞這尊來之不易的玉觀音。三人本來看得十分高興，孟九心中也頗為欣慰，卻不料那表妹的女伴突然指著玉觀音笑個不停，李公子和表妹滿腹狐疑，問了半天，她才說出這觀音的面容很像家裡的三姨奶奶。此話一出，李公子表妹的臉頓時掛了霜，撂下李公子，站起身便和女伴回了船艙。李公子的臉也黃了，氣呼呼地對孟九說要退貨，這孟九哪裡肯幹，一定要李公子收貨付錢，兩人捧著玉觀音互相推搪，突然間李公子一鬆手，玉像在甲板上砸了個粉碎。

見此情景，孟九更要拖著李公子付錢，可李公子卻一口咬定是孟九砸的雕像，不僅不肯付錢，還要孟九連先前的五千定金一起賠出，兩人頓時鬧成一團。船上的其他人等紛紛聚集，七嘴八舌，議論紛紛，遂成一段公案。

狄仁傑靜靜地聽孟九講完，眼睛的餘光早已掃過地上玉觀音的殘肢斷臂，再看那位李公子，鎮定自若地站在一邊，臉上的神氣清朗潤澤，好像說的事情與他完全沒有關係。狄仁傑也不開口，只朝這位李公子微笑點頭，李公子會意，灑脫地向狄仁傑一拱手，朗聲道：「區區小事，竟然勞動了法曹大人，在下愧不敢當。」

狄仁傑還禮：「公子不必客氣，雖是小事，卻也要論個是非曲直。公子對孟九所說的情況，有什麼補充或者不同意見嗎？」

李公子笑了，不慌不忙地表態說，他對孟九前面所說的一切都無異議。唯一的出入就是，他堅稱砸碎玉觀音的是孟九自己。狄仁傑環顧四周，問旁人可有看見當時情景者，都說沒有見到事情的經過，是玉觀音砸碎以後才圍攏來的。

狄仁傑站在原地，默默思索著。突聽船艙內有個女聲在說：「什麼了不起的破玩意兒，把官府都給鬧來了！表哥，我看你就把錢給了那夥計算了。」

李公子朝艙內答道：「表妹少安勿躁，這不是錢的問題。」

船艙裡又傳出另一個女聲，一邊咯咯笑著，一邊道：「不是錢的問題，難道是臉面的問題？那三姨奶奶的臉不是都砸碎了嗎？」

就聽李公子的表妹叫起來：「郁蓉，還不都是你鬧出來的事情，你偏在這裡不依不饒的！我這個生日都讓你給攪了！」

李公子的臉微微泛紅，朝狄仁傑看看。狄仁傑猛見他滿眼的無奈，心中不覺好笑起來。於是便走到李公子的身邊，壓低聲音對他說：「公子，這本是件小事，如今鬧到眾人圍觀，公子還帶著女眷，本官不覺替公子感到尷尬。」

李公子忙道：「法曹大人，我現在也有些亂了方寸，還請大人給個主意。」

狄仁傑皺起眉頭，煞有介事地道：「這個案子要查清楚嘛，本官恐怕還需要些時日。說不定要請公子和二位女眷一起去公堂對簿……」

「啊？」李公子大驚失色，連連擺手，「不可，這萬萬不可。」想了想，他一跺腳，低聲道：「罷了，就算我今天倒楣。法曹大人，這件事情請您不要再追究了，我如數付錢給孟九就完了。」

狄仁傑眼神閃爍，示意李公子先別急，轉身來到孟九跟前，宣佈道：「孟九啊，那位公子已經承認是他砸碎了觀音像，會如原數付錢。」

孟九大喜，跪倒在地就磕頭，狄仁傑擺手道：「不過我看這玉像碎得還都是大塊兒，既然是最好的和闐玉，也不要浪費了。李公子，我倒可以介紹個識玉弄玉的行家給你，讓他把這幾塊完整的玉材，再替你分別做成玉器。」

李公子還未答言，孟九卻臉色大變，欺身上前，諂媚地笑道：「大、大人，還是讓我們『珍瓏坊』再給李公子做吧。」說著，就要去收拾地上的碎玉，狄仁傑一腳攔在他的身前，喝道：「你們把人家的觀音像做成那樣，人家怎麼還會讓你們來做？也不放腦子想想，你拿了錢就趕緊走吧。」

李公子取出錢來，往地上一扔，就進船艙去了。孟九從地上撿起錢來，回身看到狄仁傑捏著塊碎玉左瞧右瞧，孟九的神情越發緊張了，他像是想跑，可身在船上又無處可去。猛抬頭，見狄仁傑朝自己逼近，眼神銳利非常，孟九徹底亂了手腳，慌不擇路地跑下踏板，跳上狄仁傑原來的那條畫舫。狄仁傑一聲斷喝：「把這個人拿下！」

那畫舫中本都是汴州文武官員，正巧有狄仁傑手下的兩個軍曹，不由分說便把孟九推倒在地。

孟九殺豬似的喊起來：「大人為何拿小的啊？小的冤枉！」

狄仁傑面沉似水，隔著船舷，對孟九喝道：「你這個以劣質玉石代替和闐脂玉，妄圖濫竽充數李代桃僵牟取暴利的刁滑小人！事到如今，你還有什麼可說的？」

孟九一聽狄仁傑說出個中原委，立即如爛泥般癱倒在甲板上，再說不出一句話。

李公子聽到動靜從艙中出來，見風雲突變，不禁又是高興又是困惑，連忙向狄仁傑請教。狄仁傑這才正告，據他的推斷，孟九是見利起意，私底下用劣質的偽玉換下了頂級美玉，找人雕成觀音像後，妄圖趁著夜色難以辨別的機會，騙住李公子，然後再攜帶真玉和一大筆錢逃跑。但他萬萬沒想到，李公子表妹的女伴看出來玉像雕刻得粗俗，孟九害怕事情因此敗露，便索性失手打碎雕像，企圖以此來要脅李公子。

李公子聽得連連點頭，好奇地問：「法曹大人，我說這廝怎麼打碎了雕像，又反來誣陷於我，原來竟是這麼回事。可大人是怎麼看出端倪來的？莫非大人會相玉不成？」

狄仁傑大笑：「我哪裡會相玉。我只是察言觀色了一番而已。」

「察言觀色？」

「是啊。首先，我從公子的神態和同女眷的對話中斷定，這些錢對升斗小民十分巨大，但對於李公子來說，恐怕算不了什麼。表妹不喜歡雕像，李公子最多面子上過不去，應該不會為了不付錢而砸碎雕像。可如果是孟九砸碎的雕像，便一定是雕像本身有鬼。所以我便以言語分別激了激公子和孟九，果然公子意欲破財消災，而孟九一聽說我要再找人相碎玉便慌了手腳。從中，我便斷定了事情的始末。」

李公子大為感慨地歎道：「原來斷案還可以這樣子啊。」

狄仁傑微笑：「其實探案真正要靠的是證據。像今日之事，如果拿碎玉去找人識別，也可以查出真相，只是要費些時間。而且難免牽扯到艙內的兩位小姐，所以我便用了點急智。」

李公子笑歎：「攻心之術也是正道，法曹大人用得恰到好處，李某佩服！」

狄仁傑笑而不答，卻將手中一塊華麗的深紫色絨布遞到李公子面前，低聲道：「李公子，這塊布是用來包裹玉像的吧？上頭有李公子表妹的名諱，請公子收好。」

李公子定睛一瞧，這紫紅絨布上果然用金線繡著：「贈賀許敬芝小姐壽誕」的字樣，連忙接過來揣入懷中，不好意思地朝狄仁傑笑笑。

狄仁傑狡黠地問道：「李公子的表妹是汴州長史許思翰大人的千金吧？」

李公子愈加窘迫，一邊點頭一邊歎道：「你這個法曹大人忒是厲害，真是什麼都瞞不過你的眼睛！」

狄仁傑低聲道：「李公子乃至貴顯爵，方才的事情卻並不仗勢壓人，可見是不願在眾人面前顯露真實身分，下官明白。」

狄仁傑作了個揖，轉身欲走，被李公子一把拉住。只聽他笑道：「法曹大人，今日之事多虧大人出手相助，免去了多少麻煩。李某心中敬仰法曹大人的才幹人品，真心想與大人交個朋友。在下李煒，現住城東姨父許思翰的府上，不知道閒暇之時是否有緣聽法曹大人講講探案的心得？」

狄仁傑整肅了表情，壓低聲音道：「果然是汝南郡王殿下，下官剛才多有冒犯，還望殿下見諒！」

李煒連連搖頭，也低聲道：「哎，你可千萬別鞠躬作揖的，整個汴州城除了姨父一家人，誰都不知道我的真實身分。今天就告訴你了，你可得保密！」

狄仁傑忍俊不禁：「是，是，下官謹遵殿下的吩咐。」

李煒沒奈何地搖頭：「狄仁傑大人，你斷案如神的名氣我早聽說了。一直都不信，沒想到今天真撞上了，還讓你識破了我的身分。能不能說說，你到底是怎麼看出來我身分的？」

狄仁傑灑脫地揚了揚眉毛，解釋道：「其實也就是察言觀色這四個字罷了。」

「又是察言觀色？」

「是啊。下官剛才已經說了，殿下的風度氣派本已卓爾不群，絕不是尋常人家出身。再說許敬芝小姐的名諱下官也曾聽說過。那許長史的夫人王氏是蔣王的妻妹，借著這層關係，許長史人前人後老說自己也算是皇親國戚，所以當我一發現李公子的表妹原來是許敬芝小姐時，便大致可以猜出李公子應該就是蔣王殿下的公子，只不過不能確定是不是長公子煒，也就是汝南郡王殿下。」

「所以你就再用攻心之術，誘我自己端出實情？」

「下官不敢。」

「好啊你個狄仁傑！我看你可以改行去當算命先生了！」

二人攀談至此，相互會心而笑，只覺心有戚戚焉。不知不覺中，畫舫已靠上岸邊，狄仁傑辭別李煒，依然從自己的船中上岸。跨上馬背，狄仁傑向前走了幾步，回首再望之際，卻見李煒身邊不知何時出現了兩個窈窕的身影。雖都頭罩面紗，看不見容貌，但這兩位女子的婀娜風姿依然帶出動人心魄的力量，引得岸邊船上的人們紛紛回眸。

狄仁傑催馬繼續前行，走出去很遠，他的脊背都似乎仍被黑色面紗中的目光緊緊追隨著。狄仁傑突然很想知道，那個更高挑些的身影，是不是就是被叫做郁蓉的女伴？她很聰明，一眼看出了雕像的問題，她又很直率，想說就說，一點兒都不給李煒和許敬芝留面子，而這兩個人居然完全不遷怒於她，還給了她最大的縱容……

這個夏夜，清風沁入肺腑，回家的路上，狄仁傑只覺得心情出奇地好。也是從那夜起，狄仁傑與汝南郡王李煒成為莫逆之交。此後，他們常常相約一起登山遊湖、飲酒談天，十分投機，頗有相見恨晚的意思，只是，狄仁傑再也沒有見到過許敬芝和郁蓉，直到半個多月後的又一個夏夜。

早在相識之初，李煒就唸叨著要介紹狄仁傑認識一個奇人，只是久久也不兌現。狄仁傑對這類事情本不熱衷，所以也沒有催促過。這日午後，李煒突然遣人送來封書信，邀狄仁傑晚上共赴一個特別的約會，信寫得語焉不詳神神秘秘，狄仁傑心中頗不以為然，但也不便推託，於是吃過晚飯後，就如約騎馬來到了汴州城南。

城南是汴州城中比較冷清的地區，由於地勢較低，形成了很多天然的低窪積水區域，道路高低不平，馬匹行走較不方便，所以百姓們不愛在此安家。居民住戶少了，空出來的地方就很大，比較適合修建特別大的庭院，因此城南最多的是道觀廟宇之類的建築。就算有些住戶，也是些克求清靜，又喜歡寬敞的人士，往往一戶宅院就佔上好幾十畝地，屋後還開闢個花圃菜園什麼的，倒是別有一番野趣。

狄仁傑趁著清朗的暮色，信馬由韁，來到城南最大的道觀「賢午觀」的門前，遠遠便看到李煒也騎著匹高頭大馬，正在那裡轉悠著等人。

見到狄仁傑，李煒喜不自勝，趕忙迎上前來：「懷英兄，快，就等你了。」說著撥轉馬頭就要走。

狄仁傑攔道：「你先別忙啊，咱們這是去哪裡？」

「哎呀，去了就知道了！今天我要讓懷英兄看到世間少有的奇人奇景！」

狄仁傑索性不再追問，就跟著李煒一路向前，七繞八拐又走了一陣，眼前出現了座闊大的院落，白牆黑瓦連綿不斷，一下子竟看不出來佔地幾何，可見是夠大。狄仁傑心中也不由暗暗納罕，怎麼自己在汴州任職十年了，竟從來不知道還有這麼個地方？更令人覺得稀奇的是，一到這個院落附近，鼻中就聞到股恬悠的花香，這花香若隱若現地在空中飄浮，無從分辨是何種花卉的香氣，只覺得清新淡雅，又神秘誘人。

沿著院牆走了一段，面前出現個黑漆小門，李煒上前打門，來了個家人將他二人迎入院內。一進院子，狄仁傑不禁大吃一驚。只見滿院之中，除了甬道、房舍和亭台水榭，剩下的所有地方都是各種各樣的花木，有直接栽種在泥地中的，有盆栽水培的，還有層層疊疊攀繞在藤架上下的。有些花朵盛開，有些含苞欲吐，還有些只見盈盈的綠葉，但在如洗的月光之下，無一不呈現著動人的嬌姿。狄仁傑這才明白剛才所聞到的香氣就是從這裡來的，如此多的花木之香混雜在一起，難怪分辨不出品種來。

李煒朝花叢中招呼：「汝成兄，汝成兄！我們來了。」

狄仁傑借著月色仔細辨認，方見到一人從影影綽綽的花叢中探出身來，待他站到面前，才看出來其身材也頗為高大挺拔，一襲素樸的藍色長袍，為了勞作方便，下襬掖在腰間，沒有戴帽子，面容清秀，五官端正，神態尤其溫和謙恭。

李煒忙著給二人介紹：「汝成兄，這位就是咱們汴州府的法曹大人，狄懷英，號稱斷案如神的，便是他；懷英兄，這位便是謝汝成，我一直要引薦給你的一位奇人。」

狄謝二人慌忙見禮。狄仁傑看這個謝汝成大約三十來歲的年紀，舉止文雅而質樸，一句寒暄恭維的話也不說，就要把狄仁傑和李煒往裡面讓。

李煒抬起手往兩人中間一攔：「二位且慢，還有些時間，咱們無須著急。今天機會難得，我倒要考考懷英兄。」

狄仁傑一愣：「考我什麼？」

李煒得意洋洋地笑道：「就考你能不能猜出汝成兄奇在何處？」

狄仁傑尚未答言，謝汝成反倒急得面紅耳赤，低聲道：「李煒兄，你這又是要拿我做耍？」

李煒拍著他的肩：「少安毋躁，少安毋躁。只不過和懷英兄開個小玩笑，咱們且看看懷英兄察言觀色的本領嘛。」

狄仁傑頷首：「看來上回在船上我套出了你的身分，郡王殿下是記仇至今啊。也罷，今天我便再試一試。」說著，他煞有介事地把謝汝成從頭到腳，又從腳到頭地打量了好幾遍，這才悠悠然地開口道：「我在汴州任職十年，從未聽說過城南還有這麼大一所莊園，不知道汝成兄在此居住多久了？」

謝汝成趕緊回答：「汝成此前久居建康，一年多前才遷居於此。這所莊園是汝成來了以後才買地新建的，所以懷英兄尚未及聽說。」

狄仁傑頻頻點頭，又道：「汝成兄建了這麼大所宅院，就是為了侍弄花木嗎？」

謝汝成慌忙答道：「也不盡然，我生性喜歡寬敞，何況家中還有些個收藏，都需要地方安置。」

「哦？什麼樣的收藏？」

「也就是些典籍、歷代器物……莫如汝成現在就領懷英兄去看看？」

「好，汝成兄請前帶路。」

二人說得起勁，就要往後院走，李煒趕緊拖住謝汝成，衝狄仁傑無可奈何地笑道：「懷英兄，你這分明是欺負老實人嘛。」他又轉向謝汝成，「汝成兄，我還真沒見過你這樣的，頭一次見面就把老底都掏出來。懷英兄是信得過的，若換成個不懷好意的，我看你性命都堪憂啊！」

謝汝成憨憨地答道：「我平日從不與外人交往，何來不懷好意之人？懷英兄是你帶來的朋友，我當然以誠相待。」

狄仁傑聽了哈哈大笑，連連讚道：「汝成兄這才是真名士自風流，如果狄懷英沒有猜錯的話，汝成兄應該是陳郡謝氏之後吧？」

李煒擊掌大樂：「懷英兄啊，我服了，我徹底服了！」

狄仁傑含笑反問：「有什麼好佩服的？謝氏後裔中有不少常居建康的，又自恃名士風流，不屑與俗人為伍，常寄情於山水花木，或者埋首於器物收藏，我只不過是據此做了個推斷。」

謝汝成朝狄仁傑恭恭敬敬地作了個揖：「懷英兄好學識，果然非常人可比。」

三人說說笑笑，一齊往後院而去。狄仁傑想起李煒方才的話，便問：「汝成兄這裡今夜有什麼奇景給我們看嗎？」

謝汝成與李煒相視而笑，卻不答言，只是把狄仁傑帶過後院的月洞門，進入個幽靜的小院子，三面環水的小小空地上，只有一株綠葉舒展的植株，獨自佇立在蒼白的月色之下。狄仁傑再見多識廣，這時也忍不住驚呼起來：「優曇缽花！」

謝汝成凝視曇花，輕聲道：「我花了一年多的時間栽培，日夜都不敢有絲毫疏怠，算來今夜她必會盛開。」

狄仁傑到此時方才恍然大悟，原來李煒所說的奇景便是世所罕見的曇花一現。圍著這株優曇缽花，三人團團而坐。李煒忽道：「汝成兄，時間不早了，我去叫敬芝表妹和郁蓉過來吧。」謝汝成道：「你把她們送來以後，我就請她們到這院子裡的蘭軒中了，一直坐在裡面喝茶閒聊呢。」

他的話音剛落，就聽蘭軒中傳來清脆的笑聲：「表哥，我們在這裡呢。」另一個聲音嬌嗔道：「還要等多久啊？她到底什麼時候才會開呢？」

謝汝成垂首囁嚅道：「快了，快了。」

李煒長長地舒了口氣，謝汝成和狄仁傑看著他好笑。

夜空中，月亮越升越高，水銀般的光輝潑灑在滿池睡蓮之上，碧綠的蓮葉，粉紅的花瓣，都罩上層如夢如幻的柔紗。仲夏之夜的寂靜，是交匯著各種聲響的寂靜。凝神細聽，枝葉在輕風中婆娑舞動，蛙蟲在草葉間跳躍鳴唱，還有自蘭軒裡傳來的窸窸窣窣的聲音，似乎是女子衣裙擺動，又有輕言細語如雛雀呢喃，在夜色中一閃而過。

但是，當曇花驟然綻放的瞬間來臨時，周遭一切令人心曠神怡的情境便都在大家的眼前耳邊消失了，只有絕世的綺麗時刻凸現在面前：原本低垂的絳紫色花筒慢慢抬起，像在尋覓，又像在期待，包裹著花朵的外衣徐徐打開，潔白如雪的花瓣一片片地伸展出來，在月色的映襯下更顯出非凡的嬌麗。彷彿是強抑嬌羞，又彷彿是難耐痛楚，這綻放中的優曇缽花，從株幹到花蕊的每一處都在輕輕顫動，陣陣幽香隨之四溢，頓時掩蓋了其他所有的花木芬芳，肺腑中只餘皎潔的清涼，勾魂攝魄。

大家情不自禁地看呆了，嗅癡了，入夢了，失魂了。時光飛逝，好像就在突然之間，怒放的花瓣已現焦黃，花枝顫抖得更加劇烈，還未等大家回過神來，雪白的花瓣已經開始翩翩凋零，如其盛開一般地迅速而決絕。狄仁傑自認從來不是個多愁善感之人，他所追求的事業也不允許他有那許多虛幻的情懷，但即便如此，面對這樣轉瞬即逝的絢爛，他也不由得自心中感到絲絲隱痛，為美之脆弱和生之短暫而發出深深的歎息。

圍坐花邊的三人尚在莫名傷懷中，突然間，蘭軒的門被推開，一個纖細高挑的身影奔出來，直跑到曇花旁邊，顫抖著伸手去觸摸那凋零中的花瓣，帶著哭音喃喃：「她謝了，就這樣謝了……」

又一個身影隨後從蘭軒中跟出來，將哭泣中的姑娘緊緊摟入懷中，安慰著：「郁蓉，小傻瓜，瘋丫頭！你哭什麼呀？本來就是曇花一現嘛。早知道你看花都會看傷心，就不帶你來了……」

李煒也驚跳起身，走過去一邊安慰著，一邊將兩個姑娘送回蘭軒。謝汝成和狄仁傑待在原地，面面相覷，事情發生得太快，根本來不及看清楚兩個姑娘的面貌，但是狄仁傑卻在心中感到一絲莫名的喜悅：他的猜測是對的，高挑身量的果然就是郁蓉。雖然對她的面容只是驚鴻一瞥，但那雙黑白分明的眼睛，和兩行閃著珍珠般光澤的淚痕，卻異常清晰的印在了他的心中，從此再也不曾忘記過。

時隔三十四年，當狄仁傑回首往事的時候，記憶總是被他刻意地終止在這個曇花一現的仲夏之夜。如果當初的故事就此結束，沒有後來所發生的一切，那麼他今天的回憶就不會有撕心裂肺的痛楚，而將只有悠遠的浪漫氣息投射到垂垂老矣的心靈之上，那該是多麼美好的享受啊。可惜事與願違，人生總是不能按照最完美的途徑運轉，反而常常誤入歧途，給人們帶來終生的遺憾和痛悔。

新年假期很快就過去了。聖曆三年的正月初八，重新開始執事的鴻臚寺卿周梁昆大人來狄府拜訪狄仁傑，身邊帶著新近剛剛擢升為鴻臚寺少卿的尉遲劍。寒暄之後，狄仁傑請周大人和尉遲大人到書房敘談，進書房的時候，他刻意落在後面，悄悄囑咐了沈槐幾句話。沈槐專注地聽完吩咐，立即轉身出門去了。

狄仁傑等在書房落座，先談了談新年慶典的過程，周梁昆熱情洋溢地表達了對狄仁傑的感激和敬佩，狄仁傑意態闌珊地聽著，只是含笑不語。隨後，狄周二人又交換了對鴻臚寺今後安排的看法，狄仁傑也稍稍恭賀了尉遲劍的升遷之喜，尉遲劍忙不迭地鳴謝二位大人，滿臉的誠惶誠恐。

聊了一會兒，狄仁傑話鋒一轉，突然問道：「關於劉奕飛大人的案子，周大人可知道大理寺那裡有否進展？」

周梁昆愣了愣，乾笑著道：「倒沒有聽說有什麼進展，假期才過，想必大理寺那裡還需要些時日查案。」

狄仁傑不露聲色，又轉向尉遲劍問：「尉遲大人，本官年前託付你清查四方館的貢品帳冊，可有什麼結果？」

尉遲劍拱手道：「回狄大人，歷年來各國的進貢之物數量實在龐大，下官過年這幾天忙於新年慶典之事，也抽不出時間去做徹查，只能將最近一年的貢品和帳冊做了查對，目前看來沒有什麼問題。下官也已經回稟了周大人，從明天開始，周大人會多派些人手來協助卑職繼續盤查。」

周梁昆訕笑著發問：「狄大人您看這麼安排還可以嗎？說實話，梁昆也早就想清點四方館的貢物收藏了，只是工作量太大，鴻臚寺又總有更緊急的事務要處理，就耽擱下來了。」

狄仁傑默默頷首，飲了口茶，悠悠地道：「這些事情就由周大人來安排罷，很好。本官也只是在鴻臚寺大堂內看見那些珍罕的貢物後，從內心深感四方館保管貢物的責任重大，才有此建議。既然周大人早就做此打算，咱們也算是英雄所見略同了。」

周梁昆的臉從灰白中泛出紅色，口中連稱：「梁昆慚愧。」

狄仁傑突然頗有興致地問：「周大人，四方館替朝廷保管著這麼多珍貴的貢品，還時有進出，本官倒是很想知道，你們是如何管理來確保萬無一失的呢？」

周梁昆愣了愣，略一猶豫，轉頭對尉遲劍冷冷地道：「尉遲少卿，莫如由你來給狄大人描述一下我們四方館的規矩？」

尉遲劍慌忙點頭，謹慎地答道：「是。狄大人，四方館對所有貢物的進出，一直都採用雙人複審的方式，也就是由鴻臚寺正、少二卿共同來執行和控制這個過程，因此可以保證沒有任何一人有權單獨處理貢物。」

「哦？」狄仁傑瞇起眼睛，若有所思地微笑道，「這倒是頭一次聽說，尉遲少卿可說得更詳細些嗎？」

尉遲劍正要繼續往下說，突然想起什麼，從懷裡掏出個本子來，雙手呈給狄仁傑：「狄大人，下官身上恰好帶著本四方館的貢品冊子，請狄大人邊看，下官邊解釋。」

狄仁傑滿臉堆笑：「啊？如此甚好，甚好……」似乎無意間，他的眼角掃到一旁端坐的周梁昆，只見他臉上白一陣青一陣，眼神游移，不知道在打什麼主意，看上去非常緊張。

尉遲劍渾然不覺上司的異狀，只全心全意要把事情呈報清楚，他站到狄仁傑身邊，指著帳冊說：「狄大人請看，所有的貢品在入庫之前，都由少卿劉奕飛大人記錄在冊，註明貢品的來源、日期、品相、外觀和收藏在府庫的具體地點等等。正卿周大人核對無誤之後，簽上名字，一件貢品才算正式入庫。如果貢品被徵用、借出，或者被聖上收納，也要同樣由劉大人在貢品的紀錄旁邊註明其去處、出庫日期和理由，再由周大人審核後簽了名，貢品才能出庫。因此，所有的出入都是二位大人共同執行的，一旦發生意外，可以相互對證。」尉遲劍侃侃而談得興起，完全沒有注意到周梁昆的臉色已經越來越難看了。

狄仁傑卻聽得津津有味，一邊小心地翻閱著帳冊，還伸出手指在上面點點戳戳。他指著其中的一條問尉遲劍：「這件貢品旁的批註是聖曆元年置換入鴻臚寺正堂擺放？就在十多天前歸還入庫？」

尉遲劍仔細看了看，點頭道：「是的，這柄南詔進貢的浪人劍是前年放入鴻臚寺正堂的，去年年底，哦，也就是十多天前，劉奕飛大人更換貢品的時候才歸還入庫的。」

狄仁傑皺眉道：「可是歸還入庫的時候，怎麼就只有劉大人一個人的簽名？」

尉遲劍答：「哦，如果是出借歸還的貢品，就只要劉大人驗看後簽字認可就行了。」

「這又是為何？」

「這個……下官也不太清楚，我想可能是因為貢品本身已經經過查驗在冊，歸還的時候就把手續省儉了。」

狄仁傑把疑問的目光投向周梁昆，後者趕緊低頭，擱在膝上的雙手不停地張開又捏緊。

狄仁傑想了想，將帳冊還給尉遲劍，正要開口說話，狄忠來報，沈槐和宋乾一起過來了。話音未落，沈槐和宋乾氣宇軒昂地踏入書房，向狄仁傑以及二位鴻臚寺卿見禮如儀。這廂周梁昆忙忙地起身，口稱官署事務繁多，就要告辭。

狄仁傑微微一笑道：「煩請周大人再留片刻，本官還想與周大人探討一下劉奕飛少卿的案子。正巧，大理寺卿宋乾大人也在這裡，機會難得。不會耽誤周大人很長時間的，尉遲大人可以先去處理公務。」

尉遲劍詢問地看看周梁昆，周梁昆不耐煩地朝他揮揮手，尉遲劍趕緊識相地退出了書房。狄仁傑又朝沈槐使了個眼色，沈槐也起身出門，順手關上書房門。房內只餘下狄仁傑、宋乾和周梁昆三位當朝三品大員，默然相對，氣氛緊張而沉重。

周梁昆如坐針氈，等了很久，才聽見狄仁傑悠悠地開口道：「關於劉奕飛大人的死，梁昆有何要說的嗎？」

周梁昆苦著臉搖搖頭，乾脆連嘴都懶得張了。

狄仁傑抿了口茶，淡淡地道：「本官這裡倒有些話要說。」頓了頓，再度瞥了一眼周梁昆慘白的臉色，狄仁傑繼續道：「本官一生中斷案無數，見過各種大案小案奇案怪案。要是把劉奕飛大人的案子歸個類的話，恐怕可以歸入怪案。那麼，這怪在何處呢？怪，就在於其相關的線索似乎都要把這件案子引入幽冥一類！」

宋乾贊同地道：「是的。案發現場雪地上的血跡，一路畫出『死』的字樣，還有周大人所說的，在劉大人死後，周大人向前奔跑時身後的腳步聲和耳邊的『生』『死』的聲音，都令人聽之悚然。本官在案發地點勘察時，除了周劉二位大人的足跡之外，沒有發現任何其他足跡，同樣十分詭異。種種跡象，似乎都在指向冥冥之中！」

狄仁傑輕哼一聲：「指向冥冥之中？呵呵，也許這算是一種看法。但是如果我們換一個角度去想，又會發現什麼呢？首先，雪地上的血跡，完全可以是人為滴上去的，隔一段路畫個『死』字，也不是件很困難的事情吧？至於周大人奔跑時候所聽到的腳步聲和耳語聲，則完全是周大人的一面之詞，假使本官說這都是周大人臆造出來的，想像出來的，甚至是編造出來的，周大人是不是有足夠的理由來反駁我呢？」

周梁昆轉動著眼珠，臉上的汗珠已經開始往下淌了，但仍然緊咬著牙關低頭不語。

狄仁傑冷冷地注視著他，繼續道：「今天我請大理寺卿宋乾大人過來，是為了有個見證人。現在這書房裡面就只有我們三人，不算正式的審案，本官還是希望能與周大人開誠佈公地談談。我方才說了，有關幽冥的種種跡象，看似蹊蹺詭異，實則疏漏百出，實不足道也！」

周梁昆嚅動著嘴唇，似乎想說什麼，卻又嚥了回去。

狄仁傑也不理會，接著往下說：「根據宋乾大人對劉大人屍體的分析來看，劉奕飛是被人從背後用匕首捅死了。哼，這個殺人的方式反過來驗證了幽冥之說的虛妄。難道鬼怪殺人還需要用人間最普通的兇器嗎？殺人之後，兇器被扔在了發生兇案的宮牆之外，並有足跡逃至宮城南邊的洛水邊消失，因此直接的推斷便是兇手殺人後越牆逃走。但這時候另一個問題出現了，兇手只有逃走的路徑，卻沒有來到案發現場的途徑，我和宋乾曾經分析過，不論是越牆而入，還是事先進入宮城後等待在案發的甬道旁，都有其不合理之處，那麼這個兇手究竟是怎麼來到宮城裡，又怎麼恰好在周劉二位大人經過那條甬道去東宮的時候，等在甬道之間，並恰好殺死了劉大人再翻牆逃跑的呢？」

說到這裡，狄仁傑突然和顏悅色地看看周梁昆，問道：「周大人，聖上授權太子主持新年慶典，本該由你去向太子彙報準備情況的，怎麼劉大人也會與你一起去呢？」

周梁昆神情木然地答道：「那日本官突感身體不適，便叫上劉大人與我一起去。」

「所以這是一個臨時的決定咯？」

「是臨時的。」

「那麼兇手就更不可能事先就知道二位大人會一起去東宮，從而等待在那裡殺人！」宋乾越聽越糊塗了，不由脫口問道：「恩師啊，這麼說了半天，學生怎麼愈加摸不著頭腦了？又不是幽冥，兇手又不可能未卜先知，那劉大人到底是怎麼死的？」

狄仁傑抬高聲音，正對著周梁昆道：「周大人，本官希望聽到你來回答這個問題！」

周梁昆面如死灰，一把山羊鬍子不住地顫抖著，隔了半天才擠出一句：「本、本官不明白狄大人的意思，本、本官回答不了這個——」

「行了！」狄仁傑晴天霹靂似的低沉吼聲，把周梁昆震得全身上下都哆嗦起來。

宋乾驚詫不已地看著這二人，似乎開始有點兒明白發生什麼事情了。

狄仁傑努力平息了下心情，換上稍稍平緩的語氣道：「梁昆啊，初四那天本官去天覺寺進香，還碰上了府上的千金靖媛小姐。她告訴我每個新年都要去寺裡進香，為周大人祈求福壽安康。梁昆真是個有福氣的人，身邊有如此孝順乖巧的女兒繞膝承歡，誠讓本官羨慕不已。」

「狄大人！我、我……」周梁昆終於嗚咽著叫出聲，「大人救救梁昆吧。」

狄仁傑長歎一聲，示意宋乾把哆嗦著就要拜倒在地的周梁昆攙回到椅子上坐好，低沉地道：「周大人請將實情和盤托出，是非自有天理公道，非我狄仁傑個人能夠臆斷。當然，周大人應該知道我狄仁傑從來不是食古不化，拘泥條文的人。我，還懂得酌情處理這四個字。」

周梁昆聽了狄仁傑這番話，本已絕望的眼神才重新煥發出一點點神采，他努力振作了下精神，開始敘述：「狄閣老，宋大人，其實剛才狄閣老問起四方館貢品收藏的規矩時，我便知道，狄閣老心中對劉大人的死，已經有了計較。只可歎我還心存僥倖，兀自不肯理會狄閣老幾次三番拋給我的機會，實在是辜負了狄閣老的一番苦心。梁昆無地自容啊。事已至此，我也只有如實供述，至於如何處置梁昆，也就憑閣老一句話了。」

狄仁傑毫無表情地點了點頭，周梁昆嚥了口唾沫，繼續道：「狄大人，事情要從一個多月前說起。當時，劉奕飛像往年一樣來請我示下，看從四方館中換出哪些新鮮的貢物陳列在鴻臚寺正堂。往年這些事情都是劉奕飛一手操辦的，這次我卻一時興起，讓劉奕飛陪著親自去四方館看了看。萬萬沒有想到，這一看卻看出了個天大的問題！我當時拿著前年的貢品帳冊，無意中查對了一件紀錄上已經還入四方館的貢品，卻遍尋不著，我便起了疑。於是又抽查了其他若干件據記載曾被調出過四方館的貢品，結果卻令我大為震驚！紀錄上已經歸還，而事實上根本沒有還回來的居然十之有三四。這豈不是意味著每年都有為數不少的大周寶物，從我鴻臚寺四方館無端流失，還從未有人發覺？我急了，立即找劉奕飛查問。這廝起初還百般推搡抵賴，可貢品進出從來只經過他手，他怎麼可能不知道？最後他發現瞞不過去了，終於承認說，自從他開始負責四方館的這幾年來，他每年都會趁著貢品出借或者陳列的機會，貪墨下其中數件，由於貢品歸還的時候只有他一個人的簽字，所以操作起來十分方便。只要沒有人對所有的貢品進行查對，就發現不了這個問題。」

宋乾聽到這裡，震驚之餘不由插嘴道：「可是四方館的管理上，怎麼會出這麼大一個漏洞呢？周大人，你這個鴻臚寺卿也未免太疏忽了吧！」

周梁昆苦笑道：「宋大人譴責得太有道理了。當時，我聽完劉奕飛的一番話，心中的惶恐和憤怒簡直無法用言語來形容。怪只怪我對他太過信任，將歸還貢品的過程全部交給他負責。其實說到頭來，還是我從來就不相信有人真的會打這些貢品的主意，要知道這可是欺君之罪，要凌遲處死的啊。」

狄仁傑此時方冷冷地插話道：「可惜周大人忘記了『人為財死，鳥為食亡』的道理，只要誘惑足夠大，這個世上從來都不乏鋌而走險之人。」

周梁昆重重地歎息道：「狄閣老說得太對了，只歎等梁昆明白這個道理，大禍已經釀成了。」

宋乾急問：「那周大人既然發現了劉奕飛的罪行，為什麼不及時上報朝廷呢？」

狄仁傑冷笑道：「宋乾啊，你覺得周大人如果就這樣上報了朝廷，他自己能脫得了干係嗎？」

宋乾愣住了。周梁昆頻頻點著頭，滿臉苦澀地道：「狄閣老真是一針見血啊。我當時氣得幾乎昏了頭，立即拉著劉奕飛就要去吏部，可是劉奕飛隨之的一段話卻讓我頓時渾身冷汗，完全洩了氣。劉奕飛說，四方館的貢物進出從來就是鴻臚寺正、少卿兩個人共同的職責，如果貢物出了問題，兩個人誰都不能免責，這是原則。因為貢品的進出都有我的簽字，誰都不會相信偷盜貢品是他一人所為，而我完全不知情。」

宋乾皺眉道：「可是歸還貢品確實只有他一個人核對簽名啊，這扯不上你吧？」

周粱昆苦笑著搖頭道：「話雖如此說，但是這個授權也是我給他的，如果他反咬一口說是我主謀盜取貢品，又要他簽字承擔責任，我也沒有確鑿的證據可以反駁。別人反倒會懷疑我授權劉奕飛的目的究竟何在。另外，這廝為了將我拖下水，早有預謀，在帳冊上捏造了若干條子虛烏有的貢品名錄，還仿製了我的簽名。這些貢品本就不存在，如果有人來查對的話，還是都要落在我和劉奕飛兩個人的身上，而我卻是百口莫辯吶。」

狄仁傑點了點，沉著地道：「因此周大人你就起了殺心？」

周粱昆低頭不語，良久才重重地歎了口氣：「我不願被劉奕飛脅迫，任他繼續恣意妄為，監守自盜，偷取珍貴的貢品，但上報朝廷，我又實在沒有勇氣。思之再三，別無良法，我才痛下殺人的決心。」

宋乾大聲喝問：「周大人？難道你不知道這叫私用極刑，也是欺君啊？」

狄仁傑忙朝他使了個眼色，宋乾這才氣鼓鼓地住了口。狄仁傑緩緩道：「因此臘月二十六日夜間，你假意要求劉奕飛與你一起去東宮，在黑暗的甬道中間刺死了劉奕飛。為了偽造外人進入宮城作案的現場，你翻越宮牆，將匕首扔在牆外，又一路奔至洛水旁，隨後再踏著原來的足跡返回甬道，做出驚恐萬狀的模樣，跑向賓耀門呼救。我說的這個過程正確嗎？」

周梁昆感慨萬狀地回答：「絲毫不差！狄閣老，梁昆無話可說了。」

狄仁傑依然面沉似水，想了想又問：「那麼跟隨在你身後的血跡和雪地上的『死』字，也是你特意佈置的？」

周梁昆道：「是的。我將袍服的袖子浸透血跡，一路跑一路滴，並留下『死』字，都是為了故意引向幽冥之說，從而混淆視聽，干擾辦案。」

宋乾問：「所謂腳步聲和耳語聲？」

周梁昆道：「也都是我臆造的。」

狄仁傑突然問：「周大人，你怎麼會想起來假託『生死簿』呢？」

周梁昆一愣，轉了轉眼珠，方才答道：「年關以來，神都屢有幽冥之使憑『生死簿』索命的謠言，連小孩唱的歌謠都編成了相關的內容，我便想到了假託生死簿，實是無奈之舉。」

話說完了，書房裡面驟然安靜下來，周梁昆彷彿也放下了心理的重負，滿臉木然地坐在椅子上，只是發呆。宋乾焦急地盯著狄仁傑波瀾不驚的臉，猜不透這位恩師在想些什麼。

過了許久，狄仁傑終於長長地吁出口氣，低聲道：「周大人，鴻臚寺公務繁雜，本官就不多留你了，請回吧。」

周梁昆猛地哆嗦了一下，抬起頭，詢問地看著狄仁傑。

狄仁傑疲憊地微笑著，揮手道：「本官有些倦意，老了，不中用了。宋乾啊，你替我送送周大人。」

宋乾站起身來，猶豫再三，看狄仁傑掉頭喝茶，完全不理會其餘二人了，這才冷著臉招呼道：「周大人，請吧。」

周梁昆張了張嘴，發不出聲音，朝狄仁傑一揖到地，隨宋乾離開了書房。

送走周梁昆，宋乾剛返回書房，便急不可耐地發問：「恩師，您就這麼放過周梁昆了？」

狄仁傑淡淡一笑，問：「宋乾啊，你相信他方才所說的那些話嗎？」

「啊？」宋乾愣住了，皺眉道，「聽上去嚴絲合縫，沒有什麼破綻。而且他都承認了殺人罪行，還有必要說謊嗎？」

狄仁傑搖搖頭：「劉奕飛是他所殺，這一點毋庸置疑，他根本沒辦法否認，承認罪行是唯一的選擇，這我早就料到了。問題是殺人的動機。宋乾啊，其實你仔細想想就會發現，他所說劉奕飛偷盜貢品的罪責，他自己確實是擺脫不了干係的。就算他剛才的那一大通供述，仍然只是他的一面之詞，沒有任何佐證。如果我堅稱說周梁昆就是和劉奕飛合謀盜取貢品，由於某種原因起了內訌，才為自保而殺了他，你覺得有什麼破綻嗎？」

「這……」宋乾無言以對，想了想，又忙道：「既然如此，恩師您為什麼還要放他走呢？難道，難道不該把他立即收押，徹底查清楚事實的真相嗎？」

狄仁傑笑著搖了搖頭，拍拍宋乾的胳膊，示意他坐下，才慢悠悠地道：「收押就能查清楚事情真相嗎？手上沒有進一步的證據，就只能靠嚴刑逼供。周梁昆年事已高，弄不好就死在刑台上，他又是朝廷重臣，鴻臚寺新年節期時缺少他的管理，已是傷筋動骨，所以我看收押他不僅於事無補，只能適得其反。」

宋乾無奈地道：「可是恩師，那這案子就沒法辦下去了嗎？」

狄仁傑輕歎口氣，安慰道：「當然要辦下去，只是不能用尋常的手法。周梁昆要麼與貢品丟失無關，那他手刃劉奕飛，雖說做法欠妥，但情有可原，我不建議繼續追究。如果他實際上是偷盜貢品的主謀，那麼從現在開始，他也絕對不敢再輕舉妄動，鴻臚寺的剩餘貢品還是安全的。我們現在要做的，就是從暗中密切監視他，一來防止他畏罪潛逃，二來可以繼續蒐集貢品案的相關證據。我剛才已經讓沈槐安排人手了，你盡可以放心。」

宋乾點頭稱是，又猶豫著道：「恩師的安排甚妥，可學生總覺得這樣做——」

狄仁傑輕咳一聲，打斷他的話：「我知道你要說什麼。宋乾啊，鴻臚寺的貢品都是我大周朝最珍貴的收藏，丟失任何一件都令人心痛。我在想，查清楚這些貢品流落到了何處，想辦法把它們重新找回來，這和嚴懲罪犯一樣重要。現在劉奕飛已死，周梁昆是我們唯一的線索，留著他，才有可能尋訪出貢品的下落；而嚴守消息不外洩，才能防止握有貢品的人狗急跳牆破壞貢品。我也是左思右想，反覆斟酌之後，才做出這個決定的。」

宋乾這才恍然大悟，不由感佩道：「恩師，您考慮得太周詳了。」

狄仁傑淡然地搖頭，又笑道：「只是這種不上報朝廷的做法，已算是私自行事。為師今天叫你參加進來，就意味著讓你與我一起承擔責任，宋乾啊，為師讓你這個大理寺卿為難了。」

宋乾忙道：「恩師不要這麼說，學生應當承擔這個責任！」

狄仁傑微笑頷首，稍後又皺眉道：「宋乾啊，我總覺得這件案子還有其他內情，周梁昆並沒有全部坦白。」

「什麼？」宋乾再次摸不著頭腦了。

狄仁傑道：「有一個疑點，周梁昆和劉奕飛是亥時不到離開鴻臚寺正堂的，這點已經得到鴻臚寺守衛的證實。而周梁昆被羽林衛發現的時候已近丑時，被送回家的時候都過了三更。這樣其間就有整整兩個時辰，這段時間給周梁昆殺人再加佈置現場，也綽綽有餘，餘得太多了，讓人不禁疑惑，他花了那麼多時間到底在做什麼？」

宋乾思索著道：「會不會周梁昆年老體弱，翻越宮牆至洛水來回，花了很長時間？」

狄仁傑沉吟著搖頭：「說不好啊……我總覺得，這其中的水很深。」吸了口氣，狄仁傑又道：「宋乾啊，此事就先議到這裡，無端猜測是沒有意義的，我們還是等待沈槐那裡的監視結果，靜觀其變吧。我累了，宋乾啊，你先忙去吧。」

「是，學生告退。」宋乾拱手退出書房，回手帶門時，他無意中瞥見狄仁傑的臉，心中不禁一顫，這是張多麼蒼老而疲憊的臉啊。曾幾何時，他這位被無數人視作為當世神人的恩師，連女皇帝都百般推崇，尊稱為國老，似乎永遠擁有最旺盛的精力和最清明的智慧，竟然也悄悄地衰老了，而且衰老得如此迅速、如此徹底，不禁叫人悲從中來。更讓宋乾揪心的是，從未在這張臉上見到過的傷痛和悵惘，現在竟長久地呈現在上面，難道這真的就是人之將……宋乾連連搖頭，不敢再想下去了。

太初宮內，登春閣下，澄華殿中。濡潤的霧氣瀰漫在整座殿宇間，層層紗籠隔不住水汽的蒸騰和凝結，鎏金立柱上一滴滴水珠匯聚，再悠悠滑下，「滴答」聲聲，落入漢白玉雕砌的浴池裡，在空蕩的大殿中勾起隱約的回音，遲緩凝重，催人入夢，又逼人窒息。

張易之匆匆忙忙地走進來，瞥了眼碩大的溫泉池中那唯一的一名浴者，冷笑道：「六郎，你再這樣泡下去，就不怕把你那一身細皮嫩肉給泡爛了？聽內侍說你都快泡了一天了。」

張昌宗微合雙目，腦袋靠在鋪設於池邊的一襲錦襦之上，不以為然地哼道：「這個冬天太冷，全身上下都是寒氣，不多泡泡怎麼祛得掉？哥，你也來泡泡吧，好享受。」

張易之將肩上披的裘袍往地上一甩，兩名青衣內侍無聲無息地出現在他的身後，伺候他寬衣解帶。

張易之皺起鼻子嗅了嗅，問：「你薰的這是什麼香？一股子怪味。」

張昌宗依舊合著眼睛，半夢半醒地答道：「吐火羅新近進貢的什麼『乾陀婆羅香藥』，說是能鎮靜精神，消除夢魘。」

張易之沿玉石台階踏入溫泉池中，大聲打了個噴嚏，抱怨道：「味道太怪，半香不臭的，你就愛搞這種古怪的東西，我聞不慣。難道你還需要消除夢魘嗎？」他揮了揮手，兩名內侍抱著衣服鬼魅似的又倏忽消失了。

張昌宗聞言睜開眼睛，瞧著張易之慢慢將身體浸入溫泉，便抬手划了划水，將滿池的玫瑰花鑽推到張易之的身邊，笑道：「多聞聞就習慣了，其實我倒覺得五哥你比我更需要消除夢魘呢，對不對？你這些天焦躁得很，聖上都覺察出來了。昨晚上還問我呢，你是不是最近碰上什麼煩心事了？」

張易之冷笑：「我有什麼煩心事？我還不是在為咱們兩人的前途操心。你以為每天縮在聖上的懷裡就萬事大吉了？不看看周圍那一雙雙眼睛裡的凶光，簡直恨不得將你我千刀萬剮！」

張昌宗哀歎一聲：「唉，人活百年終有一死，我算看透了，還是過一天算一天，及時行樂吧。五哥你是有志向有謀略的人，我不像你，我認命。」

張易之氣得笑起來：「你好，你認命！可惜全天下的人都把你我看成一體，咱們兩個要死要活肯定是在一處的！新年以來，聖上的精神越來越差，不早做打算恐怕真是來不及了。」他又看了看張昌宗那張泡得酡紅的俊臉，打趣道：「我看你也不要裝腔作勢了。平日裡掉根頭髮都要緊張半天，天天泡湯就為了這一身凝脂肌膚，你會不惜命？你會不怕死？說出來誰信！」

張昌宗被說得有些尷尬，訕訕地岔開話題：「五哥，我勸你也不用太過憂慮。此次百官守歲，咱們不是已經試了試群臣的態度？效果還不壞嘛。咱們安置進朝廷的人自不必說，一些個老滑頭、騎牆派，這回不也跟著咱們婉拒了守歲宴？情願不給太子面子，也不敢得罪我們，這不就說明咱們勢力正盛，威望日高嘛。」

張易之臉色一沉，陰陰地道：「這樣才更糟糕！那些騎牆派最可惡，今天倒向我們，明天就可以倒向別人，根本靠不住。咱們在朝廷中的人數還是不夠多，勢力也不夠大。你看看那些忠心李唐的老臣，還有投靠梁王的武派，不都在權衡利弊，蓄勢待發嗎？現在這兩派人是互相牽制著，所以才暫時都不敢動到咱們。」

張昌宗撇了撇嘴，道：「五哥，鷸蚌相爭，漁翁得利嘛。他們鬧騰得歡，都想拉攏咱們，咱們不是正好可以利用這個機會嗎？」

張易之緊鎖雙眉道：「當然要利用。你我年前勸說聖上迎歸太子，就是一著好棋。你看現在太子對咱們恭敬有加，梁王也對咱們百般奉承，至少表面上看，咱們佔著一定的先機。」

張昌宗好奇地問：「為什麼說表面上？」

張易之冷笑一聲：「當然是表面上的。在心裡，這兩方面一定都對我們恨得咬牙切齒，一旦他們之間的角逐分出了勝負，對我們必然是除之而後快。」

張昌宗不由自主地打了個哆嗦，再度哀歎道：「照你這麼說，不論李、武，任何一方繼承大寶，都沒咱好果子吃，那咱們豈不是死路一條了？」

張易之沒好氣地道：「死路一條，死路一條，新年節期，除了死你就說不出什麼好話了嗎？活路當然有，只不過要靠我們自己走出來！」

張昌宗來了勁，雙眼發亮地問道：「什麼活路？」

突然，他意識到了什麼，驚詫地倒吸口涼氣：「哥！難道你真的在打那個主意？」

張易之冷笑著點頭：「就是這個主意！我不僅要打主意，而且還要把它付諸實施。六郎，我告訴你，我左思右想了很久，除了這個辦法，你我再無生路！」

張昌宗大張著嘴，瞪著張易之看了半天，才期期艾艾地道：「可是……我們真的能成功嗎？」

張易之斬釘截鐵地答道：「不成功則成仁，你我別無選擇。」

張昌宗耷拉下腦袋不吱聲了，張易之又好氣又好笑地看了他半天，歎道：「你啊，還是盡心把聖上伺候好便是，其他的事情就交給我去辦。到時候，別給我添亂幫倒忙就行了。」

張昌宗悶悶地回嘴道：「你別瞎說，我什麼時候給你添亂幫倒忙了？」

張易之冷哼一聲：「你不添亂？怎麼就有把柄讓狄仁傑捏在手裡了？要不是聖眷正隆，我看你的小命早就休矣。」

張昌宗聽他這麼一說，頓時目露凶光，咬牙切齒地道：「狄仁傑！這個老不死的東西！我總有一天要讓他死在我的手裡。」

張易之冷笑道：「光在這裡發狠有什麼用？要實現我們的計畫，狄仁傑這個老傢伙是最大的障礙之一。必須要想辦法扳倒他，否則咱們的主意絕對打不成功。」

張昌宗又恨又怨地道：「我何嘗不想扳倒他？可惜聖上對他始終還是信任的，不好辦啊。再說狄仁傑實在太老奸巨猾了，這麼多年來在朝廷上下安插了不少親信，動得不妥反傷自身，我是已經吃過苦頭了。哥，你要辦他，必須要做好計畫，我全力配合你！」

張易之笑了笑：「意氣用事是要不得的。要幹就得謀劃周詳，最好能一箭多鵰。這些天我一直在做準備，前幾日事情進展得不太順利，所以心煩意亂。不過這兩天又有了轉圜……我也稍稍多了點信心。否則，我今天哪會有心情來此和你閒聊？」

張昌宗這才鬆了口氣，衝張易之獻媚地笑道：「哥，張弛有道才是正理，你也別太過操勞。要不要弟弟給你按按背？」

張易之斥道：「你少噁心我了，還是留點兒力氣伺候聖上去吧。」

張昌宗訕笑道：「哥，你以後也把計畫多和弟弟敘談敘談，我多少也可以幫上點忙不是？」

張易之點頭：「嗯，需要的時候自會讓你出面。」

兩人一時無話，都仰面靠在池邊，閉目養神。過了一會兒，張昌宗問：「哥，你說的前幾天事情不太順利，指的是什麼？怎麼最近又有好轉呢？」

張易之睜開眼睛，壓低聲音道：「這是絕密，你可不能對任何人說。我在和突厥的默啜可汗談判合作。」

「啊？」張昌宗驚得目瞪口呆，半晌才嚥了口唾沫道：「那……那怎麼不太順利呢？」

張易之一撇嘴：「本來有個中間人，居間傳遞消息。可是過年前幾天突然失蹤了，弄得我十分被動。這中間人肩負絕密，一旦落入他人之手，麻煩就大了。而且此人一直是談判唯一的橋樑，他活不見人死不見屍，我便再也無法聯繫上默啜，也不敢聯繫。故而過年那幾天我簡直是度日如年，這才真叫噩夢連連。好在昨天默啜終於又派人送來了信件，確定說消息並未走漏，我才算是放了心。」

張昌宗擦了把額頭上的冷汗，問：「哥，接下來你打算怎麼辦？」

張易之朝他一笑：「當然是按計行事，你附耳過來……」

水霧瀰漫的殿宇中恍惚一片，光影晃動，輕言細語，都漸漸消逝在薄幕輕紗之後。

第七章　投親

除夕過去了，元旦過去了，立春過去了，正月十五元宵燈節也過去了。轉眼就到了聖曆二年的正月末，整整一個月喧鬧的新年節日終於走向尾聲。互相宴請、迎來送往，再強壯的胃口也已經被無度的吃喝搞到疲憊不堪，需要休養生息了。可老天不給人們機會。因為東風送暖，蟄蟲始振，冰河解凍，魚浮雁歸，春天，幾乎在一夜之間便降臨大地，萬物復蘇，氣象萬千的美好時光就在眼前了。

這天是元月末的晦日，家家戶戶忙著扔破爛，清垃圾，洛陽的大街小巷都是一派暢快而繁忙的景象。雖說是「送窮日」，因為從人們清理出來的破舊物品中常常可以找到不少「好東西」，這一天反倒成了城中赤貧者和叫花子們的狂歡節。

普通人要送窮，商家鋪戶更要送窮，送窮的方式也是千奇百怪，招數迭出。比如這家坐落於洛陽南市中，胡人開設的珠寶店「撒馬爾罕」的所謂送窮，就是整理出店中的數件滯銷貨品，以便宜於平日不少的價格打折銷售。當然「撒馬爾罕」的甩賣是針對特殊人群的定向銷售：皇親國戚、高官顯貴，只有他們的女人，才有資格挑選和購買「撒馬爾罕」的珠寶。

這是家非常隱蔽的珠寶店，其中所賣的珠寶都是整個大周朝最頂尖的極品，但店面卻不大，位置也處在南市一個不起眼的角落裡，不明就裡的普通人完全無法想像，這個外表看上去貌不驚人的店鋪是洛陽城中的名媛貴婦們經常偷偷光顧的地方。不僅因為它所售賣的珠寶件件都是世所罕見的珍品，令得這些貪慕虛榮的女人們趨之若鶩；還因為它經營著另一項秘密的買賣：回收珠寶成品。女人們也會有急需用錢的時候，而她們身上最值錢的，可以由她們自己支配的東西往往就只有珠寶首飾。普通女人光顧當鋪典當珠寶，但來「撒馬爾罕」處理珠寶的卻是真正上層的婦女，或者最高等的名妓，因為她們手中的珠寶，是普通當鋪不敢收也沒有能力收的，而她們自己，也絕不願意在那種地方拋頭露面，大失身分。「撒馬爾罕」卻有實力和眼光收購這些珠寶，雖然在開價上不免苛刻，但處於窘迫中的女人們依然對它心存感激，因為「撒馬爾罕」會替她們嚴格保守秘密，而且只要在約定時間內來贖回，「撒馬爾罕」能夠確保她們的珠寶萬無一失。

穿過底層黯淡無光的簡陋店面，拾級而上，經過一道隱蔽的暗門，眼前出現一間昏暗的前堂，兩邊的窗戶上覆蓋著厚厚的紫紅絨毯，純金燭台上從早到晚燃著波斯香燭，這種香燭一支便可以點上整整一天，滴下的燭油很少，最後都在黃金燭台上凝成形狀怪異的暗紅色燭塊。倚牆而立的銅獸頭嘴裡冒出嫋嫋的香氣，薰的是玫瑰和茉莉的香精。女人們喜歡在這樣的環境裡面商談買賣，「撒馬爾罕」的規矩是每次只在這裡接待一名客人，更令她們感到安全。看來這個珠寶店的老闆確實是個極其精明而考慮細緻的人，不過從來沒有任何人見過他的廬山真面目，出面辦事的是店裡的掌櫃——一個名叫達特庫的波斯人。

達特庫今天接待的最後一名客人，是位面籠輕紗的曼妙女子。其實達特庫早已認出了對方，但他知道客人不希望自己的身分被點破，作為見多識廣的商人，達特庫明白該如何掌握分寸。

這位女客人剛剛在桌前坐定，便輕輕捋起袖管，露出一對纖纖玉臂，她從柔若無骨的腕上褪下一對純金鑲嵌瑪瑙的手鍊，一言不發地放在桌上。達特庫撿起來，小心翼翼地湊在燭光下看了半天，其實只是做做樣子，因為這對金鏈本來就是一年多前從他手裡賣出去的，他再熟悉不過了。

達特庫翕動雙唇，吐出三個字：「兩萬錢。」

女人的手微微顫抖了下，面紗後傳出冷冰冰的聲音：「你也太精明了吧，去年從你手裡賣出的時候可是五萬錢。」

達特庫微微一笑，答之以在這種場合永恆不變的一句話：「此一時彼一時也。」

那女人的手痙攣般地捏成拳頭，又緩緩張開，隨後舉起，從脖頸上取下條珍珠項鍊，再從髮際上拔下碧玉髮簪……她就這樣默默無聲地行動著，很快便將隨身攜帶的首飾一件件地取下來，最後褪下手指上的三枚五光十色的寶石戒指，面前的桌上已經鋪排了十多件珠寶，在燭光的映照下發出璀璨奪目的光輝。

「這些加在一起，算多少錢？我要銀子。」那女人的語調中不帶絲毫感情。

達特庫心中暗暗佩服。到這裡來的女子，個個都是為情勢所迫，不得已而為之，因而往往語帶悲戚，或者神情慌亂，像她這樣鎮定冷靜的，達特庫還幾乎沒有見到過。在腦子裡飛快地盤算了一番，達特庫清了清嗓子，低聲道：「十萬兩。」

「行，給我五千兩現銀，其餘的開成憑信。」

達特庫的眼睛亮了亮，諂媚地笑道：「五千兩現銀倒是沒問題，但其餘的要開成憑信，必須要等明天。」

那女人的聲音立時變得尖利：「為什麼？」

達特庫無奈地歎口氣：「十萬兩可不是小數目，我沒有這個許可權。開九萬五千兩銀子的憑信必須得找我家店主人簽字蓋章才行，所以要等到明天。」

那女人咄咄逼問：「你現在去找他不行嗎？」

達特庫毫不含糊地回答：「不行。」心中暗自好笑：縱使你機關算盡膽識過人，也敵不過一個錢字。現在是你求我，自然得聽我的安排。

那女人沉默不語，波斯香燭的燭芯「劈啪」作響，彷彿是她心中煎熬的聲音。隔了很久，女人才輕輕吁出口氣，低聲道：「就這麼辦吧，明天正午之前，我過來取憑信。」

達特庫忙道：「那我現在就寫張單據給您？」

那女人伸手一攔：「不必，東西我先拿回去，明天一手交錢一手交貨。」

達特庫低頭微笑：「這樣也好，您請便。」

女人就像剛才取下首飾一樣，又不慌不忙地將首飾一件件重新戴好，這才起身下樓。達特庫點頭哈腰地將她送到後門邊，門外是條僻靜無人的小巷。那女人正要往外走，達特庫突然往她的手心裡塞了個紙團，極低聲地道：「遇仙樓正月初三就送來的，因為一直等不到您，所以……」

那女人一扭頭，達特庫感到面紗後面那雙眼睛直勾勾地盯著自己，被看得後脖領子直冒涼氣，連忙低下頭。等他再抬起頭，女人的身影已經消逝在小巷的盡頭。

達特庫看看天色已晚，鎖上後門回到店中，正打算也把前門上門插鎖，門上卻突然響起敲擊聲，響兩下停一停，顯得十分猶豫。達特庫知道又有生意上門了，而且必是個生客，才會不約而至，還這麼心虛。

達特庫「嘩啦」一聲打開店門，頓時吃了一驚。門外站著個人，卻不是他見慣了的那種喬裝改扮但仍顯得十分富貴的男女，而是一個叫花子！只見此人蓬頭垢面衣衫襤褸，全身上下骯髒不堪，臉上也佈滿灰塵，根本看不清楚本來面目。

達特庫愣了愣，明白過來，沒好氣地喝道：「呸，呸！我這裡沒有『送窮』的東西，快滾吧！」

那人聽到呵斥，猶豫著就要轉身，達特庫無心再理他，轉身就要關門，誰知那叫花子怯生生地開了口：「這、這位店家，您……您這裡可收珠寶器物？」

達特庫不由上下打量此人，喬裝改扮也不會扮成叫花子吧？他不耐煩地答道：「要當東西去當鋪，往前走路口西側就有一家。」

叫花子卻不肯甘休，繼續期期艾艾地道：「在下、在下便是剛從那裡過來，是他們說不敢收，讓我到您這裡來試試的。」

達特庫來了興趣，他想了想，伸出右手道：「什麼東西，拿來我看。」

叫花子探手入懷，哆嗦著掏出個布包，雙手遞給達特庫。達特庫皺著眉掀開髒兮兮的包布，裡面赫然是把紫金色的剪刀！達特庫仔細端詳著這把剪刀，眼睛不由自主地越瞪越大。他見過那麼多珍寶，鑑賞力絕非常人能比，所以一眼就能看出，這把剪刀的材料是產自冰寒之國——勃律的極其珍貴的紫金，刀柄上鑲嵌的更是稀世寶石——枚紅尖晶石，達特庫立即就能斷定，這的確是件罕見的寶物，價值頗難衡量。可是這樣一個叫花子身上，怎麼會有如此珍貴的東西呢？

達特庫飛快地在心裡打了好幾輪主意，這才不露聲色地抬起頭，冷冷地逼視著面前之人，直逼得對方侷促不安地垂下腦袋，臉紅到脖子根，達特庫覺得心中有數了，於是慢悠悠地開了口：「東西倒的確是件好東西，至少值五千兩銀子吧。」

「五千兩？這麼多。」叫花子又驚又喜地喊出了聲。

達特庫一聲冷笑：「那是自然，我從來不會欺瞞價錢。不過……你能告訴我，這東西從哪兒來的嗎？」

那叫花子渾身一顫，眼珠轉了轉，才低聲答道：「是……祖傳的。」

「祖傳的？」達特庫目光犀利地盯牢叫花子，隔著滿臉黑灰都能看出對方的臉色變得煞白，他冷冷地道：「可惜這東西的年代不算久遠，照我識來，不會出百年。你的這個祖上最多是爺爺輩吧？怎麼才歷三代，就窘迫至此了？」

叫花子埋著頭，一聲不吭。

達特庫存心再激他一激，便再次發出冷笑：「我看這東西來路不明，十分奇怪，莫非是你搶來偷來的吧？」

叫花子大駭，全身都哆嗦起來，劈手過來搶剪刀，嘴裡道：「不、不是搶來偷來的。你……你不要便還給我。」

達特庫哪裡肯還給他，一邊與他推搡，一邊道：「你這叫花子形跡忒可疑，說不定是殺人劫財的都未可知。我要留著這東西去報官府……」

他一句話尚未說完，卻見那叫花子容顏大變，瞋目裂眥，發了瘋般地猛撲上來，一頭把達特庫撞倒在地。達特庫原意是想嚇他一嚇，最好把人嚇跑了就可以白得個寶貝，哪想到此人拚了命，眼看就要行兇，於是趕緊鬆了手，叫花子搶回剪刀，朝街口狂奔而去。

達特庫好半天才從地上爬起來，驚魂未定地撫弄著被撞得生疼的胳膊，嘴裡連連唸叨：「好險，好險，碰上個瘋子！」

楊霖慌不擇路地繼續奪命而逃，到了十字路口來不及看清路況，便直往對街衝去，險些就撞到一匹威風凜凜的漆黑大馬上。只聽這馬「唏哩哩」一聲嘶鳴，端的是反應敏銳，往後一仰，才算沒有踩到楊霖的身上。馬上之人卻差點兒被掀翻在地，猛扯韁繩方才穩住身形。

梅迎春拍了拍墨風的肚子，能感覺到牠受驚不小，忍不住心疼地低聲道：「真是找死，走路都不看一看，要不是碰上墨風，一條命就沒了。」

身後的馬車中有人在喚：「梅先生，怎麼了？」

梅迎春一聽這柔婉的聲音便覺心曠神怡，忙回頭笑道：「阿珺姑娘，沒什麼事，一個叫花子亂走路，差點兒撞上。」

沈珺鬆了口氣，轉回頭，卻看見身旁的何大娘掀起車簾，神情緊張地朝車外猛看，忙笑道：「何大娘，梅先生說沒事。」她見何大娘依然目不轉睛地朝外看，納罕道：「大娘，你在看什麼呢？」

何大娘又看了一會兒，才放下車簾，略帶悲戚地回答：「剛才眼花，好像看見了我的兒子。」

沈珺忙問：「真的？那要不要讓梅先生趕上去看看？」

何大娘苦笑著搖頭：「不會，不會是他。」

沈珺體貼地扶住何大娘的胳膊，輕聲道：「大娘，你不用太擔心。我們不是都說好了嗎？我堂兄是當朝宰相狄大人的侍衛長，我會求他幫你尋找兒子，我想他一定會有辦法的。說不定過不了幾日，你們就能母子團聚。」

何大娘神情恍惚地答道：「借阿珺姑娘吉言吧。」

馬車又前行不遠，便徐徐停下了。沈珺撩起車簾探看，梅迎春來到車邊解釋道：「阿珺，天色不早，我們就先歇在這個客棧吧。只待安頓停當，我便去尋訪狄府。」

沈珺飛紅著臉問：「不是立即去找我堂兄嗎？」

梅迎春笑道：「阿珺，咱們在洛陽人生地不熟的，萬一一時找不到狄府怎麼辦？再說就是找到了你堂兄，他也未必馬上有地方安置咱們，還是先住下妥當。」

沈珺低頭不語了。

梅迎春找的這家客棧倒是很清靜，門面不大，裡面卻別有丘壑，居然還是個亭台水榭一應俱全的院落。看不見什麼住客，夥計打扮得像大戶人家的家人，舉止也十分得體。梅迎春將沈珺和何大娘安置在一個單獨的小跨院內，便向夥計問明尚賢坊的位置，出門直奔狄府而去。

時值傍晚，離暮鼓鳴響還有半個時辰不到，路上行人腳步匆匆，都在往家裡趕。梅迎春驚喜地發現，尚賢坊位處洛陽城南部，與南市距離不遠，走了沒幾個街口，他便來到了狄仁傑的府門之外。這還是他生平頭一次來到大周朝最高官員的府邸前，三間五架的朱漆大門上懸掛著鋥亮的銅獸門環，高達丈餘的院牆一色粉白，果然是氣派非凡，但又沒有絲毫奢華鋪張的感覺。尚賢坊的整個街坊，光狄府就佔據了四分之一的面積，其餘的地方住戶寥落，街道肅靜，與梅迎春一路上所看到的洛陽城繁華喧鬧的景象迥然不同。他不由從心中暗暗感歎，這才是一國宰相的氣勢和威嚴。

騎著墨風緩緩行走在空無一人的巷子裡，落日收拾起最後的幾束餘暉，梅迎春能夠很清晰地感覺到投射在身上的警惕目光，正在沉著而冷漠地觀察著自己，隨時準備迎擊任何威脅。他不由從唇邊泛起一抹不易察覺的冷笑：自己的形象有些特殊，引起關注很正常。只是梅迎春很清楚地知道，即使不是因為胡人的外貌，進入狄府周邊的所有陌生人其實都逃不脫嚴密的監控，大周朝僅次於皇城的護衛級別，朝廷中最精幹的侍衛團隊之一，就在這裡了吧。想到此，梅迎春的眼前掠過袁從英清瘦冷峻的面容，就在幾個月之前，這裡的一切便是由他來組織和實施的，而且延續了整整十年。他是如何取得這個位置的？他要做得如何出色才能得到當朝宰相長達十年的信任？

他又是如何幾乎在一夜之間就失去了這一切？短短兩天的相處，這個袁從英就已經給梅迎春留下了極其深刻的印象，是從來沒有其他任何人達到過的。此刻，站在狄府高聳的院牆之外，梅迎春發現自己對袁從英愈加好奇了，他暗下決心，必須要花更多功夫去徹底瞭解這個人。

當然，梅迎春有足夠的時間去落實自己的想法，現在有更加緊急更加有意思的事情要做。他跳下墨風，下意識地理了理衣服，昂首挺胸地朝狄府門前走去。剛剛抬起手要敲擊門環，邊上的旁門「吱呀」地打開了，一個青衣家人探出頭來，狐疑地打量著他。

梅迎春捋了捋垂在肩上的髮帶，抱拳道：「這位家院，請問沈槐沈將軍在府中嗎？」話音剛落，那個家人的腦袋就縮了回去。梅迎春正在疑惑，一人從門裡大步踏出，挺立在梅迎春面前。梅迎春立刻就知道了，這人就是沈槐，看來他已在這裡等候多時了。

實際上，沈槐已經在狄府門邊等了整整三天了。沈珺的書信在大約十天前到達狄府，自那以後，沈槐便始終處於難以言說的焦躁之中。不安、悲痛和期盼，幾種截然不同的情緒在他的胸中翻湧，直把他弄得寢食難安。沈珺的信件寫得很匆忙，只是簡略地通報了沈庭放的死訊，以及要來洛陽投親的計畫，對沈庭放的死因沒有多加解釋。對於沈槐來說，沈庭放就這麼死了，倒並不十分意外。患病多年是一個理由，另一個理由則不足為外人道，只有沈槐和沈珺彼此心照不宣而已。這另一個理由叫作「多行不義必自斃」。當然，俗話說，死者為大，縱然他沈庭放有千萬種罪責，死亡也可以給他的罪行畫上個永恆的句點，但願能就此一了百了吧。

沈珺的書信中真正讓沈槐倍感震驚的，是關於狄景暉和袁從英的內容。他做夢都沒有想到，這兩個遠行西北邊境的人，居然會陰差陽錯地去到了他的家中，還親眼見到了沈庭放的死。沈槐不敢想像，他們是否會看出什麼？又會因此而產生什麼樣的想法？沈槐並不擔心狄景暉，但卻從內心深處對袁從英感到敬畏，自從他來到狄仁傑身邊以後，這種敬畏之感更加一天天地增強，已經漸漸成為由嫉妒和羨慕相互交織的複雜情感。袁從英已從狄府的日常生活中消失了，新年以來也幾乎不再被狄仁傑提起，但沈槐就是能夠時時刻刻地感覺到他的存在，並且被他的影子壓迫得喘不過氣來。

儘管如此，沈槐還是第一時間向狄仁傑報告了沈珺的來信，信中牽涉到狄景暉和袁從英的地方，他都一字不漏地對狄仁傑詳細複述。狄仁傑聽著也很驚詫，得知袁從英一行三人安然無恙地渡過黃河時，他亦難掩發自內心的欣慰之色。

將始末原委都瞭解清楚後，狄仁傑很快便恢復了平常的冷靜，他對沈槐的喪親之痛適度地表達了同情，隨後便許了他幾天假期，讓他儘快在尚賢坊內找個安靜的小院落，用於安頓沈珺，還相當周到地派了狄忠給他幫忙。沈珺的信上只寫了動身的日期，沈槐大致計算他們就該在這幾日到達洛陽，便從前天起從早到晚候在狄府門邊，哪裡都不敢去，靜待沈珺找上門來。

於是沈槐就在這個正月「晦日」的傍晚，等到了梅迎春。關於梅迎春，沈珺也在書信中做了簡單的介紹，語氣中全是感激之情。所以當這兩個男人在狄府門前見禮時，彼此並不感到陌生。沈槐報出姓名，相互寒暄後，兩人飛快地觀察著對方，並迅速在心中寫下了對對方初步的認識。沈槐為梅迎春的氣度不凡而暗暗稱奇，斷定他的來歷一定比沈珺所描述的要複雜得多。而梅迎春則像所有同時知道袁從英和沈槐的人一樣，立即拿他們兩人做了個比較：不論是外貌還是氣質，相似之處都頗多，但又給人截然不同的感覺。

在領著沈槐去客棧的途中，梅迎春不露痕跡地打量著沈槐身上精幹華麗的將軍服色，腦海中浮現出那個漫長的除夕之夜，與袁從英、狄景暉在沈珺家中堂屋內飲酒談話的場面，內心深處突然湧起強烈的感同身受之情，久久不能平靜。

就在他們並肩離開狄府後不久，狄忠匆匆忙忙地來到狄仁傑的書房，報告了府門前發生的事情。狄仁傑長長地舒了口氣，囑咐狄忠小心候著，不論沈將軍有任何需要，都要盡心安排。狄忠答應著退了出去，狄仁傑這才將十幾天來反覆在看的兩封書信再次放到面前。這兩封信都是在元宵節前後送來的，一封是老孫帶回來的韓斌的信，而另一封信，連狄忠都沒見到過，那是袁從英寫來的，並以加封急件的軍報方式傳遞，直接送到了狄閣老的手中。

因此沈槐並不知道，在他向狄仁傑陳述沈珺的來信時，年邁的宰相大人其實已經完完整整地瞭解到了整個事情的經過，所以才能好整以暇地應對而不致表現得失態。

為了寫這封信，袁從英考慮了很長時間。離開沈珺家以後的第一個晚上，在寄宿的客棧中，他徹夜未眠，反反覆覆地斟酌，最後落到筆端的，全部是最精確和詳盡的事實，不遺漏一點有用的資訊，也不帶上任何主觀的感受，他的書信保持了一貫的風格，目的只有一個：讓狄仁傑對即將到來的沈珺和梅迎春有預先的瞭解，從而能夠做好充足的準備。無論如何，這是兩個背景複雜的陌生人，對於狄仁傑來講，就意味著某種危險。在信中，袁從英絲毫沒有表現出自己對這兩個人的好惡，極其冷靜的描述甚至顯得有些不通人情。只有狄仁傑熟悉袁從英的方式，並理解他的苦心：他不願意以任何感情色彩來影響到狄仁傑的判斷。

但是一名戍邊途中的折衝校尉，怎麼會有權力向當朝宰相傳遞絕密的加急軍報呢？這也是只有狄仁傑才知道的秘密。在狄忠給袁從英送行時帶去的包裹中，有一份宰相手書的密令，據此，袁從英便可以利用沿途的驛站，向狄仁傑傳遞密信。狄仁傑這樣做的確是承擔了一定的風險，如果被人察知，便有私相勾連的嫌疑，因此只可備萬一之需。出行至今，袁從英第一次使用了這個手段，也是考慮再三的決定：他必須讓自己的信件早於沈珺的信件到達狄仁傑的手中。

坐在書案邊，狄仁傑看著面前的這兩封書信，心中一時間五味雜陳。自從袁從英和狄景暉離開洛陽以後，他便一直在盼著他們的來信。盼了一個多月，一下子盼來了兩封，可這是多麼奇特的兩封信啊。一封信的字跡歪歪扭扭不說，通篇別字破句，讓狄仁傑讀到眼暈，恨不得把那小孩兒揪到跟前來好好教導一番，而信的全部內容就是在向大人爺爺告狀，控訴他那個不聽話的哥哥。另一封信呢，則完全像是案情線索的通報，分明是發生在自己身上的事情，卻描述得好像與己無關，筆調從頭至尾冷淡如冰。

「還是不要計較這些細枝末節了吧。」狄仁傑苦笑著想，「看來很有必要見一見沈珺，還有那個叫梅迎春的異族人。袁從英的直覺向來非常準確，以他對這兩個人不同尋常的關注來看，他們的身上必然隱藏著某些極有價值，甚至危險的東西，需要大膽而謹慎地去把握。」

梅迎春帶著沈槐來到沈珺落腳的小跨院時，沈珺已經迫不及待地等在院中了。一路上為了不太過引人注目，沈珺沒有身披重孝，但還是在何大娘的幫助下，置辦了全身的白衣素服。此刻，她便通體潔白地站在小院中，髮髻上除了一支銀釵之外，再無其他任何裝飾，在灰暗的暮色中，越發顯得悽楚哀傷。但是就在沈槐踏入院門的一剎那，她的眼中突然閃現出明媚的光華，雙頰頓展嬌豔，唇邊溢出春色，整個面容都被久別重逢的狂喜點燃，綻露出從未有過的嬌美。

看著她的樣子，梅迎春也不禁暗暗詫異，用眼角輕掃身邊的沈槐，他倒顯得十分鎮靜，沒有特別的喜怒形諸於色，只是當他的目光與沈珺的目光相觸的那一刻，彷彿電光石火般的激情交融，在兩人的心中頓時掀起陣陣驚濤駭浪，這一切，就是梅迎春所無法感知到的了。

三人在小院中相對而站，梅迎春清了清嗓子，打破沉默道：「阿珺姑娘，我把沈將軍找來了，在下就算是功德圓滿，你們聊著……我先告退了。」

沈珺依然癡呆呆地看著沈槐，渾然不覺梅迎春的話語。梅迎春有些尷尬，點點頭往外就走。沈槐忙衝他抱拳道：「梅先生，待我先與堂妹敘談之後，定要與她共去答謝梅先生，梅先生也住在這裡嗎？」

梅迎春爽朗地笑道：「舉手之勞，何談一個謝字。二位久別重逢，又值沈老伯的突然亡故，還是先談正事要緊。我就住在這客棧中，向夥計一問便知。」說著，便大踏步走出了院子。

沈槐目送著梅迎春的身影消失在院門外，這才轉回身來，看到沈珺還是那副癡癡的樣子盯著自己看，不由皺眉道：「阿珺，你這是幹什麼？」

沈珺聽到他說話，渾身一震，這才如夢初醒，四下看看，問道：「堂兄，梅先生呢？」

沈槐沒好氣地道：「走啦，你又不理人家，一點兒禮數都沒有。」

沈珺立時面紅耳赤，低頭無語。沈槐看著她的樣子，心中大為不忍，走上前，輕輕拍了拍她的肩，柔聲道：「這些日子，苦了你了。」

沈珺的眼中湧上淚水，努力咬牙忍住，揚起臉，對沈槐露出個溫柔的笑顏：「也沒什麼，總算又能見到你，再多的苦也就不覺得了。」

沈槐輕歎口氣，撫著她的肩頭，低聲道：「先回屋吧，慢慢說。」

回到屋中，何大娘給他們斟了茶，便識相地退到廂房中去了。堂兄妹二人在桌邊對面而坐，互相細細端詳著，心中自有千言萬語，卻不知道從何說起。半晌，還是沈槐將茶杯往沈珺面前推了推，輕聲道：「趕了一天的路，累了吧，先喝口茶。」

沈珺乖乖地舉起茶杯喝了一口，淚水隨即順著眼角緩緩落下。

沈槐歎了口氣，自己也喝了口茶，問：「我看你的書信裡寫，老爺子是正月初一亡故的。」

沈珺點點頭，抬手拭去眼淚，答道：「就是元正這天一大早，我去伺候爹爹起床，就……」

沈槐鎖緊雙眉，沉聲道：「他終究還是走到了這個地步。唉，我勸過他多少次，可他就是不肯金盆洗手，最後還是落了個不得善終。」說著，他情不自禁地捏緊拳頭，重重地砸在桌面上，額頭上青筋暴起，眼中不覺也濕潤了。

沈珺愣了愣神，猶豫著伸出手，小心翼翼地輕撫了一下沈槐擱在桌上的拳頭，溫柔地勸道：「哥，都過去了。爹爹走了，你也別再生他的氣了，他雖然……可他一直都是最疼愛你的。」

「疼愛？」沈槐沉悶地應了一句，下意識地握住沈珺的手，揉捏著她的纖纖玉指，傷感地道：「你看看你的手，這麼粗糙，哪裡像個小姐？倒像個粗使丫頭！我就算不怨他別的，可也看不得他這樣對你。」

「哥！」沈珺頓時淚眼婆娑，忙抽回手去，翕動了半天嘴唇，才憋出一句：「為了你，我……我做什麼都是心甘情願的。」

沈槐長歎一聲，轉過頭去，不再看她。沈珺也不敢再說話，只是眼巴巴地看著沈槐的側臉，等了半天，沈槐才又回頭，臉上的神情平靜了許多，他正色問道：「阿珺，你把他死去的前後情形給我詳細說一遍。」

沈珺坐直身子，把從除夕到元旦這一夜一天的時間裡面發生的事情，原原本本地說了一遍。看起來她已經在心裡默述過很多次了，說得非常有條理。說完以後，沈珺又從包袱中取出一封書信，雙手遞到沈槐面前：「哥，這是那位袁從英先生寫給你的，他說把所有探查到的案情線索全部寫在裡面了。」

沈槐一驚，接過書信，表情十分複雜。

沈珺有些納悶，問道：「哥？怎麼了？這個袁先生，不是你認識的嗎？他說……你們是最好的朋友。」

沈槐「哼」了一聲，拆開信，埋首細看。看完一遍又看一遍，才思索著道：「看起來事情還很複雜。袁從英怎麼說死因不一定是刀傷，卻像是驚嚇致死？」

沈珺迷茫地搭話：「我也不知道袁先生為什麼要這麼說。不過以爹爹的為人，天下大概還沒有什麼人能嚇到他吧……哥，你說，會是什麼事情呢？」

沈槐冷笑一聲：「他再大的膽量，也會有做賊心虛的時候。只是一般的小毛賊也確實嚇不到他，太奇怪了……兇器，兇器也很可疑。袁從英說像是剪刀？」他突然猛盯住沈珺，厲聲問道：「阿珺，那把紫金剪刀呢？還藏在地窖裡嗎？」

沈珺嚇得倒抽一口冷氣，支支吾吾地回答：「哥，沒有啊，地窖裡原來藏的東西不是都運到你這裡來了嗎？我……我沒見過那把剪刀。」

沈槐把牙關咬得咯吱響，惡狠狠地道：「地窖裡的東西是運過來了，可就是沒有那把剪刀！難道兇器就是它？」他站起身來，在屋子裡踱起步來，一邊繼續喃喃道：「絕對不會有外人知道地窖的，除非老爺子自己把剪刀拿出來。可他為什麼要這麼做呢？除夕之夜，剪刀，驚嚇，殺人……」

沈珺也被驚得臉色煞白，呆呆地看著沈槐在屋子裡面轉圈。沈槐停下腳步，雙眉緊蹙，瞪著沈珺問：「除夕之夜，他又跑出去幹什麼？你知道嗎？」

沈珺咬著嘴唇道：「我也不知道，爹爹他什麼都不告訴我的。不過自從梅先生探知了爹爹的行為之後，爹爹收斂了許多。臘月裡面都不怎麼出去了，可就是除夕，他說有件非常重要的事情，必須親自去辦。我勸都勸不住。」

沈槐緊接著問：「梅先生，梅迎春？我看這個胡人的來歷蹊蹺得很，否則怎麼會察覺出老爺子的秘密？」

沈珺還是迷茫地搖頭：「梅先生是臘月前到咱們家來的，就說要看爹爹的藏書。我本來以為爹爹肯定會一口拒絕，把他趕走的。可誰知道梅先生肯花錢，爹爹要多少他都給，爹爹他……他就把梅先生給留下來了。」

沈槐恨恨地跺了跺腳：「錢，錢，他永遠都沒個夠！」想了想，他又道：「看來梅迎春當初去咱家就是別有用心的，否則為什麼要千方百計地留下來？」

沈珺看了他一眼，有氣無力地辯白道：「哥，梅先生是個好人。他，幫了我很多。」

沈槐重回桌邊坐下，稍稍平緩了語氣問道：「你說說看，梅迎春是怎麼發現老爺子的秘密的？」

沈珺輕聲道：「我想，梅先生是個有心人，他在咱家住了一個多月，有幾次爹爹出去的時候，他就跟了上去，結果……就發現了實情。」

沈槐挑了挑眉毛：「你把這叫作『有心』？」

沈珺面紅耳赤地嘟囔道：「哥！梅先生他，他雖然發現了實情，可我求他不要聲張，他答應了，就真的沒有說出去。連袁先生、狄先生，他都沒有說。」

沈槐注意地看著沈珺，冷冷地道：「你求他，他就答應了？看來他很聽你的話嘛。」

沈珺渾身一顫，低下了頭。

沈槐沒有理會沈珺的窘態，繼續自言自語：「如果梅迎春確實沒有對袁從英和狄景暉透露實情，那這兩個人應該沒機會知道。這還好一些……如此看來，老爺子的死多半還是和他除夕夜出去辦的事情有關係。說不定，還和梅迎春有關係！」

沈珺又是渾身一顫，抬起頭想要開口，還是忍住了。

沈槐拿起袁從英的書信又讀了一遍，覺得暫時看不出更多的名堂了，便將信仔細地收好，納入懷中。此時，他方才發現對面沈珺那侷促不安的樣子，便微微一笑，伸手過去，輕輕將她的手握緊，柔聲道：「無論如何，你到洛陽來了，這才是最重要的。我們有多久沒有見面了？」

沈珺的聲音低得幾乎聽不見：「快兩年了。」

「是嗎？這麼快？我倒沒覺得。」沈槐訕訕一笑，又問：「阿珺，想沒想過以後該怎麼辦？」

沈珺抬起頭，直直地看著沈槐的眼睛，眼中再次閃現剛才初見他時的光華，殷切地答道：「哥，你說怎麼辦就怎麼辦，我全都聽你的。」

她目光中的期許是如此強烈而深沉，竟逼得沈槐不得不移開視線。沉默了一會兒，沈槐打起精神，笑道：「你先安頓下來，然後咱們再從長計議，反正有的是時間。我已經在離狄府一條巷子的地方找了個僻靜的小院子，都收拾好了，你明天便可以搬進去住。」

沈珺點頭，輕聲問：「哥，你……也住那裡嗎？」

沈槐咳了一聲，道：「我是狄大人的衛隊長，按規矩是住在他府中的。不過給你找的院子離狄府很近，就是為了方便經常過去看你。」

沈珺想了想，微紅著臉道：「既然這樣，就讓何大娘和我一起住吧？」

沈槐皺眉：「什麼何大娘？」

「就是我信裡寫的——」

沈槐一揚手，打斷了沈珺的話：「按說不該留這種來路不明的人。不過既然是個老婦人，諒也無妨。就讓她給你做個伴吧，你一個人住也確實不方便。我會再找個雜役給你們，便都妥當了。」說著，沈槐朝窗外張望了下，站起身來，道：「都二更天了，我必須回狄府去了，今晚你就在這裡好好休息，明天一早我便來接你。」

沈珺也站起身，沉默著陪沈槐走到房門口。

沈槐聳聳肩，道：「那，我就走了。」看沈珺低頭不語，他抬手輕捋了捋她的鬢髮，又低聲說了一遍：「我走了，明天一早就來接你。」

沈槐走出小院，回首看時，見沈珺仍然一動不動地站在房門口，月光照在她那一身白衣之上，真是銀裝素裹的打扮。只是在這副沉靜如水的外表之下，又蘊藏著怎樣的激情和熱望呢？沈槐搖搖頭，告誡自己不要去多想，不祥的預感經過剛才的談話，正在變得越來越強烈。隨著沈庭放的死和沈珺的到來，他自己又將會面臨什麼樣的命運變遷？沈槐知道，這個時候他需要冷靜再冷靜。

穿過長廊，沈槐在耳房裡找到店夥計，問明了梅迎春住宿的房間，便去找他。

就在沈槐、沈珺兄妹交談之時，梅迎春回到了自己單獨包下的院子。一進正屋，他便看見擱在桌子正中的油黑色長弓，他淡淡地笑了笑，抬手輕撫弓身，用突厥語朝著門外冷冷地道：「既然來了，就現身吧，何必躲躲藏藏。」

一個全身黑衣的突厥大漢探身來到門前，畢恭畢敬地朝梅迎春鞠躬行禮，口稱：「鐵赫爾見過王子殿下。」

「嗯。」梅迎春點點頭，冷淡地問，「你們都來了？」

「是。」鐵赫爾弓著腰，低頭回答，「按殿下的吩咐，我們都在這裡的偏院中住下了。」

梅迎春仍然看都不看鐵赫爾，隨口道：「雖然住下了，但是沒有我的命令，不得外出，不得與人交談，謹言慎行，不許離開客棧半步，都清楚了嗎？」

鐵赫爾點頭哈腰，連聲稱是，諂媚地道：「請殿下放心，弟兄們一來就窩在這客店中，半步都未曾挪動過。」

梅迎春此時方才朝他瞥了一眼，道：「不是我故意苛刻，你們這一大幫子人，奇形怪狀的，太引人注目，我是不希望你們惹麻煩。」

「是，是，殿下所慮極是，弟兄們絕不敢有半點逾越。」

梅迎春冷眼斜睨著鐵赫爾，心中對他那副奴顏婢膝的樣子十分不以為然。當初叔父敕鐸可汗將此人派到梅迎春身邊的時候，擺明了就是要來監視他的一言一行。身為可汗的飛鷹大將軍，鐵赫爾起初也完全沒有把梅迎春這個所謂的王子殿下放在眼中。畢竟梅迎春已經去族多年，突騎施部落中的人們幾乎已經忘記了這個大王子的存在，還以為他早就死在了中原某地，永遠地銷聲匿跡了。

所以當梅迎春被臨終前的老可汗召回時，族中之人驚詫之餘，更多是對他的懷疑和蔑視。懷疑的是他離族多年，在父親即將去世時突然出現的目的；蔑視的則是他當初逃避部族領袖的責任，拋家棄國遠走他鄉的行為。而對於長久以來，一直窺伺著可汗位置的敕鐸來說，這個大侄子的現身，幾乎打亂了他苦心孤詣實施了好多年、一步一步奪取部族統治權的整個計畫。

敕鐸可汗在梅迎春，也就是突騎施烏質勒王子回到部落的第一時刻起，就將親信鐵赫爾派到了梅迎春身邊，名義上是保護王子殿下的安全，實際上則是對他進行全面的監控。鐵赫爾手中握有敕鐸可汗的特別授權：只要發現梅迎春有任何違逆悖反的跡象，就可以對他格殺勿論。所以從一開始，鐵赫爾就未曾將梅迎春真正地尊為王子，在鐵赫爾的眼裡，梅迎春要麼成為敕鐸可汗的傀儡，要麼就被毫不留情地消滅，不存在第三種可能性。

然而這位心計深沉似海、行為果決冷酷的王子硬是發展出了第三種可能。他和敕鐸保持著距離，既不言聽計從也未曾表現出絲毫異心，他沒有成為敕鐸的傀儡，卻也沒有讓敕鐸感到急迫的威脅，因而暫時還找不出殺他的理由。他處理完父親的喪事以後就立即動身離開了突騎施，再次與權力的爭奪擦身而過。

為了試探出梅迎春的真實想法，敕鐸可汗委派梅迎春代表突騎施部參加大周朝廷的新年朝賀。假如梅迎春只是假裝對可汗的位置不感興趣，那他就絕對不會放棄與大周朝廷發展密切關係的機會。大周，實力超卓的中原霸主，亦是西域各國臣服的對象，聯合這樣的同盟軍，對於缺乏支持急需外援的梅迎春來說，難道不是個千載難逢的機遇嗎？可梅迎春又一次表現得出人意料，鐵赫爾如影隨形地一路跟隨著梅迎春，也始終鬧不清楚他行事的意圖。

梅迎春提前兩個月便踏上行程，卻把所有的時間都用在了欣賞中原大地的秀美河山之上，偶爾尋訪些占卜算卦、裝神弄鬼的古怪人士，怎麼看都是在不務正業。他甚至把父親遺贈給他的神弓都交給了鐵赫爾，讓他替自己保管，理由是隨身帶著這把弓太礙眼，也沒啥用處。一路行來，鐵赫爾幾乎就要相信梅迎春確實是胸無大志，甘心於碌碌無為的生活了。但是突然間，情況在黃河岸邊的金城關外發生了巨大的變化。

起初，梅迎春只是聽說了沈庭放的名字，又一次起了好奇心，按慣例便在金城關多留了幾天，想要尋訪到這個隱居的奇人。鐵赫爾帶著手下成天無所事事，實在閒得無聊，稀裡糊塗地就被人領去了一個金城關外的地下賭場，結果輸了個昏天黑地，差不多把身上全部的盤纏都給輸光了。當看到垂頭喪氣，猶如喪家之犬般從賭場大敗而回的鐵赫爾時，梅迎春意識到，他等待了很久的機會，終於出現了。敕鐸可汗對賭博痛恨至極，嚴令禁止手下人參與賭博，一旦發現便處於最殘酷的極刑。這次鐵赫爾的行為，等於給了梅迎春一個最有力的把柄，從此以後他便要看梅迎春的臉色做人了。

天時地利總是一起到來，梅迎春恰好在此時查訪到了沈庭放的確切住址，於是他藉口要去沈庭放處借閱典籍，自己留在了金城關。同時，毫不含糊地就把鐵赫爾和其手下打發到了黃河對岸，讓他們在那裡等待。鐵赫爾本來是不肯離開梅迎春半步的，可現在他有濫賭的把柄落在梅迎春的手中，後面的行程還要靠梅迎春給錢，因此再也不敢造次，只得乖乖地帶領手下先行渡過黃河，在皋河驛站裡胡亂打發時間，一直等到過了新年，聖曆三年的正月初八，才等到從對岸過來的梅迎春一行。為了不驚擾到沈珺，梅迎春不允許鐵赫爾與他們一起趕路，只讓他們遠遠跟隨，鐵赫爾始終也沒有弄清楚突然出現的兩個女人是什麼來路，又不敢問，就這樣鬱悶至極地一直隨行到了洛陽。

梅迎春心裡也很清楚，鐵赫爾只是迫於無奈才表現得如此恭順，自己絕對不能掉以輕心，否則一旦有個失誤，鐵赫爾肯定要奮起反擊。此刻，這個傢伙就在一刻不停地窺伺著，不懷好意地觀察著自己的一言一行，包括今天自己去狄府請來沈槐，恐怕也逃不過鐵赫爾的眼睛。梅迎春在心中冷笑著，想看就看個夠吧，總有一天我會讓你什麼都看不見的。

梅迎春抬頭看了看依然等在門邊，似乎還有所企圖的鐵赫爾，冷冷地道：「怎麼？還有事嗎？沒事就走吧。」

鐵赫爾極力掩飾住心中的憤恨，恭恭敬敬地鞠了個躬，往門外退去。走到門口又停下了，從懷裡掏出一張疊好的紙，獻媚地用雙手捧到梅迎春的面前。

「這是什麼？」梅迎春沒有去接，只是皺著眉頭問了一句。

「這個……」鐵赫爾邁前一步，故作神秘地道，「屬下們在皋河驛站等待王子的時候，碰上了一幫漢人，其中一個……拿了王子殿下的神弓。」

「什麼？」梅迎春臉色驟變，大聲叱喝，「這把神弓誰都不能碰，難道你們不知道？」

鐵赫爾點頭如搗蒜：「是，是！屬下明白，只是那個漢人身手太敏捷，我們這一大班人，都沒看清楚那弓是怎麼到他手裡的，他還……還把弓拉開了。」

梅迎春的眼中精光暴射，盯得鐵赫爾大氣都不敢出。半晌，梅迎春才好不容易扼制住了胸中激越的憤怒，用平靜下來的語氣道：「拉開就拉開吧。我知道了，你走吧。」

鐵赫爾又把手中的紙往前送了送：「殿下，這紙上寫的，是那個漢人的名字。」

梅迎春接過紙，厭惡地擺擺手，鐵赫爾慌忙退了出去。

梅迎春緊捏著紙，正在猶豫著，就聽到門外有人在輕喚：「梅先生，可安寢了嗎？」

梅迎春聽出是沈槐的聲音，趕緊把紙往懷裡一揣，應道：「是沈將軍吧？在下尚未睡下。」忙去將門敞開。

月光下，沈槐神采奕奕地站在門前，夜已很深，卻不露絲毫倦意。梅迎春笑著要把他往屋裡讓，沈槐站在原地不動，只是微笑道：「夜深了，沈槐不想打擾梅先生休息，就是想再來致一次謝。」

梅迎春只好自己迎出門外，口中謙道：「沈將軍真是太客氣了，梅某在沈老伯家中盤桓數日，多承阿珺姑娘照料。沈老伯出了事，只剩下阿珺姑娘一個人，梅某為她效上犬馬之勞，本也是應該的。沈將軍如此再三致謝，反倒讓梅某不安了。」

沈槐被梅迎春說得直搖頭，無奈道：「梅兄這幾句話令得我都無言以對了。」他朝四下看了看，又問：「梅兄此次進京會住多久？是來探親訪友還是有其他事情要辦？哦，我不是別的意思，因沈某在洛陽還任了個一官半職，不知道是否有可效勞之處？」

梅迎春淡然一笑：「沈將軍的好意梅某心領了，梅某在洛陽也沒有什麼要緊的事情，只不過是隨便看看，領略下大周神都的風土人情。」

「哦，梅兄果然是個有心人啊。既然如此，沈槐就先告辭了，明天一早，我便來接堂妹去家中居住，待安頓下來，一定請梅兄過去作客。」

「沈將軍太客氣了，到時候梅某一定上門叨擾。」

梅迎春拱手致謝，目送沈槐離開。回到房裡，他的心中隱隱浮現一絲不快，沈槐顯然對自己懷有很大的戒心，剛才的幾句話既是試探也清晰地表示了某種抵觸，看似禮數周全，實際上卻欲拒人於千里之外，梅迎春心想，莫非這就是大周朝廷官員的派頭？他又一次想起了不久前的那個除夕夜，難道一身將軍服色就會讓人發生根本的變化嗎？不，他不相信。梅迎春現在可以確定，袁從英和他的這位繼任者沈槐之間，有著非常大的不同。

梅迎春又轉念一想，也怪不得沈槐。誰讓自己無意中探得了沈庭放暗中所幹的見不得人的勾當呢。當他剛開始住進沈庭放的家中時，倒也沒想到會有後來的發現。只是有一次他在翻看沈庭放的藏書時，自沈庭放的書桌上看到刻有突騎施標誌的金錠時，突然產生了極大的好奇。這種金錠平常在中原是根本見不到的，只有這次鐵赫爾一行人隨身帶了些。聯想到鐵赫爾賭博輸得精光的情況，以及沈庭放常常寅夜外出的古怪行徑，梅迎春決定要探個究竟。經過幾次夜間的跟蹤，梅迎春震驚地發現，沈庭放居然是金城關外那個地下賭場的隱秘組織者，他花高價雇用了一批打手和賭徒，訓練他們，讓他們在自己的安排下有條不紊地誘騙無知的人們，引他們陷入賭博的泥潭，再借給他們高利貸，一點點地把他們身上的錢全部榨乾，最終陷入萬劫不復的境地。

由於沈庭放自己從不直接露面，因此那些被逼到走投無路的人並不知道真正的幕後黑手是什麼人。官府也從不出面干涉，大概是被沈庭放用某種手段擺平了吧。總之，金城關外亂墳崗上的那處破爛廟宇，就好像是個獨立王國，幾乎每夜都在上演著殺人不見血的殘酷戲碼。梅迎春無法想像，沈庭放從中到底得到了多少財富，至少從他和沈珺的日常生活中看不到絲毫富有的跡象，尤其是沈珺，過著連下等僕役都不如的日子，讓梅迎春情不自禁地對她產生了深深的同情。也正是由於這種同情，才使得梅迎春投鼠忌器，最後還是放過了沈庭放，沒有將他的惡行公諸於眾。否則，光是那些家破人亡的賭徒們找上門來，就足以讓沈庭放死無葬身之地了。

現在沈庭放雖然死了，沈槐卻仍然要擔心他身上所繫的秘密會影響到自己，畢竟沈槐是身居高位的朝廷武官，而且還是當朝宰相的衛隊長，身分十分重要又敏感。假如狄仁傑瞭解到了沈庭放的劣跡，會怎麼想呢？是不是因此就會失去對沈槐的信任？梅迎春想到這裡，便覺得又能夠理解沈槐了。

梅迎春朝桌上看去，父親留給他唯一的遺物——突騎施最偉大勇士的神弓，在燭光下閃著黝黑的光澤，深沉而凝練，卻又蘊含著無窮無盡的力量和勇氣。這是他最強大的武器，也是他最珍貴的寶藏，它意味著權威的繼續，更代表著血脈的傳承……梅迎春突然探手入懷，拿出了那張紙。究竟是什麼人，竟敢擅動他最寶貴的東西？

將紙展開，梅迎春的眼睛立時瞪大了，捏著紙的手顫抖起來，震驚、懷疑，還有慌亂，把他的整個身心牢牢地佔據住了。

沈槐回到狄府外時，已經快要三更天了。他的手中持有千牛衛將軍的特別憑證，因而可以在宵禁的街坊間通行無阻。來到邊門旁，他正要舉手敲門，突然敏銳地感覺到身後有動靜。沈槐緩緩放下右手，至腰間緊緊握住劍柄，猛地轉過身來，身後之人嚇了一大跳，倒退了好幾步，抬腿像是想逃，沈槐已經攔在了他的面前，寶劍並不出鞘，只是將他的去路橫擋。

今夜的月光很清亮，照在這個蓬頭垢面、一身污穢的叫花子身上，讓人感到說不出的陰冷和詭譎。沈槐滿腹狐疑地端詳這個叫花子，拿不準這傢伙到底想幹什麼。此人的樣子已經頹唐到了極點，唯有一雙眼睛閃著狂熱的光芒，似乎十分興奮，又流露著深深的恐懼。在沈槐的劍鞘前，他哆嗦成一團，站立不住，只能半蹲在地上，眼睛卻死死地盯著沈槐。

沈槐皺起眉頭問：「你想幹什麼？」

叫花子嘶啞著嗓子開了口：「您……您是沈槐沈將軍嗎？」

沈槐大驚，他居然還知道自己的名字！於是聲色俱厲地低聲喝問：「你怎麼知道我的名字？你是誰，你找我幹什麼？」

那叫花子從懷裡掏出張紙條，伸著黑灰的手朝沈槐遞過去。沈槐接過紙條，厭惡地避開上面的黑指印，展開來一看，立即變了臉色。他一聲不吭地再次從上到下地打量著那個叫花子，許久才低聲問道：「你叫楊霖？」

楊霖垂下頭，低低地答應了一聲。再抬起頭來時，沈槐又換回了平日那副波瀾不驚的面貌，平靜地問道：「你在這裡等多久了？」

楊霖低聲道：「今天才進的洛陽城，下午找到狄府旁邊。我不敢去府上問，只向旁邊的住戶打聽了一下，才知道沈將軍出去了，我便一直等候在這裡。」

沈槐從牙齒縫裡擠出一句：「算你聰明，這麼說你來到洛陽後，除了問路還沒有和任何人打過交道，說過話？」

「沒、沒有。」

沈槐繞著楊霖轉了個圈，突然冷笑一聲，問：「你知道他讓你來找我，是為了什麼嗎？」

楊霖喃喃地重複著：「他……為什麼？讓我來？」

沈槐的聲音冷若冰霜，又問了一遍：「為什麼？」

楊霖眼神空洞，恍恍惚惚地答道：「我把錢全輸給他了，後來，後來他把那件東西也拿走了。我問他要，他不給。他說讓我來找你……他說，只要我按你的吩咐去做，你就會把那件東西還給我。」

沈槐緊鎖雙眉：「那件東西？」想了想，他決定道：「你跟我來，我會告訴你需要做什麼。」

楊霖抖抖索索地從地上爬起來，正要跟上沈槐，沈槐突然舉起劍鞘，往楊霖的背上狠狠一擊，楊霖被打得往前猛撲在地，天旋地轉之際，聽見沈槐湊到他耳邊，一字一句地道：「你給我聽清楚了，從現在開始，你的生死就全在我手中了。我想你知道應該怎麼做，不用我再多提醒了吧？」

楊霖下意識地點頭，沈槐移開劍鞘，拎起楊霖的後脖領子，往前一推，楊霖便如一個夢遊者般，無知無覺地向前走去。

第二天一早，沈槐雇了輛馬車，去南市的客棧中接了沈珺和何大娘。在狄府近旁他新租下的僻靜小院裡面，算是把沈珺安頓了下來。這天中午，他特意從城中有名的酒肆「春滿園」叫了簡單的一桌酒菜過來，與她們二人共用了午餐。吃過飯後，沈槐囑咐了沈珺幾句，看她和何大娘開始拆放行李，佈置臥房，這才離開小院回了狄府。

在狄府門口，沈槐碰上了剛巧告辭出來的宋乾，二人便在門邊寒暄了起來。宋乾已從狄仁傑處聽說了沈槐家中的事情，隨口慰問了幾句，聽沈槐說堂妹已經安全到達，並且安頓妥當，宋乾也挺高興。

沈槐問起宋乾今日的來意，宋乾道：「倒也沒什麼大事，就是關於前幾樁生死簿的案子，再來和恩師探討探討。」

沈槐笑道：「沈槐知道，宋大人探討案情不假，想念大人，過來看看他老人家也是真。」

宋乾大笑：「沈將軍啊，咱們相識不久，我的心思倒讓你給看透了。」

沈槐連連擺手：「我哪裡能看透宋大人的心思，可宋大人對大人的一份拳拳之心，本來就是盡人皆知的嘛。」

宋乾聞言欣慰地點頭，隨後卻又蹙起眉尖：「唉，可我看最近恩師的精神一直不太好。說實話，我真的很擔心他老人家。聽狄忠說自從去年底從并州回來以後，恩師就始終鬱鬱寡歡，一下子衰老了許多。我想，狄三公子還有從英的事……」說到這裡，宋乾突然住了口，略顯尷尬地笑了笑。

沈槐不動聲色，平靜地附和道：「宋大人所言極是，沈槐也正為此擔憂。不過我倒覺得，可能大人他是忙慣了的人，此次回朝之後，聖上體貼大人年邁體弱，不讓他再為國務多操勞，大人一下子清閒下來，恐怕反而不太習慣。」看宋乾若有所思地點頭，沈槐語氣輕鬆地道：「宋大人你看，每次你到大人這裡來討論案情，大人的精神就很好，分析起案情來更是鞭辟入裡，風采絲毫不減當年。所以啊，我看最好的辦法還是宋大人你多來跑跑，每次都帶幾個疑難怪案過來給大人斷，就一定能讓大人神清體健！」

宋乾連連點頭，乾笑了幾聲，道：「沈將軍這個主意不錯，我還真是每次都帶著案子來。說實話，有恩師幫忙，我的心裡踏實不少啊。」

沈槐猛然想起生死簿的案子，便問：「宋大人，我記得上回在天覺寺時，大人曾讓你查問圓覺的身量，不知道可有進展？」

宋乾道：「這個一查便知的，那圓覺生得膀闊腰圓的，是個肥和尚，中等身量，哦，和我差不多吧。」

沈槐沉吟道：「那麼說，他要爬上半丈高的拱窗也確實不容易啊。」

宋乾點頭：「是的，後來我又去了天覺寺一次，上天音塔看過了。那個拱窗旁邊毫無支撐，窗楣俱是光滑的石料所製，要想徒手攀上窗台並不容易。」

沈槐接口道：「假如圓覺當時還喝得酩酊大醉，是不是就更難攀上了？」

「嗯，按理應該是這樣的。」

沈槐問：「那大人怎麼說？」

宋乾笑了：「恩師什麼都沒說，沈將軍你一定知道恩師的脾氣，在一切水落石出之前，恩師最愛賣賣關子。」

「這倒也是。」

兩人一齊朗聲大笑。

笑罷，宋乾壓低聲音道：「沈將軍，周梁昆那裡，最近可有什麼動靜？」

沈槐搖頭，也低聲道：「沒有發現什麼異動，宋大人請放心，沈槐這裡一直都派人日夜監視著，一旦有風吹草動，必會告知宋大人。」

宋乾抬頭看了看天，笑道：「喲，才和沈將軍隨便聊了幾句，怎麼就過正午了。剛才京兆府那裡送過信來，說南市一個珠寶店裡發了人命案，要大理寺協查，我還要趕回去安排，這就告辭了。」

沈槐忙抱拳道：「宋大人公務繁忙，辛苦了！」

兩人這才在狄府門前告辭，各自去忙。

整個下午，沈槐按例巡查了衛隊的防務情況，又過問了一番周梁昆處的監視安排，均沒有什麼異常。他惦記著沈珺，不免有點心不在焉。好不容易挨到了太陽落山，沈槐來到狄仁傑的書房，想看看狄仁傑還有沒有什麼吩咐，如果沒有特別的事情，他今晚便要告假去和沈珺一起吃晚飯了。

剛和狄仁傑聊了沒幾句話，狄忠突然來報說宋乾來了。狄仁傑和沈槐不由詫異地互相看了一眼，中午剛剛送走的，怎麼晚上又來了？

「恩師，沈將軍！」宋乾一迭連聲地叫著匆匆忙忙走進書房，滿臉的焦慮。

狄仁傑問：「別著急，先坐下，什麼事情如此緊要？」

宋乾朝狄仁傑深深一揖：「恩師，學生無能，又有案子要麻煩到恩師了。」

「哦？」狄仁傑的眼波一閃，淡淡地問：「又有案子？既然驚動到了大理寺卿，想必頗不尋常？」

狄忠端上茶來，狄仁傑微微一笑：「先喝口茶，慢慢說。」

宋乾依言喝了口茶，這才穩了穩心神，道：「恩師，沈將軍，我下午回到大理寺，便是去處理今天新報上的一樁案子。南市有一家叫作『撒馬爾罕』的胡人珠寶店，今天中午發現了一具無頭的女屍！」

狄仁傑微揚起眉毛：「撒馬爾罕？這個名字倒是很耳生，胡人開的珠寶店我也知道幾家，似乎沒有聽說過這個？」

沈槐皺起眉來重複了兩遍珠寶店的名字，突然叫道：「我見過那個珠寶店。就在我堂妹暫住的客棧不遠……看上去很不起眼的。怎麼？那裡出了人命案？」

宋乾接口道：「對，就是家門面很普通的珠寶店，案子是先報到京兆府的，說是珠寶店的波斯掌櫃在店中發現了一具女人的屍體，頭顱被砍，血流成河，其狀慘不忍睹！」

狄仁傑道：「無頭女屍？這樣的案子倒確實少見，按例是該請大理寺協查的。只是，宋乾啊，一樁人命案子也不該讓你這個大理寺卿如此緊張迫切吧？」

宋乾「咳」了一聲，道：「本來我也只是安排手下人去協助查案，他們回來以後報說案子很蹊蹺，那波斯掌櫃是唯一的證人，可也說不清楚事情發生的原委，看起來頗為棘手。我想起恩師曾經說過，殺了人以後還取走頭顱的，多半是為了掩蓋死者的身分，便建議他們還是先想辦法弄清楚那女屍的來歷。」

狄仁傑微微點頭：「嗯，這一點確實很重要，既然那波斯掌櫃是唯一的證人，他是不是能認出死者呢？」

宋乾讚歎道：「恩師真是一語中的！學生也問過，起初那掌櫃矢口否認認識死者，說他一早出去辦事，晌午前才回到店中，是店裡看門的小夥計說有位女客來訪，在樓上等著。於是掌櫃便上樓去見客人，結果就看到女客死在血泊之中，所以他也沒有見到死者的面貌。至於那小夥計嘛，稀裡糊塗的，話也說不太清楚，只說這位女客來時全身罩著黑色大披風，他什麼都沒看見。」

狄仁傑又品了口茶，含笑道：「起初，那掌櫃矢口否認……那麼，後來呢？難道他翻供了？」

宋乾和沈槐互相看了眼，也都不由得笑了，宋乾道：「恩師啊，今天沈將軍還說呢，您一聽說有奇難怪案就來勁，還真是一點兒沒說錯。看來這個案子就等著您來大展神探的風采了。」

狄仁傑佯怒：「好你個宋乾，如今也學會調笑老夫了，沈槐，你也一樣。」

沈槐連忙起身，抱拳道：「大人，沈槐不敢！」

狄仁傑笑著擺手，示意他坐下。

宋乾道：「恩師，剛才雖是說笑，但學生沒有十分的必要，又怎麼敢勞動到恩師！」他收起笑容，正色道：「恩師您的判斷太正確了，那掌櫃真的翻了供！」

「哦？」狄仁傑眯起眼睛，等著他的下文。

宋乾繼續道：「學生聽了案情以後，便建議手下去京兆府一起提審波斯掌櫃，看能不能多問出些名堂來。可學生也沒有料到，大約半個時辰前，京兆尹竟親自帶著波斯掌櫃到大理寺來，說那波斯掌櫃突然承認他認識那個死者。而且……恩師，您恐怕萬萬都想不到，他說這死者是梁王家中的小妾，名叫顧仙姬！」

「梁王的小妾？」狄仁傑也不禁吃了一驚，追問道：「那波斯掌櫃能肯定嗎？」

宋乾重重點頭：「他一口咬定。」

「可是他怎麼能認識梁王的小妾？況且梁王的小妾到他這麼個不起眼的小珠寶店來幹什麼？」

宋乾忙回答：「這些話京兆尹也都問過了，據那掌櫃說，梁王的這名小妾名喚顧仙姬，原來是『遇仙樓』的頭牌姑娘，一年多前才被梁王娶去做了第五房的姨太太。」

狄仁傑的臉色變得凝重起來，嘴裡喃喃道：「遇仙樓，怎麼又是遇仙樓？」

沈槐輕聲問：「大人，遇仙樓有什麼問題嗎？」

狄仁傑朝他瞥了一眼，反問道：「你不記得傅敏的死了嗎？」

沈槐倒吸口冷氣：「是啊，梁王的妹夫傅敏大人就是暴斃在遇仙樓！」

狄仁傑冷冷地道：「看來梁王和這個遇仙樓還真是結下了不解之緣。」他看了看宋乾，「宋乾，你繼續往下說。」

宋乾點頭，鄭重其事地道：「據波斯掌櫃說，過去顧仙姬在遇仙樓時，曾去他的店中買過珠寶，因此他對顧仙姬有些印象。但是他這次之所以能認出那女屍是顧仙姬，卻是因為這女屍的頭顱雖被砍去，脖子上的項鍊卻未取走。這項鍊正是一年多前，他親手賣給顧仙姬的。」

狄仁傑的目光如炬，自言自語道：「有意思，這案子果然有意思。女屍被砍去了頭顱，卻不取走項鍊……遇仙樓，頭牌姑娘，梁王的小妾，妹夫……凡此種種，難道都是孤立的事件，因為某種巧合才聯繫在了一起？不，這世上沒有巧合，它們之間一定有著千絲萬縷的關聯！」他的聲音越來越低，漸漸陷入沉思。

宋乾和沈槐坐在兩旁，直直地看著狄仁傑，連大氣都不敢出。

第八章　邊城

殘陽似血，朔風如刀。

這裡是晚冬的西北大漠，凌厲、悽愴、深邃、神秘，沒有詞語能夠真正形容出它帶給人們的感覺，就像人們永遠也形容不出面對死亡的絕望和恐懼一樣。

已是初春的時節，大漠裡卻沒有春天。在大周西北邊塞的荒漠中，時光似乎被凝固了。無窮無盡的砂海之上，依然覆蓋著厚厚的積雪，黃沙和白雪交相映襯，使大漠之景愈加顯得蒼涼而嚴酷。冬天的大漠之上，總是遮著濃重的烏雲，突然席捲而來的狂風，偶爾將烏雲吹散，淒冷的陽光投射在翻滾盤旋的風沙之上，帶來更多的肅殺氣象。連綿不絕的沙丘和荒漠之間，是倒伏的衰草，還有胡楊樹和紅柳枯敗的枝幹，彷彿都已經死亡了幾千年，只留下被風沙雕鑄得殘缺不全的軀體，徒然地聳立在無際的蠻荒之中，等待著下一陣更猛烈的朔風和暴雪，將它們徹底掩埋。

這是一個酷寒的世界，這是一個荒蕪的世界，這是一個杳無生機的世界。

再過兩三個月，大漠中的溫度就會迅速升高，積雪在一夜之間便將化盡，甚至還來不及用它清冽的甘液稍稍潤澤一下周邊的大地，炎夏便會到來。陽光灼烤之下的砂石和黃沙，變得滾燙炙熱，連空氣的流動都會迅速地帶走水分，那時候的荒漠又將帶給人們另外一種絕望。

但這個世上，總有些勇氣非凡、無所畏懼的人們，會為了追求理想而置生死於度外。於是，即便是在這嚴酷到幾乎無法存活的大漠之上，也慢慢地被來往的人們艱難而執著地走出了一條又一條道路，這些商路貫穿東西，將大周與中亞的波斯、撒馬爾罕、敘利亞、阿拉伯半島上的大食，甚至遠在歐洲的拜占庭帝國連接起來。就在這些商路之上，來自東西方的財富流動起來，各種千奇百怪的貨品和物資，或車裝、或駝運、或馬載、或驢馱，不論有多少艱難險阻，也不管有多麼巨大的風險和犧牲，以人畜白骨作為標誌的道路綿延向前，通往希望和夢想。

此刻，就在這片大漠之上，一支由數百頭駱駝組成的商隊正在艱難前行。他們只是每年行進在絲綢之路上的無數商隊之一，但選擇在這樣的冬末穿越荒漠的，倒也不多見。夕陽西下，大漠上的溫度正在飛速地下滑，冰寒入骨的大漠冬夜很快就要來臨了。

商隊最前面，是一峰白色的巴克特里亞駱駝，駝身上披蓋的五彩毛氈，經過多日的跋涉，已經被沙塵沾染成黑魆魆的。因為霜凍，駱駝長長的睫毛變得雪白，映著殘陽的餘暉，白色睫毛下深棕色的雙眼，閃著疲憊而溫柔的光芒。駝背上騎著一個滿面風霜的胡人，魁偉健壯的身軀歷經長達數月的跋涉而顯微駝，他就是這個波斯商隊的頭領——阿拉提姆爾。

面向夕陽的金光，阿拉提姆爾瞇縫起眼睛，深深地呼出一口氣，眼前綿延不絕的沙丘，在他的眼中慢慢幻化成故園那栽滿鬱金香的金燦燦的原野。離開家鄉到底有多久了？差不多快半年了吧？真的沒有想到，這東去大周的路如此漫長，不過好在就快到了。不是嗎？往右前方眺望過去，高遠的天山之巔上，終年不化的積雪在雲海間飄浮，猶如天庭中神祇的居所。就在它的山腳之下，大周所轄的隴右道上，庭州、沙州、伊州，這些繁忙的西北重鎮，向來自西方的行商們敞開中原大地的門戶，引領他們進入玉門關內那片令人浮想聯翩的神州。

就是為了踏足這片夢想中的土地，阿拉提姆爾和他的同伴們已經走了足足五個多月，路途比他們想像的要曲折和艱難得多。一般來說，自波斯出發，沿著帕米爾高原的邊緣，進入大周西北邊境的安西都護府管轄區域，可以選擇天山南麓和北麓兩條路徑繼續前往玉門，過玉門關才算真正進入了大周的腹地。阿拉提姆爾的商隊走的是北線，這條路可以避開神秘的崑崙山脈和沙海無邊的圖倫磧，以及可怕的死亡戈壁，相對風險要小些。

當然了，無論南線還是北線，都有足夠多的艱辛和困苦。北線上最大的危險不是來自於自然，而是來自於人力。由於大周朝廷缺乏對西突厥各部落的有效控制，北線一直都是匪盜出沒，搶劫頻發的。對此，阿拉提姆爾自信有相對充分的準備，他的商隊中都是最精壯的波斯漢子，個個身手不凡，善於耍刀弄槍，對付普通的土匪和強盜還是很有把握的。

一路行來還算順利，大大小小的波折也遇到不少，但都沒有給商隊造成嚴重的損失。這幾日，阿拉提姆爾頻頻查看地圖，可以斷定，只要走出現在的這片荒漠地區，前面不遠就是庭州了。對遠行的商旅來說，只要到了庭州，那就是綠洲遍佈、草原如蓋、湖泊湛藍、城鎮林立的人間天堂了。

阿拉提姆爾再次回頭巡視他的商隊，百來峰高大的巴克特里亞駱駝，經過長途跋涉，都已經瘦癟了肚子，但是步伐依然有力，也都沒有生病，看起來應該能順利完成剩下的旅程。他的同伴們雖然也都已疲憊不堪，可是勝利在望的憧憬，這幾天來又給他們黝黑滄桑的面孔增添了光彩，沙啞的喉嚨裡甚至還會時時飄出歌謠來。據說庭州有許多來自波斯的舞孃，會跳最地道的波斯舞蹈，到時候大夥兒可真要好好痛快痛快了！

想到這裡，阿拉提姆爾的眼睛裡也不由飄出熱辣辣的慾火，他趕緊定定心神，大聲喊道：

「天晚了，咱們今天就在這裡紮營。」

商隊裡傳出如釋重負的歎息和笑聲，人們開始忙碌著支起帳篷，駱駝都被趕在一處，幾條一路跟隨而來的獵狗在外圈恪盡職守。前天晚上商隊紮營在一小片綠洲旁邊，所以隨身攜帶的羊皮水囊和水桶都還有一大半。篝火生起來了，首先煮上的就是茶炊，寒冷的夜空中很快茶香飄逸，烙餅和烤肉的香氣四散開來，大家圍著篝火匆匆忙忙地灌下燒酒，必須要趁著太陽徹底落山之前就把晚飯吃完，等天一黑，大漠裡的氣溫就會立即降到冰點以下許多，這時候只有躲進厚厚的棉氈圍起的帳篷中，才能保暖。假如待在外面，不需兩三個時辰，就可以把人活活凍死。

夜幕降臨了，風勢越來越大。沙漠中的風暴具有毀滅一切的力量，沒有任何抵禦的方法，只有祈禱在最後這幾天的旅途中，能夠保佑他們這個商隊避開最兇險的朔風。阿拉提姆爾在狂風中掙扎著巡視完所有的帳篷。背風處，駱駝和車輛被牢牢地拴在深砸入地下的木樁上，獵犬蜷縮在駱駝的身邊，在風中不停地狂吠，只要風不停，牠們就會這樣一刻不住地叫上一整夜。阿拉提姆爾返回自己的帳篷，向地上連連吐著唾沫，還是覺得滿口的沙土。其他幾個人都已經做完禱告，鑽進了毛毯。

半夜，阿拉提姆爾突然從酣夢中驚醒。他抬起頭，帳篷裡面一片漆黑，周圍靜得可怕。不知道什麼時候，狂風停止了呼嘯，連那幾隻獵犬的狂吠之聲也跟著湮滅了。阿拉提姆爾鬆了口氣，又躺回到氈子上，但是不知道為什麼，他心中的恐慌卻驟然變得清晰而強烈。身邊的薩必勒聽到動靜，也翻了個身，輕輕問：「怎麼了？」

阿拉提姆爾沒有吱聲，他緊張地豎起耳朵，仔細地傾聽周圍的動靜。似乎沒有聽到什麼特別的聲響，只有遠處的幾聲狼嚎，一如既往地哀戚而悲愴，在大漠中早已聽慣了這種叫聲。根據聲音，阿拉提姆爾可以準確地判斷出狼群所在的位置，應該還離得比較遠，不足以構成重大的威脅……「不對！」阿拉提姆爾從毛毯中一躍而出，太陽穴突突直跳，牙齒因為寒冷和恐懼止不住地打顫：沒有獵犬的叫聲！平時只要一聽到狼嚎，牠們就會發出慌亂的嘶吠，今天牠們卻反常地沉默著。

薩必勒也發現了問題，迅速地鑽出被窩，一邊大聲叫喚著其他人。點亮油燈，大家手忙腳亂地穿衣服，取傢伙，阿拉提姆爾的心中一閃而過的是深深的懊悔，今天的疏忽是不可原諒的！整個旅途中，每晚休息時都有人輪流放哨站崗，就是為了對抗商路上神出鬼沒的匪徒，也許是因為一路上的平安無事，也許是因為就快要走出荒漠，也許是因為這滴水成冰的冬夜，讓人無法想像還會有夜間的攻擊……一切的一切都造成了今晚，阿拉提姆爾頭一次沒有派人值守，然而，禍福往往就在一念之間！

幾乎就在波斯商隊剛剛清醒過來，準備戰鬥的同時，呼哨聲聲劃破夜空，燃燒著的火箭穿梭而至，牢牢釘上氈毛的帳篷，一頂頂帳篷頓時變成大大的火球，烈焰騰空而起，竟將寒夜點亮。剛從睡夢中驚醒的波斯人，顧不上衣冠不整，手裡擎著波斯長刀和其他武器，吶喊著衝出大火。阿拉提姆爾領頭跳出來，迎面就是劈頭蓋臉的火箭。阿拉提姆爾端的是十分兇猛，將手中的長刀揮舞得虎虎生風，火箭紛紛掉落在他的周圍，借著火光，阿拉提姆爾努力向前望去，他要看清楚這攻擊究竟來自於什麼人。

但攻擊一方並不準備給他任何機會，幾輪火箭放完，眼看所有的帳篷都成了熊熊燃燒的火海，全部波斯人都被逼出了帳篷之外，有幾個手腳不俐落的已經被箭射翻在地，又一輪實打實的殺戮迅猛而來。全身黑衣的匪徒，手持利刃上下翻飛，刀刀見血步步殺機，以幾倍於商隊的人數和攻擊力，實施最徹底的屠殺。

阿拉提姆爾抬手剛剛隔開劈頭砍來的一刀，攔腰又是一刀橫掃過來，他狂喊著飛腳猛踹，將刀踢飛。薩必勒也在旁邊大叫著搏殺，這個精壯的波斯漢子很有股拚命的勁頭，一轉眼已經放倒了兩名衝上前來的匪徒，抹一把濺得滿臉的鮮血，他大叫著阿拉提姆爾的名字，向頭領靠近過來。兩人眼神相錯之間，已經背靠背站穩，形成防禦之態，惕然面對圍攏過來的匪徒。

此時此刻，阿拉提姆爾已心知情況十分危急。雖然被攻擊得措手不及，但商隊畢竟還是有不弱的戰鬥力，就在剛才這一輪的短兵相接中，他和薩必勒就斬倒了不少匪徒，可抬眼望去，黑壓壓的土匪又圍將上來，仍然把他們困了個水泄不通。而且這些匪徒衣著整齊，行動守序，幾個頭領俱以黑布蒙面，號令之下，手下眾人進退有度，很有章法，完全是有組織有計劃的進攻，和他們一路行來偶爾遇到的那些散匪根本不一樣，而更像是訓練有素的士兵。尤其可怕的是，他們全部的行動都靠頭領手中揮舞的鋼刀作為指引，從一開始到現在，這些人沒有發出過一點聲音。

就當阿拉提姆爾在腦海中火速盤算的時候，宿營地裡的哀號聲越來越響，不用看都知道，那是匪徒們正在殘忍地殺害波斯商隊的同伴們。身後的熊熊火光已經把面前的荒漠照得雪亮，阿拉提姆爾的眼睛有些發花，越過緊緊包圍著他二人的匪徒，可以看見其後是站得整整齊齊的高頭大馬，馬上的黑衣騎士們身披鐵甲，背負硬弩，在火光的映襯之下，全身上下閃耀出銀色的光輝。

「怎麼辦？」薩必勒在他的背後嘶聲狂呼，其他人的哀號聲已經漸漸平息下去，只有血水沿著砂石向他們的腳下流淌過來。從帳篷後面又傳來駱駝混亂的叫聲，一定是部分土匪去劫奪他們的貨物和駝隊了。阿拉提姆爾跺腳狂喊著：「不！」他的心血、他的財富、他的夢想，就在頃刻之間毀滅殆盡！

阿拉提姆爾想到了逃！很顯然，要從面前的這群劫匪手中搶回財物是不可能的，但他還不願意就此死去。他朝身後的薩必勒高喊：「殺出去！」

兩人依然背向而立，一起撲向圍著他們的人群。困獸之鬥何其慘烈，阿拉提姆爾和薩必勒殺紅了雙眼，為了掙出條性命浴血搏鬥。他們的身邊很快倒下多具屍體，包圍圈真的被突出了個小小的缺口，兩人撒開雙腿，往大漠的深處奪命狂奔。

匪徒們並不急著追趕，居中一匹馬上的騎士，似乎是整個匪幫的首領。黑色蒙面布後的雙眼閃著冷峻甚至嘲諷的光芒，他鎮靜地看著在大漠上飛奔的兩人，估摸著距離差不多了，才輕輕一揮手，兩頭早已等得不耐煩的獒犬從隊伍中一躍而出，漆黑的身影在夜幕中宛如鬼魅閃過，轉眼已追到逃跑的兩人身後。獒犬的口中發出令人毛骨悚然的叫聲，猛撲過去，薩必勒猝不及防被撲倒在地，脖子立刻被咬斷。

阿拉提姆爾已經瘋狂，他翻手一刀，正砍在高高跳起的獒犬的前腿上，那畜生哀號著翻滾在地，阿拉提姆爾繼續狂奔，突然聽到耳邊有弓箭振動空氣的聲響，他仰起臉，空洞的雙眼盯向夜空中的繁星，那是波斯美女鑲嵌在額頭的寶石吧？阿拉提姆爾聽見自己的喉嚨裡面發出咯咯的聲音，低下頭，只見一支箭頭從自己的脖子前端伸出來，上面還染著淡淡的一縷鮮紅。阿拉提姆爾仰面倒了下去，雙目依然瞪得圓圓的，似乎還在憧憬著美好的中原大地，和那只差一步就可以得到的金錢、享受和滿足。

匪幫首領催馬上前，將手中的弓仍然揹到身後，繞著阿拉提姆爾的屍體轉了一圈，示意手下拔下插在屍體上的箭簇，這才向天空一連發出三支火箭，長長的呼哨聲在荒漠上空久久迴盪。片刻之後，荒漠重新回到死一般的寂靜。過了一會兒，天空中開始飄起鵝毛大雪，狂風呼嘯，捲起漫天遍野的雪和沙，帳篷燒成的殘片在空中飛舞，很快便被吹散。白雪和黃沙合力將遍地的猩紅遮蓋，將近百具的波斯商人的屍體眼看著也要湮沒在無盡的沙堆之下，只待若干年後，由過路的人們來發現他們的森森白骨。駱駝和滿載貨物的車輛早已無影無蹤，和那隊匪徒一樣，彷彿永遠消失在了荒漠的盡頭。

又過了許久，狂風漸歇，暴雪初緩，荒原之上又出現了點點跳動的火光，小小的一支人馬頂著風雪艱難前行，終於來到了波斯商隊駐紮的營地。從外表看，他們和先前的那幫匪徒十分相似，同樣的黑衣鐵甲，駿馬硬弩，只是臉上遮著的不是黑布，而是一色狼型的青銅面具，從他們小心翼翼的步履，亦步亦趨的神態來看，這應該是另外的一隊人。

靠近營地，只見沙雪之下，橫躺著一具具的屍首，還沒來得及被徹底掩埋。帳篷的毛氈全部被燒盡吹散了，只有數根用來固定的鐵架，被燒得彎折下來，依然不甘地豎立著。新來的這幫人仔細查看著殺戮的現場，個個面色凝重，神情悚然。他們默默無語地搜索著沙地上殘餘的物件：波斯兵刃、車具和其他行裝……他們將這些物件留在原地，只是小心地在旁邊插上鐵棍，棍頭均繫上紅色的絲帶，作為記號。

很快，整個營地都被搜索了一遍。一名身姿輕盈矯健的紅衣騎士領著眾人面朝營地，以手撫胸，低頭默禱了片刻，這才飛身上馬，帶隊駛離。紅衣首領走在全隊之前，率馬剛跑出幾十步，就發現了阿拉提姆爾的屍體。首領示意全隊暫停，下馬翻看阿拉提姆爾的屍身，也許是他的服飾證明了身分，那首領低頭沉吟片刻，手一揚，身邊的兩名手下立即擔起阿拉提姆爾的屍體，將它擱在馬車上。

一路之上，這一小隊人馬隔一段路就插下鐵棍，在荒原之上密密地布下線索。走著走著，遙遠的天際那頭，濃重的烏雲背後白光初現，大漠上的黎明就要到來了。面對著天邊的微弱曙光，首領將臉上的面具扯落，濃密的栗色長髮隨之披散下來，長長的睫毛下，一雙如碧潭般幽深的綠色眸子，在若明若暗的光線中折射出如詩的神韻。這是張只屬於青春少女的姣好面容，即使是酷寒和風沙，也無法奪去她那攝人魂魄的美麗。

碧綠的星眸迅速地掠過眼前綿延的沙丘，少女的臉上浮起堅定和決絕的神情，清朗的嗓音在荒漠上激起悠遠的回聲：「加緊趕路，明天一定要到達庭州！」

「是！」馬隊風馳電掣般地在大漠上奔跑起來，身後的沙海上留下長串的足跡。

第三天晚上酉時剛過，庭州刺史兼瀚海軍軍使的錢歸南大人結束了一天的公務，在後堂裡換下官袍，喝了口茶，叫人備好車馬，打算去吃晚飯。

馬車停在刺史府的後門旁，錢歸南匆匆走出來，剛要抬腿往車上邁，冷不丁車後躥出一個人來，口中還大聲嚷著：「刺史大人，刺史大人！」

錢歸南受驚不小，猛地朝後一退，他的貼身護衛王遷跳上前去，正要拔劍刺向來人，再定睛一看，連忙收勢，一邊不停地跺著腳叫：「咳，武遜！怎麼又是你？」

這個叫武遜的人站定在錢歸南的面前，恭恭敬敬地抱拳施禮，口稱：「庭州瀚海軍，沙陀團校尉武遜，見過刺史大人。」

「哦，原來是武校尉啊。」錢歸南捋捋鬍鬚，抬眼打量面前這個五短身材的壯年漢子，黑色的校尉軍服已被沙塵染得泛灰發黃，頭頂上的軍帽耷拉著，也是同樣的顏色，滿面風塵，連鬢的絡腮鬍鬚都黏成一團一團了。這個樣子只能證明，他剛剛從大漠中奔波而來。

錢歸南強壓住心中的憎恨，在臉上堆起笑容，親切地道：「武校尉，瞧你這風塵僕僕的，累壞了吧？還不快回瀚海軍部去休息？還沒吃過晚飯吧？可別餓壞了……我也正要去吃飯呢。王遷啊，快快上馬，還耽擱什麼？」說著，他再次往馬車上邁腿。

誰知那武遜竟搶身上前，一把扯住了錢歸南的袍袖。錢歸南的臉色驟變，眼睛中閃過隱約可見的凶光，但馬上又換上副笑瞇瞇的神情，故作驚訝地問：「武校尉，你有什麼急事嗎？」一邊說著，一邊就要騰出手來，可武遜卻不理他這一套，緊緊揪著錢歸南的袍袖就是不放。

王遷看著不像話，也上前來扯武遜的手，嘴裡低聲呵斥：「武校尉，你這算是什麼樣子，還不快退後！」

王遷官拜六品上的瀚海軍府果毅都尉，又是給四品的庭州刺史做護衛，平日裡哪裡會把武遜這樣的七品小校尉放在眼裡。可偏偏這武遜是庭州出了名的愣頭青，惹事精，小小的一個校尉卻愛多管閒事，什麼都要過問，為人又特別的耿直忠正，只要是看見任何不平不公的事情，或者是對庭州官府的作為有些微不滿，一概仗義執言，據理力爭，不鬧個一清二楚絕不甘休。就因為他從來都是為公不為私，所以平日裡沒大沒小的，庭州官府和瀚海軍上上下下還都拿他沒什麼辦法。當然了，武遜因為自己的這種為人，在庭州從軍二十載，大小軍功立過不少，至今卻仍然只當著個團級小校尉。

武遜甩開王遷的手，眼裡幾乎要冒出火來，直勾勾瞪著錢歸南，大聲嚷著：「錢大人，刺史大人！我都向您稟報過多少遍了，沙陀磧裡有土匪，可您就是不相信！現在又出事了！」

錢歸南皺起眉頭：「武校尉，你又道聽塗說些什麼了？我說過了，不要捕風捉影。」

武遜更急了，黑色的臉膛漲得通紅，幾乎已經在吼了：「錢大人！我不是捕風捉影，就在前日凌晨，大漠裡又發生了一起土匪劫奪波斯商隊的慘案！足足百餘人的商隊被屠殺啊，駱駝和貨物均遭劫，現場真是慘不忍睹！」

錢歸南打了個寒顫，縮起脖子道：「武校尉，不要這麼激動嘛。你說得這麼繪聲繪色，難道是你親眼見到？」

武遜愣了愣，答道：「倒沒有親眼所見，但是我這兩天已去大漠深處查看過才剛回來，那百來具波斯商人的屍體總不會是假的吧？」

錢歸南又是一哆嗦，臉色變得煞白，呆呆地瞪著武遜，嘴裡唸叨著：「百來具波斯商人的屍體？」

「是啊！錢大人，武遜今日帶著小隊人馬深入到沙陀磧中心，就是在那裡發現了這個波斯商隊，屍體還很新，不會早於前日被殺，帳篷都被燒光了，有拴駱駝的樁子和車具，但是沒見到駝隊和貨物，一定是被賊人劫走了！」

錢歸南的臉色越來越白，身體都開始搖晃起來，王遷連忙近身攙住他的胳膊，就聽到刺史大人在喃喃自語：「太可怕了，太可怕了。難道沙陀磧真的有匪幫？不，這不可能……」

武遜急道：「錢大人，武遜請錢大人下令，明天就派瀚海軍的大隊進入沙陀磧，沿途設哨，一方面徹查波斯商隊遇襲的案子，一方面也防範後續的商隊再度遇害，武遜願帶一隊！」

錢歸南聞言木愣愣地看著武遜，張了張嘴卻說不出話來，好像變傻了。

「錢大人，錢大人！」王遷一迭聲地叫喚，這錢大人才如夢方醒，抖抖索索地又要往馬車上去。

武遜怎麼肯放過他，索性攔在車門前，大聲叫嚷：「錢大人，您倒是說句明白話啊，這麼大的事情到底該怎麼辦？」

王遷忍無可忍，一邊推搡著武遜，一邊厲聲呵斥：「武遜，你瘋了嗎！你這是以下犯上，你知不知道？你一個校尉，有什麼權力命令錢大人？還不給我滾開！」

說著，他一使眼色，身邊的幾個部下一擁而上，就把武遜連推帶拉地往旁邊趕，武遜還是不依不饒，拚命地掙扎，直著脖子衝錢歸南喊著：「錢大人！沙陀磧中土匪橫行，這幾年來已經傷害了許多過往商隊，逼得西域行商都不敢選擇這條北線入大周。更有甚者，乾脆紛紛繞道東突厥境內，使得咱大周境內經北庭入甘、伊、沙州的線路形同虛設！這不僅大大有損我天朝威嚴，也令大周白白流失了許多西域行商帶來的財富！更別說那麼多無辜之人枉死於大漠之中！錢大人，您身為庭州刺史，難道就對這一切不聞不問嗎？」

「武遜，你越說越不像話了！快把他給我抓起來，押去瀚海軍大營，以犯上作亂論處！」王遷氣急敗壞地喊，那幾個部下就要動手綁武遜。可武遜隨身也帶著一小隊，看到長官被擒，也都連呼帶喝地擁過來，刺史府後面的僻靜小巷內，頓時亂作一團。

錢歸南氣得全身都哆嗦起來，勉強抬高聲音大叫：「住手！都給我住手！」

總算大家還懾于刺史的身分，暫時停止了打鬧，一齊瞧著錢歸南，等他發話。錢歸南搖搖晃晃地走到武遜面前，有氣無力地問：「武遜啊，你老是聲稱大漠中有匪徒，可本官從來也沒見到你拿出過任何人證物證啊？本官這裡也沒有接到過商隊的報案，你這不是在無理取鬧嗎？」

武遜咬牙道：「錢大人，武遜所說的句句都是實情。怎奈匪徒們行事狡詐，又兼大漠風沙遍佈，往往很難找到被害商隊的痕跡，何況匪徒們每次都將商隊眾人屠殺殆盡，故而連報案的人都找不到。可是……錢大人，這次武遜在沙陀磧找到了波斯商人的屍首，這就是最好的證據！」說著，他向部下示意，幾個人趕緊從一輛馬車上抬下個死人，往錢歸南等人的面前一扔，正是阿拉提姆爾的屍體！

錢歸南本已臉色泛白，搖搖欲墜，再一見到個死人，立即眼睛上翻，喉嚨裡咕嚕作響，仰著就往後倒去。王遷眼明手快將他扶住，連連撫弄他的胸口。半晌，錢大人才悠悠緩轉過來，靠在王遷的身上，半死不活地說：「武、武遜啊……本官身體不適、不適，要回家休息，休息……你說的事情，本官……知道了，待本官與眾人商量以後，再做打算……」

王遷把錢歸南扶上馬車，武遜還想說話，王遷朝他一瞪眼：「刺史大人都這樣了，你還想趕盡殺絕不成？」

武遜憤憤然地抿著嘴唇，雖然萬般不情願，也只得無奈地往後退去。錢歸南坐到車內，還掀起車簾，囑咐道：「武校尉，把、把這死人送入刺史衙門停屍房……別，別驚擾了百姓。」

馬車啟動，慌慌張張地駛出小巷。這時，坐在車頭的王遷才回頭朝車內問：「錢大人，咱們是回家呢，還是去……」

車內傳來錢歸南陰冷鎮定的聲音：「今天就算了，直接回家吧！」

刺史府門前，武遜呆呆地望著錢歸南的馬車揚長而去，部下湊上來問：「武校尉，這屍首？」

「送去停屍房！」武遜大喝，緊接著發出聲長長的歎息。

半個多時辰後，在距離庭州刺史府三條街的一個食鋪裡，武遜帶著三五個最親近的手下，喝開了悶酒。幾個人圍坐在油膩膩的木桌旁，單腿擱在長凳之上，捋起袖子來猜了好一陣子拳，喝下足足兩大罈子酒，武遜依然覺得胸中鬱悶異常。

天上已繁星點點，大漠夜晚的狂風到庭州城內便減緩了許多，可也還是刮得街面上飛沙走石，昏黑一片。百姓早就關門閉戶躲回家中，行商走卒則三三兩兩聚集於飯鋪酒肆或客棧之中，庭州這個如同塞外綠洲的大城鎮，在冬夜裡面也是一番肅殺之象，完全沒有了白天的繁華和多姿。

武遜有點醉了，他端起酒杯，大著舌頭抱怨起來：「娘的！老子真是受夠了！什麼狗屁刺史，看見個死人都會暈，比女人還不如！這種人，乾脆回家奶孩子去吧！」

幾個手下爆出一陣醉醺醺的大笑。其中一個借著酒意，口沒遮攔地嚷道：「武校尉，你是條好漢！兄弟們佩服你！不像別的那些官老爺，一個個除了撈錢玩女人，正經事一件都不幹！活著還不如死了強！」

另一個手下連忙擺手：「噯！小心禍從口出！咱們武校尉已經是庭州城裡有名的刺頭了，你沒見多少大老爺把武校尉當成眼中釘肉中刺，想找把柄還來不及呢！可不能再給武校尉惹麻煩！」

「嘩啦！」

武遜將手中的酒杯摔碎在地上，紅著眼睛叫道：「娘的！惹麻煩又如何？我武遜什麼時候怕過麻煩？要抓我的把柄？我行得正坐得端，一心一意為了大周，為了朝廷，別說是庭州官府，就是……唔，就是聖上來過問，我也不怕！」

「是，是。武校尉的為人，兄弟們最清楚了。可武校尉你的這番苦心，又有誰理會啊！」手下中一個看似清醒點的接口道，「看大哥你混到今天，還只混個校尉，那個王遷，什麼東西！論功夫論人品論才幹，哪一樣比得過你武大哥，可人家就是會溜鬚拍馬，會做人，這不？都成了正六品上的果毅都尉了，成天跟在刺史大人身邊，眼睛都快翻到天上去了！武校尉，兄弟們實在是為你不平啊！」

武遜冷笑一聲：「王遷那種小人，我本就不屑與之為伍。可恨的是我武遜空有一腔報國熱忱，每每總被這些奸佞之徒所誤！就像這次沙陀磧鬧匪患，我都說了整整三年了！庭州官府竟完全不予理睬，偌大一個瀚海軍駐紮在此，每天就是白吃白喝，空空耗費朝廷的軍餉，卻置邊疆商路的治安於不顧，眼看著這三年來，進入庭州的商隊越來越少，北庭地區的商運一天比一天蕭條，我的心痛啊！」武遜的拳頭重重地砸在桌上，碗碟杯筷跟著響成一片，彷彿也在為他鳴冤。

眾人沉默了，又都低頭灌下幾杯酒，坐在武遜身邊的一人道：「武校尉，刺史大人這回該認真辦一辦沙陀磧土匪的案子了吧？過去總說咱們空口無憑，今天都把屍首扔他面前了，難道他還能繼續對我們打哈哈？」

武遜面色陰沉，緊鎖眉頭不說話。這手下又想了想，湊到武遜面前，壓低聲音道：「武校尉，兄弟一直都不明白，刺史大人為什麼對沙陀磧的匪患這麼忌諱？既不肯追究也不許咱們提，會不會有什麼貓膩啊？」

他話音未落，武遜突然從凳子上一躍而起，猛地躥到近旁的桌前，對坐在桌邊的人厲聲大喝：「什麼人？為什麼要偷聽我們的談話？」

那人並不慌亂，淡淡地看了武遜一眼，便調開目光，仍然安靜地坐著。武遜等了片刻，見他絲毫沒有回答自己的意思，不禁又氣又惱，舉手猛拍桌面，吼道：「本校尉和你說話，你聽見沒有？」

那人這才抬起頭，凌厲的目光直逼過來，雙方眼神交錯，雖然只是一瞬，竟讓武遜激靈靈地打了個冷顫。那人慢悠悠地開口了：「你是在和我說話？有事嗎？」嗓音很低沉，略帶沙啞。

武遜被此人既內斂又犀利的氣勢震懾得愣了一愣，待回過神來仔細打量，心中不禁一驚，卻見他身上竟穿著整套校尉軍服，儀容整肅，坐姿筆挺，完全是軍人的氣質。武遜方才只是感覺這人一直在注意傾聽自己的談話，擔心來者不善，所以才跳過來逼問對方。現在留意到這人的神情和舉止，絕非平常百姓所能有的氣派，更兼這身和自己一般無二的軍服，不由從心底裡感到納罕。武遜在庭州從軍近二十年，對瀚海軍的情況可以說是瞭若指掌，因此能夠斷定這人絕對不是本地人，也絕不屬於瀚海軍。

武遜想到這裡，清清嗓子，努力克制住胸中翻騰的酒意，打起官腔：「嗯，本校尉說的就是你。你，什麼人？我怎麼從來沒見過？打哪兒來啊？來幹什麼？」

那人微微瞇起眼睛，嘴角浮起一抹嘲諷的微笑，平淡地回答：「校尉大人，你問我這些，是在執行公務嗎？」

「當然是執行公務！」武遜鄭重地回答，再一看，才發現對方一直穩穩地端坐，自己反倒站著，連忙一屁股坐到凳子上。

那人安靜地觀察著武遜的舉止，眼中閃過戲謔的光芒，待武遜坐定後，才閒閒地道：「既然是執行公務，為什麼還在此聚眾酗酒呢？」

武遜頓時語塞，臉上紅一陣白一陣，惱羞成怒道：「這……你管不著！」

那人微微一笑：「那你也管不著我。」

武遜勃然大怒，指著那人的鼻子大叫：「放屁！爺爺我今天還管定了！你到底是什麼人？怎麼還穿著校尉軍服？為什麼我從來沒在瀚海軍見過你？快把官憑路引呈給我看，如若不然，爺爺我立即將你收監！」

那人就像根本沒聽到武遜的話，回頭揚聲叫道：「夥計，我要的酒菜都做好了嗎？」

店夥計提著幾個冒著熱氣的紙包和一個小酒罈子，跑過來放在桌上，點頭哈腰地道：「都，都好了。」

那人點點頭，往桌上扔下些錢幣，提起紙包和酒壺，起身就朝門外走去。武遜氣得眼前都冒出了金星，跳起來跺著腳嚷：「弟兄們，給我攔住他！」

他帶來的那干人等早已看得火冒三丈，此時呼啦啦便堵在了那人的面前，一個個橫眉豎目，咬牙切齒。

那人停下腳步，直視著武遜，一字一句地道：「我說過了，如果你是在執行公務，我一定會回答你的問題。但你聚眾酗酒，肆意謾罵，根本就沒有執行公務的規矩，所以你最好還是讓我走。」

「你，你！」武遜氣得連話都說不利索了，乾脆一揮手，眾人朝那人就擁過去。那人往後一讓，身形快如閃電，眾人根本來不及看清他的動作，兩條長凳一左一右撲面飛來，眾人躲閃不及，紛紛被長凳砸倒，武遜還要搶前進攻，剛剛才從腰間拔出長刀，就覺右手臂一陣銳痛，長刀脫手落地，後背上又被猛擊一掌，武遜本已醉得腳步虛浮，連衝數步，往前撲倒在其他人的身上。

滿地的叫罵喊痛聲亂作一團。等這些醉鬼們蒙頭蒙腦地從地上爬起來，哪裡還能找得見那人的身影。食肆外黑魆魆的街道上空，再度白雪飄飛，冬夜無邊無際，寂寥深邃。

等袁從英冒著風雪，回到庭州官府開設的館驛時，韓斌已經趴在門邊眼巴巴地等了好久。袁從英把帶回來的酒菜放到桌上，輕輕拍著韓斌的腦袋，笑著說：「等急了吧，是我不好，回來晚了。」

韓斌嘴裡塞滿吃食，含含糊糊地回答：「嗯，餓死了！哥哥，外面的雪下得好大吧，我都擔心死你了呢。」

「擔心我？你這個小機靈鬼，我還用不著你來擔心。」袁從英說著，轉頭看看橫躺在榻上的狄景暉，問：「怎麼不想吃？看樣子你還不餓？」

狄景暉閉著眼睛，大大咧咧地回答：「不餓？哼，被你鎖在屋子裡面一整天，就靠點涼水和碎餅度日，我已經半死不活了，起不來了！」

袁從英輕哼一聲：「行啊，那樣也好，我買的酒不多，剛夠一個人喝。」

「酒？」狄景暉從床上一躍而起，往桌前一坐，兩眼放光地湊在酒罈子前深深地吸了口氣，歎道：「唉，一個多月都沒聞到這股子清香了。」

袁從英滿斟了兩杯酒，和狄景暉各自乾杯，兩人接著痛飲了好幾杯，狄景暉暢快地鼓掌：

「咳！從去年十一月到現在，整整三個月都在寒風暴雪裡趕路，我這輩子都沒過過這麼長的冬天，全身上下都快給凍住了。還虧得有這些酒啊，才算能暖暖心肝。」他看了看袁從英，笑道：「噯，你今天好興致啊，居然想到買酒？事情辦得很順利？」

袁從英仰脖又喝下一杯酒，蒼白疲憊的臉上浮現出微薄的血色，他微微搖頭，笑道：「只許你有興致，我就不能也偶爾有些興致？」

狄景暉一愣，忙道：「當然可以。我巴不得你的興致越多越好呢。」

袁從英苦笑了笑：「不過這種興致也就是最後一次了。今天我把剩下的一點兒錢都花光了，咱們彈盡糧絕了。」

狄景暉嗆了口酒，連咳幾聲，才憋出句話來：「我說呢，原來你是破釜沉舟了啊。哈哈，也好，從明兒起就吃官糧了。啊，對不對？」他見袁從英低頭不語，便撞了撞他的胳膊。

袁從英深深歎了口氣，才道：「今天我去瀚海軍府遞上戍邊調令，結果在軍營外面等了一整天，根本沒有人來理睬我。」

狄景暉也呆住了：「啊？為什麼會這樣？」

袁從英面沉似水，低聲道：「今天我在軍營外面待了一天，據我觀察，瀚海軍的軍紀十分鬆懈，早晚兩次點卯鬆鬆垮垮，前後拖了很長時間，人似乎都沒到齊，上官也不加以懲治，看上去就是在走過場。另外，軍營裡的秩序混亂，隊夥標旗雜亂無章，步騎軍械都沒有按規矩擺放。」

狄景暉隨口應道：「你倒看得仔細。」

袁從英正色道：「瀚海軍是我戍邊的軍府，我當然要儘快熟悉。關鍵還不是剛才說的那些。」

「那關鍵是？」

袁從英緊握起拳頭，狠狠地道：「關鍵是我在瀚海軍的營盤外面晃了整整一天，換了許多角度觀察軍營內的情況，雖然沒有入營，卻可以說將營內的狀況掌握了八九不離十。而一整天裡居然沒有任何一個值哨過來盤查我，阻止我。你說，這對一個邊疆駐軍來說，不是特別危險的嗎？」

狄景暉皺起眉頭不說話，袁從英停了停，接著道：「今天瀚海軍沒人理睬我，明天我就直接去闖庭州刺史衙門。」

狄景暉鼻子裡出氣：「哼，難道刺史大人就會理你？」

袁從英衝他一笑：「所以還得要動用你這個流放犯，明天咱們一起去。」

狄景暉一撇嘴：「幹什麼？我這個流放犯還能幫你的忙？」

袁從英點頭：「那是自然，我敢說明天咱們一定能見著刺史大人。」

狄景暉會意地笑起來：「你這個人，鬼心眼其實比誰都多。」

韓斌嘴裡咬著塊雞肉，趴在桌子上睡著了。袁從英伸手過去取下雞肉，將他抱到榻上，小心地給他蓋好被子，才回頭輕聲道：「我去買酒菜時還聽到些話，似乎這個庭州刺史也有些古怪，明天咱們就去會會他。」

狄景暉沒好氣地道：「行了，行了。你我一個是流放犯，一個是戍邊校尉，還是趕緊找人把我們安置了要緊，別沒事弄得自己好像黜置使！你啊，全是跟我爹學出來的壞毛病。」

袁從英聽得愣了愣，也笑道：「你說得倒有些道理，我是得改改。」

兩人繼續喝酒聊天，直至二更敲響，俱感睏倦難支，便各自洗漱了睡下。五更剛過，袁從英驚醒了。自小時候開始習武，他就養成了每天五更即起鍛鍊的習慣，除了極少的幾次重傷臥床之外，一直堅持到現在。

袁從英輕手輕腳地起身穿衣，觸手可及的一切都冰冷刺骨。狄景暉說得不錯，從去年十一月開始，他們一路向西向北，總是走在最最酷寒的冬季裡面，昨天總算是到達了目的地——庭州，卻仍然見不到一絲大漠綠洲的春意。

袁從英下榻朝門外走去，後背上一陣一陣的痙攣和刺痛，令他呼吸艱塞。袁從英苦澀地笑了，大人囑咐過很多次，不要喝酒，不要喝酒，可這漫長的冬天實在太難熬了，即使是他，也會有意志力枯竭的時候。

室外還是漆黑的冬夜，昏暗的天空中晨星寥落，袁從英踏著積雪走到一棵雲杉樹前，折下根長長的枝條，揮了揮，感覺倒挺稱手。把若耶劍留給狄仁傑以後，他的身邊就沒有一件可用的武器了。袁從英想，等入了瀚海軍，首先要給自己找一樣兵刃，最簡單的鋼刀就可以，他習慣用刀，況且戰場上殺敵，刀比劍更實用更有力。

想到瀚海軍，袁從英的心中又湧起一陣不快。昨天上午到達庭州以後，他把狄景暉和韓斌安置在館驛，自己便立即去瀚海軍府報到，卻未曾料想到是那樣的局面。整個旅途雖然艱難，他的心中對從軍戍邊始終抱有很大的期待。正是這種對塞外烽煙和大漠金戈的嚮往，支撐著袁從英離開狄仁傑，也給了他堅強面對被貶遭辱的處境、帶著傷痛一路西行的全部勇氣。不是不瞭解軍隊的現實，也不是不懂得天下烏鴉一般黑的道理，但人總要給自己找尋精神的寄託，尤其是他這個幾乎已經一無所有的人。

不，袁從英搖頭摒棄紛亂的思緒。永遠都不洩氣，這是他為人的準則。邊塞的生活才剛剛開始，現在就質疑和徬徨，為時過早了。反正無論自己受到何種待遇，他都要盡一切努力把狄景暉和韓斌安置好。昨天袁從英選擇先去瀚海軍報到，就是為了能夠把握住局面，結果卻遭到冷遇，但這一整天的經歷也讓他斷定，面對庭州官府和瀚海軍府，必須要使用些非常的手段。利用狄仁傑的名頭來做文章，是他從心底裡憎恨的行為，但是為了能給狄景暉尋求一個相對較好的環境，也只能不得已而為之了。

想過這些，袁從英靜下心來，緩緩調整氣息，站定、起勢，手中的樹枝舞動生風，腦海中雜念頓除，一套刀法練完，渾身寒意祛盡，僵硬的後背鬆弛了不少，雖然疼痛依舊，頭腦卻清醒了，胸口的憋悶感也隨之減輕。

看著樹枝上和地下乾淨的積雪，袁從英突然起了玩興，他解開上衣，捏起雪團，將雪抹上前胸和肩膀，用力摩擦，皮膚很快變得通紅，熱辣辣的感覺隨著血液流動到全身，精神頓時為之一振。袁從英正打算往後背也擦一點雪上去，猛地聽到身後窸窸窣窣的聲音，他頭也沒回，就將手裡的雪團往後拋去。

「嗚！」的一聲怪叫從腦後傳來，袁從英猛轉過身，就見一小團黑影蜷縮在雪地之上，蹬了蹬腿就不動彈了。原來是隻野貓，袁從英搖搖頭，覺得自己大驚小怪得十分可笑。他把衣服攏上肩膀，剛想回屋，面前的枯樹叢中飛快地跑出一個矮小的身影，嘴裡大叫著「哈比比」。直接撲到了黑貓身旁，抱住那貓的身子嚎啕大哭。

袁從英看得又詫異又好笑，向前走了幾步來到那人身邊，輕輕拍了拍那人的肩，低聲招呼：「喂，這是你的貓嗎？你再仔細看看，牠應該還沒死。」

那人渾身一震，慢慢回過頭來，袁從英仔細端詳，只見他形容幼小，分明還是個孩子，看上去比韓斌都要小好幾歲，一身胡人孩子的裝束，還戴著頂毛皮小帽子，煞是可愛。只是滿臉淚痕，眼神呆滯，樣子有些奇怪。

袁從英蹲下身，微笑著朝那孩子伸出手去，想要摸摸他的腦袋，安慰幾句。哪知道那孩子突然目露凶光，滿臉猙獰地哇哇大叫，拚命朝袁從英撞過來。袁從英一把捏住他的小胳膊，忙問：「你幹什麼？」

那孩子也不說話，就是死命掙扎，齜牙咧嘴地衝袁從英吐著唾沫，發了瘋似的。袁從英心想，也許這邊塞的小孩聽不懂自己說的話，誤會自己殺了他的貓，所以才會這樣癲狂，正在尋思該怎麼辦，手裡的孩子突然眼睛朝上一翻，舌頭伸出嘴巴老長，喉嚨裡咯咯的聲音亂響，全身抽搐著連連蹬腿，隨後便軟癱在袁從英的懷裡。

這下袁從英倒有點兒茫然無措了。他慌忙試了試小孩的鼻息，還挺粗重，他晃動著孩子的身體叫了幾聲，一點用都沒有。地上那隻惹禍的黑貓醒了，剛才袁從英的雪團只是把牠砸昏，現在這牲畜搖搖晃晃地站起身來，衝著袁從英懷裡的孩子「喵喵」亂叫，搞得袁從英更加心煩意亂。他抱著小孩剛站起身，面前的樹叢中又閃出一個人影。

袁從英皺起眉頭朝來人看，心裡嘀咕著，這個早晨真是夠熱鬧的。那人看見他懷裡的孩子，正要往前衝，又猶豫地停下了。躲在樹叢的陰影之中，那人冷冷地命令道：「快把孩子放下！」聽聲音原來是個女人，雖然竭力掩飾，語氣中的慌亂和焦急仍相當明顯。袁從英對她鬼祟而倨傲的態度很有些不悅，便反問：「這孩子是你什麼人？」

黑影中的女人沉默著，袁從英能清晰地聽到她急促的呼吸，明顯是焦慮非常，對這昏迷的孩子關切至極。袁從英心中有些不忍，便抱著孩子朝她走過去，那女人向他伸出雙手，聲音顫抖著哀告：「求求你，把他給我。」

就在這時，袁從英懷裡的孩子醒過來了，聽見那女人的聲音，便也朝她張開兩手，嘴裡含糊不清地叫著：「娘……娘……」

袁從英不再猶豫，輕輕將孩子遞到那女人的手中。

那女人緊緊摟著孩子，把臉埋在孩子的身上，低聲嗚咽著：「安兒，安兒，叫你不要亂跑……嚇死我了。」

安兒攀住娘的脖子，回頭到處亂看，繼續嘟囔著：「哈比比，哈比比。」

袁從英明白他的意思，從地上撿起那隻亂叫的小貓，也送到安兒的手中，輕聲道：「看好你的孩子，看好這隻貓。」說完，轉身便走。那女人只是低頭不停地摩挲著孩子的臉蛋，並沒有注意到袁從英離開。

大清早，袁從英和狄景暉便離開館驛，前往庭州刺史府的衙門。一路之上，狄景暉始終興致勃勃。他昨天剛到庭州，還沒來得及欣賞這個西域重鎮的風貌，就被袁從英反鎖在館驛之中，今天才得以一睹芳容，就忙不迭地東張西望。

庭州地處西域腹地，北鄰沙陀磧，南面天山山脈，東臨戈壁荒漠，環繞它的大部分地區不是高山峻嶺就是荒漠沙海，可以說是個名副其實的大漠綠洲。時值冬末，植木凋敝，還看不到生機盎然的綠意，但街道兩旁千姿百態的房屋、路上樣貌打扮五花八門的行人、喧譁熱鬧的集市，還有供奉著截然不同的神靈，卻比鄰而居，相安無事的薩滿教、祆教、景教等各式寺院、教堂和神廟，都看得人眼花繚亂。完全可以想像，當春天降臨的時候，天山上冰雪消融，滋潤著乾涸的土地，滿山遍野的花草怒放，這個城市將會是如何的色彩繽紛，絢麗多姿。

狄景暉還沒來得及看盡興，兩人就已來到了庭州刺史府的衙門前。這座刺史衙門倒是按中原官署的式樣興建，高聳的黑色琉璃瓦屋頂，夾在大片高高低低的白色圓頂建築和黃泥灰堆起的方形民居之間，顯得十分突兀。袁從英在門房遞上自己的戍邊調令和大理寺出具的狄景暉的流刑判決，便與狄景暉一起耐心等候。

果然不出他們的預料，沒過多久，一個身披甲冑、頭頂紗籠的軍官便急急忙忙地迎了出來，將二人直接引進了刺史府的後堂。

後堂中，錢歸南笑容可掬地請二人坐下，熱情周到地過問了旅途和住宿的情況。隨後，錢歸南便開始長篇大論地表達起對當朝宰輔狄仁傑大人的無限景仰之情，以及對狄袁二人遭遇的同情和感慨。他的這番談話顯然是做過充分準備的，竟將狄仁傑從政以來的事蹟逐一敘述，有些二三十年前的往事連袁從英和狄景暉都聞所未聞。二人邊聽邊互相交換著眼神，心中說不出是什麼滋味，甚至感到有些荒謬。

總算錢刺史大人說得口乾舌燥，低頭喝茶，袁從英撿了個空，便直截了當地詢問起對狄景暉在庭州下屬伊柏泰服流刑的具體安排。錢歸南胸有成竹地笑起來：「哎呀，袁校尉莫要著急，本官早就為狄公子盤算好了。二位昨日才到的庭州，何不先休息休息，賞玩這西域邊城的風光，伊柏泰嘛，過一段時間再去也不遲。」

袁從英也微笑著答道：「錢大人，這樣不太好吧。錢大人的好意我們心領了，出發前狄大人曾囑咐過，萬不可因為他的緣故打擾到州府行使職責。另外，卑職也想儘快在瀚海軍赴任。」

錢歸南眼珠轉了轉，應道：「嗯，有理有理。唉，狄閣老為人為官都這麼光明磊落，真令人欽佩。這樣吧，現已到了晌午，本官想請狄公子和袁校尉共進午餐，關於二位今後的安排，咱們邊吃邊談，如何？」

狄景暉和袁從英一齊點頭：「恭敬不如從命。」

午飯就擺在後堂上，錢歸南請袁從英和狄景暉入席，王遷作陪。袁從英看桌上多副碗筷，知道還有人要來，便向狄景暉使了個眼色。狄景暉會意，看來這位錢大人葫蘆裡裝的藥還挺複雜。果然，尚未酒過三巡，門外傳來「蹬蹬」的腳步聲，一人大步邁進後堂，向錢歸南抱拳行禮：「錢大人。」

錢歸南招呼：「哦，武校尉來啦。好，好，快坐下。」

武遜往桌邊掃了一眼，看到袁從英，不由得愣了愣。錢歸南以為他是見到陌生人納悶，便趕緊給做了介紹。三人互相見禮，袁從英只當從沒見過武遜。武遜臉色陰沉著，也坐了下來。

自武遜進門之後，此前一直喋喋不休、精神亢奮的錢歸南就換了個模樣，說話變得有氣無力，也不再把酒布菜，甚至連臉色都發灰泛黃起來，整個人就像霜打的茄子似的蔫了。飯桌上頓時氣氛沉悶，大家都不知說什麼好，只有狄景暉毫不在意，依舊自得其樂地喝酒吃菜。

武遜忍不住了，粗聲粗氣地問：「錢大人，您今天讓武遜來所為何事？武遜公務繁忙，還請錢大人快些示下。」

袁從英聽得一樂，心想此人果然耿直，居然這麼和上官說話。

錢歸南「嗯」了一聲，以手撐額，做出副困頓難支的樣子來，低聲道：「武校尉，你昨天所說的沙陀匪患之事，令本官十分焦慮啊。本官昨晚徹夜難眠，反覆思量，直感這件事情不僅牽涉到商路安定，更影響到我大周天朝威嚴，實在是事關者大啊……想我庭州官府，深受聖上和朝廷的囑託，以維護北庭地區的通商秩序和治安為要務，哪裡想到在我的治下卻出了這樣的事情，我……我，怎麼還有面目去見聖上，又如何面對庭州的百姓和來往西域的各國商團啊……」

武遜拚命耐住性子，才能端坐著聽錢歸南這通言不由衷的胡扯。

狄景暉本來只顧吃喝，掃到一耳朵「匪患」，好奇地問：「沙陀匪患？怎麼回事？庭州不是有個瀚海軍嗎？幹嘛不去平匪？」

錢歸南的臉上頓顯尷尬之色，支吾了幾句。袁從英一直緊盯著他，發現他的眼中閃過一抹惡毒的冷光，轉瞬即逝。

武遜緊接著逼問：「錢大人，您到底想怎麼辦？」

錢歸南似乎頭痛欲裂，拚命按著太陽穴哼哼唧唧地說：「武校尉，本官身體不適，你說話小點兒聲。」

武遜不情願地低下頭，馬上又抬起來，依舊逼視著錢歸南。錢歸南長歎口氣，指了指袁從英：「虧得神都來了這位袁校尉，本官才算是有了主意。」

袁從英一愣：「我？」

武遜比他更急，吼道：「和他有什麼關係？」

錢歸南無奈地搖頭：「唉，瀚海軍日常軍務十分繁忙，騰不出額外的人員來處理匪患。本官要向朝廷請兵支援的話，一則開不了口，二則也怕曠日持久，更加耽誤剿匪。我左思右想都找不到萬全之策。萬沒想到，今天迎到了袁校尉來沙陀戍邊，這真是久旱甘雨啊，我沙陀磧匪患指日可除！」

袁從英朝錢歸南抱拳，正色道：「錢大人，您是要指派卑職去平定沙陀磧的匪患嗎？」

錢歸南點頭：「正是。本官想請袁校尉協助武遜校尉共同赴伊柏泰縣，在那裡組建起一支剿匪團，平定沙陀磧的匪患，還商路平安。」

「是！」袁從英剛應了一聲，武遜卻跳起身來，大聲道：「錢大人，您這是什麼意思？讓我和他，呃，這個袁校尉一起剿匪也就罷了，為什麼要去伊柏泰？為什麼要重新組建剿匪團？我的沙陀團呢？」

錢歸南虛弱地擺擺手：「武遜，你且少安毋躁，坐下說話。這位袁從英校尉的來歷，剛才我已給你介紹過了，相信他一定能夠給你鼎力相助。伊柏泰縣位於沙陀磧的腹地，以它為據點，探查沙陀磧中匪患的活動狀況，是最佳的選擇，既能攻又可守。至於你的沙陀團嘛，要維護整個沙陀磧周邊地區的治安，不能單單用來剿匪。伊柏泰本來就有瀚海軍招募的編外兵團，你和袁校尉過去以後，將編外兵團治理一下，本官授權你們重新建立剿匪團。」

武遜的額頭青筋暴起，瞪著眼睛不吱聲。錢歸南便轉向袁從英：「袁校尉，因你剛來，就委屈一下，給武校尉當個副手。剿匪團的團正還是請武校尉擔當，你看如何？」

袁從英笑答：「錢大人這樣安排很好，卑職領命。」

錢歸南又看看狄景暉，滿面笑容道：「狄公子，你也要去伊柏泰的，就與袁校尉一同前往吧，彼此有個照應。袁校尉只要給狄公子隨便安排個閒活，就算是在充役服刑了。武校尉，你可要代本官多多照料袁校尉和狄公子啊。」

袁從英和狄景暉相互點點頭，便都微笑著向錢歸南道謝。沉默了一會兒的武遜突然啞著嗓子問：「錢大人，假如武遜不去伊柏泰，也不肯放手沙陀團呢？」

錢歸南語氣輕鬆地回答：「如果武校尉不想剿匪，就繼續留在沙陀團嘛，本官不在意。」

武遜的雙眼通紅，牙齒咬得咯咯直響，半晌才擠出句話：「武遜領命！不過……伊柏泰那裡的編外兵團沒有正規的兵械，我要帶些過去。」

錢歸南冷冷地道：「剿匪不需要很多正規兵械吧？這樣吧，我讓王遷去給你準備些軍械，你帶去就是了。」

武遜點點頭，猛地站起身來，朝錢歸南抱抱拳：「錢大人，武遜這就去做準備了。」

袁從英也忙起身道：「武校尉，我與你同去吧。」

武遜斜了眼袁從英，鄙夷地道：「不必勞動袁校尉的大駕。袁校尉剛從京中來，旅途勞頓，還是多多歇息。錢大人這一桌請的可都是邊塞難得一見的好吃食，二位千萬別辜負了錢大人的好心。武遜給二位打個招呼，伊柏泰是個不毛之地，比庭州可差遠了，二位多加小心吧。明天早上，我會去館驛帶你們一起上路。」說到這裡，他又冷笑一聲，道：「二位要是有別的想頭，趁早對錢大人明說。待明天上路以後，就沒有轉圜的機會了！」撂下這句話，武遜像來時一樣，邁著山響的大步走了。

當天傍晚，錢歸南提早結束了公務，就坐上馬車出了刺史府。和平日一樣，馬車在庭州的街道上轉悠了半天，確定沒有被人跟蹤，才駛過一座高大的薩滿教神廟，停在旁邊僻靜的小巷中。

整條小巷裡只有一座當地式樣的民居，灰泥壘的院牆，院門朝巷內開啟。王遷先查看了四周的情況，沒有異常，錢歸南這才匆匆下車，閃身進了院子。

不算很大的院落中搭著長長的葡萄架，沿院牆栽了一溜庫爾勒梨樹和阿驛果樹，枝葉上都覆蓋著白白的積雪。錢歸南沿碎石鋪的甬道匆匆向後院走去，剛到後宅門口，就聽「喵嗚」一聲叫喚，一隻兩眼冒著綠光的黑貓朝他的腳下猛躥過來。錢歸南嚇得往後退了一大步，憤憤地罵了句：「晦氣！」舉手推門而入。

屋內四壁塗成天藍色，上面掛滿了五顏六色的絨毯，地上也鋪著大幅的織錦地毯，滿屋都飄著安神香催人入睡的氣味。錢歸南抽了抽鼻子，掀開垂地珠簾，坐在榻邊的女人聽到動靜，趕緊回頭起身，朝他露出嫵媚的笑容。這女人大約二十七八歲的年紀，全身胡人女子的打扮，天青色的錦袍上綴滿胭紅、絳紫，和黑白兩色的珠串，看容貌卻是漢人女子的模樣，小巧的鵝蛋臉，膚色白皙，五官秀美絕倫，烏黑的頭髮挽成高聳的反綰髻，滿頭華麗的珠翠，很有中原貴妃的神韻。

錢歸南握住女人伸過來的手，一邊摩挲著，一邊走到榻前，俯身查看榻上酣睡的幼童。小男孩漆黑的睫毛隨著呼吸輕輕顫動，胖乎乎的臉蛋細嫩紅潤，錢歸南探手輕輕撫摸孩子的額頭，低聲問：「中午你送信過來說安兒又犯病了，怎麼回事？現在看著還好嘛。」

女人微微倚靠在錢歸南的懷中，也輕聲道：「昨晚上鬧了一夜，清晨的時候，我一不留神打了瞌睡，這孩子就跟著哈比比跑出去了，還犯了病，所幸沒什麼大事。」

錢歸南擔憂地道：「安兒的癲病犯得次數越來越多，平常的癡傻也沒有絲毫改觀，看起來是很難治好了。」

女人淒苦一笑：「大概這就是我的報應吧。」

錢歸南摟著女人坐到屋子中央的桌旁，安慰道：「素雲，你就是喜歡胡思亂想。安兒還小，會有希望的。」

正說著，一名十多歲的胡人小婢給二人端上奶茶，錢歸南嚐了一口，笑道：「阿月兒，你做的奶茶已經快趕上你家阿母了。」

阿月兒「噗哧」一笑：「老爺，這就是阿母做的。」

「哦？」錢歸南摟住裴素雲的肩膀，「你要忙著照顧安兒，還給我做奶茶？」

裴素雲柔媚地應道：「這不算什麼。你每天要應付那麼多事情，還總惦記著我們母子，你才操勞呢。」

錢歸南點點頭，如釋重負地歎道：「素雲啊，你是不知道，今天我總算是把一個心腹大患給處理了，還順便解決了這段時間一直讓我忐忑的難題。呵呵，此刻我真是輕鬆不少啊。」

「心腹大患？」裴素雲轉動著眼珠問，「你是說武遜嗎？」

錢歸南笑起來：「知我者素雲也。」

裴素雲站到錢歸南的身後，替他揉捏著脖頸和肩膀，一邊問：「歸南，你不是說這武遜是不見棺材不掉淚的強脾氣，這次你怎麼就把他給制伏了呢？」

錢歸南露出陰險的笑容，得意洋洋地答道：「我也是被逼出來的主意。」他閉起眼睛享受裴素雲的按摩，接著說：「武遜叫囂了三年要剿匪，我就是以證據不足推託，他也始終沒有辦法。可這回不知道哪個環節出了問題，居然讓他找到了波斯商人的屍首，還抬到了刺史府門口，搞得我很被動啊！」

裴素雲的手勢一停，喃喃自語：「波斯商人的屍體？一定是有人走漏了風聲給他，否則就憑武遜自己，沒有絲毫線索，怎麼可能在茫茫大漠中找到屍體？」

錢歸南點頭：「嗯，這個以後還要想辦法查一查，此刻倒不著急。問題是武遜昨晚把屍首那麼一扔，我確實難辦，不能再隨口推託，可也不可能真去剿匪，好在機緣湊巧，把那兩個人送到我的面前。」

「哪兩個人？」

「素雲，你還記得我曾向你提到過神都要來的兩個人吧？」

裴素雲想了想，恍然大悟道：「我記得，就是你說的當朝宰輔狄仁傑大人的公子和侍衛長。」

錢歸南頷首：「沒錯，就是他們，狄景暉和袁從英。他們兩人是昨天一早到達的庭州。那袁從英一到就去瀚海軍報到，哈哈，我吩咐讓人晾了他一整天！」

裴素雲問：「為什麼？」

錢歸南陰陽怪氣地答道：「給這位神都來的前大將軍一個下馬威嘛！素雲，這兩個人的情況我都和你提過。以狄仁傑在大周朝廷的勢力和影響，以這兩人的背景和身分，怎麼會犯事到要流落至伊柏泰這樣困苦的地方？朝廷把他們下放到此的真正目的究竟是什麼？恐怕內情絕不像公文裡說的那麼簡單。最近這段時間，我一直在為如何安置這兩個人傷腦筋。袁從英曾經當過狄仁傑十年的侍衛長，能力肯定非同一般，他一旦加入了瀚海軍，誰知道會生出什麼事端來，而我在瀚海軍的行止多少會有些顧忌，因此我打定主意不讓他進入瀚海軍府。」

裴素雲納悶道：「可是他們和你處理武遜有什麼關係呢？」

錢歸南歎道：「我也是急中生智才想出的辦法，武遜不是要剿匪嗎？我現已將武遜和袁從英派去伊柏泰共同剿匪。素雲你再清楚不過了，那伊柏泰在沙陀磧的腹地，四周被荒漠環繞，就是個絕境。而且我不允許武遜帶走沙陀團的一兵一卒，讓他們自己用伊柏泰的編外兵卒組建成剿匪團。」

裴素雲倒抽一口涼氣：「歸南，你這計策，還真夠……」

錢歸南得意地道：「真夠毒的是不是？可是武遜一心要剿匪，居然全盤答應了我的條件。」

裴素雲想了想，遲疑著問：「但你這樣對待那個袁從英和狄宰相的公子，他們會不會懷恨在心，反而對你不利呢？畢竟……他們在朝中有過硬的靠山。」

錢歸南冷笑：「將在外軍命有所不受，我錢歸南什麼時候把朝廷放在眼裡？況且大周朝廷於我無恩無德……不提也罷！再說，就算此二人在伊柏泰受罪，那也是武遜的過錯，與我無干。武遜在這點上和我目標一致，都巴不得他們在伊柏泰熬苦不住，可以趕緊打發了這兩個累贅才好。」

裴素雲追問：「你能肯定武遜在伊柏泰不會發現什麼？」

錢歸南爆發出一陣大笑：「在伊柏泰要活下去都不容易，還有編外隊上上下下和他作對，他自身都難保，何談剿匪？又如何能有特別的發現？武遜是個莽夫，根本沒有頭腦，他答應去伊柏泰，便是中了我的圈套，你就等著看好戲吧。」

黑貓哈比比怪叫著跳上桌子，被裴素雲抱在懷中輕輕撫摸。哈比比滿足地哼哼著，綠色的貓眼瞇縫成了一條線。

屋外，狂風又起，沙石滾滾漫天遍野。

第九章　黃雀

夜幕降臨的時候，圍在「撒馬爾罕」旁邊的老百姓們才陸續散開。自午間這裡鬧出人命案之後，整個南市的閒雜人等都聚攏過來，把這個平常門可羅雀的小珠寶店圍了個水泄不通。才過了一個下午，各種猜測和流言蜚語已經滿天飛舞，說什麼的都有。

「撒馬爾罕」這個胡人珠寶店，本來就頗具神秘色彩，周邊大部分百姓對它所知甚少，如今出了這樣的大案子，那個店主居然還始終不肯露面。於是，南市上的萬事通們發揮起奔放的想像力，把「撒馬爾罕」的背景說得神乎其神，有的把店主說成是某位皇親國戚，也有的說這家店是傳說中的波斯大盜專門用來經銷其在各地盜搶來的寶藏……「撒馬爾罕」的門口由京兆府派人把守著，大家便在街對面三五成群地議論紛紛，一直堅持到掌燈過後才散。

狄仁傑便挑選在這個時間，帶著宋乾和沈槐，微服來到了「撒馬爾罕」。他知道，只有到了現在，百姓們站累了議論夠了，該回家吃飯了，他們幾人才能不引人注目地進入現場。從馬車上下來時，狄仁傑稍稍留意了一下周邊。整條街面上，果然已經行人稀落，只有極少數幾個閒人還執著地在街對面徘徊。

就在邁入「撒馬爾罕」店門的一剎那，狄仁傑感覺到一雙急切的目光投射在自己的身上，他回頭張望，卻沒有看見任何人在注意自己這一行人。狄仁傑在心中微微一笑，看來為了這個案子牽腸掛肚的大有人在，也許這家珠寶店內還埋藏著與某些人性命攸關的重要秘密。這樣才好，狄仁傑體驗到了最近一段時間幾乎消失的振奮之感，過去每次與袁從英一起出外探案時，都會有這種振奮之情令他們神采煥發，不知疲倦。

根據狄仁傑的吩咐，京兆府尹派人將珠寶店的掌櫃達特庫和小夥計都一併送回了店中。狄仁傑要在「撒馬爾罕」現場審問他們。進入店中，在底樓狹窄陰暗的堂屋中，達特庫和小夥計小梁子已經哆哆嗦嗦地等著了。

狄仁傑皺了皺眉頭，吩咐沈槐先把所有的燈燭都點起來。達特庫看沈槐忙上忙下，也沒找到幾盞燈，便插嘴道：「大人，老爺，咱家店底樓就這麼暗，平時一般不待人。」

狄仁傑朝沈槐使了個眼色，沈槐會意，厲聲喝問：「胡說！一家珠寶店弄得這麼陰暗，怎麼做生意？」

達特庫啼笑皆非地搖頭：「這位大老爺，您看看這裡，一件珠寶都沒有，要那麼亮有什麼用，我們平時從來不在樓下做生意的。」

「哦？」狄仁傑接口道，「你這家店倒很特別，難道你所有的客人都是去樓上交易？」

達特庫點頭：「回大老爺，您說得不錯。我家賣的珠寶全是珍品，平常不放在外頭，都鎖在樓上的櫃子裡。而且每次我只接待一名客人，所以全都請到樓上詳談。」

狄仁傑冷笑：「可笑，那如果同時有兩位客人上門呢？」

達特庫忙低頭答道：「如果同時來了兩位客人，我就會勸後來的客人先離開，另約時間。客人們都明白這個規矩，因為他們自己也不喜歡被別人看見。」

狄仁傑沉吟著點頭，看來這個珠寶店確實非同一般，生意做得有條不紊，不急不躁，相當有一套。就連這掌櫃達特庫，看上去也很有城府。如果不是由於今次的突然事件，恐怕「撒馬爾罕」還可以一直這樣經營下去，而不為大部分人所知。

想了想，狄仁傑叫沈槐先把達特庫帶到外屋，自己和宋乾一起審問小梁子。簡單問了幾句以後，狄仁傑便斷定從小梁子處查不出什麼特別的來。這孩子不過才十五六歲的年紀，也沒像樣地讀過書，只略識幾個字，平日就是看門、傳話、打雜，對珠寶店的生意內情一概不知。宋乾正要打發小梁子退下，狄仁傑把他叫住，和藹可親地又問了一遍：「小梁子，你肯定不認識今天上午來的那位女客人嗎？」

小梁子傻乎乎地搖頭。

狄仁傑問：「那麼你再想想，過去來店裡的客人中，有沒有像今天這位女客人的？」

小梁子歪著腦袋想了半天：「老爺，這女客人全身都罩著黑斗篷，小梁子啥都沒瞧見啊，真不知道以前見沒見過。再說……咱店裡來的女客人差不多都是這個打扮，我從來分不出誰是誰。」

宋乾聽到這裡，不由失望地歎了口氣。

狄仁傑略一思忖，追問道：「方才那掌櫃說，來此店的客人大多事先有約，那麼有何憑據呢？」

小梁子樂了，從懷裡掏出個精緻的小木牌：「老爺，事先約好的客人都拿這個木牌子，上面寫好了來店的時間。要沒有這個牌子，就得看掌櫃有沒有空了。」

「哦？」狄仁傑接過木牌，上下翻看，只見這小牌用檀香木雕刻而成，正面是波斯文字的

「撒馬爾罕」店名，背面用毛筆寫著「二月初一，巳時」，狄仁傑一皺眉，「這不就是今天上午？此木牌就是今天來的這位女客所持嗎？」

小梁子翻了翻眼睛：「是啊。」

「如此重要的物證，為何此前不呈上來？」宋乾登時發作，小梁子嚇得抖成一團，結結巴巴地道：「我、我一看見那屍首，就全都給嚇忘了。」

狄仁傑笑著搖頭，讓小梁子先退下，吩咐傳達特庫。

沈槐把達特庫帶進堂屋，狄仁傑也不急著審問，倒要達特庫將眾人帶上二樓查看。樓梯也是一樣的狹窄陰暗，轉過一個彎，面前出現一堵牆，似乎此路不通。達特庫伸手按壓旁邊的機關，暗門敞開，才是二樓的前堂，也就是案發的現場。

無頭女屍就橫陳在前堂的中央，屋子裡充滿了濃烈的血腥味，從斷裂的脖子處流出的鮮血淌得遍地都是，一名京兆府的差官在旁看守。屋子右側的一扇窗戶敞開著，原本遮得密密實實的深紫色絨毯扯落在地，黃金燭台也倒伏在旁，波斯香燭裂成兩段。狄仁傑屏息觀察，滿地血跡上全是亂七八糟的腳印，還有幾個清晰可見的血腳印就在窗台之上。

狄仁傑皺起眉頭，轉身問達特庫：「你最初發現女屍的時候，這裡就是如此嗎？」

達特庫連連點頭：「沒錯。我看到那無頭女屍，嚇得魂都沒了，也沒敢近前去看。不過……官家的差爺近前看過。」

狄仁傑對宋乾道：「腳印中有京兆府的人，這一看便知。另外的血腳印應該就是兇手留下的，如此看來，兇手必是從窗戶逃走的。」

宋乾也點頭道：「嗯，京兆府勘查現場的結論也是說，兇手出入都走的這扇窗戶。」

狄仁傑轉頭問達特庫：「除了我們剛才上來的樓梯，還有別的途徑可以通這二樓嗎？」

「回大老爺，沒有了。」

狄仁傑沉吟道：「假如兇手從前門出入，小梁子不可能不知道。這店還有後門嗎？」

宋乾回答：「恩師，這個學生都已調查清楚。有扇後門，是從裡面鎖住的，門上沒有撬動的痕跡，兇手不會是從那裡出入的。」

達特庫也接口道：「老爺，後門的鑰匙就一把，就掛在小人身上呢，整個上午小人都在外面，所以不可能有人進出後門的。」

「嗯。」狄仁傑點頭來到窗口邊，向外望望，這窗下就是「撒馬爾罕」後門外的小巷，整條巷子看不到半個人影，果然僻靜。狄仁傑把達特庫叫到窗邊，指著小巷的盡頭問道：「那是所什麼宅院？」

「啊，那是一座客棧。」

沈槐聞言也過來張望了下，輕聲嘀咕道：「咦？這好像就是阿珺昨晚住的那家客棧？」

狄仁傑看了他一眼，沒有說話。狄仁傑叫過達特庫，指著窗子道：「這窗戶平時常關還是常開？」

達特庫答道：「回大老爺，除了偶爾通風，這窗子平常幾乎從來不開。現是冬季，更是一直關閉。」

狄仁傑對沈槐道：「你看看這窗子的高度，普通人要翻越上來是否困難？」

沈槐探出頭去仔細看了看，回頭道：「周邊沒有可借力的地方，一般人要翻越上來不容易。」

狄仁傑此時已來到屍身近旁，一邊仔細觀察屍體脖子的斷面，一邊道：「沈槐，你再來看這傷口，頭頸是被一刀砍斷的。兇手從二樓窗口進出自如，殺人的力道和手法老到狠毒，看起來絕不是偶一為之。」

宋乾驚問：「恩師，您的意思，這是訓練有素的殺手所為？」

狄仁傑點點頭，繼續端詳著屍體脖子上纏繞的項鍊，向達特庫招手讓他上前。達特庫嚥了口唾沫，才遲疑著挪到屍體旁邊，也不敢看那屍體，只是詢問地瞟著狄仁傑。狄仁傑語氣平和地問：「達特庫，你向京兆尹供稱，起先並沒有認出這個女屍，後來看到她脖子上的項鍊，才認出來是梁王家的小妾顧仙姬，對嗎？」

達特庫低頭應了一聲。狄仁傑望了他一眼，微微含笑道：「你有多久沒有見到過這位顧仙姬了？」

達特庫遲疑了一下，低聲道：「一年多了。自從顧仙姬小姐被梁王爺娶進門，就再沒來過敝店。」

狄仁傑突然提高嗓音怒喝：「達特庫，你撒謊！」

達特庫嚇得一激靈：「大、大老爺，小的、小的不知道您的意思……」

狄仁傑逼視著達特庫，冷笑道：「你方才還言之灼灼，大凡來你店中的客人都有預約。既然有約，你怎麼會不知道來人是誰？」

達特庫眼珠亂轉，支吾道：「她、她本來就沒有約。我是中午從外頭回來才聽小梁子說有客人在等我。」

狄仁傑悶哼一聲：「事情恐怕不是這樣吧。」他從袖中取出那塊木牌，往達特庫面前一送，「你看，這是怎麼回事？」

達特庫滿臉狐疑地接過木牌，定睛一看，臉色頓時變得煞白，嘴裡喃喃道：「不，這不可能，這絕不可能！」

狄仁傑向他跨前一步，厲聲逼問：「什麼不可能？這木牌難道不是你與此客人約定好的見面時間？如果你一年多來都沒見過她，這木牌又是怎麼到她手中的？」

達特庫死死抓著木牌，還是在一個勁地唸叨：「這……怎麼會這樣？不對啊！」他突然抬起頭，大聲嚷起來：「老爺，這木牌不是小人寫的，絕對不是！小、小人可以對天發誓！」

狄仁傑緊鎖雙眉：「難道是顧仙姬假造木牌？有這個可能嗎？」

達特庫搶白道：「老爺，常來敝店的客人都拿到過這種木牌，是有些散落在外，沒有歸還的。」他指著木牌背面的日期道，「老爺，這幾個字肯定不是小人寫的，老爺不信可以查驗小人的筆跡！」

狄仁傑盯著達特庫的臉看了看，突然微微一笑：「就憑這麼幾個日期，恐怕很難驗出筆跡的真假。」

達特庫急得跺起腳來：「老爺！這木牌的的確確不是小人所寫。況且，況且，您看這時間也不對啊。木牌上寫的是巳時，可小人回到店中的時候已經是午時。小人不可能與客人約好了見面的時間，自己卻不出現吧？這、這不合乎情理啊，大老爺！」

狄仁傑再度發出冷笑：「為什麼不合乎情理？假如是你把人約來此地，假如是你找殺手將她殺害，假如你想讓自己擺脫干係，你當然有可能在約定的時間不出現，而是等人被殺以後，才做出意外發現屍體的樣子！」他頓了頓，盯著達特庫死灰樣的臉，一字一句地道：「何況你今天上午是不是真的離開珠寶店，也很難說。後門的鑰匙只有你有，你完全可以事先為自己留好門，再當著小梁子的面從前門離店，然後繞到後門進入店中。說不定殺手就是你從後門放進來的，窗戶周圍的血腳印只是為了掩人耳目！」

達特庫「撲通」一聲就跪倒在地上，磕頭如搗蒜，嘴裡一個勁地叫著：「老爺，青天大老爺，您冤死小人了！小人，小人，和這女人的死一點兒關係都沒有啊！老爺！」

狄仁傑朝沈槐使了個眼色，沈槐拖起達特庫，幾人一起下了樓。

宋乾親自搬了把椅子，擱在底樓大堂中央，攙扶著狄仁傑落座。沈槐把達特庫往狄仁傑的面前一扔，便和宋乾也在旁邊坐下。狄仁傑微合雙目養起了神，宋乾看達特庫跪在那裡發呆，便放緩語氣道：「達特庫，你知道你面前的這位大老爺是誰嗎？」

達特庫搖頭，宋乾歎口氣道：「達特庫，你今天碰到的是當朝宰輔，人稱神探的狄大人！我告訴你，狄大人一生斷案無數，從未有過冤案。如果你確實不曾殺人，便應將你知道的全部情形如實相告，狄大人定會將案情查個水落石出。」

達特庫自聽到宋乾說出狄仁傑的名頭，整個人的精神似乎都為之一振，腦袋雖然還低垂著，眼睛卻盯著地面的方磚直放光。等宋乾把話說完，達特庫抬起頭來，鄭重地道：「狄大老爺，各位大老爺，達特庫原來的確有所隱瞞，可既然是狄大老爺來查這案子，小人我也沒啥可瞞的了。不過，在小人將一切和盤托出之前，小人還需得問過我家店主人。」

宋乾問：「你家店主人究竟是誰？你今天上午不是說店主人出西域辦貨去了？」

達特庫竟得意地笑了：「大老爺，我家店主人就在這附近。請大老爺差人把他喚來。等我家店主人一來，小人便將一切供出。」

為了萬無一失，狄仁傑讓沈槐帶著達特庫一起去找「撒馬爾罕」的主人。達特庫和沈槐一說去處，沈槐的臉色變了，但他想了想，並沒有多說什麼，就帶著達特庫走了。

果然沒過多久，沈槐和達特庫就領著一個人走進「撒馬爾罕」。狄仁傑悠悠然展眼一瞧，只見這新來之人大約四十歲不到的年紀，稜角分明的臉上顴骨高聳，深陷的眼窩中一雙碧目炯炯有神，身材高大威猛，皂色的織錦胡袍，腰間纏著玉帶，深棕色卷髮整齊地披向腦後，額頭上繫著亮銀色的束髮帶，正中一顆天青寶石熠熠生輝。

狄仁傑心中暗自讚歎，好一副氣宇軒昂的模樣。那人緊走幾步來到狄仁傑跟前，畢恭畢敬地以手按胸，用突厥方式鞠躬行禮。沈槐悶聲悶氣地介紹道：「大人，這位就是『撒馬爾罕』的店主人。」

那人接口道：「狄大人，鄙人的漢名叫做梅迎春。」

狄仁傑大驚，愣了愣，才道：「你就是梅迎春？」

梅迎春顯然料到狄仁傑會有這樣的反應，泰然自若地朝一旁的沈槐點點頭，微笑道：「是的，狄大人，鄙人昨日已到過府上，並與狄大人的侍衛長沈將軍結識。」

沈槐朝狄仁傑拱了拱手，沉默不語。狄仁傑已然恢復了鎮定，和藹地笑道：「這真是太湊巧了。既然如此，事情就更好辦了，沈槐啊，給梅先生看座。」

梅迎春謝過狄仁傑，便在對面坐下。狄仁傑也不急著問話，只含笑細細端詳著梅迎春。梅迎春雖經歷豐富，性格豪爽，在狄仁傑既和藹可親又意味深長的目光之下，竟也被看得不自在起來，忙笑問：「狄大人，鄙人的臉上有什麼東西嗎？您這麼看我。」

狄仁傑哈哈大笑起來，擺手道：「梅先生莫怪老夫唐突，哈哈，老夫只是好奇，想揣測一下梅迎春先生究竟來自西域哪國哪族？」

梅迎春知道狄仁傑的意思，左右看看，遲疑道：「狄大人，梅迎春有些內情相告，不知道……」

狄仁傑道：「嗯，這位宋乾大人是大理寺卿，也是老夫的學生，沈槐你也認識，此處沒有外人，梅先生有話儘管說。」

於是梅迎春再度起身，來到狄仁傑面前躬身施禮，口稱：「西突厥別部突騎施王子烏質勒，見過大周朝宰相狄大人。」

狄仁傑連忙站起來，虛扶梅迎春的雙臂，也鞠躬致意，殷切地道：「原來是突騎施王子殿下，是本官失禮了。」

一旁的宋乾和沈槐也趕緊起身，向梅迎春行禮。

狄仁傑望著梅迎春笑：「本官新年時代行鴻臚寺卿職責，主持各國來使朝賀時，便知道有一位來自突騎施的王子未能及時趕到，誤了朝會，沒想到今日竟然在此與王子殿下巧遇了。」

梅迎春搖頭歎息：「唉，這次來中原，一路上發生了太多的事情，俱是烏質勒始料未及的。」他笑了笑道：「不過途中巧遇狄大人的三公子和袁從英將軍，卻令烏質勒感到三生有幸。」

狄仁傑的臉上頓時浮現出深深的惆悵之色，沉默了一會兒，他才勉強笑道：「是啊，老夫也很想王子殿下把這番巧遇細細說來聽聽。不過……此刻，我們面前有個人命大案，還是先談案情吧。」

梅迎春向達特庫示意，於是達特庫便將「撒馬爾罕」這家珠寶店的來歷給在座的各人詳細講述了一遍。

太宗朝時，西突厥乙毗沙缽羅葉護可汗多次遣使臣來大唐。突騎施部是西突厥中的一個小部落，當時的突騎施酋長，就是梅迎春的父親也曾作為西突厥的使臣來訪。西突厥地區的各部可汗、酋長和貴族們性好積斂財富，又因其地理位置正處於西域和大唐通商的路途中間，沿途來訪商隊所攜帶的各種寶物，被西突厥的各族可汗和酋長們或掠或買，截下了不少，所以西突厥各部收藏的世間各色珍奇寶藏特別豐富。部落中也因此聚集了不少擅長識寶辨寶的專家，大唐人稱胡人愛寶識寶，就是源於此。梅迎春的父親是個有心之人，東來訪唐時隨身攜帶了幾名識寶奇人和一大批珍寶，他除了向大唐進貢以外，還以剩餘的其他珠寶為基礎，在長安和洛陽都開設了珠寶店，既經營珠寶積聚錢財，也靠這個手段結交大唐的顯貴富豪，更將這小小的珠寶店辦成了突騎施設在東土大唐的聯絡點，觀察大唐的動態和情況，收集大唐的風土人情。達特庫是當初被老酋長帶來大唐的鑑寶專家之一，留下來經營洛陽的這家「撒馬爾罕」，至今已有十多年了。突騎施老酋長去世以後，這個珠寶店的店主人便由大王子烏質勒繼承下來了。

當然了，達特庫在敘述這番來歷的時候，還是隱瞞了一些重要的內情。「撒馬爾罕」是梅迎春父親在大唐親手建立的產業，突騎施部內的其他人，包括新繼位的敕鐸可汗也對此一無所知。老酋長在臨死之前，只將這件秘密告訴了梅迎春，這是他為大兒子在遠離突騎施的中原腹地所留下的唯一資源，既是一筆財富，也是一條通達大周上層的線索，他希望這點微薄的遺贈可以幫助梅迎春在敕鐸可汗的監視之外，找尋到奪回突騎施最高權力的機遇。達特庫是老酋長最信得過的忠實部下，十多年來一直兢兢業業地經營著「撒馬爾罕」，也確實憑藉著這個小小的珠寶店，窺得了許多大周皇族貴戚的隱私。梅迎春到達神都以後，選擇在離開「撒馬爾罕」一箭之遙的客棧住下，便送信約見達特庫。達特庫接到訊息之後，心潮翻湧，激動難抑，等待了這麼多年，他終於等來了老酋長的兒子，他眼中突騎施部族首領真正的也是唯一的繼承人——烏質勒王子殿下。

達特庫將關於權力爭奪的內情略去未提，只向狄仁傑等眾人承認說，自昨日夜間得知王子來京，便在今天一早去客棧拜見主人，與梅迎春攀談了整個上午，直到午時回到店中，才見到無頭女屍。王子殿下可以證明他並未提前返回店中。

聽達特庫這麼一說，狄仁傑笑了，解釋道：「達特庫啊，其實本官並未懷疑過你是殺人兇手，只是看你對那木牌感到十分意外，所以才以言語相激，想聽你說說其中的緣由。還有，顧仙姬到底是否與你有約，本官看你沒有說實話，對不對？」

達特庫面紅耳赤，連連鞠躬道：「狄大人真是太犀利了，小人慚愧。狄大人說得沒錯，小人當初確實隱瞞了和仙姬小姐有關的一些情況，只是不想使『撒馬爾罕』牽扯其中，生怕因此引起大周官府對『撒馬爾罕』的追究。」

狄仁傑點頭，又問：「你剛報案時矢口否認認識這女屍，後來為何又改了口？」

梅迎春接口道：「狄大人，達特庫向京兆府報案以後，就趕到我這裡來請求示下，他十分慌張，不知道是否應將所有的內情均向官府呈報。我聽了他的敘述以後，便告訴他，顧仙姬的真實身分可以交代給官府，其他的都不能說。除非有狄仁傑大人親自來審此案，他才可以將『撒馬爾罕』的底細和我一併供出。」

狄仁傑撚著鬍鬚，微微頷首。他知道梅迎春的言下之意，人情必須要賣給狄仁傑本人，況且這也是接近他的絕佳機會。袁從英的感覺很準確，這位烏質勒王子果然心機深沉，行事老辣，西突厥突騎施部出了這麼一個人，倒真值得一會。

宋乾不耐煩地道：「如今狄大人已在此，達特庫你老實交代，你到底隱瞞了什麼秘密？」

達特庫不慌不忙地朝各人拱手，道：「各位大老爺容稟。達特庫認識顧仙姬小姐已經有些年頭了，她在遇仙樓當頭牌小姐的時候，有時會拿嫖客贈給她的珠寶來敝店抵押，小人就因此與她熟識。但自一年多前，仙姬小姐嫁入了梁王府，就再沒到敝店來過，所以昨天小人在敝店見到她時，還挺意外的。」

宋乾驚問：「什麼？昨天顧仙姬就來過你店中？」

達特庫點頭：「是的。她來時雖以薄紗遮面，可聲音舉止還是令我認出了她。而且，當時她來變賣身上的珠寶首飾，其中有幾件本來就是買自我店，我自然一眼就能識別出來。」

狄仁傑慢條斯理地問：「她來變賣珠寶？」

「是的。」達特庫道，「她要把身上值錢的首飾全部賣給我，一共值十萬兩銀子。她還要我開成憑信給她，我告訴她必須得到店主人的簽字，便約她今日中午再來。」

梅迎春接口道：「實際上這麼多年來，達特庫都是一人在經營珠寶店，所謂的神秘店主人就是他自己。」

達特庫也點頭：「王子殿下所言極是。但是十萬兩銀子這樣的大買賣，我按規矩要拖上一天，其實是為了給客人一個思考的時間。敝店應對的都是非常有身分的客人，給他們點時間反悔，這樣成交以後才會沒有麻煩。可是，唉，萬沒想到，我屢試不爽的這招，這回卻要了仙姬小姐的性命！」

狄仁傑皺起眉頭，指指擱在桌上的木牌，問：「不對啊。既然你們約的是午時，為何這木牌上寫的卻是巳時？」

達特庫一跺腳：「咳，大老爺，小人已經說了，這塊木牌確確實實不是小人所寫。方才大老爺拿出這塊木牌來，小人也是萬分詫異啊。不知道仙姬小姐為什麼要搞這麼個名堂？」

宋乾忙問：「沒有木牌小梁子就不會放她進來嗎？」

達特庫連忙搖頭：「不可能的。這種木牌通常都是給頭幾次來店的客人準備，或者是由僕人來店約的時間，才寫在木牌上做個確定。仙姬小姐這樣的老主顧，約不約我都會接待，況且昨天都約好了午時見面，我自會在店中等她，何需木牌？這不是多此一舉嗎？」

狄仁傑點點頭：「嗯，木牌的事情暫且擱下。達特庫，你可知道，顧仙姬為何要變賣她的珠寶首飾，她要那麼多錢幹什麼？」

達特庫的眼珠直轉，臉上露出詭異的笑容：「小人倒是知道些內情。不過……」

宋乾著急喝道：「不過什麼？」

達特庫嚇了一跳，趕緊正色道：「咳，各位大老爺，這牽扯到梁王的家事，小人斗膽說了，要是有什麼逾越冒犯的地方，各位大老爺可千萬不要歸罪小人啊。」

狄仁傑淡然一笑：「沒事的，你儘管說吧。」

無邊的夜色將世間萬物遮蓋，在這片深沉的黑暗中，美醜莫辨，善惡難尋。雖說這是人們休息安睡的時間，但仍會有生命的節律波動得愈加強烈。嬰兒最多出生在子夜；老人最多在凌晨離世；男女更多在午夜定情交媾。南軻夢醒時，枕邊之人形容依稀，心中卻已恍若隔世，那說不盡理不清的情正酣意正濃，終於敵不過白晝降臨，如晨星的微光般消逝無蹤了。

三更敲過以後的梁王府中樹影幢幢，一片肅穆的寂靜裡透出戒備森嚴。層層疊疊的庭院深處，一座座屋舍早都熄滅了燈火，唯有梁王武三思的內書房中，還有暗紅色的燭光映在窗紙之上，兩個人形隨著光影輕輕晃動變幻，似乎是在傾心交談，又似乎是在黯然傷神。

死死盯著對面垂首而坐的一個人，武三思已經沉默了很久。此刻，他從喉間發成一聲悶哼，終於開口道：「怎麼？你打算就這麼坐一個晚上？」

對面那人顫抖一下，緩緩抬起頭，被燭光映成蒼白的臉上浮現出一抹苦笑：「我……真的不知道該說什麼。」

武三思冷笑一聲，指了指桌上的一張紙：「現在沒話說了？你在這上面寫得倒很周詳嘛。昨天我收到這信，看了足足有一個時辰，真真只能用心驚膽戰這四個字來形容！你啊，我真是沒有看錯你，也沒有白疼你！」

「三思！」對面那女人發出嬌嗔，「你就饒了我吧。我、我知道你心裡頭還是疼我的。」

武三思劈手將桌上的紙掃落在地：「饒了你？這兩年來我是怎麼待你的，你是最清楚的。」他按捺不住胸中翻滾的怒火，站起身來到那女人面前，一把捏住她的下巴，狠狠地將她的頭抬起來，聲色俱厲地問：「可你又是怎麼報答我的，你說！」

女人的臉色已經變得慘白，但一雙眼睛中卻毫無畏懼之色，她乾澀的雙目直勾勾地對向武三思的眼睛，咬著牙道：「那你就殺了我吧，可殺了我你就什麼都得不到了！」

武三思愣了半晌，爆發出一陣令人悚然的大笑：「好，好，我怎麼就如此喜歡你這性子呢！」他連連搖頭，一字一句地道：「整個大周朝敢這麼對我武三思說話的，總共也找不出幾個，偏偏你這賤人，就有這個膽量！好啊，難得啊！」

那女人眼波流動，臉上突然泛起紅暈，抬手摟住武三思的腰，嬌滴滴地道：「三思，三思，我一看到你從遇仙樓送來的信，就知道你還是對我好的。所以，你看我這不就回來了嗎？三思，不管怎麼樣，我終歸是你的人……」

武三思輕輕撫摸著女人的烏髮，歎道：「是啊，我當然要你回來。你不回來，我怎麼能得到我想要的呢？你不回來，我怎麼能見識你的這番虛情假意呢？我武三思什麼樣的女人沒有玩過，還偏偏就頭一次見到你這樣水性楊花、狠毒狡詐、翻手為雲覆手雨的手段！你啊，說不定哪天我就死在你的手裡了，還兀自做著春秋大夢呢！」

那女人鬆開手，輕哼一聲，板起臉道：「說了半天你還是不相信我。為了回到你的身邊，我可是把什麼都拋下了，沒想卻只得到你這樣的對待。呸！梁王殿下，你沒有膽魄！」

武三思被她氣得笑出了聲，搖著頭道：「罵得好！看來我武三思的膽魄還要拜你所教。你是為了回來把什麼都拋下了，可我看得心裡發虛啊。姐妹、情人、孩子……為了你自己，你全可以拋棄可以出賣可以殘殺。我看你的膽魄，都快趕上我那姑姑了！」

女人扭頭便罵：「胡說！你這話要是傳到你姑姑的耳朵裡，恐怕就不是你我的膽魄能夠應付得了的了！」

武三思嘿嘿一樂：「那倒不會，除非你這小賤人想找死。不過……我看你捨不得死，否則也不會為了自己活命，做出那麼些傷天害理的勾當！」

「我傷天害理……」那女人喃喃重複著，神色黯然地道，「還不是被你逼的。」

武三思坐回桌邊，語氣輕鬆地道：「行啦。我說過，只要你回來，過去的事情就既往不咎，我武三思膽魄或許不夠，氣量還是有一些的。你放心吧，你只要把知道的情況對我和盤托出，咱們還可以在一起合計合計。你鬧騰了這麼一次，也該學乖了。從今往後，就老老實實地跟著我，待到大事成功的那一天，我自然不會虧待了你。」

女人苦笑著點頭：「我是沒有退路的了。今天回到你這梁王府，便是徹底認了命，虧不虧待我，就憑梁王殿下的良心了。」

武三思得意洋洋地道：「這樣才乖嘛。我真是從心裡喜歡你，否則就憑你做的這些事情，死一百次都有餘了，我還留著你作甚！好了，閒話說夠了，可以談正事了吧？」

「是。」女人點頭，又不放心地問：「三思，『撒馬爾罕』的案子可都處理妥當了，你看官府會不會看出什麼端倪來？還有，還有……他肯定不會起疑？」

武三思皺眉道：「咱們的計畫很周到，做得也乾淨俐落。我料想京兆府和大理寺那幫蠢貨查不出什麼來，到最後就是個無頭懸案。至於那廝嘛，哼，他會不會起疑，不是還要問你？」

女人的神情略顯恍惚，低聲道：「有那條項鍊在，他應該不會起疑的。況且……他一直都很信得過我。」

武三思觀察著她的樣子，酸溜溜地問：「怎麼？心裡到底還是捨不得吧？」

女人愣了愣，抬起頭來，冷冰冰地道：「我的心都已經死了，哪裡還談得上捨不得！」

武三思張開雙臂，女人略一遲疑，便坐到他的膝上。武三思輕輕撫摸著女人的肩膀，冷笑道：「你啊，還是跟著我罷，我的小妖精，仙姬兒……」

這天傍晚，當武遜將袁從英三人留在大漠之中一塊乾涸的河床邊的時候，心中多少還是有些不安的。武遜本是個嫉惡如仇的坦蕩之人，平常最不屑的就是陰損的小人行徑，今天自己竟然也做出了類似的事情，他的良心無法控制地展開了自我譴責，但是再一想，武遜覺得還是能夠自圓其說的。過去這三天，他一路上帶著這兩大一小三個人從庭州到沙陀磧，實在是受夠了。

大漠是最嚴峻而殘酷的，這樣的環境需要的是堅忍和踏實，任何懈怠、自大和脫離現實的幻想，在別處可能還有生存的餘地，但在這裡，面對的就只能是死亡。武遜帶著袁從英、狄景暉和韓斌自三天前離開庭州，便始終在質疑，這幾位從神都洛陽來的前高級軍官和落魄貴公子，還有個什麼都不懂的屁大小孩，他們真的做好面對大漠生活的準備了嗎？

武遜臨走之前，曾向錢歸南要求武器槍械和駝馬牲口，來充實他要去建立的伊柏泰剿匪團，因此這次上路，除了帶上袁從英一行三人，他還帶了個由三峰駱駝和兩匹馬組成的小分隊。駱駝和馬匹身上都擔著王遷給剿匪團準備的武器和其他輜重，當然還有他們這一路所需的食水等物。此外，小隊中有兩名庭州當地的突厥駝夫負責伺弄牲口。武遜和袁從英騎馬，駱駝由繩索牽引在一起，一名駝夫騎著其中一峰在最前面帶路，狄景暉騎一峰駱駝，韓斌和另一名駝夫共騎最強壯的一峰駱駝，走在隊伍的最後面。

剛上路，武遜便覺得事事不順。首先是這幾峰駱駝，竟沒有一個看上去強壯機靈，三峰駱駝鼻子上的毛都已泛白，不用看齒口便知道是超期服役的高齡牲口，駝上一點兒東西就不肯邁步，一路上走走停停，駝夫要不斷地下地餵食、吆喝甚至鞭打，牠們才萬般不情願地往前挪動，遇到沙丘更是要將牠們背上的東西全部卸下，才能拖著牠們越過沙丘，這時候所有的輜重便只能由武遜、袁從英和那兩名駝夫自己揹過沙丘了。

因為初次在飯鋪裡面和袁從英的遭遇，武遜的心中始終存著疙瘩，況且作為一名常年駐守邊疆的普通軍官，他對來自京城的高官顯貴本來就沒有任何好感，故而對袁從英的戒備之心更甚。一路行來，武遜發現袁從英這個人平常神色冷峻、沉默寡言，臉上幾乎從來沒有笑容，看上去相當高傲，於是心中對他便越發不爽。儘管在路途中，袁從英主動幫忙背負行李，對食宿行也從不提任何要求，料理起雜務來還滿能幹，但武遜就是無法改變對他的看法，特別是想到這麼嚴肅孤傲的一個人要來做自己的副手，武遜更感到如芒刺背，實在難以接受。

真正讓武遜操心和擔憂的還不是這些，去到伊柏泰以後將面臨什麼樣的處境，他並不是沒有預測。錢歸南其人的狠毒狡詐，武遜在庭州這麼多年，早就看透了。但武遜一心剿匪，也顧不得其他，只盼著自己那一腔熱血，能夠為了大周，潑灑在沙陀磧最險峻的沙礫荒灘之上，也比天天在庭州和錢歸南、王遷這樣的小人周旋，受氣憋屈還無處伸張要痛快得多，所以他無條件地接受了錢歸南的任命，匆忙踏上去伊柏泰的路。王遷給他準備的牲口夠老邁，武器槍械更是差強人意。臨出發前武遜仔細檢查了那些隨便捆紮起來，外面用麻布包裹的刀槍和弓弩，發現全是鏽跡斑斑的失修之物，用這樣的武器別說剿匪，就是在大漠中獵殺些野物謀生，都不能順手。武遜雖然很失望，但還是把所有的東西都帶上了。有總比沒有好，他想好了，在伊柏泰安頓下來以後，他再從這些槍械中挑選些勉強能用的重新打磨。武遜賭著口氣，要讓錢歸南和王遷他們看看，無論怎樣給他武遜穿小鞋，設置障礙，他還是能夠辦成事，剿成匪！

從庭州到沙陀磧，一路經過片片綠洲、農田和村舍，眼前的景致由生機盎然漸漸地變為荒蕪蕭瑟。等走了一整天之後，就很少能再看到茂密的樹叢和清澈的池塘了，陣陣西北風刮來，風中滿是黃灰色的沙霧，雖然大家都做了準備，用紗布蒙住了口鼻，可一天走下來，仍然是滿口滿鼻黃沙粗澀的味道。第一個晚上他們在一片長滿芨芨草的灘地上紮營。隨便找個胡楊樹根往下挖，不一會兒就冒出清水來，可惜又苦又鹹，只能給駱駝和馬匹喝，人還是得用駱駝揹的木桶中的水解渴。武遜沒有心情，不肯生火做飯，只拿出幾塊冰冷的饢充饑。從庭州出發還興致勃勃的狄景暉第一個晚上就蔫了不少，他終於不得不面對嚴酷的現實了。

荒漠上野狼成群，為防狼群襲擊，武遜吩咐整晚燃著篝火，他讓兩個駝夫輪流值守，睡到半夜不放心，起身親自去查看，卻發現袁從英獨自守在篝火旁。武遜有些詫異，忙問怎麼回事，袁從英隨意地回答說他看那兩個駝夫一路也很疲憊，便讓他們去休息了，自己代他們來值守。武遜雖感意外，但很快想到也許這是神都來的校尉要顯顯能耐吧，就決定先不動聲色。第二天晚上，袁從英仍然徹夜守護篝火，白天也不露倦怠，倒真讓武遜心中隱約有些佩服，但是很快發生了一件事，又改變了武遜剛剛對他建立起來的好印象。

第二天他們已經深入到了沙陀磧的內部，眼前除了連綿起伏的沙丘和粗礫相間的平地，便再也看不到其他景物了。雖然是冬季，白天的沙漠中並不酷熱，沒有烈日的灼烤來消耗大家的體力，但朔風驟起時沙塵漫天，整個天空在瞬間便會變成漆黑一片，不要說舉步維艱，連呼吸都成問題，武遜和突厥駝夫在大漠周邊生活了這麼多年，還算能勉強適應，另外三個便十分狼狽了。再加上駱駝不得力，本來半天的路程他們走了整整一天，到夜間宿營時人和牲口個個都筋疲力盡了。狄景暉有些受不了了，一路上不停地詢問何時能到伊柏泰，武遜懶得理他，只說還要好幾天，心中更加認定此人就是那種根本吃不得苦的紈絝子弟。

這天夜半，武遜又去檢視篝火，發現袁從英仍在獨自值夜，想著自己對人家不理不睬的也實在不像話，他便上前坐在袁從英的身邊。武遜不善言辭，面對袁從英更不知說什麼好，只好坐著發愣，沒想到這位袁校尉還要寡言，看武遜過來，連招呼都不打，只是靜靜地盯著篝火沉默。

武遜坐了半晌，實在耐不住了，便搭訕著問袁校尉是否有對付野狼的經驗。他原想著袁從英或許會吹噓一番，卻萬萬沒料到袁從英竟說自己身邊沒有兵刃，如此要抵禦野狼確實比較困難，因此想請武遜從所帶的兵械中找把刀給他，或者是弓箭也行。武遜登時窘得面紅耳赤，他才不信袁從英會沒有隨身的兵刃，必定是看出來瀚海軍給他準備的軍械有問題，乘機嘲諷他罷了。

這天夜間沙漠中的氣溫降得很低，帳篷外頭真凍得死人，武遜本來還想下半夜換下袁從英，讓他回帳篷休息，這番對話一出，武遜立即氣鼓鼓地起身，將袁從英撇在原地再不願理他。回到帳篷中躺下，武遜兀自氣惱異常，看來中原來的武官就是心眼多，為人更是刻薄，他暗暗下定決心，絕不能讓袁從英和他一起去伊柏泰組織剿匪軍，內憂已經夠多，如果再添外患，這剿匪便成一句空話了。

第三天武遜就有意帶著駝隊慢慢偏離正途，朝伊柏泰偏西的方向走去。路上的沙丘越來越高、越來越密，走過每一座沙丘都很費勁。猛烈的西北風吹起沙塵，人只有下地步行才能避開最厚密的風沙帶，因此走得比第二天更慢。到了午後，最年邁的那頭駱駝已經虛弱得邁不動步，幾乎是靠駝夫強拽著一路前行了。武遜帶著小隊勉強穿過一片稀疏的胡楊林，終於來到一片平坦的堅硬荒原上，這裡地面上的黃沙比別處要稀薄很多，一叢叢的枯草從荒地上枝枝椏椏地伸展出來，還有小片的積水潭點綴在枯草間，也許是積雪融化而成的吧。

武遜左右四顧，正前方略高一些的坡地上，竟出現了一座黃泥堆砌的小屋，旁邊還搭著個簡陋的茅棚，屋後小片的胡楊林擋住了風沙，使得這座小屋和茅棚在狂風中得以倖免。武遜長舒口氣，領著小隊來到小土屋前，便對袁從英道：「袁校尉，這裡是片乾涸的河床，夏季暴雨期間，河裡的水還挺大的，所以有遊牧之人在這裡搭建了落腳之處。因白天耽擱了不少時間，今天要到達伊柏泰必須要連夜趕路，比較危險，況且一匹駱駝也走不動了。我建議，袁校尉你帶著狄公子和這孩子今天就宿在此地，總比在野外搭帳篷要好多了。等我明日到了伊柏泰，再另遣駝馬來接你們。」

袁從英並不多話，只是點了點頭，便去牽那匹東倒西歪的駱駝。狄景暉走了這三整天，頭一回看到個房屋，覺得比皇宮還要舒適，趕緊朝屋內走。進得屋中，牆根下居然還有張土炕，狄景暉再顧不得其他，往滿是灰塵的土炕上一躺，便再不想動彈了。

武遜帶著突厥駝夫和另兩峰駱駝又上路了。他把袁從英一路騎來的馬匹也留給他們，還卸下一大木桶的水、一大包饢和乾麵條、火折，甚至還留下了一罐子油和一小袋鹽，這些東西都裝在一個大包袱裡，武遜提進茅屋往地上一擱，就趕緊和袁從英招了招手，頭也不回地走了。

武遜帶著另外兩峰駱駝和駝夫們沿著河床向前走了很久，心裡仍然很不是滋味。他只能一遍遍安慰自己，這個地方有水有食物，相對也比較安全，這三個人要過上幾天是沒有問題的。只要自己把剿匪團整理好，必然派人回來接他們。武遜自言自語著，老子我還不是為你們著想，你們真要到了伊柏泰，才會知道那裡有多可怕，到時候我可顧不上你們這大的小的三個累贅啊。

袁從英把駱駝和馬都拴好在茅屋後的胡楊樹上，等牠們津津有味地啃起多汁的胡楊樹根，就去茅屋裡面查看起來。茅屋的角落裡有柴堆，他走過摸了摸，發現大部分是濕的，茅屋頂破了一大塊，肯定是下到屋裡的雪慢慢融化，把木柴都浸濕了。他從柴堆頂上揀出些稍乾些的，搬進土屋。這土屋大概冬季之前還有人居住過，土炕上面鋪著厚厚的茅草，狄景暉四仰八叉往茅草上一躺，覺得比前兩個晚上在帳篷裡睡地下要舒服得多了。韓斌也累壞了，趴在狄景暉的身邊整個人都鑽進茅草堆，只露了個腦袋在外面。

袁從英把韓斌從茅草堆裡拎出來，讓他負責點乾柴燒炕。屋子中間有個大樹樁，看來是當桌子用的，他就把武遜扔在茅屋的那一大包物品也拿過來放在桌上，慢慢翻看，居然還找出幾支蠟燭。天色已經漸暗，韓斌把火炕點著了，袁從英就著炕洞中的火燃亮一支蠟燭，又從地上撿起塊鐵皮當燭台，滴了點燭油在上頭，蠟燭站牢了，這點點微弱的紅光和炕洞裡熊熊的火光在一起，竟給這大漠中孤零零的土屋，帶來了久違的家的感覺。

土炕上暖烘烘的，狄景暉躺了一會兒，覺得緩過點勁來了，就聽到自己肚子裡咕咕直響。狄景暉從床上一骨碌爬起來，開始在屋子裡到處轉悠，東翻西找。

袁從英等他折騰了一會兒，才問：「你在找什麼？」

狄景暉一邊繼續翻著，一邊道：「找鍋子啊，今晚咱們有火有油還有鹽，別再吃那個冷冰冰的饟了吧，再吃我就要吐了。你這包袱裡不是有乾麵條嘛，咱們下點麵吃如何？」

袁從英隨口應道：「行啊，只要你能找到鍋子。」

韓斌聽說有麵條吃，也來了勁頭，跟著狄景暉一起在土屋裡亂翻，被狄景暉朝旁邊一推：「去！你到那個茅屋裡找。」

「哦！」韓斌扭頭就跑去茅屋。

袁從英把油、鹽重新收回到包袱裡，對狄景暉道：「我去周圍看看。」便出了房間。他沿著河床來回走了一段，月光很明亮，將整條綿延的河床映照得異常清晰，比兩旁低了足有丈餘的河床上隔不多遠就有個積水的坑窪，在月光下反射出銀色的光，袁從英特意湊到其中的一個水窪旁看了看，積水已被塵土沾汙，人是沒辦法飲用的。

東南方的天邊，一輪新月之下，天山山脈雄渾的黑色山脊閃爍著神秘的光輝，自它而下，則是沙丘的影子高低起伏、連綿不絕，一直來到近處的胡楊林後。在這整片不見邊際的穹廬曠野之中，寂靜中似乎總有難以言傳的淒婉和孤獨，從久遠的過去而來，又將人的思緒引向難以捉摸的未來。

圍著他們暫居的小土屋，袁從英繞了個大大的圈子，仔細觀察了周邊的全部情況。他發現，牧人選擇在這個地點作為落腳點，是經過周密思考的。如果真像武遜所說，夏天前面的河床充溢河水時，這條河流就既是天然的屏障，可以阻隔來自對岸的野狗和狼群的攻擊，又可以為人畜帶來沙漠中最寶貴的水源，屋後的那片胡楊林，同樣擋住了大漠上的沙暴，也是一重很好的保護圈。袁從英在四周的硬地上還發現了好幾個凹陷下去的土坑，看去是人力所為。從土坑裡已被燒成黑色的泥土來看，這幾個土坑是專門用來點篝火的。袁從英蹲在土坑邊細細搜索，還找到了好多塊燒得黝黑的鐵條和鐵片，像是燒烤食物時候用剩下的。看來這些篝火堆不僅被用來嚇退企圖靠近的野獸，同時也幫助在此暫居的牧人們烹飪美味的食物。

袁從英想著或許能派上什麼用場，就隨便撿了幾塊大大小小的鐵片鐵條，回了土屋。再看屋子正中的大樹樁上，果然放了口鐵鍋。狄景暉和韓斌坐在土炕上發愣，袁從英便問：「還真找到鍋了？先煮水吧。」

韓斌跳下炕來把他拉到桌前，噘著嘴道：「哥哥，這鍋子全都鏽了，不能用的。」

袁從英一看，鐵鍋內外果然都鏽跡斑駁，拿手一摸就沾上黑紅的鐵鏽，他衝著韓斌笑了笑：「看來你今天還是吃不上麵條。」

韓斌扁了扁嘴，幾乎都要哭了，袁從英這才發現他的額頭上腫起來一大塊，問：「這又是怎麼回事？」

韓斌帶著哭音抱怨：「我剛才去草棚子裡面找鍋子，地上有個鐵疙瘩，絆了一跤，好疼！」

袁從英想了想，把自己撿來的一塊最大的圓鐵皮放到桌上，沾了點水擦乾淨，讓韓斌把饢掰成小塊，平放在鐵片上面，還在饢上灑了點鹽和油，塞進燃著柴火的炕洞裡面。不一會兒，烤餅的香氣就充滿了小土屋，取出來一嚐，果然又香又脆，三人這才津津有味地吃了個飽。

狄景暉連連讚歎：「很好，很好。這才是原汁原味的塞外美食，比麵條好多了。」

韓斌拉著袁從英的胳膊道：「哥哥，這個好吃，可我還是想吃麵條。」

袁從英剛點了點頭，狄景暉插嘴道：「等明天那個武校尉帶我們去了伊柏泰，你想吃什麼都容易。」

袁從英抬眼看了看狄景暉，輕聲道：「你真這麼想？」

狄景暉一愣：「是啊，怎麼了？你覺得有問題？」

袁從英搖搖頭，隨後任狄景暉再問什麼，他都不開口了。

桌上的蠟燭很快就燃盡了，袁從英要節省著用，不肯再多點一支。狄景暉和韓斌本已累得筋疲力盡，吃飽喝足往炕上一倒就睡得昏天黑地，不知今夕何夕。為了防範野獸，袁從英還是去屋外點起一堆篝火，他守在篝火前一坐又是大半宿，實在是太累了。雖然戶外的徹骨嚴寒還能讓他不至於沉睡，但頭腦中也時時有些半明半暗的恍惚，好像一忽兒又回到了多年前一個人亡命天涯時，便是這樣，即使疲睏得幾乎要死去，也還是要強迫自己保持警惕，否則下一刻就有可能遭到滅頂之災。當然，現在的情況還有所不同，那時候他還可以一時洩氣到恨不得死了算了，如今他連這樣自暴自棄的權利都沒有了，因為他必須活著，才能保護好屋子裡面的那兩個人。真的萬萬沒有預料到，他們的塞外生涯會如此開始。

為了找件事情做好提提神，袁從英拿來那個生鏽的鐵鍋，從地上抓起堅硬的細沙摩擦鍋子上的鏽斑，他仔仔細細地擦了一遍又一遍，居然把鐵鍋裡的鏽斑全部磨光了。就這樣好不容易挨過了最深沉的黑夜，遠端的天際開始初露曙光，袁從英覺得自己再也支持不住了，就到屋內去喚醒狄景暉，讓他去守篝火。因為已是黎明，狼群基本上不會再來了，點著篝火只是以防萬一，所以他才能勉強放心讓狄景暉代替自己值守。狄景暉倒休息得很不錯，醒來就感覺精神煥發的，興沖沖地跑去屋外準備看大漠日出，袁從英便躺到炕上昏睡了過去。

還沒有睡多久，他突然被一陣異樣的響動驚醒了。完全是出於本能的反應，袁從英從炕上一躍而起，下意識地探手往身邊去摸武器，什麼都沒有摸到。他這才徹底清醒了過來，空著兩手翻身跳下土炕，清晨朦朧的曙光從敞開的土屋門外照入，門口站著兩個人。一個是狄景暉，僵硬著身子站得筆直，身邊還有一人，紅衣輕甲，青銅面具，看身形倒不高大，比狄景暉還矮一個頭，但是右手中緊握著一柄閃著寒光的匕首，正牢牢地抵在狄景暉的脖子之上。

袁從英看著這個情景，心中突然覺得十分可笑，在這個荒蕪的大漠中，他只想著要防備野獸的攻擊，萬沒料到最後還是遭了人的暗算。想到這裡，他不由得冷笑了一聲。睡得懵懵懂懂的韓斌這時也從炕上爬起來，看到門前二人的樣子，又驚又怕，低呼著「哥哥」，就縮到袁從英的身後。袁從英伸出左手撫摸著韓斌的肩膀，輕聲安慰：「別怕。」

也許是多年來身經百戰、出生入死所形成的直覺，袁從英對於面前這個殺手並不感到絲毫的畏懼，此人身上完全沒有那種讓人不寒而慄的殺氣，青銅面具後面的那雙眼睛在看到韓斌以後，似乎還閃出一抹柔和的光。當然，這都只是感覺，隔著一個屋子的距離，又背對清晨微薄的光線，其實袁從英只能看到那個殺手的整個輪廓，但他就是覺得很鬆弛，沒有什麼緊張感，以至於想和對方開開玩笑。

袁從英正在琢磨著如何開口，狄景暉可等不及了。他方才站在篝火旁，正極目遠眺大漠的盡頭，滿懷興奮地期待著一輪紅日噴薄而出的壯美景象，突然就覺得脖子上一涼，耳邊一聲低嗔：「把手背到身後！」

他低頭看到一個鋒利的刀尖抵著自己的脖子，頓時嚇出一身冷汗，只好乖乖地把手伸到背後，隨即便感覺雙手被一個繩套牢牢縛住了。緊接著，狄景暉被那人推搡著進了土屋，他原以為袁從英看到自己被抓會立即出手相救，卻沒想到袁從英一點兒都不著急，站在那裡好整以暇地不知在想什麼，抓自己的這個殺手也不開口，雙方就這麼乾巴巴地對峙著。狄景暉心裡著急，嘴裡就嚷起來：「袁從英！你快救我啊！」

那殺手聽他一嚷，手上加力，匕首尖刺破皮膚，頓現細細的一抹血痕，狄景暉痛得深吸口氣，袁從英立即向前邁了一步，冷冷地道：「這位姑娘，咱們素不相識，無緣無故地不必如此吧？請你先放開他，有話好說。」

那殺手被他說得一愣，這才揚聲道：「你們這幾個漢人到底是幹什麼的？怎麼會來這裡？」

狄景暉聽著她的聲音果然清麗悠揚，真是啼笑皆非，自己竟被個年輕女子挾持在手裡。

袁從英輕輕重複：「你們這幾個漢人……」搖搖頭，他自嘲道：「來了塞外，居然身為漢人也成了件罪過。」說著，他又向前連邁了兩步，已經直逼到狄景暉二人的面前，才又開口道，「我們是昨晚上被人帶到這裡的，連這是個什麼所在都全然不知。看樣子姑娘對這裡很熟悉，願聽賜教。不過，在此之前，還是請你先把此人放下。」他指了指狄景暉，稍停片刻，才輕鬆地笑道：「你看他這麼個手無縛雞之力的漢人，全無用處。放下他吧，沒關係的。」

「你！」狄景暉氣得朝袁從英直瞪眼。

青銅面具後飄出一陣清朗甜潤的笑聲，那女殺手果然將手中的匕首一撤，鬆開縛住狄景暉雙手的繩套，又把他往前一推，嬌叱道：「說得沒錯，漢人男子就是沒幾個有用的。」

狄景暉揉了揉脖子，轉過身衝著女殺手道：「哎，你也太過分了吧。趁人不備下黑手，還說我沒用，難道你們胡人女子就是這麼有用的嗎？」

那女子輕哼一聲：「誰讓你們跑到這裡來的，這是我們部族牧人的歇宿之地，除了我們部族裡的人，從來沒有漢人來的。」

袁從英這時候已經坐回到土炕上去了，他根本沒有休息多久，還是十分疲憊，連話都不想說，就看著狄景暉和這胡人女子對答。

狄景暉覺得手裡濕濕的，原來黏的是脖頸上給劃出的血，他恨恨地道：「我狄景暉真是倒楣倒到家了，千里迢迢跑到這個鬼地方，居然還招了個胡人女人的道！哼，等那個武遜來了以後，我倒要問問他，把我們放在這麼個破屋子裡到底是什麼意思？」

那女子聽到武遜的名字，好奇地問：「哦？是瀚海軍的武校尉把你們帶來的？那他自己去了哪裡？」

狄景暉沒好氣地回答：「原來你認識他啊。他去伊柏泰了，今天會來接我們。」

「你們也要去伊柏泰？」

「是啊。哎，武遜不也是漢人嗎？怎麼他也知道這個地方？」

這兩人正說得起勁，韓斌從土炕上爬了下來，跑到那女子的身邊，仰著腦袋一個勁地看她。那女子蹲下身來，親熱地伸出手去拉韓斌，柔聲問：「小弟弟，你怎麼也跑到這個地方來的？你叫什麼名字？」

韓斌回答：「我叫斌兒。」一邊抬手去摸女子的面具，女子往後躲了躲，笑道：「你這小孩兒，想幹什麼呀？」

韓斌眨了眨眼睛，突然跑回到土炕邊，從行李裡面掏出樣東西，還朝袁從英看了一眼，見袁從英沒有阻止的意思，才舉著那樣東西跑回到女子面前，往她眼前一遞：「姐姐，我們也有和你一樣的面具。」

那女子一見面具，頓時驚呆了，接到手中左看右看，抬高聲音問：「你們、你們怎麼會有這個？」

狄景暉得意了，慢條斯理地道：「想知道這東西的來歷嘛，告訴你也行。不過你問了我們這麼多問題，是不是也該讓我們看看你的臉？你那面具的樣子太兇悍，看著影響心情。」

他的話音未落，那女子橫著匕首直指他的面門：「少廢話！快說！」

狄景暉這回不買帳了，氣狠狠地盯著那女子：「如此毫無婦道，果然是粗野的胡人女子作為！你想殺就殺吧，我狄景暉威武不屈，是為君子！」

「你！」那女子氣得跺腳，朝土炕上看去，只見袁從英靠在炕上，乾脆連眼睛都閉起來了，好像正在發生的一切都與他無關。

那女子無計可施，扔下手裡的面具朝門外就走。來到門口，她突然轉過身來，一把扯下自己臉上的面具，狄景暉只覺眼前一亮，一雙幽深的碧眼直入他的心尖，「嫣然……」狄景暉喃喃著，霎時便愣在原地，整個人都癡了。

胡人女子被他看得臉上紅暈泛起，低聲嘟囔道：「喂！現在你總可以告訴我面具的來歷了吧？」

狄景暉哪裡還能答話，只是目不轉睛地死盯著那雙勾去他魂魄的眼睛。胡人女子的臉越來越紅，連脖子跟都熱起來了，她咬了咬嘴唇又往外走，狄景暉在她身後大叫：「你……別走！」

「幹什麼？」年輕女子只好又站住，等著狄景暉的下文。

狄景暉張口結舌地愣了半晌，才問出一句：「你……叫什麼名字？」

女子被氣樂了，嬌嗔道：「你這漢人，不僅沒用，而且是個傻子！」

「他平常倒不是這麼傻的。」袁從英本來都已經躺下了，這會兒又慢慢坐起身來，懶洋洋地看著門口的兩個人。

狄景暉聽見了他說話，隨口問道：「咦？你還不睡？」

袁從英苦笑道：「我確實很想睡，可是你們倆這麼吵，我怎麼睡得著？要不，還請二位移步屋外慢慢攀談，如何？」

胡人女子噗哧笑出了聲，臉上頓時春光燦爛，明豔如花。狄景暉本來稍稍恢復了點鎮定，此刻看到她巧笑嫣然的樣子，馬上又呆住了。

袁從英看著他的呆相，無可奈何地歎了口氣，對那胡人女子道：「還是我來回答你的問題吧。這面具是一個漢名叫做梅迎春的突厥人贈送給我們的，他的真名，我們也不知道。」

「梅迎春？」胡人女子歡喜地嚷起來：「他是我的……」她突然用手掩住口，俏皮地眨眨眼睛，嘟囔道：「啊，他沒告訴你們真名，那我也不能說。」

袁從英點頭：「嗯，隨便你。」

女子眼珠一轉，笑著問：「你們這幾個漢人到底是從哪裡來的？怎麼會和我……啊，梅迎春碰上的？他為什麼要給你們這個面具？」

袁從英再歎了口氣，對狄景暉道：「狄景暉，我真的撐不住了，講故事還是你來吧。」

「哦！」狄景暉如夢方醒，趕緊定定神，清了清嗓子道：「這個，說來話長得很。在下狄景暉，他叫袁從英。還請姑娘先賜芳名，大家好稱呼，然後我慢慢對你說。」

胡人女子笑道：「呸！我還有事呢，沒工夫和你們聊天。你們方才說武遜校尉去伊柏泰了？」

「是啊。」

「嗯，那我要走了。」

胡人女子扭頭就往外走，狄景暉趕緊跟出去，就見她輕盈地跳上等在外頭的一匹栗色駿馬，一撥馬頭就朝荒原上跑去。

狄景暉衝著她的背影嚷：「喂！你……還來嗎？」

話音尚在原野上迴盪，那一人一馬早已絕塵而去。

狄景暉低下頭正自懊喪，耳邊突聞馬蹄得得，抬眼一看，那片紅雲再度閃現在眼前，只聽她清朗甜美的聲音響起來：「我叫蒙丹，梅迎春叫烏質勒，他是我的哥哥！我……在伊柏泰等你們！再見！」

其後的一整天裡，狄景暉猶如掉了魂一般，除了神思恍惚地衝著大漠發呆，就是不停向遠處張望，自言自語地抱怨武遜怎麼還不來接他們。袁從英一直睡到下午太陽偏西的時候才醒過來，就看到韓斌趴在自己的身邊發愣。他在炕上坐起身來，看到韓斌額頭上的腫包消了不少，便對韓斌微笑道：「怎麼了？斌兒，為什麼不高興？」

韓斌吐了吐舌頭：「這個地方只有沙子石子，沒啥可玩的，我好無聊。」

袁從英問：「哦，狄景暉呢？他在幹什麼？」

韓斌一撇嘴：「他呀，在發瘋！」

話音未落，狄景暉像陣風似的刮進土屋，看見袁從英醒了，便大聲嚷起來：「好啊，你總算醒了！你看看，天都要暗了，那個武遜怎麼還不來接我們？這樣子今天如何到得了伊柏泰？」

袁從英皺了皺眉：「你小聲點行不行？我的耳朵又沒有聾。」

狄景暉氣呼呼地往大樹樁上一坐，嘟囔道：「叫又如何？反正這裡也沒旁人聽得見。」

袁從英留意觀察著他的神情，嘲諷地笑道：「你就這麼想去伊柏泰？」

狄景暉眉毛一挑，哼道：「怎麼了？走了幾個月不就是為了到伊柏泰嗎？好不容易近在眼前了，還在門外轉悠，白白浪費時間！」

袁從英沉默不語，狄景暉等了半晌，不耐煩地道：「你能不能說句話？你到底在想什麼？」

袁從英從炕上站起身來，走到門口朝荒原上眺望著，沉聲道：「我認為武遜不會很快來接我們去伊柏泰的。」

狄景暉一驚：「什麼？這……不會吧。他走時不是說得好好的？」

袁從英指了指樹椿桌上那個大包袱，道：「如果他一兩天裡就會來接我們，就不用留下這麼多東西了。給我們這些東西，似乎是打算讓我們在這裡過上幾日。」

「啊？」狄景暉這回真的震驚了，他下意識地碰了碰手邊的包袱，緊鎖雙眉道：「他為什麼要這麼做？這個武遜……看起來還是個光明磊落的漢子，他怎麼做出如此下作的事情？」

袁從英搖了搖頭：「我也不知道。我想，他可能有什麼顧慮。而且我覺得，他對我們一直有些成見。」

狄景暉沉著臉想了想，突然冷笑道：「他對我們有成見？是對你有成見吧？哼，你對人家老端著個落難將軍的架子，傲慢得緊，如果我是武遜，我也不舒服！」

袁從英橫了他一眼：「我什麼時候端架子了？你瞎說什麼？」

狄景暉冷哼一聲，道：「我沒有瞎說，你這一路上和武校尉說說笑笑過嗎？就一直拉長著張臉，好像別人都欠了你似的。你這麼對我我都忍了，畢竟是我狄景暉連累你在先，可你這樣對別人，就不能怪人家不服氣！」

袁從英被他說得愣住了，過了片刻，才冷笑道：「在這種處境之下，我不懂有什麼可說可笑的。」

狄景暉立即反唇相譏：「你落到這種處境，當然沒什麼可說可笑的，最好讓全天下的人都知道你有多冤多苦，讓世上的每個人都為你鳴不平！」

袁從英恨恨地道：「我不冤，來塞外戍邊本就是我的心願，我也不苦，這樣的日子我從小就過慣了。倒是你這位宰相大人的貴公子，向來都是錦衣玉食養尊處優的，就算是當了流放犯，也比天下所有的流放犯都舒服一百倍——」

狄景暉不等他說完，就嚷起來：「我不舒服！是誰說了見到庭州刺史以後就能把我安排妥當的？我倒不知道，在大漠裡面住土屋喝臭水吃乾餅就叫做安排妥當！而且這樣的日子還不知道要過到什麼時候？哼，真是太可笑了，你最好不要弄到把我們餓死渴死在這個大漠裡面才好！」

袁從英氣得臉色煞白，咬了咬牙，半晌才道：「是我沒辦好事，讓狄三公子你受委屈了。不過你放心，就是我死也絕不會讓你餓死渴死在這裡。」

二人吵了個不歡而散。狄景暉坐在屋裡生悶氣，袁從英跑到茅屋旁去查看駱駝和馬，他立即發現那峰原本就很衰弱的老駱駝快不行了，牠側著身子躺在地上，嘴裡呼出難聞的臭氣，兩隻大大的棕色眼睛半開半合，眼神黯淡無光。袁從英去茅屋裡抱來些乾草餵牠，牠啃了幾口就停下來，繼續躺在地上喘氣。韓斌一直跟在袁從英的身邊，看到老駱駝這個樣子，也很難過，嘟囔著問：「哥哥，牠是不是要死了？」

袁從英想了想，讓韓斌去取那個被自己擦乾淨的鐵鍋，盛點清水來給駱駝喝。韓斌很快就端來了一鍋的水，放在駱駝的面前，牠立即把鼻子和嘴都浸到水裡，拚命地喝起來，沒一會兒就把鐵鍋裡的水全都喝光了。韓斌嚥了口唾沫，輕聲道：「原來牠是渴壞了。」

駱駝喝過水，又曲起兩條前腿開始嚼起乾草來，似乎精神好了很多。袁從英讓韓斌也同樣去端了鍋清水給馬喝，很快這兩匹牲口都恢復了活力，邊吃草料邊打起響鼻，韓斌看得開心，摸著牠們的身子咯咯笑起來，叫著：「原來你們也不要喝鹹水啊，壞傢伙！」

袁從英來到土屋裡，檢查盛著清水的木桶，只剩下半桶了。他在心裡計算了一下，結果毋庸置疑，這些水最多只夠他們這三個人和兩匹牲口支持兩天了。袁從英突然覺得心臟猛跳，似乎面對千軍萬馬他都沒有這樣緊張過。假如武遜後天早上還不出現，難道他們就真的要渴死在這個大漠中了嗎？正想著，狄景暉也來到木桶邊，探頭看看桶裡的水，臉色也變得更難看了，扭頭便走。這天晚飯他們吃的仍然是用炕火烤熱的饢，連韓斌都沒有再叫嚷著要吃煮麵條。

夜幕降臨的時候，袁從英還像前幾天一樣點起篝火，天氣終於出現了逐漸轉暖的徵兆，這天夜間，袁從英感覺大漠裡似乎不像前些天那麼嚴寒了。和昨夜尤其不同的是，整個晚上他的頭腦都異常清醒，絲毫沒有倦意。他反反覆覆地想了很多對策，但始終找不出一個妥善的辦法來擺脫目前的困境。留在這裡，那個武遜天知道什麼時候會出現；離開這裡，他們沒有羅盤、沒有指南針、沒有地圖、沒有嚮導，在這四顧蒼茫，根本找不出方向的荒漠上，他們能往哪裡去？袁從英從來不曾對死亡產生過恐懼，但只要想到狄景暉和韓斌也有可能死在這裡，而原因正是他自己的失誤和無能，袁從英心中升起的恐懼和絕望便幾乎使他窒息了。他一遍一遍地告誡自己，無論如何都不可以坐以待斃，總要做些什麼，想辦法找出一條生路……

第十章　轉機

洛陽城中一共有三個大集市，其中最大的便是南市，面積大約有四個普通里坊那麼大，其中聚集了各式商行百多種，鋪戶幾千家，大小商販更是不計其數。每天從早到晚，南市中都是人頭濟濟、摩肩接踵，那熱鬧興旺的景象簡直無法用言語來形容。

洛陽是大周的都城，因而集市中川流不息的人群裡，除了漢人之外，還有許多來自各地的異域人士，這些人樣貌打扮奇特、舉止行動異於普通百姓，說起話來怪腔怪調的更是有趣，不過洛陽的百姓們見多識廣，可不會對他們另眼相看的。這些異邦人士在集市中往往以各自的族群相區分，在某一塊固定的區域內聚集，用極具特色的商品來招攬眼界頗高，而又喜好新奇事物的神都百姓們。同時，他們自己也在這個聚集地中互通資訊，老鄉們彼此相攜共助。

此刻，梅迎春就意興闌珊地走在南市中突厥商販聚集的區域裡，滿眼都是同族人的面貌和裝扮，滿耳也都是熟悉的突厥語言，恍惚之中，竟以為是置身於蔥嶺之外的突厥「巴札」。有唐以來，突厥與中原的交流就廣泛且深入，突厥商人在中原做的買賣也是五花八門，但是其中最有名氣的卻是兩樣十分特殊的產品：馬和奴隸。說起突厥馬，世人皆知那是馬中最優秀的品種。有書載：「突厥馬技藝絕倫，筋骨合度，其能致遠，田獵之用無比。」一匹上好的突厥馬，可價值千金，所以不少突厥人都在中原以販馬為生。至於突厥奴隸，則大多來自於各次戰役中的俘虜。因突厥人吃苦耐勞，尤其擅長養馬馴馬，很多中原貴族富豪，便買下這些突厥俘虜作為家奴，久而久之，擁有突厥奴隸成了大周顯貴們的時髦，突厥奴隸的買賣也漸漸成了氣候。

這兩類商品匯集在一處，在突厥「大巴札」中形成了非常奇特的景象。隔三差五地便是一堆人聚攏在一起，圍起來的圈子裡要不是幾匹神采飛揚的高頭大馬，要不就是若干垂頭喪氣的男奴女奴，相馬的和挑人的，各自都忙得不亦樂乎。這種情形其實在塞外也不少見，梅迎春見怪不怪，只是一路悠閒地逛著。

許是梅迎春的氣質相貌確實不同凡響，作為同族的突厥人比漢人更能感知到他那不怒自威的王者氣概，只要他走到哪個小圈子，那裡的人們便很自覺地為他讓出個缺口來，使得他可以隨意自在地將「巴札」上的「商品」逐個鑑賞過來。看了一圈，梅迎春的心中很不是滋味，以突厥民族馳騁草原大漠的豪情與雄壯，來到這中原腹地，卻只能將自己的駿馬為漢人的坐騎，將自己的男女為漢人的僕役，難怪被漢人蔑視為野蠻的民族。於是，梅迎春又在心中暗暗重複了一遍自己過去十多年遊歷各地後所形成的一個堅定的信念：總有一天，他突騎施烏質勒王子要將自己的部族帶入和大周一樣昌盛的文明，為了達到這個目的，他願意付出任何代價和犧牲。

梅迎春正慢悠悠地逛著想著，不知不覺身後跟上了個賊眉鼠眼的小個子突厥人。梅迎春心說來得正好，便朝拐角處僻靜無人的地方走去。小個子心領神會，緊緊跟上。剛拐個彎，見左右無人，梅迎春猛一回身，那小個子才轉進來，登時嚇了一大跳。

梅迎春背著雙手，冷笑道：「怎麼？有事找我？」

小個子結結巴巴地道：「大、大爺，小的是想看看大爺是不是有事，用得上小的？」

梅迎春輕哼一聲：「你倒機靈，叫什麼名字？在這個地方多久了？」

小個子忙道：「我叫阿威，打小時候起就在這『巴札』上混，熟得很！」他看梅迎春點頭不語，便大起膽子湊上前道：「大爺，您是想找什麼人吧？」

梅迎春倒有些意外，不由上下打量著對方道：「怎麼？常有人來這個『巴札』上找人嗎？」

阿威得了意，抹一把額頭上方才嚇出來的冷汗道：「誰說不是呢？來洛陽的突厥兄弟都知道這裡是咱突厥人最聚集的地方，要找個人送個信什麼的，都到這個『巴札』來。還有些找被賣成奴隸的親人的，也上這兒來。」

梅迎春釋然，這小阿威很精明，看出來他就是來找人的。既然如此，梅迎春便決定問一問，他招呼阿威近前來，輕聲道：「阿威你很機靈，我的確是來找人的。」

「大爺要找什麼人？叫什麼名字？是男是女？」

「男的，名叫烏克杜哈，你知道嗎？」

那阿威皺起眉頭想了想，搖頭道：「我認識的人裡面沒有叫這個的。」

梅迎春有些失望，就打算離開，阿威還在苦思冥想，突然叫道：「咦？這個名字我好像聽到過……啊！」

梅迎春追問：「怎麼？」

「我想起來了，前幾天還有些人也向我打聽過這個人！」

梅迎春神色一凜：「什麼樣的人？漢人還是突厥人？」

阿威想了想，大聲道：「好像有漢人，也有突厥人，都打聽過！」

「漢人？突厥人？」梅迎春喃喃自語著，心中既感意外，又覺驚詫，看樣子事情的確很複雜，這烏克杜哈的處境也一定十分凶險，必須要儘快找到他，否則後果很難預料。

梅迎春正想著，抬頭看到阿威正眼巴巴地瞧著自己，便嘲諷地笑起來：「可惜啊，你也不知道這個烏克杜哈在哪裡，要不然你倒是可以發筆小財。」

阿威沮喪地垂下腦袋，隨即又不甘心地抬頭道：「大爺，我再去幫您打聽打聽？也許這個烏克杜哈沒有用真名呢……」

梅迎春點點頭，從錢袋裡隨手掏出一把錢來，甩給這阿威，一邊道：「要是打聽到什麼就去南市後街的客棧找我……」想了想，他又問：「阿威，這些天『巴札』裡有什麼奇怪的人或事嗎？」

阿威眼睛一亮：「還真有呢！」

「哦？什麼怪事？」梅迎春停下了腳步。

阿威討好地說：「大爺，您一定沒聽說過，一個大男人到處找奶媽奶孩子！」

「奶媽？奶孩子？」梅迎春有些啼笑皆非。

「是啊！長得很威武英俊的一個突厥漢子，在咱們人堆裡也算出挑的了。不知道為什麼，弄得人不人鬼不鬼的，前幾天老在這裡轉悠著找奶媽，還鬼鬼祟祟的，也不敢見人，只在太陽快下山的時候來。」

梅迎春「嗯」了一聲，感到有些興趣了，便追問道：「他找到奶媽了嗎？」

「唉，咱們這個『巴札』上倒有些女奴，可都是年紀輕輕的大閨女，哪裡來的奶媽啊？」

梅迎春聽著也覺得好笑，道：「這倒也是，那他怎麼辦呢？」

阿威得意地道：「還多虧他找上了我。這不，我告訴他前頭賣馬的蘇拓大哥剛生了個兒子，那新當娘的應該有奶水。」

梅迎春沉吟著問：「他自己的女人呢？為什麼不餵孩子？」

「我問了，他說女人死了。」

「死了……」梅迎春眯縫起眼睛，目不轉睛地盯著那阿威的臉。

阿威被他看得直發毛，嚥了口唾沫正要說話，小巷裡突然竄入一個彪形大漢，兩隻毛茸茸的大手死死地揪住阿威的衣領，跳著腳大叫：「娘的！你還我婆娘！」

阿威被這大漢揪得舌頭都吐了出來，兩眼往上直翻，梅迎春一個箭步衝上前去，伸右手搭住大漢的肩膀，指尖用力，大漢直覺得胳膊一陣痠麻，不由自主地便鬆開手，仍然目眥俱裂地嚷著：「你！什麼人？你想幹什麼？」

梅迎春看阿威總算脫離了大漢的手掌，軟癱在牆上拚命喘氣，便對大漢道：「這位兄弟，有話好好說嘛。」

阿威好不容易喘過口氣，漲紅了臉問：「蘇拓大哥，你說什麼呢？你、你的婆娘怎麼要我還啊？」

蘇拓大哥氣得連連跺腳：「唉呀！還不是你昨日讓我婆娘給人去幫忙，奶什麼孩子，這就一去不回！我自己的兒子如今餓得哇哇大哭，我、我不找你找誰啊？」

阿威也急了：「蘇拓大哥，你婆娘沒、沒回家啊？」

「回家個屁！昨天傍晚跟著你走的，就再沒見到過了。你說，到底把她弄哪裡去了？」蘇拓揮著拳頭又要打人，被梅迎春一把抓住，狠狠地甩到旁邊，喝道：「告訴過你了，有話好好說！」轉過身，梅迎春沉聲問，「你知道那個找奶媽的人住在什麼地方嗎？」

阿威撓了撓頭：「這……昨天我把蘇拓婆娘帶給他，他就領著人走了。我倒是留意了一下，應該能找得到！」

梅迎春點頭：「好，你就在前頭帶路。」他看了眼蘇拓，「你跟上來，不要亂說亂動！」也不知道怎麼回事，蘇拓下意識地就點了點頭，乖乖地跟上二人。

三人在南市後面的一片窮街陋戶中穿行，此地與前面集市上的綺麗繁榮真是天差地別。舉目看去，滿眼皆是爛泥和茅草堆砌起來的破屋子，七歪八斜地靠在一起，屋子中間是骯髒不堪的泥濘小道，坑坑窪窪的路面上到處都是積水和垃圾，空氣中飄著股酸臭的味道。阿威對這裡甚為熟悉，帶著梅迎春和蘇拓繞來繞去，很快便來到一座眼看著就要倒塌的破房子前面，阿威遲疑著道：「好像就是這個地方。」

蘇拓抬手就要推門，梅迎春往前一擋，輕輕搖頭示意，另外二人忙退到後面。梅迎春將耳朵微微貼在漆色凋落的破損木門上，屏息細聽，只覺得屋內似乎有些窸窸窣窣的微聲，好像還有人在極低聲地嗚咽。他舉手緩緩地推開房門，屋子裡黑洞洞的，後牆的窗戶被堵死了，只有幾束微弱的光線穿過縫隙投入屋內。

梅迎春帶著另二人閃身入屋，突然，蘇拓大叫一聲朝屋子的角落衝去，梅迎春一看，那屋角堆著大捆柴禾，柴禾中間似乎有什麼東西在扭動，還有「嗚嗚」的聲音傳出來。蘇拓此刻已奔到前頭，將一個人從柴禾堆裡扒了出來。

扒出來的是個披頭散髮的女人，衣服凌亂，全身上下都綁縛著繩索，嘴裡還堵著布團。蘇拓連聲大叫著：「婆娘，婆娘！」

手忙腳亂地將女人身上的繩索解開，扔掉嘴裡的布團，這女人才哭喊著撲到蘇拓的懷裡。梅迎春也顧不得他二人夫妻重逢的激動，上前喝問道：「那個人呢？還有小孩在哪裡？」

蘇拓婆娘哭哭啼啼地道：「剛、剛才還在這裡的。我一來他就把我捆起來，除了餵奶時才放開，其他時候就都捆著，嗚嗚嗚……」

梅迎春緊鎖雙眉，將佩刀握到手中，慢慢轉向屋側的房門，猛地蹬開門，眼前是個漆黑的小房間，他正在努力察看，眼前突然寒光一閃，梅迎春下意識地往後一退，手中的刀揮舞著擋開劈來的武器，一個人緊貼著他的身子朝外跑去。

那人跑得飛快，連外屋的蘇拓和阿威均未反應過來，便已跑出了房門。梅迎春大喊著：「喂，你別跑啊，我不是來抓你的！」隨後緊追，看那人在自己前面幾步的地方拚命逃竄，懷裡還抱著什麼，梅迎春心下了然，那一定就是他的嬰兒。

轉過一個拐角，那人一下不見了蹤影，梅迎春正急著四下亂看，就見那人從前面一條巷道中返身朝自己飛奔而來。梅迎春正覺奇怪，再看那人身後突然出現了十來個兇神惡煞般的突厥壯漢，個個手裡揮舞著兵刃，朝那人緊追而來。梅迎春知道不好，忙朝那人喊道：「快到我這裡來！」

那人也顧不得其他了，三步併作兩步便跑到梅迎春的身後，剛站穩腳步，懷裡的嬰兒便爆發出一陣淒慘的哭號。

轉眼間那幫突厥人已經追到面前，看到梅迎春擋住去路，懾於他的形容氣概，不覺也止住腳步，一個看似領頭的人揮了揮手中的長刀，喝道：「什麼人，竟敢來管老子的閒事！」

梅迎春冷然道：「路見不平！你們這麼大幫子荷刀持劍的追一個帶著嬰兒的人，算怎麼回事？」

那幫人倒是被他的氣勢震住了，只顧面面相覷，領頭的十分氣惱，怒吼道：「這個烏克杜哈是我們可汗要抓捕的要犯，你想充英雄好漢，也不看看你面前是什麼人？」

梅迎春微微一愣，隨即笑道：「哦？不知對面是哪一路的英雄豪傑，說來聽聽。」

那幫人尚未搭話，躲在身後抱著嬰兒的男人突然低聲道：「千萬小心，他們是默啜可汗的人。」

梅迎春冷哼一聲：「那又如何，這裡是大周朝的地盤，又不是在突厥石國，我倒要看看他們如何在神都的中心鬧事！」

他的話音剛落，對面的頭領按捺不住，吆喝著眾人就朝梅迎春這邊衝來。梅迎春不慌不忙，右手端起突厥長刀往面前一橫，左手往這幫人的身後一指，高聲喊喝：「光天化日，朗朗乾坤，就要在鬧市上隨意劫殺，你們還把不把這裡當大周的王化之下？」

伴著他的話語，從巷口傳來人馬喧囂的聲音，那幫突厥大漢扭頭一看，就見一名大周朝的年輕將軍騎著匹白色駿馬，領著大隊人馬衝入小巷。

這十幾名突厥人一下子便慌了手腳，趕忙奪路而逃。沈槐剛想吩咐手下人去抓捕，梅迎春大聲招呼道：「沈將軍，且放過他們，這些人都是死士，抓不了活口的，弄得不好反倒引起紛爭！」

沈槐面色很有些不悅，但還是命令眾人將那些突厥人放過了。抱嬰兒的男人見狀，就想乘亂溜走，剛要邁步便被梅迎春一把揪住，梅迎春滿臉堆笑：「我救了你的性命，你連謝都不謝一聲就走，這可不是咱突厥漢子所為。怎麼？在中原待久了，也學會漢人的過河拆橋了？」

那人窘得滿臉通紅，抱著個哇哇大哭的小孩站在原地發呆。

沈槐跳下馬來到梅迎春跟前，抱拳道：「梅先生，我剛接到報信就趕過來了，沒誤事吧？」

梅迎春一笑：「沈將軍，你來得正好。」他朝著一邊氣喘吁吁的阿威點點頭，誇了句：「嗯，辦事還挺利索。」

阿威頓時樂得臉上開了花。沈槐瞧了眼抱著嬰兒的突厥男人，疑惑地問梅迎春：「梅先生，這個人是誰？那個……烏克杜哈找到了嗎？」

梅迎春平靜地回答：「他就是烏克杜哈。」

沈槐連連端詳著那個狼狽不堪的男子，神色中頗有些難以置信。那男人聽到梅迎春的話，頓時大驚失色，翕動著嘴唇似乎想要辯解什麼，可看到梅迎春滿眼的自信，終於還是洩了氣。

這天夜裡，烏克杜哈坐在關押他的房間裡胡思亂想。來的時候他被蒙上了眼睛，因此並不知道這是個什麼所在，但從自己所待的這個屋子看，並不是官府的監房，而只是間陳設簡單的廂房，看起來更像哪個大戶人家的空餘房間。桌上點著蠟燭，後牆根下的榻上，他的孩子睡得正香。來到這裡之後，就有人不知從何處請來個漢族奶娘，餵飽了孩子，又哄他睡著，便離開了，自始至終也沒有和烏克杜哈說過一句話。

屋子的門窗都緊閉著，天色還亮的時候，烏克杜哈試著舔破窗紙往外看，卻只看見一堵粉牆，牆邊栽著一溜翠竹，在枯黃的枝葉中剛剛抽出初春的嫩芽。周圍一片寂靜，但又透出種嚴整肅穆的氣氛，烏克杜哈憑多年在洛陽居住的經驗，斷定這是個侯門深戶。雖然一眼看不到侍衛走動，但要想從這樣一個地方逃走，對一個完全不熟悉這裡佈局的陌生人來說，幾乎是不可能的。

烏克杜哈並不想逃，自去年臘月末起到現在，他已經受夠了擔驚受怕四處躲藏的生活，這樣的生活真會令人精疲力竭直至崩潰的，何況還有個嬰兒，他們又能逃到哪裡去呢？就連她也受不了這樣的生活，否則她便不會去鋌而走險，否則她便不至於會……想到她，烏克杜哈感到心頭陣陣絞痛，眼眶中熱熱的，視線模糊了。

門扇輕輕開啟，烏克杜哈抬起頭來，透過朦朧的燭光，他看見一個身形魁梧的老者緩步入室。烏克杜哈不由自主地站起身來，他沒有說話，只是愣愣地看著面前的地磚。梅迎春跟在狄仁傑身後也走了進來，待狄仁傑在椅子上坐好，才用突厥語對烏克杜哈道：「烏克杜哈，你知道面前之人是誰嗎？」

烏克杜哈長歎一聲，操著口字正腔圓的漢語說話了：「我知道，這位便是大周朝的宰相、當世名臣狄仁傑狄大人。」說著，他向狄仁傑深鞠一躬，以手按胸道：「鴻臚寺突厥語譯者烏克杜哈見過狄大人。」

狄仁傑抬了抬手，就著燭光細細打量面前這個年前從鴻臚寺逃跑的突厥語翻譯，雖則衣衫凌亂、蓬頭垢面，精神十分萎靡，但仍能看出此人的身材魁偉、五官帥氣、相貌氣質不俗，如果打扮齊整了，絕對是個富有異邦氣息的美男子。狄仁傑在心中暗歎，難怪了。

梅迎春倒有些困惑，問：「烏克杜哈，你怎麼認識的狄大人？」

烏克杜哈低著頭道：「我在鴻臚寺做了七年譯員，所有突厥來使的重要場合都是我翻譯的，自然見到過狄大人。只是……狄大人未曾注意過小人吧。」

狄仁傑輕撚長鬚：「嗯，你這麼說我倒是依稀有些印象了。烏克杜哈，你在鴻臚寺很得器重啊，為什麼要突然逃跑呢？」

烏克杜哈垂頭不語，榻上的嬰兒大概受到了驚動，突然「嗚嗚啊啊」地叫著扭動起小身體來。烏克杜哈一驚，剛想要過去看，梅迎春朝外招了招手，奶娘立即出現在門口，過去抱起嬰兒進到後屋去了。很快，嬰兒沒有了聲音，烏克杜哈舒了口氣，狄仁傑和梅迎春看得相視一笑，狄仁傑和藹地道：「我猜想，你逃跑就是因為這個孩子吧？」

烏克杜哈沉默著點了點頭，狄仁傑笑問：「很可愛的嬰孩啊，男孩還是女孩？」

「男孩。」

「男孩好啊，這孩子長大了既有突厥父親的威武，又有漢人母親的秀麗，一定會是個不可多得的好人才。」

「狄大人！」烏克杜哈叫了一聲，心知對方已經成竹在胸，臉上不禁露出既頹喪又如釋重負的表情。

狄仁傑等烏克杜哈的神情稍許平靜了些，才接著問道：「烏克杜哈，這孩子看起來才剛滿月吧，他的娘親呢？這麼小的孩子沒有娘親可不成啊。」

「狄大人！」烏克杜哈又叫了一聲，終於忍不住潸然淚下，嘴裡喃喃地道：「是我，都是我害了她……」

狄仁傑這次沒有容他喘息，立即追問道：「如果我沒有猜錯，你說的這個她就是曾經的遇仙樓頭牌姑娘，如今的梁王五姨太顧仙姬吧？」

烏克杜哈抬起手背拭淚，嗚咽著道：「狄大人都知道了，烏克杜哈也沒什麼再隱瞞，是的，這孩子便是小人與顧仙姬共同生養的。只是……這孩子命苦，才滿月，他的娘，就、就遭了慘禍！」

狄仁傑歎了口氣，從袖中取出個絹包，打開來，裡面是條沾著血跡的項鍊。梅迎春捧起絹包，來到烏克杜哈面前，烏克杜哈一見那條項鍊，便聲音顫抖著道：「這，這是小人送給仙姬的定情之物。」

狄仁傑頷首：「嗯，當日你陪著顧仙姬在『撒馬爾罕』挑選了這條項鍊，而那無頭女屍的脖子上恰恰戴的便是這條項鍊！」

「仙姬！」烏克杜哈連聲叫著，眼淚更是滂沱而下。

狄仁傑向梅迎春使了個眼色，梅迎春會意，搬把凳子過來讓烏克杜哈坐下。狄仁傑輕歎一聲，安慰道：「烏克杜哈，且先止住悲聲。本官想要聽聽事情的來龍去脈，你說說看吧。」

風流情債，孽緣宿命，千般迷離，萬種傷痛，這世上的癡男怨女們總愛奮不顧身地躍入情慾的烈焰，猶如飛蛾撲火夸父追日，到頭來卻往往只得到一捧掌中細沙，一片鏡花水月。顧仙姬這歡場賣笑為生的女子，從小便看慣了虛情假意、聽夠了風月無邊，難道她不懂得這些個道理嗎？

也許平日都是懂的，但當真遇到那個人的時候，只要她還是個有血有肉有慾有愛的女人，她的眼中心中，除了他，便什麼都看不透裝不下了。

一年多前，顧仙姫剛剛嫁入梁王府，從良當上姨太太，便巧遇了陪伴突厥使者去拜訪武三思的烏克杜哈。這女人雖然置身歡場多年，也算是閱人無數，可還是頭一次看到烏克杜哈這樣偉岸而不失儒雅，既有異國情調又深通大漢文化的美男子，心中頓時暗生情愫。偏偏那烏克杜哈也是個多情種子，在中原最高貴的人群中浸淫多年，耳濡目染，普通的庸脂俗粉早入不得他的法眼，突厥女子粗野，中原女子矯揉，反倒顯得這顧仙姫既懂兒女情長又有膽魄豪氣，令得他愛慕非常。於是這一對乾柴烈火，又都是不肯受拘束的奔放性情，如此便一拍即合，意亂情迷難捨難分。

如果不是因為顧仙姫懷上了身孕，本來這兩人的姦情還可以隱蔽上一段時間，但自從顧仙姫發現自己有了喜，二人就陷入了忐忑不安的處境中。雖說深陷情網無法自拔，他們畢竟不是不問世事的純情少年，深知所挑戰的乃是當朝最具權勢的人——武三思，一有不慎便會陷入萬劫不復的境地，因而他們的行事一直都還是非常謹慎的。平常幽會聯絡，只有顧仙姫最親近的遇仙樓姐妹柳煙兒幫忙，除了她之外，兩人的關係保持得非常秘密，幾乎再無人知曉。顧仙姫這一懷孕，武三思倒是樂呵呵，還以為梁王府又要添丁進口，卻不知顧仙姫天天心驚膽戰，唯恐生下一個有著胡人面貌的孩子，到那時紙可就包不住火了！

就在顧仙姫和烏克杜哈左思右想找不到對策的時候，顧仙姫早產了。臘月二十四日的大雪天，顧仙姫在梁王府的台階上絆了一跤，不久就產下了一名男嬰。男嬰尚不足月，瘦小乾癟得像個小猴子，眼睛也睜不開，武三思光顧著高興，並沒看出什麼異樣。顧仙姬守著嬰兒，卻看到他睜開的小眼睛分明是藍綠色的，嚇得差點兒暈厥過去。第二天傍晚，顧仙姬便帶著孩子偷偷逃出了梁王府，去遇仙樓的柳煙兒處躲藏了起來。

武三思得知顧仙姬逃走，又急又氣，卻無從找起。倒是他的妹夫傅敏，在遇仙樓常來常往，一直糾纏著柳煙兒，不知怎麼嗅出了些味道，便有了臘月二十六日那天晚上在遇仙樓的徹夜狂歡。傅敏的本意是想借機從柳煙兒那裡再探聽出些究竟來，可顧仙姬彼時已經是隻驚弓之鳥，認定傅敏就是幫武三思來追查自己下落的，便決定一不做二不休，與柳煙兒合謀將傅敏毒死在了夜宴之中。柳煙兒本來沒有這樣的膽量，可她長期以來，被有性虐怪癖的傅敏折磨得生不如死，早已將傅敏恨到了骨子裡，再加顧仙姬本來就是個心狠手辣的女子，膽略非常人可比，情急之下對柳煙兒幾番慫恿，終於誘她痛下殺手，那傅敏稀裡糊塗地便被兩個煙花女子奪去了性命。為了掩人耳目，這兩個女人還故意在現場留下些寫著「生」「死」的殘破碎紙，以此將傅敏之死假託在洛陽年間流行的，關於「生死簿」的鬼神傳說之上。

烏克杜哈在得知顧仙姬逃出梁王府以後，也緊跟著離開了鴻臚寺四處躲藏，兩人在遇仙樓會合後，真是百感交集，卻又感前途茫茫，天下之大無處容身。顧仙姬畢竟是殺了人，再也不敢在遇仙樓多逗留，只好帶上孩子隨烏克杜哈開始亡命生涯。武三思已經起了疑心，對家人僕婦幾番盤查後，多少也問出了點端倪。雖然礙於臉面，他對外封鎖了五姨太逃走的消息，暗中卻派出人手全城搜捕顧仙姬和嬰兒，這二人自新年以來真如一對喪家之犬，帶著個吃奶的孩子在洛陽城內各處逃竄，惶惶不可終日。

聽完這番敘述，狄仁傑不由深深歎息。桌上搖曳的燭火若明若暗，正如煙花女兒的未來，總在吉凶之間搖擺不定，脆弱得彷彿一陣風便能摧折，縱然心有七竅，縱然胸有豪情，面對命運的步步緊逼，她們又能如何？多少次掙扎多少番求索，真能換來雲開霧散的重生嗎？說不得，說不得啊，多半只是再一輪宿命的煎熬罷了。

打破沉默，狄仁傑低聲問道：「你們最終還是決定要離開洛陽，對嗎？」

烏克杜哈臉上淚痕已乾，他點了點頭，沉悶地回答：「是的。雖然離開洛陽要通過城門衛戍的盤查，凶險非常，但我們已經別無選擇，留在洛陽，武三思早晚會找到我們，到那時便再無退路，我們連著這孩子，都是死路一條。我和仙姬商量，只有想辦法闖出去，一旦離開洛陽，我們便直奔突厥，如果真能順利到達那裡，便是天高地闊換了人間，孩子也可以重獲新生。」

「所以顧仙姬就去『撒馬爾罕』變賣珠寶籌錢？」

烏克杜哈道：「是的，我們兩人逃得匆忙，身上都沒帶多少錢，一個月躲藏下來已經山窮水盡，如果要外逃至突厥，一路上需要很多錢。仙姬說『撒馬爾罕』很可靠，到那裡去變賣珠寶，絕對不會走漏消息，我雖然心存顧慮，但她執意要去，仙姬那個脾氣我是攔不住的。」

說到這裡，烏克杜哈的臉上浮現出又愛又憐的笑容，襯著殘存的淚痕，顯得特別怪異而淒涼。也不等狄仁傑提問，他自己又接著說下去：「那天她從『撒馬爾罕』回來，就告訴我有希望了，只要第二天正午去正式成交，咱們一家三口便可以脫離苦海，展翅高飛了。」

狄仁傑和梅迎春保持著沉默，都不願打擾到烏克杜哈的回憶。烏克杜哈停了停，臉色變得慘白：「那天正午，我送她到『撒馬爾罕』那條街的巷子口，就在那裡等著她。我看到達特庫匆匆忙忙地從旁邊的客棧出來朝珠寶店走去，我以前在『撒馬爾罕』買過珠寶送給仙姬，生怕他認出我來，便趕緊閃到巷外。我等啊，等啊，時間過得真慢哪。突然，我看見達特庫像發了瘋似的嚷著衝出店外，我心下就知不妙，剛想過去看個究竟，卻發現『撒馬爾罕』後門那條街上有幾個形跡可疑的人，一個個神色嚴峻、行動迅捷，一看便知是受過訓練的殺手，我不敢再往前去了，只好繼續在周圍轉悠著打聽消息，心裡還盼著仙姬能突然出現在我的面前……可是，最終我等到的卻是，卻是……」烏克杜哈雙手捧住臉，終於痛哭失聲。

待他慢慢止住悲聲，狄仁傑這才長歎一聲道：「事已至此，還是節哀順變吧。烏克杜哈，本官問你，你認為殘殺顧仙姬的是什麼人？」

烏克杜哈渾身一顫，將牙關咬得咯咯直想，憋了半天才道：「一定是梁王派的殺手，殺害了我的仙姬！」

「嗯。」狄仁傑點頭，「那麼，今天在突厥『巴札』追殺你的又是什麼人呢？難道也是梁王的手下？梁王什麼時候用起突厥人的殺手了？」

烏克杜哈愣住了，張著嘴說不出話來。

梅迎春冷冷地道：「怎麼？當時你不是也說那些是默啜可汗的人嗎？還要我小心。」

烏克杜哈的眼神突然飄忽不定起來，支吾了半晌也說不出句像樣的話來。

狄仁傑朝梅迎春使了個眼色，二人撇下烏克杜哈在那裡發呆，站起身來，朝屋外走去。

屋外夜空晴朗，月色如塵，早春沁人心脾的甜美氣息已經在空中隱約浮動，深深吸了口清新的空氣，狄仁傑向梅迎春微笑道：「王子殿下，真是虧得有了你，背景如此複雜隱秘的一樁案子，才能這麼快就露出端倪。」

梅迎春趕緊躬身致意，也笑道：「狄大人，梅迎春懇請狄大人還是以漢名稱呼在下，這樣更方便些。」

狄仁傑笑著搖頭，輕輕拍了拍他的胳膊：「好，好，恭敬不如從命。」

梅迎春略一猶豫，還是問道：「狄大人，您看烏克杜哈還隱瞞了什麼？關於默啜可汗，您是怎麼想的？」

狄仁傑沉吟著道：「不好說啊，目前線索還太少，我們不好妄自推測，這樣會誤入歧途的。」

「那……」狄仁傑看著梅迎春為難思索的樣子，忽然覺得在自己的眼裡，這個人高馬大、作風凌厲的突厥人，也不過就是個大孩子，和那兩個讓他時時刻刻都牽掛在心的大孩子並沒有多大的區別，況且，不就是那兩個大孩子把這位突騎施王子引到自己面前，來幫助自己的嗎？想到這裡，狄仁傑的心中油然而生一種親近之情，他和藹地微笑著，安慰道：「別著急，會有辦法讓烏克杜哈開口的。」

梅迎春感受到了狄仁傑語氣中的慈祥，也情不自禁地報以誠懇的笑容，他充滿敬意地道：「梅迎春久聞狄大人睿智超卓，斷案如神，這些日子一見，果然名不虛傳。」想了想，梅迎春又有些抑制不住好奇，「狄大人，您說的讓烏克杜哈開口的辦法是什麼？能透露一下嗎？」

狄仁傑朗聲大笑起來：「你這個梅迎春啊，問起話來和從英像極了，難得他還救了你的命，看起來你們還真是有緣。」

兩人笑著慢慢走過樹下的陰影，狄仁傑湊在一根樹枝上，嗅著新發的嫩芽，輕聲歎道：「四季輪轉，萬物更迭，這便是自然之律。你看烏克杜哈的那個嬰孩，如此幼小脆弱，卻是他和顧仙姬全部的希望啊。」

狄仁傑抬起頭，深邃的目光望向夜空，緩緩地道：「本官料定，最大的突破口仍然在那具無頭屍身之上。」

「顧仙姬的無頭屍身？」

「你怎麼能肯定那一定就是顧仙姬？」

「可是……狄大人！達特庫和烏克杜哈都證實了這一點啊。」

狄仁傑搖頭：「他們都沒有親眼看見顧仙姬被殺，烏克杜哈只是把顧仙姬送入了『撒馬爾罕』所在的小巷，達特庫嘛，是因為與顧仙姬有約，再憑藉那屍體脖子上的項鍊才做出的判斷。但是你有沒有想過，殺手為什麼要砍去頭顱？是為了隱瞞死者身分嗎？既然如此，又為什麼要留下一條可以作為線索的項鍊呢？那項鍊正在斷裂的脖頸處，殺手取走頭顱時不可能會忽略！」

梅迎春聽得愣住了，狄仁傑輕鬆地笑了笑：「好在剛才烏克杜哈的一番供述倒是啟發了老夫，而今我已經想出了確定死者身分的辦法。」

梅迎春又驚又喜：「什麼辦法？」

狄仁傑搖頭：「不可說，不可說啊，哈哈哈哈。」

遠遠地在狄仁傑的書房外，一個人在沉默地注意著狄仁傑和梅迎春融洽的談話，那是沈槐。他一動不動地佇立著，傾聽著，直到二人分手散開，狄仁傑向書房方向走來，才悄悄閃身進了自己的房間。

這天早上，天邊剛露出一抹紅霞，袁從英把還睡得爛熟的狄景暉叫醒，也不管他樂意不樂意，就叫他去看守篝火，並告訴狄景暉自己要去周圍找水，讓他一定要看管好韓斌和牲口。隨後袁從英便騎馬奔上了荒漠。

等他回到河床上的土屋時，又是一整天過去了。韓斌坐在河床邊一棵倒伏在地的怪柳枝上，遠遠地看到袁從英的身影，便歡叫著朝他跑來。袁從英跳下馬，把韓斌摟到身邊。韓斌抬頭仔細看著袁從英憔悴的面容，扯著他的衣襟輕聲問：「哥哥，你累吧？」

「還好。」袁從英看了看韓斌額頭上的腫塊，問，「狄景暉呢，他在哪裡？在幹什麼？」

韓斌轉了轉眼珠，突然不懷好意地笑起來：「哥哥！今天出了件大事情！」

「什麼大事情？」袁從英一邊問，一邊加快腳步朝土屋走去。還沒進屋，就聞到屋裡傳來一陣烤肉的香氣，他萬分詫異地一步跨進門，就見狄景暉蹲在炕洞前，興奮地滿臉放光，衣襟撩起來纏住根鐵杆，伸到炕洞裡面，烤肉的香氣正是從那裡面飄出來的。

看見袁從英進門，狄景暉得意洋洋地大聲道：「嗳，你很會挑時候嘛，來得正好！應該熟了……」他把鐵杆往外猛地一抽，帶出幾個火星飛上衣襟，他手忙腳亂把鐵杆往袁從英懷裡一扔，自己趕緊撲打衣服，還是燒出了好幾個洞。

袁從英把鐵杆拉出炕洞，這才看到前面插著隻又像兔子又像狐狸的動物，皮已經烤得焦黃，滋滋地冒著油，果然香氣撲鼻。韓斌撲到袁從英的身邊，瞪大了眼睛拚命地吞著口水。袁從英把鐵杆遞給他，這小子立即扯下一塊肉大嚼起來。狄景暉把雙手往胸前一端，拉長調門道：「怎麼樣？袁從英，我們沒有你也能活得下去！」

袁從英笑了笑：「這樣最好了。」他又仔細看了看那個動物的腦袋，「看樣子像是隻漠狐。」他抬起頭問，「這東西是從哪兒來的？」

狄景暉聳聳眉毛：「我抓的！」

袁從英追問：「你抓的？你在哪裡抓的？怎麼抓的？」

「我……」狄景暉一時語塞。

韓斌嘴裡塞著肉，含糊不清地嚷起來：「他、他還以為是狼來了，哈哈哈，他嚇死了！」他邊說邊笑，嗆得說不出話來，滾在袁從英的懷裡。

狄景暉惡狠狠地瞪著韓斌，也扯下塊肉大嚼。等韓斌好不容易止住了笑，袁從英才聽他說了事情的經過。

原來袁從英走後，狄景暉一人守著這個土屋，還是很有些心虛的。彼時天還沒有大亮，他戰戰兢兢地坐在篝火旁，老覺得周圍有不明的響動，似乎有個什麼動物躲藏在胡楊林裡，隨時要對土屋發起進攻。狄景暉還從來沒見過狼，可對狼殘忍和狡猾的名聲早就如雷貫耳，他越想越怕，便又去茅屋裡面到處翻，居然在柴禾堆的最裡面找出了把鐵釺，和那個鐵鍋一樣也是鏽跡斑斑的，可狄景暉卻覺得很能壯膽，就時時刻刻握在手裡，繞著屋子轉圈。轉了整整一天也沒什麼動靜，傍晚的時候，當他又一次繞到靠近胡楊林的屋後時，突然一隻黑魆魆的動物從林子裡直竄而出，朝狄景暉的面前猛撲過來，狄景暉驚得連聲大叫，揮起鐵釺亂剁一氣，等韓斌叫嚷著拉他的手，狄景暉才定下神來細看，哪裡是什麼狼，只不過是一隻比普通兔子稍大些的漠狐，差點兒給狄景暉剁爛了。

韓斌邊說邊笑，指手畫腳地模仿著狄景暉當時惶恐失色的模樣，袁從英卻只是靜靜地聽著，臉上還是沒有笑容。狄景暉撕下條烤肉遞給袁從英，見他搖頭，便皺眉道：「幹嘛？你不會這麼小氣吧？吃點啦，這可是肉啊！」

袁從英苦笑：「現在就是山珍海味放在面前，我也吃不下去。」

「怎麼了？」狄景暉看著袁從英的神情，遲疑著問：「你……沒有找到水？」

「沒有。」

狄景暉愣住了，過了一會兒，才長歎一聲，放下手中的烤肉，苦笑道：「這麼說，我們真的就只能坐以待斃了？」停了停，他又不甘心地問：「真的完全沒有希望嗎？你都找了些什麼地方？」

袁從英直視著前方，聲音喑啞地回答：「我出發前登上附近最高的一個沙丘看過，周圍所有的地方看上去都一樣，全是沙，連一點兒水的跡象都看不到。所以我還是決定沿著河床朝東走，這樣至少可以找到回來的路。」

他朝狄景暉笑了笑：「就是這樣我也差點兒迷路，因為整條河床都是乾的，光沿著河床走也不行，我就隔一段往兩側找尋一番，但只要稍微走得遠一些，風沙一刮起來，足跡就被蓋掉了，只能靠太陽辨別方向……下午的時候我往南多走了一段路，刮了陣暴風，沙丘的樣子就變了，我多花了很多時間才找回到河床……總之，這一整天下來，我是一無所獲。」

大家都安靜下來，袁從英看著狄景暉和韓斌垂頭喪氣的樣子，笑了笑，安慰道：「別急，我再想想辦法。」他見狄景暉用來殺狐的那杆鐵釬靠在炕邊，便下意識地拿到手裡看著。突然，他的眼睛一亮，衝著狄景暉大聲喝問，「你是在哪裡找到它的？」

狄景暉嚇了一跳，忙答：「後面，茅屋！」

袁從英握著鐵釬就衝出屋去，狄景暉和韓斌也趕緊跟上。

三人一齊衝入茅屋，這間屋子很小，除了屋角那個已經被翻得亂七八糟的柴禾堆，就沒有別的東西了。袁從英在屋子中央愣了片刻，另外兩人屏息凝神瞧著他，都不敢吱聲。突然，袁從英猛地拉過韓斌，厲聲問道：「你昨天是在哪裡摔倒的？」

韓斌嚇得一哆嗦，趕緊指著牆角邊一塊凸起的泥地，緊張兮兮地說：「就、就是這裡。」

袁從英一個箭步跨到那塊泥地前，蹲下身用手細細撫摸著地面，那塊凸起的泥地呈圓形，他抹開覆蓋在上頭的沙土，一個黑黑的圓形鐵蓋子顯露出來。「啊！」

狄景暉和韓斌都是一聲驚呼，忙湊過來看。袁從英用力把鐵蓋往旁邊移動，一個圓圓的洞口出現在大家的面前。狄景暉驚問：「這是什麼？」

袁從英吸了口氣：「斌兒，去拿支蠟燭來。哦，再拿卷長繩來！」

韓斌答應著飛奔出去，袁從英對狄景暉道：「但願如我所想，是口水井。」

「水井？」狄景暉又驚又喜，追問道：「這，這大沙漠裡怎麼會有水井？而且……你怎麼會知道要到這裡來找水井？」

袁從英搖頭：「先看看下面到底有沒有水吧。」

韓斌抱著蠟燭和長繩跑回來，袁從英在繩索的下端綁上蠟燭，一路垂入洞口。三個人一齊探頭張望，這個洞很深，蠟燭慢悠悠探底，但卻並未映出粼粼波光，下面是乾的。

狄景暉十分失望，「撲通」坐倒在井口邊，嘟囔道：「這麼乾的大漠裡怎麼會有水井？就是有也已經枯乾了吧。」

袁從英死死地盯著井口，沉聲道：「我下去看看。」

此時天已經完全黑了，袁從英還是打發狄景暉去屋外點燃篝火防狼，只讓韓斌趴在井口舉著蠟燭，自己在嘴裡也咬著一支燃著的蠟燭，慢慢攀下枯井。

下到井底，腳下的沙土踩上去軟軟的，袁從英抓起一把沙子，感覺有些黏黏的，袁從英精神一振，於是高聲招呼韓斌將那杆鐵釬扔下井，待鐵釬到手，他便開始奮力挖掘起來。井中不知從何處冒出若隱若現的臭氣，袁從英強忍噁心，也不知道挖了多長時間，挖出來的沙土越來越多，也漸漸有了濕意，袁從英把這些沙土裝進鐵鍋，讓韓斌用繩子提上井壁。袁從英帶下井的蠟燭燃盡了，他也不捨得再點，只讓韓斌舉著蠟燭在洞口照著，自己則就著極其微弱的一點光線摸著黑挖土。

待井底終於冒出汩汩的清水時，袁從英已接近昏黑一片的頭腦才驟然清醒。他將鐵釬拋到旁邊，顫抖著雙手把水捧到嘴邊嚐了嚐，清甜可口，沁人心脾。他已經一天一夜滴水未進了，接連喝下幾口水，竟感到有些暈眩。韓斌在洞口連連大叫：「哥哥，有水嗎，有水嗎？」

袁從英在鐵鍋裡盛滿水，抬頭朝他嚷：「把鐵鍋提上去，小心點！」

只一會兒，他便聽到頭頂傳來韓斌驚喜地大叫：「水！水！」

袁從英又朝地上挖了幾下，水漸漸地湧出來，很快沒過了他的腳面。袁從英決定上井，他想試著攀井壁而上，可四周無處著力，況且他也已精疲力竭，正在為難，頭頂上甩下繩索，狄景暉朝他大吼：「快抓牢繩子，我把你拖上來。」

袁從英連忙攀住繩索，雙足蹬踏井壁借力向上，在中間某處，他感覺腳下的一塊井壁似乎是鬆動的，但來不及再細細探查了。

剛一出井口，還沒站穩，袁從英就厲聲質問狄景暉：「你不在外面看守篝火，跑到這裡來幹什麼？」

「你……」狄景暉一指門外，「你沒看見天都大亮了！」

袁從英抬了抬手，便一頭栽倒在地上。

晚冬的大漠，白晝比黑夜短暫得多，很快就又到了午後，落日將金色的餘暉灑遍漫漫黃沙，起伏的沙丘宛如波濤翻滾的金黃色海洋，無邊無際地延伸著擴展著。這一整天都沒有刮風，空氣凝結寂靜，但是呼吸中仍然可以清晰地感到沙塵的氣味，大漠中的氣溫一天比一天升高，昭示著冬天終於快到盡頭。此刻，一輪恢宏燦爛的夕陽，依然高掛在遠山的頂端，周圍是嫋嫋的霧氣，亦散亦聚，忽而消弭無形。

狄景暉和袁從英兩人，並肩站在一座高聳的沙丘頂端，遠遠眺望著這大漠中的落日勝景，臉上都展現出許多日子以來少有的輕鬆和平和。大概是覺得有些冷了，狄景暉緊緊衣衫，長聲慨歎道：「這已經是我所看到的第六次大漠夕陽了。」

袁從英也微微點頭：「嗯，不知不覺，我們離開庭州進入沙陀磧，今天已是第六天了。」

狄景暉接口道：「武遜那個混蛋把我們扔在這裡自生自滅，也已過了整整三天了。」說著，他手搭涼棚，伸著脖子拚命往遠處看了半天，恨道：「什麼東西！還說第二天就來接我們。現在倒好，連個鬼影子都見不到！難怪有道是窮山惡水出刁民，我原本還以為塞外民風淳樸，邊關的百姓比中原的要好打交道，沒想到人心的險惡此地更甚！」

袁從英微皺起眉頭道：「也不能這樣下結論。我總覺得那個武遜不像是個壞人。也許他真的有什麼難言之隱……」

狄景暉冷笑：「難言之隱？哼，如果不是你昨晚上拚命挖出了那口水井，咱們三個現在可就坐以待斃了。我們與他遠日無冤近日無仇的，他不是壞人，為什麼要這樣無緣無故就置人於死地？」

袁從英笑了笑，反問：「你不是說我得罪了他嗎？」

狄景暉一跺腳：「咳！這樣的小人，就該得罪，原本就沒必要對他客氣！」

袁從英直搖頭：「你可真會說話。」

狄景暉一撇嘴：「我比我爹的口才差多了，你見識過他的，就不必對我大驚小怪。」

二人沉默了一會兒，狄景暉好奇地問：「噯，你還沒告訴我怎麼找到那口水井的呢？」

袁從英道：「其實當時我也是萬般無奈之下，想碰碰運氣罷了。好在……運氣還不算太糟糕。」

狄景暉笑道：「那是因為有我，我的運氣一向不差。」

袁從英也笑了：「可加上我，就很難說了。」

兩人忍不住都哈哈大笑起來，稍頃，袁從英接著說道：「首先是你找到的那杆鐵釺，通常都是用來挖掘泥土的，農民在田間壟頭用得最多。可這裡是大漠，咱們暫住的土屋又是遊牧人的臨時居所，對牧人來說，鐵釺似乎沒什麼用處。然後就是斌兒在茅屋裡絆倒在一個鐵器之上，所以我就想，也許那茅屋裡面會挖有一口水井。另外，你看那個茅屋蓋得其實有些多餘，如果只是為了儲存乾柴，土屋裡有足夠的地方，茅屋頂端又處處破損，乾柴都被雪水浸濕，可見茅屋本身不是為了這些乾柴建築的。」

狄景暉聽得連連點頭：「有道理，有道理。這茅屋估計是為了遮蓋水井的。可是……這屋子前面不是有條河嗎？那些牧人只在河水暴漲的時候才來，還挖井不是多此一舉嗎？」

袁從英遲疑著道：「這個我也沒法解釋，不過我想有可能是備萬一之需吧。另外，那鐵釺已經鏽損得不成樣子了，看起來有些年頭，所以我覺得這口井應該是許多年前挖的。」

狄景暉思忖著點頭：「嗯，你看這漫漫大漠，到處都是沙土，有誰能想到地底下還有清泉流動？真是太神奇了。」

他看了看袁從英，微笑道：「我現在有些明白你為什麼一定要離開我爹，到這種苦不堪言的地方來戍邊。」

袁從英問：「哦？你說說看。」

狄景暉點頭道：「生活雖困苦不堪，心境卻平和安詳。只要有水有食物，能夠活下去，就足可以令人心生快慰，心存希冀。坦白說，我也覺得這樣很好，非常好！如果天氣不太冷，再少刮點風，有煮麵條吃，那就是快意人生了！」

袁從英笑著點頭道：「我比你貪心，我還想能洗個澡，換一身乾淨衣服。」

狄景暉連連擺手：「這樣的願望太奢侈，又很不實際，得不到滿足就會心生怨憤，此乃萬惡之源，不可，絕對不可。」

袁從英反問：「難道你沒有一絲妄念？」

狄景暉自嘲地笑道：「在下過去就是妄念太多，把上半輩子全搭進去了。現在是有心無力咯，一動不如一靜，我認命了。」

袁從英盯著狄景暉看了看，才問：「你真的打算一直在這裡待下去了？」

狄景暉鄭重其事地點點頭：「對！我決定了。我打算一直在這裡待下去。」他抬手指向東南方，道：「當然我不是說在這個大漠裡，也不是在伊柏泰。我是要在那兒——庭州待下去。」

見袁從英沉默不語，狄景暉便繼續顧自往下說：「庭州，我過去經營藥材時就聽說過許多次，大凡從西域入關的珍稀藥材，很少不經過庭州的。咱們這次在庭州雖然只待了兩天，可我已經看過了，庭州的商市繁盛，交流廣泛，各色人物、貨品，千奇百怪、無奇不有，既有中土的繁華，又沒有那麼多約束，我真是從心底裡喜歡這個地方。等熬過三年流刑，我是不可能再回并州了，也不想去洛陽或者長安，我就留在這裡，在庭州，開始全新的生活。」

他越說越興奮，雙眼熠熠生輝，臉上也泛起紅光，拍了拍袁從英的肩，又道：「等你剿完匪，去瀚海軍赴職，咱們就一塊兒在庭州落戶，我還經商，你嘛，繼續從你的軍。說不定若干年後，你重新當上大將軍，掌瀚海軍軍使，我呢，也成為邊塞巨賈，你說如何？」

袁從英搖頭歎道：「說我不切實際，不知道你這算什麼？」

狄景暉嘿嘿一笑，低頭不語。

袁從英極目遠眺著沙海，突然發現無盡的黃色波濤上遠遠出現了個紅色的影子。他眯起眼睛追蹤那紅影，直到對方來到迫近的沙丘旁，才低聲道：「狄景暉，你方才的那番豪言壯語聽上去雖然很動人，但因你沒有全說實話，並不足信。」

狄景暉一愣：「我哪裡沒有說實話？」

袁從英指著那團猶如火焰般跳動的紅影，笑道：「你想留在庭州恐怕還有別的理由吧。如果我沒有猜錯，你的理由來了！」

狄景暉順著他手指的方向瞧去，「啊」了一聲，頓時滿面喜悅，又立即緊張得漲紅了。等蒙丹的栗色駿馬躍過河床，跑到土屋跟前時，袁從英和狄景暉也剛剛爬下沙丘，氣喘吁吁地趕過來。蒙丹從馬上輕盈躍下，迎面看見兩人，又驚又喜地叫道：「啊，你們還在這裡？沒有去伊柏泰嗎？」

狄景暉跨前幾步，喜不自勝地道：「沒有，我們沒有去……我，你、你是特意來找我們的嗎？」

蒙丹俏皮地眨眨眼睛，笑著回答：「誰要找你們這兩個沒用的漢人男子。我是來找小斌兒的。」

韓斌此時也恰恰奔出土屋，他連蹦帶跳地趕到蒙丹面前，開心地去拉蒙丹的手：「姐姐！我們有煮麵條吃，你快來。」

蒙丹不好掙脫，被他不由分說拖入屋內，果然見一人鍋子麵條在樹椿桌上冒著熱氣。

韓斌無比自豪地一揮手：「姐姐，這是我做的，請你吃啊。」

沒想到蒙丹這次還在馬背上駝來了幾個皮囊的羊奶、用草窠包好的雞蛋，還有一大包葡萄乾，於是這頓晚餐便成了袁從英一行三人，自進入沙陀磧以後吃得最豐盛的一頓晚餐。

吃飯的時候，韓斌把他們這兩天來的困境和找水的艱難都講給蒙丹聽。蒙丹雖只是聽著，並沒有多搭話，那雙碧色澄澈的眼睛卻時時閃過同情、焦急、快慰和敬佩的光芒。她也知道茅屋裡的那口井，但據她說那井口的鐵鑄蓋子蓋得很牢靠，從來沒有人能夠打開，因而大家也並不知道下面有沒有水。實際上，夏季時前面的阿蘇古爾河河水充足，來此地的牧民只要從河中汲水就行了，完全不需要另外的水源。而冬季即使有牧人在此暫歇，也都是自帶飲水。蒙丹很意外袁從英居然把這口井給打開了，而且還能在冬季這樣的枯水季挖出水來。袁從英問蒙丹是否知道這井為何人所挖，井水的源頭從何而來，與那條乾涸的河流是否有關，蒙丹抱歉地回答，實際上這個地方也是幾年前突騎施牧民在遊牧時偶爾發現的，最初由誰所建根本無人知曉，因此對於袁從英的這些問題，她也不得而知了。

接著，蒙丹告訴袁從英他們，她離開土屋後便趕去伊柏泰找尋武遜校尉，可是那裡的呂嘉隊正說最近幾個月都未曾見到武遜長官。蒙丹心中困惑，又不好多問，只好先返回自己的營地。她左思右想總覺得不安心，擔心武遜遇到什麼意外，或者因故去了別的地方，如果這樣，河床旁土屋裡的那兩個大人和一個小孩該怎麼辦呢？這麼想著，蒙丹便再也坐不住了。她特意從營地裡多取了些食水，今天一早就出發來找他們。

袁從英問蒙丹他們的營地在什麼方位，蒙丹答說在河床對面往西北方向走大約一天的時間，那裡有片小小的濕地，可以放牧牲口。袁從英思忖著道：「看來我昨天往東面走是錯的，要是往西，也許就能找到水？或者碰上你們的營地？」

蒙丹的碧眼閃動，流轉出溫柔和善的光芒，她輕笑著回答：「你這漢人男子說話，一聽就是沒有真在大漠裡過活的。大漠裡面沒有路，只有個方向是找不到目的地的。我們牧人代代相傳大漠中的綠洲，和所有可宿營的地方，全靠許多特別的只有自己人才能認出的標記來指路。還有就是我們的駱駝和馬匹，都是從小在大漠中長大，牠們可比人更能識路，像最好的巴克特里亞駱駝，能夠嗅出埋在地下很深處的水呢。」

狄景暉聞言連連感歎：「我說呢，你在這大漠裡面來去自如，瀟灑得好像在樂遊原上踏青，哪像我們舉步維艱，困在此地留也不是走也不成的，呵呵，果然是無用之輩。」

蒙丹笑瞇瞇地瞧著面前這兩個外表狼狽的漢人男子，雖然滿面風塵神情疲憊，卻依然舉止文雅、氣度從容，透露出內心的自信和真誠，他們和自己身邊那些偉岸粗獷的突厥男子是多麼不同啊。蒙丹生長在突騎施領地的碎葉城，幾乎沒有和漢人打過交道。老酋長倒是給所有的子女都請了漢文的老師，從小便教習他們漢話和漢字，但直到老酋長去世，叔父繼位以後，蒙丹才真正有機會離開碎葉，跟隨哥哥烏質勒來到大周下轄的屬地。蒙丹起初對梅迎春如此推崇中原的文化，如此傾慕漢人的禮儀頗不以為然，在她的眼裡，漢人的繁文縟節只是浪費時間的虛偽，漢人的舞文弄墨也顯得十分酸腐，遠不如突厥人來得乾脆實在。可不知道為什麼，這大漠裡面偶遇的兩個漢人男子，卻讓她覺得這樣與眾不同，讓她自第一次見到之後就念念不忘，更令蒙丹感到喜出望外的是，他們還是哥哥烏質勒的好朋友。

正當蒙丹胡思亂想之際，忽聽袁從英在問：「你剛才說沒有在伊柏泰找到武校尉？他根本就沒有去嗎？」

蒙丹忙收起思緒，答道：「是的，伊柏泰瀚海軍的呂嘉隊正一口咬定說最近這幾個月都沒有見過武遜校尉。」

袁從英緊蹙雙眉：「太奇怪了？那他會去了哪裡？」

狄景暉「哼」了一聲道：「說不定把我們甩在這裡，自己回庭州去了。」

袁從英搖頭：「不可能，他要剿匪的決心是很堅定的，這個我知道。況且他還特地帶上了那些兵械輜重，如果中途折返，豈不是多此一舉？」

狄景暉眉頭一挑，道：「會不會是碰上土匪了？」

袁從英注視著蒙丹，問：「你覺得呢？」

蒙丹搖了搖頭：「應該不會啊，自從上回波斯商隊被屠殺以後，就再沒聽說有其他商隊進入沙陀磧了。本來冬季橫渡大漠的商隊就少，因為害怕土匪，來往走沙陀磧的商隊幾乎都絕跡了。沒有商隊土匪肯定也回老巢躲起來了，幹嘛去劫一個武校尉？」

袁從英接口道：「嗯，說不定是為了那些兵械？」說著他自己搖搖頭，看看蒙丹，微笑著問：「蒙丹姑娘，你一個人在大漠上跑來跑去的，你不害怕土匪嗎？」

蒙丹的臉一紅，輕聲道：「我不怕，那些土匪怕我才對呢。我找武校尉就是要幫忙他剿匪的。」

狄景暉難以置信地看著蒙丹：「你？你幫忙武遜剿匪？你在開玩笑吧……」

蒙丹氣呼呼地瞪著他：「誰和你開玩笑，我說的都是真的，這還是哥哥給我的任務呢。」蒙丹這才把事情的始末原原本本地說給狄袁二人聽。

原來自老酋長去世，烏質勒和蒙丹的叔父繼位之後，他二人在突騎施的兄弟們死的死、亡的亡，只有蒙丹因是女孩子無人理會才得以倖免。正如梅迎春所說，為了避開叔父的鋒芒，他料理完父親的後事便離開碎葉，重回中原大地遊蕩，隨行帶上已長大成人的唯一的親妹妹蒙丹公主，以免她留在突騎施本部遭到叔父及其手下的荼毒。

到達庭州以後，梅迎春要繼續東進洛陽，就把蒙丹和一部分手下留在了庭州，讓她在此等候自己回歸。早在碎葉的時候，他們便聽說了大周西域的北線商路上匪患頻仍，而這條商路必須首先要經過突騎施，隨後才會入大周屬地。梅迎春特別留意了一下，發現了許多奇怪的現象。因此，他在東去洛陽之前，便囑咐妹妹蒙丹在庭州附近監控商路上土匪的情形，把有關的線索提供給庭州的大周官府，看看他們如何處理。蒙丹帶人在此盤桓了數月，發現庭州官府中唯有一名武遜校尉對土匪深惡痛絕，其他人則完全置之不理，於是才聯絡上了武遜，幫忙他找尋土匪的線索。前些日子波斯商隊遇襲後的遺跡，就是蒙丹發現的，也是她將商隊頭領阿拉提莫爾的屍首帶去給了武遜。這次她想找武遜，就是要問問剿匪的下文。

聽完蒙丹的這番敘述，袁從英和狄景暉才頭一回知道了梅迎春的真實身分，倒也不覺得太過意外，畢竟從梅迎春對自己身世的講述和他本人的舉止氣概來推測，他身為西突厥突騎施部的王子也算實至名歸。

狄景暉忍不住打趣道：「唉呀，原來你還是位公主啊。蒙丹公主，請恕狄某有眼無珠，冒犯了，冒犯了。」

蒙丹含笑嬌嗔：「就說你們這些漢人酸得不行，我本來還以為你們兩個好點，呸，現在看起來也沒啥兩樣。」

袁從英看狄景暉有些尷尬，便打岔道：「蒙丹公主，為什麼梅兄要你特別留意商路匪患，你說他發現了許多怪現象，是什麼呢？」

蒙丹眼珠一轉，笑道：「這我可不能告訴你，哥哥要我保密的。如果你們想知道，就等他回來了你們自己去問他。」她想了想，又道：「我都告訴你們這麼多了，你們倆是不是也該說說你們的身分來歷？怎麼碰上的我哥哥？又為什麼要去伊柏泰？」

狄景暉和袁從英相視一笑，狄景暉道：「我們是專來剿匪的。」

蒙丹瞪大了眼睛，天真地吐了吐舌頭：「就你們兩個人？一個剛碰面就做了我的階下囚，還有一個病懨懨的，天哪，大周朝沒人可派了嗎？我都擔心你們到伊柏泰怎麼活下去呢。」說著，她自己也忍不住笑出了聲。等她笑完，狄景暉才把自己來伊柏泰服流刑和袁從英來庭州戍邊的全部經過，一五一十毫不隱瞞地講了一遍。

聽狄景暉講完，蒙丹的臉上少有地籠上一層陰影，沉默著很久都不說話。

大漠上的黑夜再次早早地降臨，炕洞中的火光映在蒙丹嬌美的面龐上，漆黑的睫毛下那雙宛如兩泓碧潭的眼睛，流露出深沉的愁緒。狄景暉坐在她的對面，目不轉睛地看著她的眼睛，又一次心醉神癡。

袁從英悄悄地走到屋外，重新點起熄滅的篝火，他安靜地坐在篝火旁，頭腦中一片空白，任由自己的整個身心被大漠中的寂靜包裹。不知道過了多久，狄景暉來到他的身邊，招呼道：「快下半夜了，我來換你吧。」

袁從英問：「斌兒和蒙丹呢？」

狄景暉含笑回答：「他們兩個早就睡了。」他在袁從英的身邊坐下，立即看見沙地上畫著個大大的圖案，在篝火明滅不定的映照下，顯得十分詭異奇特。

狄景暉來勁兒了，湊上去細看，嘟囔道：「哎喲，你在這裡待了大半夜，淨折騰這玩意兒了？」

袁從英隨口答道：「嗯，我畫了好幾遍，現在這樣應該和井蓋上的圖形差不多了。」

狄景暉連連點頭：「對，我看著也像！這種五個角的圖案真是從來沒見過，怎麼瞧著那麼古怪？」他又側著腦袋看了看，笑道：「要命，都看不出來哪是上哪是下，還有中間圓圈裡面這三條線……什麼人弄出這麼鬼鬼怪怪的東西來，還費那麼大勁鑄在鐵蓋子上。」

袁從英嘲諷道：「你不是明經舉子、學富五車嗎？我本來還指望你能看出些名堂來呢。」

狄景暉撓了撓頭：「咳，就知道你這傢伙記仇！我學富五車，我又不是我爹那樣的神人……等等！」他突然拽了拽袁從英的胳膊，「噯，從這個角度看，你說它像不像個烏龜背？或者像個人撐開四肢？」

「嗯，像個人撐開四肢多些。」

狄景暉認真地說：「我肯定在什麼地方見過類似的東西，一時想不起了！嗯，你容我想想，想想……」

袁從英斜了他一眼：「慢慢想吧，反正你也沒什麼事情可幹。」

狄景暉一敲腦袋：「對啊，這玩意兒攪得我腦子都亂了，差點忘記告訴你，蒙丹說了，明天一早她帶我們去伊柏泰……她還說，伊柏泰是個非常艱苦的地方，專門用來關押囚犯，就是個大大的沙漠監獄。在胡語裡，伊柏泰是『絕地』的意思，她說，要我們做好準備。」

袁從英看了看狄景暉：「你怎麼樣？」

狄景暉仰面躺倒在沙地上，目視漫天的群星，深深吸氣道：「什麼怎麼樣？從去年離開洛陽以後，我便只知道一件事：往前走。」沉默了一會兒，他坐起身，笑著問：「噯，咱們兩個相處了這幾個月，你憑良心說，覺得我這個人如何？」

「還行。」

狄景暉樂得連連拍起大腿：「好，我覺得你也還行！雖然傲一點冷一點，不過習慣了也就不算什麼。」

這夜的氣溫比前一天又升高了些，兩人乾脆一起躺在沙地上仰望繁星閃爍的蒼穹。對於過去，他們都感覺不堪回首，但又刻骨銘心；關於將來，如許的期盼、困惑、憂慮和豪情，輪番充溢著他們的心。只是這杯生命之酒，不論苦澀還是甜美，總歸是要喝下去的。好在，身邊有友人相伴，與己共飲。

梁王武三思可萬萬沒有預料到，這天大理寺卿宋乾會給自己來個措手不及。其實在梁王的眼裡，宋乾只是個平庸之輩，全仰仗著狄仁傑這座大靠山才坐到了今天的位置。當初討論任命宋乾為大理寺卿的時候，武三思表示贊成，就是因為他始終覺得，忠誠有餘而才幹不足的人比較不可怕，像宋乾這類人物一旦離開了狄仁傑的庇護和幫助，就是大半個廢物，要玩弄他簡直太容易了。

可是今天梁王卻發現，木偶在被強有力的人物所操縱時，殺傷力也不可小覷。當宋乾以大理寺卿的身分親自上門求見，所談的內容竟是關於「撒馬爾罕」無頭命案，而且還嚴肅地宣稱案情與梁王的家眷直接相關時，武三思才覺得自己的腦袋生疼生疼的。

宋乾把此行的目的表達得再清楚不過：由於「撒馬爾罕」的波斯掌櫃達特庫已經指認那具無頭女屍是梁王府的五姨太顧仙姬，因此作為本案的主審官，宋乾特來梁王府驗證這件事情。宋乾當然認為達特庫是在胡言亂語，但為公平起見，還是希望梁王能夠讓顧仙姬本人出面來擊破這惡意的造謠生事。當然，宋乾也考慮到了這類謠言如果流傳到市井之中，可能會給梁王帶來名譽上的影響，因此他並沒有在公堂上查問，而是輕身簡行來至梁王爺的府上。他只要求顧仙姬能露個面，這樣達特庫的偽證便不攻自破了。

武三思陰沉著臉思索了半天，卻找不出理由來反駁宋乾的這番言辭。他雖然從心裡對宋乾十分不以為然，但人家畢竟是正三品的大理寺卿，查案於他名正言順，何況宋乾還表現得如此體貼，為梁王的名譽考慮得十分周到，如果自己還不配合，就反而顯得心虛了。思之再三，武三思吩咐家人，去請五姨太。

家人領命而去，宋乾又朝武三思拱一拱手，朗聲道：「梁王殿下，本官從未見過五姨太，無法確認她的身分，因此還得讓『撒馬爾罕』的波斯掌櫃親自驗看，才能證實那具無頭女屍並不是五姨太。」

武三思勃然變色：「你！本王的內戚怎可以隨便見人？」

宋乾不慌不忙道：「梁王殿下不必動怒，本官這樣做也是為了叫人心悅誠服。今天我已將達特庫帶來了，現押在府外等候。如今只需將他押到堂外，在五姨太來時的必經之路旁找個僻靜之處，給這廝遠遠地瞧上一眼，就算堵了他的口，本官也就有個交代了。」

武三思略一猶豫，最後還是答應了。

半個時辰以後，在宋乾的馬車之上，「達特庫」顫抖著雙手脫去押簷軟帽，扒下滿臉的絡腮鬍鬚，那張被塗成黝黑的臉膛之上，早已佈滿淚痕。來之前，狄仁傑告訴烏克杜哈，要他做好準備看場好戲，烏克杜哈做夢都沒有想到，狄仁傑讓他看的，竟然是活著的顧仙姬！馬車裡，烏克杜哈的對面，宋乾默然無言地看著這個悲傷欲絕的男子在哀然哭泣，心中也是感慨萬千：在經歷了死別的絕望之後，意外地發現自己的至愛還好好地活著，難道他不應該高興嗎？可假如這發現裡竟包含著比死亡更冷酷的背叛和陰謀，他會不會還是寧願她死？

宋乾的馬車直接駛入了狄府。在書房裡，狄仁傑已經靜靜等待了很久。午後溫暖的陽光透過窗紙，成片地潑灑在青磚地上，窗外那幾株翠竹新發的綠葉在風中微微搖曳，在幾方被陽光塗抹成金黃的青磚之上，劃出濃淡相宜的陰影。狄仁傑來到窗前，仔細端詳著落地花架上的素心寒蘭，纖細脆弱的綠色枝條，一如既往地半伸半垂著，就如她不勝嬌羞地輕垂粉頸，潔淨的額頭上閃耀著珠玉般的光澤……這麼多年過去了，她的面容依然如此清晰，宛如面前這盆纖柔的蘭草，即使沒有花朵綻放，也隱隱飄散著優雅的芬芳，在每一處葉尖演繹著源自本質的高傲與聖潔。

胸中銳痛又起，狄仁傑忍不住以手撫胸，長長歎息著離開窗台，每一次這樣的回憶都不能持續很久，否則便是由他的身體先於他的思維開始抗議，難道真的應該把這一切都忘記才對嗎？狄仁傑從內心深處感到滑稽，他一生都堅持著做正確的事情，沒想到了暮年，卻開始質疑指導自己整個人生的準則，這未嘗不是一種失敗？不，他萬萬不能接受這樣的想法，他狄仁傑怎麼會失敗？

當宋乾一迭聲地叫著「恩師」奔進書房，語氣中全是興奮和敬佩時，狄仁傑知道，至少這一次，自己又成功了。狄仁傑悠然地抬手示意，宋乾坐下時仍然激動地滿臉放光，發自肺腑地歎道：「恩師，您真是太神了！」

狄仁傑不禁微微一笑，耳邊傳來低聲的嗚咽，舉目一看，淚流滿面的烏克杜哈被狄忠推搡著，搖搖擺擺地進了書房，還兀自抽泣著。狄仁傑向狄忠使了個眼色，狄忠頗為不屑地端上把凳子，將如喪考妣的烏克杜哈推坐下來。

宋乾也顧不上烏克杜哈，只管高亢著嗓音把今天去梁王府的經過說了一遍。他正說得起勁，狄忠又領入一個高大魁梧的人，正是梅迎春。與狄仁傑和宋乾見了禮，梅迎春在一旁落座，也靜靜地聽著宋乾講述。宋乾最後說到烏克杜哈見過顧仙姬以後的震驚和傷慟，掃了眼總算止住哭泣的烏克杜哈，只見他失魂落魄地癱坐在凳子上，彷彿已被徹底擊垮了。

梅迎春聽宋乾說到顧仙姬完好無缺地活在梁王府中，也十分出乎意料，又得知狄仁傑故意安排烏克杜哈冒充「達特庫」去認顧仙姬，更覺匪夷所思，不由驚詫地問狄仁傑：「狄大人，您是怎麼知道那無頭女屍不是顧仙姬的呢？」

狄仁傑微笑頷首：「說穿了也很簡單。從一開始本官就對無頭女屍的身分深感困惑。梅先生，你一定還記得前幾日晚上，我們審完烏克杜哈以後，關於無頭女屍身分的一番討論。」

梅迎春點頭：「在下記得。當時狄大人就說這無頭女屍的身分可疑，說會找個方法來確定。」

狄仁傑笑道：「是啊，本官用了個最普通的方法：驗屍。」

「驗屍？屍體不是早就驗過了？」

「是的，但那些仵作驗屍都是為了找到死因。而我，讓他們從另一個角度來查驗。」

「什麼角度？」

狄仁傑看著梅迎春急切而好奇的神情，和藹地笑笑，捋著鬍鬚慢條斯理地道：「我只是讓他們驗看了一下，這女屍是否剛生過孩子。」

「哦！」梅迎春恍然大悟地應了一聲。

狄仁傑接著解釋道：「剛剛生產過的女子，身體上會發生很大的變化，常需要數月才能慢慢恢復。而仵作的查驗結果表明，這個無頭女屍未曾生育過，怎麼可能會是顧仙姬？」

聽到這句話，烏克杜哈猛一抬頭，絕望的眼神掃過狄仁傑的臉，瞬間又變得黯淡，頹唐地低下了頭。

宋乾不禁讚道：「恩師，這方法雖然簡單，可虧您怎麼能想得到！恩師之能，每次都會給學生新的驚喜。」

狄仁傑擺了擺手，平靜地道：「其實，小梁子所接待的那個女子並不是顧仙姬，這一點我很早就確定了。」

梅迎春頻頻點頭道：「嗯，狄大人說得有理。小梁子是在巳時之前見到女客的，但是烏克杜哈卻供稱，他是在二月初一午時將顧仙姬送入『撒馬爾罕』所在小巷的，在此之前顧仙姬一直與他在一起，因而那個先到的女客肯定不是顧仙姬。」

宋乾接口道：「這麼說來，那天進入『撒馬爾罕』的就有先後兩名女客。既然顧仙姬沒有被殺，那會不會這個先進店的女客就是那具無頭屍身呢？」

狄仁傑微微一笑，搖頭道：「宋乾啊，小梁子供述得很清楚，那天進入『撒馬爾罕』的只有一位女客，而不是兩位。」

「這……」宋乾滿臉困惑。

梅迎春緊接著問：「狄大人，可那個在午時之前進店的女客究竟是什麼人呢？她怎麼會帶著假造的木牌去『撒馬爾罕』，時間又恰恰是顧仙姬與達特庫約定的時間之前，最後又慘死在『撒馬爾罕』？」他搖了搖頭，有些頹喪地道：「我怎麼覺得，這案子到了今天，好像反而更加撲朔迷離了？」

狄仁傑朗聲笑起來，喝了口茶，篤悠悠地道：「梅先生啊，你還是急躁了些，這可是斷案的大忌。」

梅迎春被說得微紅了臉，不好意思地低下頭，朝狄仁傑拱拱手。

宋乾也笑起來，朝梅迎春道：「梅先生，我跟隨恩師多年，看他的神情就知道恩師已然成竹在胸了。你我且少安勿躁，只等著恩師來解謎就是了。」

狄仁傑笑著搖了搖頭，神色突然變得凝重起來，他深思了一會兒，才開口道：「咱們可以先問自己一個問題，除了達特庫和顧仙姬之外，這世上還有第三個人知道他們在『撒馬爾罕』的約會嗎？」

梅迎春想了想，指著烏克杜哈，大聲道：「他！」

「嗯，」狄仁傑點頭，「烏克杜哈的確知道這個約會。好，那麼我們現在就有三個嫌疑人：達特庫、顧仙姬和烏克杜哈。一定是這三人中的一個，將『撒馬爾罕』的約會改換了時間，給了那位先到的女客一塊假造的木牌，使她在二月初一巳時來到珠寶店，並最終死在了那裡。」

「這……」宋乾和梅迎春面面相覷。

梅迎春鼓起勇氣道：「狄大人，在下可以給達特庫做擔保，他絕對不會對我隱瞞任何事情的。」

狄仁傑點頭：「嗯，達特庫的嫌疑應該排除，因為顧仙姬的生死和他沒有任何利害關係，這點我倒也能認可。」

宋乾道：「那就剩下顧仙姬和烏克杜哈了！」說著，他朝烏克杜哈瞥了一眼，卻見對方仍然面無表情地癱軟在凳子上，似乎已經失去了知覺。

狄仁傑也瞥了眼烏克杜哈，輕輕歎了口氣道：「我倒也懷疑過整件事情乃是顧仙姬與他合謀，不過今天看他的樣子，端的是真情流露。宋乾，以你在整個過程中的觀察，烏克杜哈像不像事先知道顧仙姬還活著的樣子？」

宋乾連連搖頭：「這廝自見到顧仙姬以後就徹底喪魂落魄了，我看不像是裝的。要不然他也太會演戲了。」

宋乾的話音剛落，烏克杜哈從喉嚨裡發出聲嘶啞的呼喊：「我、我真的不知道，是她、她騙了我啊！」一句話未了，他再次淚如雨下。

梅迎春和宋乾詫異地對視，狄仁傑長歎一聲：「人生最苦是癡情。烏克杜哈，你倒是個情種，只可惜遇人不淑。」

烏克杜哈咬牙切齒地低聲唸叨著：「婊子，她終歸是個婊子。」他那滿臉的猙獰本來會讓旁人看得反感，但眼中止不住滾落的淚水，又讓他顯得如此悽楚可悲，使人不由得哀其不幸。

宋乾問：「恩師，如果烏克杜哈不知內情，那麼就只有顧仙姬偽造木牌，引來另外一名女客了？」

狄仁傑點頭不語。

過了一會兒，宋乾忍不住又問：「恩師，這顧仙姬引來的女客到底是什麼人，她究竟為什麼要這麼做？」

狄仁傑的聲調略顯疲憊：「達特庫曾提起，正月初三那天，遇仙樓的柳煙兒曾到『撒馬爾罕』，給顧仙姬留了一封書信。達特庫在正月二十八日『送窮日』見到顧仙姬，就把書信給了顧仙姬。」

宋乾道：「學生記得這個話。難道……」

狄仁傑點頭：「嗯，前幾日我讓沈槐去遇仙樓暗訪過，那柳煙兒二月初一之後就失蹤了。老鴇因怕惹麻煩，不肯報官，只當這女子跟著哪個客人逃跑了，正自認晦氣呢。」

「真的是柳煙兒？她就是那個無頭女屍？」

狄仁傑神色黯淡地點頭，他一生斷案無數，但並非每次揭曉真相時都會感到撥雲見日的痛快。比如此刻，當真相大白的時候，他心中湧動的，只有無盡的悲哀和對人心的失望。

顧仙姬與烏克杜哈經歷了整整一個月的逃亡生活後，她覺得人生墜入了漆黑的無底深淵，沒有快樂，沒有自由，更沒有未來。這絕不是她投入愛情之初所設想的那樣，她只是個貪生怕死，耽於享樂的女子啊。當一切都不缺的時候，她當然喜歡愛情的滋潤，可當生命都受到威脅，失去了所有舒適安逸的生活時，愛情就變得微不足道，甚至連懷裡那初生的嬰兒都成了雞肋，雖捨不得丟棄，卻難以承受其中的重負。顧仙姬想要找一條出路。

柳煙兒留在「撒馬爾罕」的書信，一下子讓她發現了生機。在信中，武三思明確表示只要顧仙姬肯低頭認罪，他就可以捐棄前嫌，不僅放她一條活路，甚至還可以重新將她迎回梁王府。顧仙姬歷來就是個有決斷的女子，她很快就做出了決定，並且想清楚了所有的安排。她將整個計畫寫成書信，多花了幾個錢，找人送入了梁王府。即使在武三思這樣作惡多端的人看來，這也是個夠毒辣、夠卑鄙的計畫。

計畫是這樣的：顧仙姬找人送了一塊偽造的木牌給柳煙兒，欺騙柳煙兒來「撒馬爾罕」相會；二月初一那天，顧仙姬讓烏克杜哈陪自己到珠寶店所在的巷口，但並未進入「撒馬爾罕」，而是躲到店後的僻靜小巷裡面，與梁王的手下會合，由他們將其送回梁王府。同時，梁王派來的殺手把柳煙兒殺死在珠寶店，砍去她的頭顱，從而讓人無法辨認其身分，但故意留在頸上的項鍊可以讓達特庫和在外等候消息的烏克杜哈都確信，那就是顧仙姬。這樣做的目的有兩個：首先，顧仙姬出賣自己最好的朋友柳煙兒給武三思，讓他替妹夫傅敏的死報仇，從而消滅自己在傅敏之死上的罪責；其次，顧仙姬經過在「撒馬爾罕」的金蟬脫殼，就可以神不知鬼不覺地重回梁王府，烏克杜哈卻以為她已死，再不會試圖去尋找她。而失去了顧仙姬的烏克杜哈和嬰兒，便如俎上魚肉，任憑梁王處置了。這些，便是顧仙姬為了自己能夠活下去，拿去和武三思做交換的條件。

「這女人也太狠毒了吧！」聽完狄仁傑的一番分析，宋乾幾乎有些目瞪口呆了。

梅迎春默不作聲地思考了一會兒，還是決定發問：「狄大人，在下仍有一事不明。」

「你說。」

「狄大人關於顧仙姬騙柳煙兒來『撒馬爾罕』所玩的金蟬脫殼之計，整個過程的推理嚴絲合縫，令人信服。假如梁王確實如狄大人所認為，是個心狠手辣、睚眥必報的人，那他想必不肯輕易放過柳煙兒和顧仙姬這兩個殺害傅敏的兇手，顧仙姬以柳煙兒的一條命去和梁王做交換，倒也算合理。可我的問題是，既然顧仙姬已經決定拋棄烏克杜哈和他們的孩子，重回梁王的懷抱，梁王又如何會放過烏克杜哈？梁王即使把烏克杜哈和嬰兒一齊殺死，諒顧仙姬這女人也絕不敢多說一個字，何必要大費周章搞什麼金蟬脫殼？」

狄仁傑瞇縫起眼睛，露出讚賞的微笑，點頭道：「這個問題問得不錯。我想，梁王留下烏克杜哈的性命，肯定不是動了惻隱之心。我能給出的唯一解釋就是，對於梁王來說，烏克杜哈還有用。」

宋乾詫異地問：「烏克杜哈對梁王有用？這……怎麼可能？」

狄仁傑笑道：「關於這個問題，我想，只有他才能夠回答！」說著，他犀利的眼神像箭一般射向癱成爛泥一團的烏克杜哈。

此時，已經許久沒有任何動靜，死人似的烏克杜哈突然挺起了身子，慘白的臉上一雙哭得通紅的眼睛，放出近乎瘋狂的冷光。他聲色俱厲地道：「狄大人，各位大人，我想我知道梁王為什麼要留下我的性命。各位大人是烏克杜哈和孩子的救命恩人，烏克杜哈願將內情和盤托出，只求各位大人能保得小人和我那苦命孩子的性命！」說著，他從凳子上挪出身體，「撲通」一聲跪倒在地，連連磕起響頭來。

狄仁傑以眼神示意，梅迎春近前扶起烏克杜哈，用突厥語道：「烏克杜哈，狄大人是什麼樣的人物，想必你一定有所耳聞。如今這是放在你面前唯一的生路，你好自為之吧。」

烏克杜哈重重地點頭，抬起手臂抹去眼淚，神情冷靜了許多。

於是，狄仁傑等人便從烏克杜哈的口中，聽到了一個驚人的秘密，一個令人咋舌的陰謀！原來這個烏克杜哈並不是個普普通通的突厥語譯員，他的真實身分是東突厥默啜可汗派駐在大周的奸細。早在七八年前，烏克杜哈便借著一次邊境戰役的機會，讓大周軍隊將其俘獲，憑藉著一口流利的漢語和體面的外貌，被推薦給鴻臚寺，成了一名專職的突厥語譯員。因其工作出色，行為謹慎，很快就獲得賞識，此後大周最重要的突厥來使場合，都由烏克杜哈擔任翻譯，同時，他也成為朝中各重要官吏接待突厥人、處理與突厥相關事務時不可或缺的人士。而這一切，其實都是經過精心策劃有預謀的活動，目的就是以譯員的身分為掩蓋，使烏克杜哈有機會觀察到大周朝最高層的動向，並將所蒐集到的情報及時傳遞給默啜可汗。

過去的幾年中，烏克杜哈一直在兢兢業業地履行著自己的職責，直到去年年底時，他從默啜可汗那裡得到一個極其機密而重要的任務：代表默啜可汗與張易之談判，密謀從外部給二張提供支援，助其取得皇權。而二張則許以默啜可汗西域的控制權，作為對默啜的回報。由於事關重大，談判雙方又各懷鬼胎，過程並不順利，但在烏克杜哈的努力之下，談判還是在艱難中前行，而顧仙姬懷孕生產的突發事件，卻造成了整個談判的意外中斷。

烏克杜哈與顧仙姬四處逃命期間，不僅要躲避梁王的搜捕，還要提防來自默啜可汗的追殺，窮途末路之下，烏克杜哈不得已才將談判的內情講給了顧仙姬。現在，將整件事情聯繫起來推測，很可能顧仙姬把這個絕密的談判也作為誘餌拋給了梁王。而梁王為了得到情報，才配合顧仙姬欺騙烏克杜哈，並留下烏克杜哈的性命。梁王多半是想繼續跟蹤驚慌失措的烏克杜哈，放長線釣大魚，掌握更多的情報，以作他圖。與此同時，默啜可汗也派出殺手到處追捕烏克杜哈，那天在突厥巴札，如果不是梅迎春及時趕到，烏克杜哈早就被滅口了。

聽著烏克杜哈的敘述，狄仁傑的額頭冒出陣陣冷汗，他覺得呼吸困難，心臟不可遏制地狂跳起來。雖然，對於今天大周朝局中所潛伏的危險，狄仁傑並非沒有測度，然而，當如此巨大的陰謀被揭開的時候，他仍然從內心深處感到緊張、壓迫，甚至恐懼！

風雪邊關

大唐懸疑錄

作　　者　唐隱
總 編 輯　莊宜勳
主　　編　孟繁珍
出 版 者　春天出版國際文化有限公司
地　　址　台北市信義路四段458號3樓
電　　話　02-7718-0898
傳　　眞　02-7718-2388
E－mail　frank.spring@msa.hinet.net
網　　址　http://www.bookspring.com.tw
部 落 格　http://blog.pixnet.net/bookspring
郵政帳號　19705538
戶　　名　春天出版國際文化有限公司
法律顧問　蕭顯忠律師事務所
出版日期　二〇一八年十月初版
定　　價　380元

本書中文繁體版由四川一覽文化傳播廣告有限公司代理，
經上海紫焰文化傳媒有限公司授權出版

總 經 銷　楨德圖書事業有限公司
地　　址　新北市新店區寶興路45巷6弄6號5樓
電　　話　02-8919-3186
傳　　眞　02-8914-5524
香港總代理　一代匯集
地　　址　九龍旺角塘尾道64號 龍駒企業大廈10 B&D室
電　　話　852-2783-8102
傳　　眞　852-2396-0050

ISBN 978-957-9609-81-4　Printed in Taiwan

國家圖書館出版品預行編目(CIP)資料

風雪邊關 / 唐隱著. -- 初版. -- 臺北市 : 春天出版國際, 2018.10
面 ;　公分. -- (唐隱作品 ; 6)
ISBN 978-957-9609-81-4(平裝)

857.81　　107013924